# 神신을 받으라

# 신을 받으라

ⓒ박해로, 2019

초판 1쇄 인쇄일 2019년 7월 1일
초판 1쇄 발행일 2019년 7월 25일

지은이      박해로
펴낸이      정은영
편집        안태운 김정은 정사라
마케팅      이재욱 백민열 이혜원 하재희
제작        홍동근

펴낸곳      (주)자음과모음
출판등록   2001년 11월 28일 제2001-000259호
주소        04047 서울시 마포구 양화로6길 49
전화        편집부 (02)324-2347, 경영지원부 (02)325-6047
팩스        편집부 (02)324-2348, 경영지원부 (02)2648-1311
이메일      neofiction@jamobook.com

ISBN 978-89-544-3991-6 (03810)

이 도서의 국립중앙도서관 출판시도서목록(CIP)은 서지정보유통지원시스템 홈페이지
(http://seoji.nl.go.kr)와 국가자료공동목록시스템(http://www.nl.go.kr/kolisnet)에서
이용하실 수 있습니다.(CIP제어번호: CIP2019023059)

# 神신을 받으라

박해로 장편소설

네오
픽션

# 차례

너는 내게 부르짖으라

내가 네게 응답하겠고

네가 알지 못하는 크고 은밀한 일을 네게 보이리라

-예레미야 33:3-

# 1

**1876년**

장일손이 천주쟁이로 몰려 사형선고를 받자 검은 구름이 몰려와 여름의 푸른 하늘을 회색으로 물들였다. 섭주 현령 김광신은 숨 돌릴 틈도 없이 집행 준비에 들어갔다. 사형(死刑)인지 사형(私刑)인지 분간 가지 않는 집행이었다. 김광신은 노기 띤 표정으로 수염을 떨며 망나니 석발을 데려오라 지시했고 명을 받은 군노와 시령들은 지체 없이 도살장으로 달려갔다. 천민 석발은 평소에는 소와 돼지를 잡는 백정이었지만 사람 목을 벨 일이 생기면 수시로 동헌에 불려 갔다.

뒤로 손이 묶인 장일손을 동헌 마당에 무릎 꿇렸다. 그의 앞에 천주학 서적들이 어지럽게 널려 있었다.

"죄인은 고개를 들라."

김광신이 위엄 있는 어조로 말했다.

"고개는 들겠으나 나는 죄인이 아니다."

산발한 머리 사이로 장일손의 피투성이 얼굴이 드러났다.

"정녕 네 죄를 모른단 말이더냐?"

"짓지도 않은 죄를 내 어찌 안단 말인가?"

"간특한 양이의 책 앞에서 그런 소리가 나오느냐?"

"진실로 간특한 것은 출처도 모를 이 책들이 아니라 없는 죄를 만들어낸 자의 머리다."

"출처? 네놈 집 천장에서 이것들이 나왔거늘 어디서 말을 꾸며대느냐?"

"우리 집 천장에는 쥐들이 살고 있다. 가서 데려오너라. 쥐들은 나의 죄 없음을 증명해줄 것이다."

"네 이놈! 보자 보자 하니 무엄함이 끝이 없구나! 국법을 어긴 죄인 주제에 감히 형률을 판단하는 본관을 우롱해?"

"이 책들은 쥐에게 쏠린 흔적도 없고 먼지조차 묻지 않았다. 사람을 말아 넣을 의도라면 더 헌 책을 갖다놨어야 그럴듯하지 않겠느냐?"

김광신이 교의에서 일어서자 하늘에서 천둥이 쳤다. 심상치 않은 눈길로 하늘을 보던 그는 다시 자리에 앉았다.

장일손이 웃었다.

"천벌이 두려운가 보군. 이보게 광신이, 왜 나를 이리도 서둘러 죽이려는 겐가?"

"주둥아리에 예를 담아라!"

죄인을 심문하는 집장사령이 손에 쥔 쇠몽둥이로 장일손의 등을 내리쳤다. 살 찢어지는 소리가 사방에 크게 울렸다. 장일손은 고통에 겨워하다 어렵게 자세를 바로잡았다. 김광신이 술이 달린 등채를 들어 장일손을 가리켰다.

"너는 사학에 물든 대역죄인이야. 이단 종자들은 지금도 전국 각지에서 들불처럼 번져가고 있어. 너 하나를 본보기로 처형하면 최소한 섭주에서라도 천주학을 들먹이는 자들은 사라질 것이야."

"하하하. 한 고을의 수령된 자가 『경국대전』조차 읽지 않은 모양이군. '사형 죄는 세 번 복심(覆審)하여 왕에게 아뢴다'는 삼번제의 규약을 잊었단 말인가? 아니면 알고도 서둘러 사건을 덮으려고 모른 척을 하는 것인가?"

장일손의 얼굴이 분노로 구겨졌다.

"나는 너의 교주였고 너는 나의 사도(使徒)였다. 너와 내가 아는 사실이지. 네게 새 하늘을 볼 수 있는 눈을 뜨여주면 아니 되었어. 나는 세상을 초월한 만년 존자지만, 결국 너는 세상에 얽매인 일개 관리에 불과했으니까. 네게 가르침을 준 것을 후회한다. 지금 너는 실낱같은 목숨을 보전히려고 신앙을 팽개친 채 스승인 나를 죽여 입 막으려 하고 있다. 나와의 연관이 탄로날까 봐 천주학이라는 얼토당토아니한 누명을 씌워서 말이다."

"조직적인 네놈들은 이간지계를 구사한다더니 그 말이 사실이로구나. 그게 선교사라는 서양 오랑캐들이 가르쳐준 지략이더냐? 안됐지만 동헌 안에 네 말을 믿고 흔들릴 사람은 하나도 없다."

"거짓 낯짝을 잘도 꾸미는 작자야. 하늘이 알고 땅이 아는 사실이다. 너는 이미 되돌릴 수 없을 지경으로 내 교리에 물이 들었다. 네가 나를 서둘러 처치하려는 이유는 하나뿐이야. 너를 조사하러 내려올 조정의 감사와 내가 대질이라도 하게 될까 봐 두려운 것이지."

"닥쳐라, 이놈! 요상한 혀놀림이야말로 양이의 사악한 가르침에 물 들 대로 들었음이렷다. 죄를 인정치 않는 놈에게 자비란 있을 수 없다!"

"하하하, 닥칠 위급을 알려주니 네 말투가 점점 빨라지는구나!"

장일손이 고개를 젖히며 웃자 김광신이 뿌드득 이를 갈았다. 태극 문양이 새겨진 동헌 대문이 성난 기세로 열리더니 울울창창한 턱수염에 머리에는 끈을 동여맨 누더기 차림의 남자가 달려 들어와 무릎을 꿇었다. 뱃사람처럼 기골이 장대했지만 표정은 허수아비처럼 공허했다. 그의 손에는 가축을 도살할 때 쓰는 칼이 쥐여 있었다.

"사또 나리, 석발이 대령했습니다요!"

"석발이가 왔구나! 속히 형을 집행해야겠다. 여봐라, 뭣들 하느냐! 석발이에게 술을 내주어라."

얼굴이 환해진 김광신이 명을 내리자 육방 관속들이 바쁘게 움직였다. 이미 술 냄새를 풍기는 석발에게 또 한 병의 독주가 건네졌다. 석발은 꿀꺽꿀꺽 술을 들이켜다가 입에 머금은 한 모금을 칼에 푹 뱉었다. 그사이 태양을 가로지르는 먹구름에 지상은 어두워지다가 밝아지기를 반복했다.

"오냐, 베어라. 치성이 지극하면 껍질은 죽되 혼백은 죽지 않는다!"

눈에 핏발이 곤두선 장일손이 김광신을 노려보았다.

"육신이 멈추면 나는 살아 있는 귀신이 될 터이다. 귀신이 되어 내 반드시 네놈의 집안을 찾아가 살아 있는 것이든 죽어 있는 것이든 그냥 두지 않을 것이다. 나이 든 것 어린 것, 부녀자와 하인은 물론이며 가축, 애완물조차 남김없이 도륙을 낼 것이야! 네놈 선산을 찾아가 너를 낳은 조상의 무덤을 파헤치고 뼈를 흩뜨릴 것이며, 네 후손들에게서 가문의 더러운 피를 뽑아내 개와 닭에게 마시게 할 것이야! 유념해둬라, 악독한 놈아! 그 개고기 닭고기를 먹는 놈들은 오장육부에서 치솟는 검은 피를 눈 코 입으로 쏟으며 죽어나갈 테니!"

장일손의 절규는 사람들의 간담을 서늘케 했다. 눈에서 흐르는 눈물이 고문으로 쏟은 피와 뒤섞여 악귀의 얼굴이 되었다. 어느새 마당에는 사형 집행을 위한 거적이 깔렸으나 관원들은 감히 나아가기를 주저했다. 김광신이 호통을 치자 딩치 큰 군노, 사령 네 명이 마지못해 용기를 냈다. 그들은 극도로 흥분한 장일손을 번쩍 들어 올려 거적 안으로 밀어 넣었다. 그 와중에도 사형수의 입에서 나오는 저주는 끊이지 않았다. 장일손의 눈은 색채를 잃어갔지만 악담은 한층 강렬해졌다.

"천주학이라니 천부당만부당한 소리다, 이놈! 내가 누군지 알면서 감히 야소(예수)의 십자가를 들씌우다니. 지금부터 내 모든 의지는 네게 저주를 내리는 데만 집중될 것이다. 무슨 말인지 모를 테지? 흐흐흐, 알게 되는 순간이 이제 닥칠 것이다. 더러운 배신자 놈 같으니! 잊지 마라! 의지가 있는 한 나는 죽지 않는다. 내 교리를 잘 아는 네놈이라면 허언이 아님을 알 것이다. 귀신이 되어 네놈 집안에 저주를 내릴 것이야! 이 몸의 주신(主神)은 물론 모든 산신, 해신, 천신에게 탄원해 피가 담장 위로 넘치고 살점이 십 리 밖까지 날아가는 참살로 네놈 가문을 저승의 사신들과 엮을 것이야!"

장일손이 옆으로 넘어졌다. 기력은 다했지만 부릅뜬 눈만큼은 높은 곳에 앉은 김광신을 향한 채였다. 집념이 깃든 악의 기운을 받자 김광신도 어지럼을 느꼈는지 약간 비틀거렸다. 망나니 석발이 장일손의 어깨를 붙잡아 난폭하게 일으켜 앉혔다. 그 순간 장일손이 고개를 돌려 석발을 노려보았다. 석발은 피눈물 흘리는 얼굴을 보자 간이 오그라들었지만 곧 정신을 차리고 칼춤을 추기 시작했다.

장일손이 석발에게 소리쳤다.

"망나니 네놈을 먼저 데려가겠다! 서서히 피가 말라 죽어갈 네놈을 보면 김광신은 나의 저주가 거짓이 아님을 똑똑히 알게 될 것이야. 하하하하!"

칼춤을 추는 석발은 술이 깨는 기분이었다. 그는 지금까지

여섯 명의 죄인을 죽였는데 감히 사형 집행관 앞에서 고개를 쳐들고 대꾸하는 이는 아무도 없었다. 양반이든 상놈이든 예외 없었다. 생을 포기한 이들에게 자신은 백정이 아니라 염라대왕이었다. 그저 고통 없이 한 번에 죽여달라고 소리 없이 애원할 뿐이었다. 그러나 모골이 송연해질 정도로 희번덕한 눈으로 자신을 노려보는 장일손이란 놈은 사람이 아닌 것 같았다. 사람의 탈을 쓴 악귀였다. 맑고 온화했던 하늘조차 사형 집행에 맞춰 어두워지자 석발은 와락 겁이 났다.

"뭣 하느냐! 속히 죄인을 베지 않고!"

김광신이 소리쳤다. 마당이 번쩍번쩍거리더니 하늘 끝에서 벼락이 떨어졌다. 공포에 취하고 분위기에 취한 석발은 팔에 힘을 모아 칼을 휘둘렀다. 부대시참(不待時斬)을 당한 장일손의 머리는 한 칼에 떨어져나가 동헌 바닥을 데굴데굴 굴렀다. 머리를 잃은 장일손의 몸은 그대로 앉아 있었으나 목으로부터 폭포수 같은 피가 솟구쳤고 어두워지던 하늘은 칠흑같이 캄캄해졌다. 김광신이 차갑게 말했다.

"놈의 큰 죄를 하늘이 아는구나. 이제 비가 내려 죄인의 피를 씻어낼 것이다."

뚝뚝 하는 소리와 함께 마당에 점이 생기더니 소나기가 쏟아지기 시작했다. 그러나 김광신의 예언은 이루어지지 않았다. 펼쳐진 천주학 서적에 쏟아진 빗물은 붉은색이었다. 장일손의 목처럼 하늘에서도 핏빛 소나기가 내려 동헌 마당은 금세 붉은 바다가 되었다. 사령들이 창을 버리고 달아났다. 이방은 기등을 붙잡은 채 구역질을 해댔고 향리 하나는 기절했다. 망나니 석발도 칼을 끌어안은 채 온몸을 떨어댔다. 날아간 장일손의 머리가 저 멀리에서 자신을 노려보는 것 같았다.

김광신이 소리쳤다.

"마가 끼었구나! 사교의 우두머리가 부린 농간일 뿐이니, 물러서지 마라!"

하늘을 찢는 번개와 우레의 연속이 있고 나서야 붉은 비는 더 이상 내리지 않았고, 소나기는 무채색으로 회복하다가 이내 그쳤다. 뜨거운 태양이 구름을 뚫고 나타나면서 세상은 다시 한여름의 푸르름을 되찾았다. 믿기지 않는 이변이었다. 관아의 모든 사람이 공포에, 비에 젖은 채 어쩔 줄을 몰랐다.

"뭣들 하는 게야, 시체를 치우지 않고!"

김광신의 호통 소리에 사람들이 움직이기 시작했다. 귀신을 부르는 악담도 무서웠지만 눈앞의 상전은 더 현실적인 두려움이었다. 하지만 저주받은 시체에 가까이 가려는 이는 아무도 없었다.

"석발이는 어디 있지?"

"이놈이 숨었나?"

관원들은 죽은 장일손을 치우는 일에도 비천한 망나니를 이용하려 했지만 헛된 노력이었다. 석발은 이미 동헌에서 사라진 후였다.

*

    석발은 사립문을 여는 건지 잡아 뜯으려는 건지 모를 기세로 주막에 들이닥쳤다. 앉아 있던 손님들은 죽음의 냄새를 풍기며 들어온 석발을 보고 대화를 멈추었다.

    "주모, 술! 술 가져와!"

    석발은 또 술을 찾았다. 목이 잘린 채 자신을 노려보던 장일손의 눈빛이 잊히지 않았다. 술이라도 마셔야 기분이 나아질 것 같았다. 주막 안의 시선들은 곱지 않았다. 사람들이 말없이 그를 곁눈질로 바라보았다. 소외당한 기분에 석발은 화가 났다.

    "뭘 쳐다봐, 염병할 것들아! 주모 어딨어!"

    "하이고, 이 미친놈이 남의 장사 다 망치려고 그러나?"

    정주간에서 주모가 술병을 들고 나왔다. 그녀는 내보내는 것만이 목적인 듯 돈도 받지 않고 석발에게 술병을 안겨준 뒤 등을 떠밀었다.

    "이거 받고 나가, 이 화상아!"

    "돈은 이방한테 받아. 내가 오늘 사또한테 큰일을 해줬걸랑."

    "네놈이 저지른 짓을 누가 모를까?"

    "그게 무슨 소리야?"

    석발은 뭔가를 아는 듯한 주모의 표정을 뜯어보며 물었지만, 주모는 석발의 어깨를 떠밀 뿐이었다.

    "나가! 나가라니까!"

    "무슨 소리냐구?"

"돈 안 줘도 되니 두 번 다시 여기 얼씬도 마!"

"돈에 환장한 주모가 왜 돈을 안 받아?"

"손님들 다 떠나갈까 봐 그런다."

"진짜 안 줘도 돼?"

"그래! 얼른 나가기나 해!"

석발은 비틀거리며 주막을 나섰다. 문간에서 고개 돌린 그는 마당에 소금을 뿌리는 주모의 행태를 보았다. 평상에 앉아 있던 사람들도 다시 쑥덕거리기 시작했다. 그중 일부는 손을 모아 합장을 하고 입으로 뭔가를 중얼거렸다.

담벼락을 돌아간 석발은 나무그늘 아래 자리를 잡고 앉아 술을 들이켰다. 주막 안의 목소리들이 담장을 넘어와 귓가로 흘러들었다.

"저놈이 장일손의 머리를 잘랐다지?"

"들어올 때부터 피비린내가 진동을 하던데?"

"석발이는 백정이야. 항상 뭔가를 죽인다고."

"사람 피하고 짐승 피는 냄새부터 다르지. 아까 사또가 저놈 부르는 걸 못 봤어?"

"이렇게나 빨리 끝났단 말인가?"

"뭐든 단칼에 죽이는 놈이니까."

"멍청한 놈 같으니! 죽일 사람이 따로 있지……."

"사또 말이야? 석발이 말이야?"

"쉿! 이 사람아, 누가 듣기라도 할라!"

"아, 들으면 어때? 그 사실을 모르는 사람이 누가 있다고?"

"그 사실이라니?"

"장일손은 건드려선 안 될 사람이야. 아주 무시무시한……."

속삭이던 대화가 귓속말로 변했다. 더 이상 들을 수 없었다. 고개를 담벼락으로 들이미니 어지러웠다. 연이어 퍼부은 술로 모든 게 빙빙 돌았다. 그럴수록 장일손의 잘린 머리는 잊히지 않았다. 석발은 나무 사이로 병을 던지고 일어났다. 주막 안에서 말소리가 다시 들려왔다.

"……하여간 거기 가담한 놈들은 이제 큰일 난 거야."

"석발이가 제일 먼저 당하지 않을까?"

"그렇지. 직접 처형을 한 놈인데."

"예끼, 이 사람. 죽은 사람이 어떻게 복수를 한단 말야?"

"무덤에서 복수하겠지. 장일손이라면 그러고도 남을……."

말을 하던 남자가 입을 다물었다. 함께 있던 주모도 놀란 표정을 지었다. 어느새 석발이 다시 나타나 그들을 노려보고 있었다. 모든 이가 입을 다물었다. 석발은 장정 두 명이 힘을 합쳐야 옮길 수 있을 만한 평상을 번쩍 들어 바닥에 내동댕이쳤다. 튼튼한 참나무 평상이 두 동강 나버렸다.

"아이고! 이 염병할 놈이 기어이 내 장사를 말아먹네, 말아먹어!"

주모가 울부짖었지만 석발을 제지하려는 남자는 아무도 없었다. 석발은 그들을 노려보다가 혀 꼬부라진 소리로 말했다.

"너희 중에 사또 어른이 불러도 거역할 수 있는 놈 있으면 한 번 나와봐라."

아무도 대답하지 않았다. 석발은 부엌으로 들어가 술을 동이째로 들고 나왔다. 백정의 엄청난 힘은 커다란 독을 밥그릇처럼 들었다 놨다 했다.

"사또한테 일러바쳐라. 석발이가 술 훔쳐 간다고."

주모가 "아이고, 아이고" 바닥을 치며 울었지만 남자들은 아무도 나서지 않았다. 석발은 소금이 뿌려진 마당에 침을 뱉고는 주막을 나섰다.

*

석발의 거처는 도축장 바로 옆 움막이었다. 무덤 같은 음습한 장소라는 점에서 움막과 도축장은 다를 바가 없었다. 짚단이 이부자리를 대신했고 가재도구 대신 쇠망치와 칼이 벽에 가득 걸려 있었다. 움막 벽의 윗부분에 채광창이 붙어 있다는 점만 도축장과 달랐다. 죽음을 코앞에 둔 가축도 햇빛을 보면 살아갈 이유가 생겨 도망친다는 게 석발의 생각이었다. 그래서 일부러 도축장을 컴컴하게 만들었고 겁에 질린 가축들은 어둠 속에서 저항하지 못한 채 백정의 손에 죽어나갔다. 그러나 석발은 자신이 기거하는 움막에는 햇빛이 들어오도록 채광창을 냈다. 안 그랬다면 가축의 원귀들한테 시달려 진작에 죽었을 테니까.

무더위로 땀범벅이 된 석발은 달빛이 스며드는 채광창을 바라보고 있었다. 늦은 밤이 되도록 그는 엄청난 양의 술을 마셨다. 그럼에도 기억은 잊히지를 않았다.

'왜 그 장일손이란 놈이 자꾸 생각나는 거지?'

"망나니 네놈을 먼저 데려가겠다!"

그가 퍼붓던 악담이 떠올랐다.

'곱게 죽지 않고 왜 그런 발악을 했지? 사또가 애먼 놈을 죽인 건 아닐까? 소문에 장일손은 천주쟁이가 아니라 무슨 교의 교주인지 뭔지를 했다던데…….'

'젠장, 나는 시키면 시키는 대로 하는 놈이라고. 내가 무슨 힘이 있어? 나는 아무 죄도 없어. 장일손이든 장이손이든 이미 죽은 놈이 뭘 어쩌겠어? 귀신도 이 천하의 백정 석발이는 무서워하는데……. 귀신이 있다면 내가 아닌 사또한테 먼저 찾아가야지. 다 그 양반이 시킨 일이 아닌가 말야…….'

마지막 술동이의 남은 한 방울까지 비운 석발은 벽에 머리를 기대고 이내 코를 골기 시작했다.

＊

눈뜬 석발은 아침이 온 줄 알았다. 그러나 채광창으로 들어오는 빛은 잠들기 전과 조금도 다르지 않았다. 햇빛이 아닌 달빛이었고 주위는 쥐죽은 듯 고요했다. 아직 깊은 밤중이었다. 선잠에서 깨어난 석발은 의아했다. 폭음한 뒤 깊은 잠을 이루지 못하기는 처음이었다. 이런 신체의 변화가 평소 하던 망나니 업 때문이라고 믿을 정도로 약한 사내는 아니었지만, 잠에서 깬 석발이 맨 먼저 떠올린 것은 장일손이 남긴 저주의 경고였다.

움막 안에는 자신을 빼놓고 아무도 없었다. 어둠에 싸인 벽 위로 어떤 움직거림이 있었다. 천장을 향해 뭔가가 천천히 기어 올라가고 있었다. 좌우 숱한 다리를 쓰는 걸로 보아 거미인 것 같았다. 그런데 이렇게 생긴 거미가 세상천지에 있었던가? 그것은 거미가 아니라 대게라고 부르고 싶을 정도로 컸다. 석발이 짚단 깔개에서 몸을 일으키자 움직이던 그것이 인기척을 눈치챈 고양이처럼 움직임을 우뚝 멈추었다. 석발은 시커먼 그것이 뭔지 알고 싶었기에 숨소리도 내지 않고 제자리에 가만있었다. 그러자 그것은 다시금 여러 다리를 이용하여 위로 기어올랐다. 조금 전보다 빠른 움직임이었다. 채광창에 가까워지자 새어 들어온 달빛에 정체가 드러났다. 여덟 개의 다리는 산발한 머리카락이었다. 긴 머리칼이 각각 생명을 얻어 벽을 탁탁 짚으며 곤충의 다리처럼 움직거렸다. 머리칼 가운데에 피칠갑을 한 장일손의 머리통이 있었다. 석발이 알아본 순간, 장일손의 눈이 번쩍 뜨였다. 피눈물을 흘리는 샛노란 눈이 망나니를 노려보았다.

네놈을 먼저 데려간다고 했지?

"아이구야!"

석발이 자리를 박차고 일어났다. 그는 맨발로 어둠에 싸인 길을 달렸다. 깊은 밤중, 마을과 거리가 떨어진 외딴 도축장 주변에는 아무도 없었다. 석발은 철저히 혼자였다. 겁에 질린 그는 민가가 널린 대로변까지 한달음에 도망쳤다. 자신이 본 것이 꿈인지 생시인지 판단이 안 섰다. 결국 집으로 돌아가지 못하고 길에서 밤을 새워야만 했다. 공포가 잠을 쫓았고 제정신을 차리지 못하게 했다.

해가 뜨고 나서야 석발은 무서움이 조금 가라앉았다. 그날은 오일장이 서는 날이어서 물물교환차 새벽 걸음을 나선 장사치들과 외거노비들이 대로변에 보이기 시작했다. 하지만 그들은 석발을 알아보아도 뜻 모를 눈길만 흘끔흘끔 던질 뿐 아무도 말을 걸지 않았다. 석발은 자신을 피해 가는 사람들에게 소리지르며 행패를 부리다가 왔던 길로 되돌아갔다. 그날따라 움막과 도축장이 한층 더 음산하게 보였다. 석발은 침을 꿀꺽 삼킨 뒤 조심스럽게 움막 안으로 들어갔다. 머리통은 없었다. 대신 사람 머리를 닮은 배추가 한 포기 놓여 있었다. 거지처럼 사는 백정을 불쌍히 여겨 가끔 음식을 던져주고 가는 사람들이 있었는데 만나기는 꺼리고 멀리서 기부만 하는 자들이었다. 평소라면 고맙게 받았겠지만 무서운 꼴을 당한 후라서 석발은 배추를 막대기로 밀어가며 호숫가까지 굴린 뒤 물속에 빠뜨렸다. 퉤퉤퉤 세 번 침을 뱉은 그는 뒤도 돌아보지 않고 자리를 떴다.

*

동헌을 찾아간 석발은 출입을 제지당했다. 문을 지키는 사령

은 아무도 들이지 말라는 사또의 명이 있었다며 앞을 가로막았
다. 실랑이를 벌이는 석발의 눈에 소란을 듣고 나온 김광신의
모습이 보였다. 두루마리 문서를 손에 쥔 김광신은 "흥!" 하고
뒷짐을 지더니 대청마루에서 집무실로 냉큼 들어갔다.

"저기 사또 나리 맞잖수? 사또가 있는데 왜 없다고 하시우?"

"누가 안 계시다고 그랬느냐? 아무도 들이지 말라 하셨다지
않느냐?"

"목을 친 장일손이가 한밤중에 나를 찾아왔수. 사또께 알려
주시우! 그놈의 저주는 거짓이 아니우!"

석발이 힘을 쓰자 문을 지키는 사령이 밀릴 기세였다. 다른
사령들이 이 모습을 보고 달려왔다. 석발은 있는 힘껏 소리쳤다.

"사또 나리! 장일손의 귀신이 찾아왔습니다요. 그놈이 한 말
정말입니다요. 살려주십시오! 소인은 사또 나리의 명대로 죄인
의 목을 쳤을 뿐입니다요. 살려주십시오!"

"아침부터 이 무슨 소란이냐?"

집무실 문을 벌컥 연 김광신이 혀를 차며 아전들을 돌아보았
다. 석발은 고함을 멈추지 않았다.

"동헌에서 가장 안전한 옥에 소인을 가두어주십시오. 도살장
으로는 돌아가지 못하겠습니다요!"

"저놈을 당장 내쫓아라!"

한마디 꾸짖음과 함께 김광신의 모습이 문 뒤로 사라졌다.
명을 받은 아전이 뭐라고 말하며 손가락질하자 육모방망이를
쥔 사령들이 석발에게 다가왔다. 석발은 사또가 자신을 만나주

지 않을 것임을 깨닫고는 뒤돌아 달아났다.

*

석발은 절에서 훔쳐 온 목탁을 품에 안고 움막 안에 누웠다. 퇴관 김 교리 댁 차인이 바깥에서 잔치에 쓸 돼지를 잡아달라고 소리쳤다. 돈을 넉넉히 주겠다고 했지만 차인은 석발의 얼굴을 보지도 못하고 돌아가야 했다. 석발은 움막 안에 틀어박힌 채 아무도 만나려 들지 않았다. 그의 온 신경은 전날 본 '벌레'에 몰려 있었다. 미치도록 술이 마시고 싶었지만 참았다. 한 방울도 마시지 않았다. 장일손의 저주가 아니라 술이 환각을 보게 했다고 스스로를 다독였다. 머리카락을 다리 삼아 기어가는 벌레가 있을 리 없었다.

억울함이 남아 승천하지 못하고 이승을 떠돌아다니는 게 귀신이다. 그는 여태껏 수많은 짐승을 죽여왔다. 이제 와서 장일손만 귀신이 되어 찾아오다니 믿을 수 없었다. 말 못 하는 짐승이야말로 사람보다 억울함이 더 클 테니까 말이다. 물론 장일손이 요상한 술법을 쓰는 사교의 우두머리였다는 소문은 석발의 귀에도 흘러들어 알고 있었다. 그럼에도 그는 술이 이 모든 일의 원인이라는 그럴듯한 판단에 의지했다. 당분간 술은 마시지 않으리라 다짐하며 석발은 목탁을 더욱 세게 끌어안았다. 간밤의 머리통 벌레가 아직도 생생했다.

"망나니 네놈을 먼저 데려가겠다!"

"아니야!"

석발이 귀를 막았다.

"망나니 네놈을 먼저!"

"아니야! 아니야! 아니야! 아니야!"

쥐어짜듯 귀를 누르고 있는 두 손에서 땀인지 눈물인지 모를
것이 번져 나왔다. 흐느끼듯 들썩이던 석발의 어깨가 갑자기
축 늘어졌다. 무슨 최면에라도 걸린 듯 몸이 픽 쓰러지고 이내
코를 골기 시작했다. 마치 몸의 주인이 더 이상 석발이 아닌 것
처럼.

*

바깥에서 탕탕 하고 규칙적인 소리가 들려오기 시작했다.
누군가 밖에서 문을 두드리고 있었다. 석발이 눈을 뜨자 어제
처럼 달빛이 채광창을 비추고 있었다. 분명 오전에 잠들었는
데……. 선잠이 아닌 깊은 잠을 잤나 보다. 그는 다급히 벽을
둘러보았으나 다행히 장일손의 머리통은 보이지 않았다.

바깥에서 탕탕 하는 소리가 멈추지 않았다. 문을 두드리는
소리가 아니었다. 석발은 아이들이 헝겊으로 만든 공을 튀기는
줄 알았다. 이전에도 어린것들이 움막 앞에서 공을 던지며 자
신을 놀린 적이 있었으니까. 과연 탕탕 하는 소리가 가까워지
듯 커지더니 채광창으로 공이 홀쩍 넘어왔다. 공은 조금 구르
다가 석발을 향한 채 멈추었다. 가까이 다가간 그는 공의 실체

가 전날 벤 장일손의 피투성이 머리통임을 알고는 경악을 금치 못했다. 감겨진 눈이 석발을 보자마자 부릅떠졌다.

*망나니 네놈을 먼저 데려가겠다!*

"아이구, 아부지!"
석발이 비명을 내지르자 채광창으로 또 하나의 머리가 날아들었다. 석발은 손을 내저으며 뒤로 물러났다. 또 다른 머리 역시 석발을 향한 상태로 움직임을 멈추었다. 머리를 치울 정신도 채광창을 닫을 여유도 없었다. 포물선을 그리는 곡예는 계속 이어졌다. 장일손의 머리통들이 틈을 두지 않고 들어왔다. 바닥에 툭툭 쌓이는 머리들의 눈은 예외 없이 망나니를 향했다. 석발은 죽음의 시선으로부터 결코 자유로울 수 없었다. 머리가 날아오는 속도가 급격히 빨라졌다. 순식간에 머릿수가 수 개에서 수십 개로 늘면서 좁은 움막 안에 산처럼 쌓여갔다. 모든 공간을 장악해버리겠다는 듯 머리는 멈추지 않고 날아들었다. 천장까지 닿은 수백 개의 머리는 모두 장일손의 것이었고 눈동자는 하나같이 석발을 향했다. 움막 안을 메운 머리들이 합창했다.

*망나니 네놈을 먼저 데려가겠다!*

"사람 살려!"
석발이 일어서자 머리 무더기가 와르르 무너졌다. 석발은 발에 채이는 축축한 머리통의 감촉을 느끼며 움막에서 도망쳤다. 그러나 바깥에는 더욱 많은 머리가 있었다. 장일손의 머리 무더기가 움막 바깥에 집채를 이루고 있었다. 머리 없는 장일손이 그 곁에 서서 채광창 안으로 자신의 머리를 던지고 있었다. 목에서 솟구친 피로 하얀 모시옷은 빨갛게 젖어 있었다. 몸통은 석발이 도망 나온 것을 알지 못하고 계속 머리를 움막 안으로 날렸다. 그러나 날아가는 머리의 두 눈은 방향을 바꾼 채 석발을 노려보면서 채광창 안쪽으로 사라졌다. 수백 개의 머리통이 일제히 소리쳤다.

*저놈이 도망간다! 잡아라!*

석발은 살려달라 빌며 사람들이 있는 마을 쪽으로 달아났다. 수백 명의 웃는 소리가 귀를 때렸다. 석발은 귀를 막고 뛰었다.

*

석발의 행방이 묘연하다는 말이 섭주 석하촌(石下村)에 떠돌기 시작했다. 가축을 잡아달라고 온 사람들은 주인 없는 도축장과 텅 빈 움막만을 발견했다. 움막은 비워진 지 오래된 것처럼 보였다.

석발의 행방불명에 여러 소문이 뒤를 이었다.

누군가는 매일 술을 먹던 석발이 절벽이나 강가에서 발을 헛

디녀 죽었다 했고, 또 누군가는 도살당할 걸 안 황소가 뿔로 받아 그를 죽여버렸다 했고, 또 누군가는 이 마을이 싫어진 석발이 스스로 떠났을 거라고 말했다. 두서없는 추측들에 하나같이 물증은 없었는데, 특이하게도 장일손을 죽였기 때문에 보복당했을 거라는 비현실적인 소문이 오히려 힘을 얻었다. 이 소문은 마을의 무당 선녀보살의 입에서 비롯되었다. 사람들이 어떻게 석발의 죽음을 확신하느냐고 묻자 선녀보살은 신령님이 그렇게 가르쳐주었다고 답했다.

사람들은 그녀의 말을 믿는 눈치였다. 선녀보살의 용함 때문이 아니라 장일손이 죽던 날 관아 마당에만 쏟아졌던 피 소나기 소문이 파다했기 때문이다. 마을 촌로들은 '의지를 과시'한 장일손이 무덤 안에서 복수를 개시한 게 분명하다고 고개를 끄덕였다. 그들은 붉은 비를 직접 보지 못했으면서도 귀(鬼)의 존재를 수긍하는 옛 사람들이었다. 원한의 궁극적 대상은 사또인 김광신이겠지만 사형을 직접 집행한 이는 누가 뭐래도 석발이었다. 사람들은 장일손이 석발을 제일착으로 처치했다고 믿는 동시에 다음 차례는 김광신이 분명하다고 입을 모았다.

자존심을 구긴 선녀보살은 석발의 죽음을 가르쳐준 이는 그 누구도 아닌 '우리 신령님'이며 천하제일의 영험한 그분이라면 장일손 귀신 따위를 제압하는 긴 일도 아니라고 노인들을 면박 준 뒤 당집으로 향했다.

"앵두야! 앵두야! 목이 마르니 시원한 물 한 바가지 좀 떠 오너라."

일곱 살짜리 수양딸은 답이 없었다.

"요것이 아직도 안 돌아왔나? 아니면 낮잠을 자나?"

당집에 들어선 선녀보살은 기분이 좋지 않았다.

"석발이가 죽은 걸 알아맞힌 건 난데, 왜 내리지도 않은 피소나기를 씨부려? 에이, 살 맞을 놈들."

화가 난 그녀는 머리 허연 산신의 탱화에 대고 말했다.

"안 그래요, 신령님? 석발이가 죽었다 그러셨잖아요? 왜 아무것도 모르는 것들이 이 선녀보살을 무시하는 거냐고요?"

탱화를 뚫어져라 쳐다보던 그녀의 얼굴이 환해졌다.

"아, 맞아요. 그놈 시체를 내가 찾아내면 되겠구먼요."

경건히 무릎 꿇은 그녀는 석발의 시신이 어디 있는지 신령님께 물어보기로 했다.

'시체만 찾아낸다면 그때는 사람들이 이 몸의 신통방통함을 알아주겠지.'

선녀보살의 빨간 입술이 미소를 그렸다. 그녀는 향불을 켜고 소반 위에 엽전과 쌀을 놓은 뒤 입으로 휘파람을 불었다.

'어, 멀리 있지 않은데? 가까이에 있어.'

병풍 뒤에서 누군가 걸어 나왔다. 그의 손에는 가축 잡을 때 쓰는 큰 칼이 쥐여 있었다.

"에구머니나!"

선녀보살이 상을 엎지르자 쌀과 엽전이 바닥을 굴렀다. 칼도 칼이었지만 그녀를 놀라게 한 건 해골처럼 비쩍 말라버린 석발의 얼굴이었다. 처절한 심적 고통이 외모에 그대로 드러난 석발이 꺼져가는 목소리로 말했다.

"하늘에서 머리통이 떨어지고 땅에는 뱀들이 기어 다닌다. 하늘을 쳐다볼 수도 없고 땅을 디딜 수도 없어."

"그, 그게 무슨 소리?"

"장일손이 그랬어. 나를 먼저 데려가겠다고. 내 피를 말려서 저주가 거짓이 아님을 김광신이 알게 하겠대. 그런데 그 사또 놈은 내가 당하고 있는 일을 알지도 못해."

"나랑 상관없는 일이야."

"넌 무당이잖아. 저 머리통들이 보이지 않아?"

"그런 게 어딨어?"

"지금도 떨어지고 있어. 안 보여?"

"안 보여."

"저게 안 보인다구?"

석발이 칼로 천장을, 그리고 그녀를 가리켰다. 칼에서 비릿한 피 냄새가 풍겼다.

"안 보여! 하지만……."

선녀보살이 눈을 감았다가 잠시 후에 떴다.

"그래, 느낄 순 있어."

"역시 용한 무당이 맞구나."

"아냐, 난 용하지 않아. 네가 죽은 줄만 알았는데 그것도 아니잖아. 넌 아무 죄도 없어. 단지 실수했을 뿐이야. 아무리 사또가 시킨 일이라 해도 장일손이 같은 무서운 작자에게 칼을 들이대면 안 되는 거였어. 자, 잘 들어. 내가 돈을 좀 줄 테니 당장이 마을을 떠나."

선녀보살의 목소리가 약간 떨렸다.

"어딜 간들 장일손의 머리통이 안 따라올 것 같아?"

"그러니까 아주 멀리 도망쳐야 해."

"새 까먹는 소리 하지 마!"

선녀보살은 석발이 죽을 때까지 자신을 놔주지 않을 것임을 깨달았다. 불쑥 들러붙은 악연에 그녀는 몸서리쳤다.

"넌 용한 무당이잖아. 나 어떡해야 돼?"

"몰라! 내가 그걸 어떻게 알아?"

석발이 선녀보살의 목에 칼을 들이댔다.

"신령님한테 물어서 알아내. 안 그럼 네 목을 잘라서 장일손의 혼백을 달랠 테니까."

선녀보살은 공포로 치켜뜬 눈을 거듭 깜박인 채 대답하지 않았다. 석발이 말했다.

"약방에 심부름 보낸 네 딸 있지? 내가 그 아이를 잡아 어디다가 가둬놨어."

"앵두를 잡아 가뒀다고? 이 무지막지한 백정 놈아! 그 불쌍한 애를 어떻게 한 거야?"

"머리통이 안 나타나게 나를 도와. 그러면 대신 앵두가 나타난다."

선녀보살의 숨이 가빠졌다.

## 2

**1976년**

들판 구석마다 개구리가 와글거렸다. 여섯 달 전, 섭주 버스
터미널에 내린 그가 한 농부의 우마차를 얻어 타고 찾아온 농
촌 변두리의 돌아래마을[石下村]에는 겨울의 침묵밖에 없었다.
당시 그의 마음은 날씨처럼 추웠고 마을의 인심은 야박했다.

한여름인 지금, 이 마을은 반년 사이에 많은 변화를 이루었
다. 은혜로움이 넘치고 축복이 범람하는 하나님의 성소가 되었
다. 땅은 기름지고 인심은 후해졌다.

그는 감탄 어린 눈길로 주위를 돌아보았다. 온갖 벌레들이
전성기를 맞아 활개를 쳤다. 독충 해충이 뒤섞인 활개마저 그
에게는 은총의 상징이었다. 이제 그는 모든 마을 사람들의 존
경을 받는 자 되었으며 그들과 한 가족이 되었다. 마을 사람들
은 자연의 순환 속에서도 하나님의 손길을 알아볼 수 있었고,
개간과 개척에도 천국행의 복락을 감지할 수 있었다. 그들은
모든 공로를 그에게 돌렸지만 그는 모든 공로를 그들에게 되돌
렸다. 그는 서울에서 섭주로 파견된 젊은 목사였다.

미신과 우상이 판을 치던 원시 산간 마을은 이제 주님이 인
도하는 약속의 땅이 되었다.

밤하늘을 바라보던 그의 눈길이 십자가에 가닿았다. 마을 교
회는 함석지붕을 얹어 농가 창고를 개조한 작은 건물에 불과했

지만 예배에 모이는 신도는 이제 50명을 넘어섰다. 사람들은 팔을 걷어붙인 목사를 도와 종각을 세웠고 축구장을 지었으며 창고 지붕 위에 커다란 양철 십자가를 올렸다.

오늘은 수요 예배가 있는 저녁이다.

시냇물 흐르는 소리가 경쾌했다. 교회에서 풍금 소리가 들려왔다. 이미 많은 사람들이 모여 찬송을 준비하는 모양이었다. 그가 들어서면 긴 가로의자에 앉아 있던 사람들은 어른 아이 할 것 없이 일어나 박수로 맞아줄 것이다.

징검다리를 건너던 목사는 걸음을 멈추었다. 교회와 반대편인 숲속에서 몸싸움이 있는 듯했다. 누군가에게 일방적으로 퍼붓는 여러 명의 목소리가 들려왔다. 가로등 없는 시골이라 아무것도 보이지 않았지만 누군지 알 수 있었다. 그녀들은 예배 때마다 장롱 속에 개켜둔 좋은 나들이옷을 입고 나오는 마을 유지들의 딸 셋일 것이다. 목사는 귀로 들려오는 가해의 말들로 당하는 이가 누구인지 짐작할 수 있었다.

"여기 나오는 거 네 엄마는 아니? 네 엄마 말야!"

"어디 무당 딸이 감히 교회를 나와?"

"이 성경 어디서 났어? 훔친 거지?"

"이런다고 목사님이 너한테 눈길이라도 줄 것 같아?"

"부정 탄다, 부정 타! 썩 꺼져!"

"어휴, 냄새. 이렇게 하고 교회에 들어가겠다고?"

"좀 씻어라! 목사님이 이런 꼬라지 좋아할 거 같니?"

"얘네 산신령은 좋아하겠지."

"그래, 그렇게 계속 고개 숙이고 있어라. 곰보 얼굴 짜증 나니까."

"이러니까 네 엄마가 널 버리고 갔지."

"차라리 머리 깎고 절이나 가지, 교회는 무슨 교회야?"

목사도 그 아이를 알고 있었다. 묘화(昴華)라는 이름을 가진 소녀, 무당인 엄마와 다 쓰러져가는 오두막에서 갇혀 살다시피 한다는 아이. 어디론가 떠난 엄마는 돌아오지 않은 지 오래였다.

물건을 집어 던지는 소리 다음에 흐느끼는 소리가 들려왔다. 그제야 가해 소녀들의 야단도 멎었다. 정적 사이로 울음소리는 훨씬 크게 퍼졌다. 교회에 들어가지 못하고 터벅터벅 돌아가는 묘화의 모습이 눈앞에 아른거렸다. 목사는 어린양을 보호해달라는 기도와 함께 교회로 들어가는 걸음을 서둘렀다. 숲속에서 벌어지는 일을 애써 모르는 척했다. 양심의 소리가 그의 내면을 찔렀다. 어쩌면 그건 하나님의 음성인지도 몰랐다. 무당의 딸도 하나님의 자식이요, 주님의 세계로 인도해야 할 어린양이라고. 그러나 그는 자신이 없었다. 아직은 자신이 없었다. 이렇게 미룬 지가 벌써 몇 달째다. 언젠가는 때가 오리라 생각하면서 목사는 일단 자리를 피해 교회 안으로 들어갔다.

사람들이 머리를 조아리며 목사를 맞이했다. 스물다섯 살의 젊은 목사 김정균(金正均)은 미소로 신도들을 맞아들였고 기쁨으로 주님을 찬송했다. 하지만 여전히 묘화의 흐느낌이 귓가에 남았다. 가슴이 아팠지만 어찌할 수 없는 일이었다.

정균이 무당(의 딸)을 피하는 데는 남모를 이유가 있었다.

예배가 끝이 났다. 밤하늘의 총총한 별들이 열띤 분위기를 가라앉혔다. 사람들은 성경책을 옆구리에 낀 채 줄지어 교회를 빠져나갔다. 만족한 미소가 이심전심으로 번졌다. '네 이웃을 사랑하라'는 목사의 멋진 설교에서 그들은 아직도 헤어 나오지 못했다. 힘든 농사일도 내일의 고생도 오늘의 찬양 앞에서는 문제되지 않았다. 믿음이 있어 불안을 줄일 수 있었고 함께 있기에 같은 틀 안의 보호를 받을 수 있었다. 각자의 집으로 돌아가며 그들은 그 어느 때보다 뜨거운 작별 인사로 돈독한 이웃사랑을 실천했다.

정균 역시도 흥분이 가시지 않았다. 언제나 그랬듯 막힘없는 연설과 열광적인 호응은 하나님의 말씀을 전하는 대리인으로서의 자신을 돌아보게 했다. 그것이야말로 삶의 기쁨이었고 존재의 이유였다. 사람들은 목사의 말을 수용했고 목사의 말은 곧 하나님이 전하는 말이었다. 그는 돌아래마을에서 없어서는 안 될 존재였으며 돌아래마을은 그를 원하고 있었다. 개척자의 기쁨, 선구자의 희열, 전도자의 복락이 젊은 그를 휘감았다.

물가의 힘을 빌린 여름바람이 시원했다. 정균이 왔던 징검다리를 도로 건널 때였다.

"목사님, 같이 가요!"

방울 같은 음성을 내는 셋이 줄지어 다리를 건너왔다.

그들은 같은 학교에 다니는 세 명의 여고생이었다. 군 소재지 고등학교 수학 선생의 딸 애란, 방앗간집 딸 순남, 이장 딸 영자였다. 셋 다 시골에서 보기 드문 화려한 옷차림이었다. 특히 애란은 꽃무늬가 새겨진 노란 원피스를 입었고 늘 묶던 머리를 풀어 찰랑거리는 생머리를 과시해 단연 돋보였다. 그녀들을 본 순간 정균은 예배에 몰입해 잊고 있었던 묘화를 떠올렸다. 묘화 역시도 그들과 동갑내기인 열여덟이었지만 그녀에게는 학교도 친구도 꿈도 없다고 들었다.

정균이 물었다.

"이쪽으로 가면 멀리 돌아가는 거 아냐?"

그는 소와 닭을 키우는 김 집사 댁 별채에 살고 있었는데 이곳은 세 소녀가 살고 있는 마을 중심지와는 반대 방향이었다. 오늘 김 집사는 닭 전염 질환인 뉴캐슬병 예방에 관한 교육을 들으러 읍사무소에 출타하고 없었다. 언제나 목사님과 동행하는 김 집사의 부재를 소녀들은 잘 알고 있는 듯했다. 엄하고 고지식한 김 집사가 있다면 감히 따라올 생각을 못 했을 테니까.

"목사님 보호해드리려고요."

"맞아요. 우린 보디가드예요."

순남과 영자가 정균 가까이로 다가왔다. 그러나 그녀들보다 먼저 목사의 팔을 낚아챈 건 애란이었다.

"목사님 기타 연주 듣고 싶어요."

애란이 정균의 팔을 잡지 않은 오른손으로 머리를 쓸어 넘겼다.

"안 돼. 너무 늦은 시간이야."

"집에서 허락받고 왔는걸요."

"아버님은 아무 말도 없으시던데?"

"아까 나올 때 저한테 바이바이 하시던 거 못 봤어요?"

정균도 장난기가 생겼다.

"아니, 김 집사님이 바이바이 하시는 건 봤지."

"집사님이 여기 계세요? 울 아버지하고 닭병 교육받으러 갔는데."

영자가 눈을 동그랗게 뜨고 주위를 살폈다. 그 모습에 모두 키득거렸다.

"참, 영걸이는 어디 갔니? 아까 예배 시작할 때까지도 보이던데."

영자의 남동생이 보이지 않자 정균이 물었다.

"배가 아프다고 먼저 집에 갔어요."

순남이 작은 목소리로 물었다.

"네가 보낸 건 아니고?"

"아냐!"

영자의 얼굴이 빨개졌다.

정균이 선언하듯 말했다.

"자자, 목사님 집 쪽은 너희들이 가기엔 몹시 어둡고 위험한 산길이야. 이제 돌아들 가."

"기타 연주 들려주세요!"

셋이 합창했다.

"뱀 나오게 밤에 무슨 기타를 쳐? 일요일에 들려줄게."

"주일예배 끝나면 기타가 아니라 소만 치실 거잖아요. 앤젤 클레어처럼."

"오, 애란이 토마스 하디의 『테스』를 읽은 거야?"

정균의 목소리가 밝아졌다.

"네, 어제 막 다 읽었어요."

수줍지만 자랑을 감추지 않은 목소리였다. 순남과 영자는 아무 말도 하지 못했다.

"기왕 따라왔는데 한 곡만 들려주세요. 바로 돌아갈게요."

애란이 말했다.

"그럼 내가 또 너희들을 바래다줘야 하잖아. 두 번 왕복하는 셈인데."

"그러면 안 되나요?"

"허, 참."

정균에게 어떤 생각 하나가 떠올랐다.

"알았다. 대신 내 물음에 대답해준다면."

"좋아요."

순남과 영자는 목사님에게 찰싹 붙어 걸어가는 애란이 못마땅한 기색이었다. 둘은 애란에게 군 소재지의 명문 고등학교에 다니는 남자친구 진태가 있다는 사실을 잘 알고 있었다.

"뭔데요, 궁금하신 게?"

정균이 묻고 싶은 건 묘화와 관련한, 예배 전 숲속에서 들었던 사건의 진상이었다. 질문을 어떻게 해야 좋을지 몰라 그는 잠시 망설였다. 길은 좁아지고 서늘한 습기가 몰려왔다. 오르막이 어느새 내리막이 되었다. 돌아래마을의 유명 호수 난정호(蘭靜湖)가 왼편에 서서히 모습을 드러냈고 오른편 위쪽으로는 철길이 펼쳐졌다. 여섯 달을 왕래한 길이지만 가로등이 없는 시골길은 언제나 음침했다. 조명이라고는 손에 쥔 손전등이 유일했다.

"아까 예배 전에 숲속에서……."

그가 막 입을 뗄 때는 찰나, 호수와 통하는 숲으로부터 시커먼 형상이 파파팍 튀어나왔다. 낭만의 야행이 공포의 기습으로 탈바꿈했다. 여학생들이 비명을 질렀고 정균도 몸이 굳어버렸다. 그는 손에 쥔 손전등을 상대의 얼굴로 겨누었다.

"영걸이 너!"

영자가 소리쳤다.

손전등 빛에 노출된 사람은 영자의 남동생인 영걸이었다.

"야! 너 집에 간다더니 어디 있었……."

영자가 말끝을 흐렸다. 영걸이 이상했다. 국민학교 6학년 아이의 얼굴은 잔뜩 겁에 질려 있었고 눈물까지 흘리고 있었다. 영걸은 두려운 눈빛으로 세 명의 소녀를 번갈아 바라보다가 목사와 눈이 마주치자 뒷걸음질을 치는가 싶더니 그대로 그들을 지나쳐 교회 쪽으로 뛰었다. 그곳은 집으로 가는 방향이기도 했다. 영자가 동생의 이름을 불렀지만 아이는 멈추지 않았다.

"쟤가 왜 저러지? 저 먼저 갈게요. 영걸아! 영걸아!"

당황한 영자가 인사도 없이 영걸을 쫓아 달렸다.

"영걸이가 왜 저러지?"

정균도 영자와 같은 말을 하면서 아이를 따라가려 했지만 애란과 순남이 목사를 놓아주지 않았다.

"그냥 두세요. 들고양이 눈이라도 보고 놀란 거겠죠."

"맞아요. 이런 길에는 밤중에 번쩍번쩍거리는 눈이 많아요."

"왜 여기서 영걸이가 나온 거지?"

"영걸이한테 나중에 물어보면 알겠죠, 뭐. 아까 저희한테 물어보시려던 건 뭔데요?"

애란의 눈이 그를 바라보고 있었다.

물소리가 정균의 귀로 소용돌이쳐 들어왔다. 밤이 가세한 원시의 음향은 가까이 오지 말라는 자연의 경고 같았다. 물소리에 겁이 나기는 처음이었다. 묘화는 무당의 딸이었고 그녀를 언급하는 것마저도 무서웠다. 겁이 난 그는 마음이 변했다. 들떠 있는 아이들에게 책망 섞인 질문을 하기가 꺼려졌다. 무서운 분위기에 무거운 분위기를 얹기 싫었다. 결국 그는 묘화에 관해 묻지 않았다.

\*

다음 날 정균은 늦잠을 잤다. 전날 밤 두 소녀는 끝내 목사의 기타 연주를 듣고 돌아갔다. 한 곡만 더요, 한 곡만 더요, 하는 집요함을 해결한 사람은 김 집사의 부인 안강댁이었다.

"너희들 내일 학교 안 가?"

"방학인데요."

"그럼 오늘 집에 안 가?"

사감 같은 50대 아주머니의 두 마디에 아이들은 못마땅한 얼굴로 일어섰다. 정균이 바래다주러 왔던 길을 또 나서자 아이들의 표정은 풀어졌다. 이번에는 안강댁이 못마땅한 기색이 되었다. 정균은 마을 우물 앞에서 애란과 순남을 한꺼번에 돌려보냈다. 우물가에서는 시야가 훤히 트여 아이들이 자기 집 대문을 여는 모습을 확인할 수 있었다. 애란의 집은 마을에서 가장 크고 현대식인 개량 한옥인 반면 순남과 영자의 집은 마당이 넓은 재래식 한옥이었다. 그 밖의 돌아래마을 민가는 초가집이 대부분이었다.

혼자 돌아오는 길은 무서웠다. 특히 잠잠해진 난정호를 지나치기가 무서웠다. 투명한 물속에 가득한 시체들이 자신을 올려다보는 상상이 펼쳐졌다. 6·25 때 이곳에서 많은 사람들이 죽었다는 소문이 있었다. 자정이 되어서야 집에 돌아온 정균은 피곤이 극에 달해 쓰러지듯 잠들었다. 그는 흰옷을 입은 여자들과 울부짖는 닭들이 등장하는 어지러운 꿈을 꾸다가 잠에서 깨어났다. 아침이었다.

마당으로 나오니 안강댁이 닭에게 모이를 주고 있었다. 고개를 까딱거리며 햇살을 쬐는 어미 닭의 뒤를 병아리들이 쪼르르 따랐다. 실체가 불분명한 꿈과 대조적인 전원의 풍경이었다.

"이제 일어나셨어요?"

"예. 집사님은 아직 돌아오시지 않았나요?"

"오후나 되어야 올 거예요."

"이리 주세요. 모이는 제가 주겠습니다."

정균이 안강댁의 모이 그릇을 넘겨받았다. 안강댁은 허리를 펴고 젊은 목사를 바라보았다.

"걔네 부모들은 알고 있겠죠?"

"뭐가요?"

"늦은 시간에 목사님이 집까지 들인 사실을요."

애들을 집으로 불러들인 사람이 자신이라는 어감이 약간 불쾌했지만 정균은 시원하게 대답했다.

"그럼요. 허락받고 온 거죠."

"목사님. 걔네들한테 너무 잘해주지 마세요."

"아, 기타를 배우고 싶대서…… 어제 많이 시끄러웠지요?"

"기타는 무슨 기타예요? 목사님 보러 왔다고 얼굴에 써 붙이고 다니던데."

"그런가요?"

"옷 입은 거 보세요. 누구한테 잘 보이려고 그랬겠어요?"

"……."

"걔들은 잘사는 집 딸들이에요. 가난한 이 동네에서 대학까지 보낼 수 있는 집안 애들이라고요. 내년이면 고3이고요. 공부에 흥미를 잃고 딴 데 관심 쏟으면 부모들이 이유를 알아내려 하지 않겠어요?"

"주의하도록 하겠습니다."

"여긴 시골이라 서울하고 달라요."

정균은 안강댁의 말이 신경 쓰였다. 아이들을 꾀어낸 사람이 당신 아니냐는 듯한 어조였기에.

"목사님을 말하는 게 아니라 여기 사람들을 말하는 거예요."

"여기 사람들이 어떤데요?"

"고분고분하다가도 뭐 하나 수틀리면 돌변하는 사람들이 돌아래마을 사람들이죠. 우리 내외도 경주에서 이사 올 때 여기 사람들이 텃세 부리는 통에 진짜 힘들었어요. 모두가 교회로 쉽게 모인 것만큼이나 흩어지는 것도 한순간이 될 수 있다고요. 무슨 이유든지 간에."

정균은 안강댁이 애들을 여자로 보았다간 그들 가족에게 화를 입을 것이라는 암시를 준다고 해석했다. 잠시 스스로를 돌아본 그는 안강댁의 말에도 일리가 있다고 생각했다. 분명 어제 그는 시골에서 보기 힘든 화사한 여학생 앞에서 기타를 퉁기며 스스로를 과시했다. 마지못한 척했지만 사실 그 순간을 즐기지 않았던가. 일요일에도 또 다음에도 같은 기회를 갖자고 말하기까지 했으니까. 주님을 향한 구도와 정진을 망각하고 말이다. 그는 세 여학생을 향한 자신의 관심이 특히 애란 쪽으로 쏠렸다는 사실까지 잘 알고 있었다. 순남과 영자가 눈치채건 말건.

'목회자의 길을 걷는다고 자부하는 나도 실제로는 속물에 불과한 건 아닐까?'

안강댁의 뼈 있는 충고에 그는 부끄러워졌다. 그러자 잊고 있던 묘화가, 그녀일 것이라 추정되는 어제의 흐느낌이 떠올랐다. 그는 고난에 처한 아이를 못 본 척했고, 가해자로 여겨지는 아이들과 어울려 밤늦게까지 논 셈이다.

"저…… 여사님. 묘화 모녀도 처음부터 돌아래마을에 살고 있었나요?"

무당네의 이름이 언급되자 안강댁의 표정이 굳어졌다.

"다 들으신 거예요?"

"뭘요?"

"좀 전에 묘화하고 저하고 시끄럽게 떠든 거 다 들으셨냐고요?"

그렇다면 닭소리가 섞인 그 소란이 꿈이 아닌 현실이었단 말인가.

"묘화가 여기 왔었어요?"

"네. 알고도 일부러 안 나오신 거 아녔어요?"

"아뇨. 전 몰랐습니다."

"목사님 만나게 해달라고 얼마나 조르던지 돌려보내는 데 힘들었어요."

"저를요?"

'설마 내가 어제 못 본 척한 사실을 묘화가 알고 있는 건 아닐까?'

정균이 모이 그릇을 떨어뜨렸고 병아리들이 좌르르 흩어졌다. 그릇을 주우며 그는 물었다.

"왜요?"

"아, 글쎄. 애가 온몸을 부들부들 떨면서 말하길 어젯밤 예수님을 만났다지 뭐예요? 목사님께 꼭 말씀드려야 한다고요."

"예수님을요?"

"예. 알았다고, 내가 대신 전해줄 테니 돌아가라 아무리 말해도 물러설 기색이 없었어요. 처음엔 야단을 치다가 그래도 소용이 없자 얘기를 들어주기로 했죠. 누군가에게 얘길 하고 싶어서 안달이 난 것 같았거든요. 아니나 다를까, 애가 좀 진정이 되더라고요. 어떻게 예수님을 만났단 말이냐, 하니까 잠을 자는데 찾아왔다고 하대요. 그럼 예수님이 어떻게 생겼느냐고 물으니까 교회 벽에 걸린 그림 모습 그대로라고 했어요."

정균은 교회의 벽화를 떠올렸다. 은혜의 빛 가운데 지그시 왼편으로 고개를 돌려 진리를 보시는 예수님의 초상화는 어느 교회에서나 쉽게 볼 수 있었다.

"수염도 있고 머리도 길게 풀어 헤친 모습이 틀림없는 예수님이라네요. 그런데 우리나라 예수님이라서 한복을 입고 계셨다지 뭐예요? 그 말을 듣고 하도 웃겨서 그럼 군인 꿈에 나온 예수님은 군복을 입고 있겠네, 라고 했는데 애가 갑자기 흥분을 해서⋯⋯."

"여사님. 그건 표현이 좀 지나치셨습니다."

안강댁의 말은 정균에게 신성모독이나 다름없었다. 안강댁은 목사의 지적도 잊고 무서운 표정을 지은 채 자기 이야기만 늘어놓았다.

"묘화가 내 농담을 못 알아듣고 길길이 날뛰었어요. 알아들을 수 없는 말로 욕을 해대고 뭐라고 계속 나불거리더라고요. 주문이나 외워 나한테 살 씌운 거나 아닌지 몰라."

"어떤 말을 했는데요?"

"무당이 신들리면 이상한 말을 좌라락 쏟아내고 휘파람도 불잖아요. 어제 걔가 그랬어요. 지 어미하고 똑같애. 내가 알아들은 건 '내가 꿈을 꾼 줄 알아요?' 하는 마지막 한마디였어요. 그리고 더 이상 입을 열지 않더라고요. 나를 확 쏘아보는데 곰보 얼굴이 얼마나 무섭던지 소름이 다 끼쳤어. 흥, 예수님은 무슨 예수님이야. 이름도 없는 잡귀한테 신이 들리려는 게지. 그 어미에 그 딸 아니랄까 봐."

안강댁은 준엄한 사감의 모습은 온데간데없이 묘화 이야기가 나오자 애를 험담하는 데만 열을 올렸다. 온 신경이 거기에만 쏠린 듯했는데 무당 모녀가 언급되면 마을 사람들 전부가 그랬다. 마치 그렇게 모멸을 주고 비천하게 보아야만 자기들끼리 동류(同類)로 뭉칠 수 있다는 듯이.

"걔 혹시 누구한테 맞은 거 같진 않던가요?"

정균이 물었다.

"그런 거 같진 않던데요."

"성경책은 들고 왔고요?"

"예. 품에 끌어안고 있었어요."

"나는 준 적이 없는데…… . 누가 줬을까?"

"주긴 누가 줘요? 어디서 주웠거나 훔쳤겠지. 교회에 흔한 게 성경책이잖아요."

정균은 어제 들었던 흐느낌과 그 전에 물건 집어 던지던 소리를 떠올렸다. 세 소녀 중 하나가 묘화의 성경책을 빼앗아 집어 던지는 광경이 눈앞에 펼쳐졌다. 그런 일을 당하고도 품에 안고 다니고 어머니가 무당인데도 당당히 지니고 있다니. 갈수록 묘화란 아이가 궁금해졌다.

"저도 일전에 묘화가 교회에 나왔었단 말은 들은 적 있어요. 그런데 왜 못 봤을까요?"

"재수 없다고 사람들이 쫓아냈잖아요. 목사님이 들어오시기 전에. 근데 떠나질 않았대요. 창밖에서 우리가 예배하는 걸 보고 기도를 따라 했대요. 그날 비가 많이 왔는데 비를 맞으면서도 계속 서성거리더라네요. 누에 치는 팔득이 아버지가 다 봤대요. 너 여기서 뭐 하나 그러니까 후다닥 도망치더라나? 그 후부터 사람 눈을 피해 몰래 교회 안을 들여다보나 봐요."

"사람들이 왜 그 아이를 싫어하죠?"

"그런 거렁뱅이를 누가 좋아해요?"

"거렁뱅이도 주님의 은총을 받을 권리가 있습니다."

"근데 목사님도 걔는 피하시는 거 같던데……."

정균은 자신의 비밀을 말할 수 없어 으흠 헛기침을 했다.

"왜 그리도 교회에 나오고 싶어 하는 걸까요, 무속인의 딸이?"

"목사님 보러 오는 거지, 뭐."

"농담은 그만하시고요."

"걔가 꿈에서 예수님 봤다고 거짓말까지 해가면서 꼭두새벽에 여길 왜 왔겠어요?"

"성서로 마음의 평화를 얻었기 때문은 아닐까요?"

"글도 모르는 애가?"

"하나님 말씀을 받는 데 배우고 못 배우고의 차이는 없습니다."

정균은 숲속에서 들었던 폭력의 소리를 떠올렸다. "네가 이런다고 목사님이 알아줄 것 같아?"라고 했던 말을.

"목사님, 여자 애들한테 너무 잘해주지 마요. 특히 묘화는 조심해야 할 애예요. 꿈에서 한복 입은 예수님을 봤다 그랬잖아요. 걔가 어미처럼 신이 들리면 예수님과 귀신을 어떻게 구별하겠어요? 머리도 좀 돈 거 같고 세상 물정에 사리 판단까지 모르는 바보예요. 아예 아는 척도 하지 마요. 그런 애가 한번 따라붙으면 쉽게 떼어내지도 못해요. 문둥병 환자도 낫게 한 분이 하나님, 예수님이지만 묘화는 성경으로 교화될 애가 아니에요. 그냥 가만히 둬야 해요. 힘도 세고 성격도 못됐어요. 거지라고 돌 던지고 놀리다가 머리채 잡혀 물속에 처박혀 죽을 뻔한 애도 있었죠. 으휴, 목사님도 아까 고것이 날 쏘아보는 눈길을 봤어야 했는데……."

정균은 묘화를 제대로 본 적이 한 번도 없었다. 멀리서 희미하게 몇 번 본 적이 있을 뿐이었다. 그래서 그녀의 얼굴을 정확하게 몰랐다. 그녀가 일정한 거리에 있으면 정균은 몸에서 번지는 이상한 기운을 느낄 수 있었다. 그건 통증에 가까웠다. 그는 무당을 무서워했고 그럴 만한 이유가 있었다. 사회적 약자로서 묘화를 하나님께 인도해야 한다는 마음은 언제나 가지고 있었지만 직접 전도할 수는 없었다. 무당의 딸이니까.

"걔가 돌아갈 때 정말 무서운 거 봤어요."

"뭘 봤는데요?"

"묘화가 나를 쏘아보고 돌아가면서 '나 진짜로 예수님을 봤다니까!' 하고 소릴 질렀거든. 근데 저기 있는 장닭이 갑자기 푸드득 날아올라 묘화 머리 위에 턱 앉더라니까. 분명 닭장 문을 잠가놨는데 어떻게 열고 나온 건지 모르겠어요. 그게 사람 머리 위에서 볏을 부르르 떨고 날개를 쫙 펴는데 심장 멎는 줄 알았다니까."

정균은 닭장 안을 바라보았다. 김 집사가 여름 보양식이라며 자랑해오던 장닭은 무시무시할 정도로 장대해 웬만한 아기보다도 더 컸다. 단단히 잠근 닭장 안, 깃털과 부리와 벼슬에 검고 푸르고 붉은 색이 고루 섞인 장닭은 시치미를 떼듯 눈을 부릅뜬 채 가만히 앉아 있었다. 정균은 안강댁이 묘사한 광경을 상상했다. 누더기 차림에 성경책을 끌어안은 소녀. 그 머리 위에 날개를 활짝 편 커다란 닭. 기이하게 뒤틀린 십자가의 형태⋯⋯.


## 3


수요일 저녁이었던 그날, 교회로 나서기 전에 묘화는 어둠에 휩싸인 집 안에 가만히 앉아 있었다. 멀리 큰 굿을 다녀오겠다던 엄마는 돌아오지 않은 지 보름째다. 평소 초를 아껴야 한다는 엄마 말에 그녀는 불을 켜지 않았다. 집의 겉모습도 집 안 사정처럼 어둡긴 마찬가지였다. 돌로 쌓은 담장이 스러지고 지붕도 삐딱하게 내려앉은 오두막은 무너지기 일보 직전이었다.

오두막에는 방이 나란히 셋 있었는데 맨 왼쪽이 부엌, 두 번째가 모녀가 거주하는 사랑방, 맨 오른쪽이 신당(神堂)이었다. 묘화는 밥그릇 위에 우북이 앉은 파리 떼를 손바람으로 날려 보낸 후 물을 부어 말아 먹었다. 반찬은 간장 한 종지뿐이었다.

대충 저녁을 때운 묘화는 신당 안으로 들어갔다. 벽마다 눈이 길게 찢어진 여자 무당, 호랑이를 탄 머리 허연 산신, 앵무새와 잉어가 크게 그려진 산천, 칼과 깃발을 포개어 쥔 포도대장처럼 생긴 장수 등 다양한 무신도가 붙어 있었다. 묘화는 그림 속의 인물들이 내려다보는 중간에 앉아, 오지 않는 엄마를 기다렸다. 한 벌뿐인 몽두리[巫衣]와 굿에 쓰는 악기는 엄마가 가지고 나가 없다. 무구(巫具)를 넣어두던 오동나무 궤짝만 텅 빈 채 열려 있어 더욱 가슴이 휑했다.

언제부턴가 사람들은 묘화의 엄마인 월수(月水)보살을 보고 신이 들린 게 아니라 잡귀가 들렸다고 수군거렸다. 그녀가 내리는 점괘며 행하는 굿이 날이 갈수록 효험이 떨어진 까닭이었다. 수군거림은 얼마 전 마을에서 사람 하나가 죽어 나간 어떤 사건에 그녀가 연루되었다는 괴소문이 나고부터 떠돌기 시작했다. 이 사실을 안 월수가 산신의 노여움을 살 것이라며 마을 사람들을 욕하고 악담을 퍼붓자 사람들은 모녀와 상종하지 않았다. 일거리를 주지 않았고 굿을 의뢰할 일이 있으면 다른 마을의 무당을 불렀다. 급기야 모녀는 산 입에 거미줄을 쳐야 할 지경에까지 이르렀다. 애당초 풍녀보살이라는 토착 무당이 병으로 죽은 후 돌아래마을에는 무녀가 없었기에 사람들은 아비도 모르는 딸을 데리고 객지에서 흘러들어온 월수를 그럭저럭 맞아주었다. 그러나 신기(神氣)가 떨어지면서도 오히려 큰소리를 치는 월수의 행태가 사람들 눈에 괘씸하게 비치고 의식 개혁 운동 여파로 마을에 교회까지 들어서자 모녀는 철저히 버림받았다. 굿이 없는 날마다 술을 마시던 월수는 알코올 중독 증세를 보였고 가끔 사람들에게 덤벼들었다. 사람들은 월수를 미치광이라 부르며 거지라고 욕했다. 한때는 반반하고 곱다는 소리도 들었을 법한 월수는 일부러 그러는 건지 정말 미쳐서 그러는 건지 불결한 외양을 유지했고 사나운 내면을 갖추게 되었다. 그녀는 예수 믿는 사람을 저주한 나머지 교회에 불을 지르려다가 집단 매질을 당하기도 했는데, 형무소에 보내겠다는 이장의 협박이 있고 나서야 행동이 잠잠해졌다. 그런 어미의 딸이란 이유로 묘화 역시 손가락질을 당했다. 후리후리한 키에 이목구비가 또렷한 얼굴을 가졌음에도 얼굴이 박박 얽었기에 사람들은 묘화라는 예쁜 이름을 놔두고 곰보라고 불렀다. 천연두라는 병명을 알고 있음에도 그들은 딱한 사정을 묻지 않았다. 아이들은 놀리면서 돌을 던졌고 어른들은 재수 없다며 등을 돌렸다. 묘화는 말을 거의 하지 않았고 사람들을 봐도 아는 척하지 않았다. 사람들은 놀리는 아이들을 때리는 묘화를 봤다고도 했고 등 돌리는 사람에게 욕을 하는 묘화를 봤다고도 했다. 좋지 않은 선입견으로 사람들은 묘화에 대한 소문을 부풀렸다.

달빛이 묘화가 앉아 있는 신당 안을 환히 비추었다.

벽에 고정된 색 바랜 산신들이 그녀를 내려다보았다.

묘화는 치성을 드렸다. 신이 아니라 주 예수그리스도에게.

그녀는 목사님을 보았을 때를 기억하고 있었다. 자신과 동갑내기인 마을의 부잣집 여자애들에게 둘러싸여 걸어오는 목사님을. 비록 먼발치에서였지만 그 모습은 사람들에게 숭앙받는 산신령을 떠올리게 했다. 목사는 주위 사람들을 환히 웃게 했고 허리 굽혀 인사하게 했다. 엄마는 신께서 강림하면 가슴이 두근거리고 머리가 시원해진다고 했는데 묘화 역시도 목사를 볼 때 그런 느낌이었다. 엄마가 오지 않아 불안한 지금, 그녀는 엄마와 비슷하게 신을 모시는 사람인 목사의 보호를 받고 싶었다. 그러나 무슨 이유인지 사람들은 목사에게 다가가려는 그녀를 막았다. 괴롭히고 쫓아냈다. 묘화는 교회 바깥에서 비를 맞으면서까지 목사가 신을 부르는 말을 들었다. 목사의 말투는 엄마가 신들릴 때 내뱉는 거친 어조보다 친절했고 이야기도 듣기 좋았다.

"여러분의 이웃을 사랑하십시오. 나면서부터 사람은 똑같습니다. 세상에는 잘난 사람 없고 못난 사람도 없습니다. 주 예수그리스도 안에서 우리 모두는 죄지은 자요, 하지만 새로이 거듭날 수 있는 사람입니다. 사랑을 베푸십시오. 부유한 자도 가난한 자도 모두가 하나님의 자식입니다. 그럼으로써 세상 모든 것은 주 예수그리스도 안에서 하나가 됩니다. 주님의 말씀이, 주님에의 사랑이 이 섭주 돌아래마을에 지상 낙원을 이룩하고 약속의 땅을 보장할 것입니다."

묘화는 성경책을 갖고 있었다. 나물을 뜯으러 갔다가 산골짝에 떨어진 한 권을 주웠던 것이다. 표지에 '1학년 3반 임달복'이라는 커다란 연필 글씨가 쓰여 있었지만 묘화는 글을 읽을 줄 몰랐다. 따라서 내용도 모를 수밖에 없었다. 그럼에도 그녀에게 목사의 성경은 엄마의 부적과 동등한 신물(神物)로 다가왔다. 모든 이가 성경을 가지고 다녔고 거기에 쓰인 대로 주문을 외웠고 절을 했다. 모두가 그 책을 편 채 목사의 말을 들었고 똑같은 소리(아멘! 할렐루야!)로 호응했다. 묘화에게 기독교는 교리를 해석하고 깨달음의 희열을 얻는 대상이 아니었다. 신(神)과 연관되어 편안함을 느낄 수 있는 선험적인 영역일 뿐이었다. 그러나 묘화는 엄마한테 성경을 숨겼고 엄마가 있을 때는 교회에 나가지 않을 정도의 지혜도 갖추고 있었다. 엄마가 교회에 불을 지르려 했고 사람들을 저주한 사실을 기억하기 때문이었다. 엄마는 세상에서 가장 소중한 사람이었지만 때론 무섭기도 했다. 예수라는 강력한 신이 엄마의 행동을 노여워해 못 돌아오게 하는 건 아닐까 하는 생각에 묘화는 열심히 기도했다.

"주 예수그리스도여……. 울 엄마 돌아오게 해주옵소서. 비나이다, 비나이다……. 주 예수그리스도여……. 울 엄마 얼른 돌아오게 해주옵소서……."

눈을 감으면 목사의 잘생긴 얼굴이 보이는 듯했다. 묘화는 교회 바깥에서 본 사람들의 목소리를 흉내 내 정성껏 치성을 드렸다. 그녀를 내려다보는 벽화 속 산신들의 굵은 눈은 아무런 동요도 없었다. 산신들은 그녀를 위하여 아무런 도움의 계시도 주지 않았다. 기도를 마친 묘화는 무너진 부뚜막 틈에 숨겨둔 성경책을 꺼내 들고 어둠이 깔린 산길을 걸어갔다. 곧 있으면 수요 예배가 열릴 것이고, 엄마가 오지 않으니 자유롭게 갈 수 있으리라 생각했다. 지난번처럼 교회 바깥에서 목사님 얼굴을 보면서 말씀을 듣자는 게 묘화의 계획이었다. 그러나 목사가 개인적인 이유로 일부러 그녀를 피한다는 사실을 묘화는 알지 못했다.

*

묘화는 교회를 코앞에 둔 지점에서 길을 꺾다가 생각지도 못한 세 사람을 만났다. 애란, 순남, 영자였다. 묘화는 이름을 알지 못했지만 이 세 사람이 늘 목사 주변에 몰려다니는 패거리란 사실은 알고 있었다. 알록달록한 원피스 차림으로 쪼그려 앉아 입으로 연기를 뿜어대던 애란이 흥미롭다는 듯 불청객을 바라보았다. 그녀들을 보자마자 묘화는 본능적으로 어깨를 움츠리고 성경으로 얼굴을 가렸다.

"곰보 아냐?"

순남이 소리치며 다가가 성경책을 빼앗았다.

"여기 나오는 거 네 엄마는 아니? 네 엄마 말야!"

"……."

"어디 무당 딸이 감히 교회를 나와?"

영자가 묘화의 오른쪽에 섰다.

"이 성경 어디서 났어? 훔친 거지?"

"이런다고 목사님이 너한테 눈길이라도 줄 것 같아?"

순남과 영자가 묘화를 괴롭히기 시작했다. 순남은 목사님의 마음에 들려고 여우짓을 하는 애란에게 화가 나 있었는데 묘화를 만나자 분풀이 대상을 찾은 것 같았다. 묘화는 아이들이 왜 자신을 미워하는지 아무리 생각해도 알 수가 없었다.

"부정 탄다! 부정 타! 썩 꺼져!"

"어휴, 냄새. 이렇게 하고 교회에 들어가겠다고?"

"좀 씻어라! 목사님이 이런 꼬라지 좋아할 거 같니?"

순남이 빼앗은 성경책으로 묘화의 어깨를 툭툭 밀었다. 묘화는 손을 뻗었는데 순남이 요리조리 팔을 피하자 책을 되찾을 수가 없었다.

"얘네 산신령은 좋아하겠지."

순남이 성경을 멀리 집어 던졌다. 묘화가 달려가 성경을 주워 끌어안았지만 고개는 들지 못했다. 애란이 이 모습을 바라보았다. 그녀의 입에서 연기가 솔솔 피어 나왔다. 순남과 영자는 멈추지 않고 묘화를 괴롭혔다.

"그래, 그렇게 계속 고개 숙이고 있어라. 곰보 얼굴 짜증 나니까."

"이러니까 네 엄마가 널 버리고 갔지."

"차라리 머리 깎고 절이나 가지, 교회는 무슨 교회야?"

"네 아버지가 네 엄마하고 너를 버렸다며?"

묘화가 처음으로 입을 열었다.

"아냐! 월남에 싸우러 갔어!"

"우리 아빠가 그러더라. 월남전쟁은 2년 전에 벌써 끝났다고."

"그럼 뭐야? 마누라하고 딸하고 버리고 달아난 거야?"

순남이 빈정거렸다.

"거기서 총 맞고 죽었을 수도 있지!"

영자가 깔깔거렸다.

"아냐, 무당 남편은 총알도 피할 수 있어."

순남이 배를 쥐고 웃었다.

"그럼 도망간 거 맞네. 닭처럼 이렇게."

영자가 닭 걸음을 흉내 냈다.

순남과 영자가 묘화를 둘러싸고 돌림노래처럼 험담을 늘어 놓았다. 묘화가 고개를 떨군 채 흐느꼈다.

애란이 말했다.

"이제 그만하지?"

"뭘 그만둬? 이런 사탄은 교회에 들어올 가치도 없어."

"너도 책을 집어 던졌잖아. 그것도 성경책을."

애란이 웃었다.

"그건……."

순남이 말끝을 흐렸다.

"주님이 보고 계신다면 네 손목을 잘라버리시지 않을까?"

순남의 표정이 굳어지고 눈썹이 꿈틀거렸다. 애란이 일어서 자 키가 순남의 머리를 넘어섰다. 순남이 눈을 내리깔자 애란 이 깔깔거렸다.

"저기 목사님 가네."

묘화가 고개를 들었다. 그걸 본 애란이 흥미롭다는 듯 웃으며 말했다.

"어머나, 얘도 목사님 좋아하나 봐. 얘, 너 나 알지? 엄마는 언제 돌아오시니?"

묘화는 성경책을 끌어안고 도망쳤다. 한 손으로 눈물을 훔치며 어둠이 내려앉은 숲속으로 달렸다. 세 소녀는 아무런 말도 하지 않았지만 묘화는 셋을 기억 창고에 저장했다. 성경을 집어 던진 순남의 얼굴을 가장 생생히 기억했고, 아버지를 욕한 영자를 그다음으로 기억했다. 셋 중 눈에 띄게 고운 아이가 뜻밖에도 친절해 기분이 이상했다. 예전에 그런 일이 있었음에도…….

얼굴을 어루만지던 묘화는 애란의 마음씨만큼이나 그녀의 피부가 부러웠다.

*

묘화는 정처 없이 걸었다. 교회 근처에는 가지도 못했고 목사님도 만나지 못했다. 돌아가는 발걸음은 왔을 때처럼 신나지가 않았다. 밤이었지만 무더웠다. 잔잔한 물소리가 가슴속으로 밀려 들려왔다. 그녀를 보듬듯 거대한 난정호가 옆으로 펼쳐졌다. 나면서부터 타고난 월수보살의 영향인지 그녀는 자연의 소리가 싫지 않았다. 그것은 모든 것의 시작이며 끝인 소리였다. 하루의 아침은 새소리로 시작되고 하루의 끝은 벌레 소리로 끝났다. 그 모두가 난정호에 거주하는 계절의 친구들이었다. 알지도 못하는 애들에게 봉변을 당한 뒤였지만 어머니 배 속 같은 호수 앞에서 묘화의 마음이 조금 편안해졌다.

하지만 순남의 악에 받친 목소리가 지워지지 않았다.

"좀 씻어라! 목사님이 이런 꼬라지 좋아할 거 같니?"

'내가 방앗간집 딸에게 뭘 잘못했지?'

묘화는 곰곰이 생각했으나 잘못한 것이 아무것도 없었다. 엄마가 보고 싶었다.

'대체 어딜 가서 안 오는 거지, 엄마는? 왜 돌아와서 저런 못된 것들한테서 나를 지켜주지 않는 거지?'

묘화는 옷을 벗어 바위 곁에 아무렇게나 놓았다. 하늘의 달은 밝았다. 누더기나 다름없는 의복이 사라진 묘화의 자태는 고왔다. 얼굴을 제외하고 그녀의 피부가 잘못된 곳은 단 한 군데도 없었다. 만약 그녀가 피조물이란 단어를 알고 자신을 돌아볼 여유가 있었다면, 조물주가 그녀에게 얼마나 아름다운 육체를 주었는지 깨달을 수 있었을 것이다. 자연과 하나가 되듯 그녀는 천천히 난정호 안으로 들어갔다.

"비나이다, 비나이다, 주 예수그리스도여. 우리 엄마 빨리 돌아오게 해주시고 사람들이 우리 모녀 괴롭히지 않게 해주옵소서. 몽달귀가 가까이 못 오게 해주시고 우리 아버지도 제발 돌아왔으면 좋겠습니다. 비나이다, 비나이다."

묘화는 기도로 마주 붙였던 손바닥을 떼며 물을 끼얹었다. 시원한 감각이 몸을 훑고 지나갔다. 상반신이 물에 잠기자 그녀는 호수와 하나가 되었다. 밤 벌레 소리는 청아했고 하늘에는 별이 가득했다. 묘화의 눈이 번쩍번쩍 빛을 발했다. 저 멀리서 뭔가가 떠내려오고 있었다. 가까이 올수록 금색 빛이 수면을 밝혔다.

그것은 광휘의 강림, 기적의 실현이었다.

묘화는 최면술에 걸린 것처럼 자신에게로 오는 물건을 향해 헤엄쳐나갔다. 물건도 상대를 알아본 듯 그녀를 향해 흘러왔다. 빛이 둘을 감쌌다. 묘화가 정체를 알아본 순간 물건에서 솟구치는 광휘가 한층 강해졌다. 그것은 십자가였다. 묘화도 교회 벽에 걸린 십자가를 본 적 있었지만 온통 금으로 만들어진 이 십자가와는 비교가 되지 않았다. 두 팔로 안아야 간신히 들어 올릴 수 있을 만치 거대한 십자가였다. 묘화의 얼굴이 금빛으로 물들었다. 십자가를 품에 안자 머릿속에서 별들과 구름이 새 떼처럼 지나갔다. 그녀는 부끄러움 없이 몸을 일으켜 호수에서 육지로 걸어 나갔다. 십자가의 빛은 사라지지 않고 더욱 강해져 그녀의 육신을 눈부신 조각상처럼 보이게 했다. 빛으로 드러난 그녀의 눈과 입은 커다랗게 떠져 있었다. 뭍으로 나간 그녀는 누가 볼까 문득 겁이 났다. 자신의 알몸이 아닌 이 귀한 물건을 말이다. 그녀의 생각에 호응하듯 십자가는 빛을 거두어 타인의 시야로부터 스스로를 보호했다. 누가 훔쳐 가지나 않을까 걱정된 묘화는 서둘러 옷을 챙겨 입고 십자가를 끌어안고서 집으로 달렸다.

신당에 들어설 때까지 마주친 사람은 아무도 없었다. 그녀는 소반을 꺼내 향과 엽전을 치운 뒤 그 위에 난정호에서 건진 귀한 물건을 올렸다. 소반 위의 십자가가 어둠 속에서 다시 빛을 발했다. 작은 면적을 초월해 동서남북으로 멀리 뻗은 십자가는 뚫어져라 쳐다보는 묘화에게 말을 걸었다. 묘화의 표정이 환희로 가득 찼다.

*이 성물(聖物)은 단 한 사람, 내 딸에게 내린 물건이다. 그러니 너는 다른 이의 훼방을 멀리하고 신의 딸임을 스스로 증거하라.*

그녀는 소반 위의 십자가를 끌어안고 일어선 후 제단 위에 봉안(奉安)했다. 사면 벽에 새긴 산신들은 평소의 무서운 표정으로 그녀를 내려다보았다. 그들이 이 물건을 지켜줄 수 없을 거라는 생각에 불안했다. 도둑이 오면 이 십자가부터 훔쳐 갈 것 같았다. 그때 묘화의 눈에 무구를 넣어두던 오동나무 궤짝이 들어왔다. 묘화는 가망 없는 심정으로 궤 안에 십자가를 대보았다. 그러자 기적이 일어났다. 십자가가 스스로 크기를 줄여 궤 안으로 들어갈 크기가 된 것이다. 묘화의 얼굴에 기쁨의 미소가 충만했다. 십자가를 안치한 그녀는 보자기로 궤짝을 덮어 가렸다.

'신의 물건에 손을 대는 도둑놈은 죽어 마땅하리. 아니, 내가 죽여버리리라.'

그녀는 궤짝 앞에 무릎을 꿇고 교회에서 본 대로 손을 합장하고 경건히 치성을 드렸다. 은은한 빛 가루가 그녀의 전신을 에워쌌다. 채 몇 분이 지나기도 전에 그녀는 픽 쓰러져 잠이 들었다. 그녀는 꿈속에서 예수님을 보았다. 예수님은 교회 벽의 그림에서 본 바로 그분이었다. 머리가 길었고 수염이 덥수룩했다. 하지만 긴 장삼이 아닌 한복을 입고 있었다.

예수님이 그녀에게 말을 걸었다.

*너는 내 딸이다. 너는 내 딸이다.*

잠에서 깨어난 그녀는 몸을 떨었다. 당장 목사를 만나야만 했다. 교회에서는 목사님이 대장이고 가장 큰 무당이기에 그분을 만나야만 해몽을 들을 수 있을 것 같았다. 예수님 만난 얘기는 하겠지만 절대로 십자가 얘기는 하지 않겠다고 다짐했다. 그건 자신의 물건이니까. 자랑삼아 말을 꺼냈다가는 목사에게 빼앗길지도 몰랐다. 묘화는 십자가 대신 성경책을 꺼내 들었다. 목사가 어디 사는지 알고 있었기에 이른 시간임에도 아랑곳없이 김 집사 댁으로 달렸다. 그러나 김 집사의 부인 안강댁은 평소처럼 무서운 얼굴을 한 채 그녀를 목사와 대면시켜주지 않았다. 묘화는 고집을 피웠지만 그럴수록 안강댁은 모질게 나왔다. 이야기를 들어주긴 했지만 결국 안강댁은 묘화를 비웃었다. 예수님 만났다는 이야기를 하면 할수록 그녀는 어이없다는 웃음으로 화답했다.

'왜 모두가 나를 괴롭히는 거지? 왜 모두 내가 하는 일을 막는 거지?'

묘화는 화나고 억울했다. 눈물이 났다. 어제는 서러워서 울었지만 오늘은 분해서 울음이 터졌다. 순남이, 영자란 계집도 미웠고 안강댁이란 여자도 미웠다.

'목사는 다른 이는 다 만나주는데 왜 나는 안 만나주나? 내가 예수님을 봤다는데! 분명히 봤는데!'

그녀는 안강댁과의 말싸움에 지치자 고개를 돌렸다. 닭장 속의 장닭이 그녀 쪽으로 머리를 움직였다.

'어떠니? 너도 내 말을 믿지 않니?'

그녀가 마음속으로 물었다. 그러자 닭장 문이 미끄러지듯 열리더니 장닭이 검은 탈 같은 날개를 펼치며 비상(飛上)했다. 푸른 하늘을 검게 물들이는 날갯짓이 묘화에게 말로 표현 못 할 자유를 암시했다. 공포와 죽음, 피칠갑과 싹싹 비는 광경들을 보장할 자유였다. 닭이 착지한 곳은 그녀의 머리 위였다. 그 순간 묘화는 장닭이 자신의 말을 신뢰하고 있음을 깨달았다. 말하는 사람은 거짓말을 하지만 말 못하는 짐승은 거짓말하지 않는다.

'그래! 머리 검은 인간들아, 너희들도 믿게 해주마!'

묘화는 돌아서 산 아래를 향해 달렸다. 그리고 다시는 목사를 찾지 않았다.


4


2주가 지났다. 밤새 내린 비가 그친 아침은 푸르름이 가득했다. 수목에 얹힌 티끌도 비에 씻겨나가 보이는 사물마다 선명했다.

정균은 서울에서 휴가차 내려온 안상준 목사를 만나고 있었다. 불확실한 소재를 두고 어떻게 이야기를 꺼내야 좋을지 망설이는 중에 상준이 먼저 말을 꺼냈다.

"이런 황무지에도 결국 그리스도의 깃발을 꽂다니 역시 너다워."

"어린양들이 제 갈 길을 찾았을 뿐 내가 한 건 없어."

정균의 웃음이 공허했다.

"겸손한 목동을 다 보는군. 도시에는 가짜들만 널렸어. 늑대가 들이닥쳐도 사람들은 거짓말쟁이 목동 말은 이제 믿지도 않는다고."

"사탄이 들이닥쳐도 그럴까?"

"가짜들에게 사탄이란 뭐야? 결국 자기 앞길을 방해하는 존재 아냐? 얼마나 덮어씌우기 좋은 대상이냔 말야?"

동갑내기인 상준은 신학대학 시절 룸메이트였던 친구였다. 둘이 걸어온 목회의 길은 같았으나 걸음의 방식은 달랐다. 정균의 신학적 기치는 배움의 기회가 없는 무지한 자들과 약한 자들에게 먼저 하나님 말씀을 전해야 한다는 것이었다. 이 실천을 위해 그가 찾은 불모의 땅이 섭주 돌아래마을이었다. 혈혈단신으로 산을 타 넘고 바위를 기어오른 그는 고난의 길에도 주님의 사자된 자로서 투철한 믿음을 잃지 않았다.

반면 상준은 대중화에서 의지를 다지려 했다. 먼저 땅을 넓게 잡아야만 깊이 팔 수 있다는 합리적 사고가 그의 방법론이었다. 그는 대처에서 전도의 길을 행했고 도시의 발전과 종교의 부흥을 비교 분석해 '신이 없는 현대 사회가 인간에게 끼치는 영향'을 심도 있게 연구했다.

상준은 사탄을 언급한 정균에게 뜬금없다는 표정을 지어 보이며 말했다.

"지난번에 왔을 때 돌아래마을에는 교회 십자가가 보이질 않았어."

"이곳 사람들이 스스로 이룬 거야."

"인정할 건 인정해. 네가 저들과 농사도 짓고 축구도 같이하고 송아지 받는 일까지 자청한 결과가 이만한 거라고. 내가 이런 시골에 파견 왔다면 한 달도 못 가 도망치고 말았을걸. 눈치 없는 시골 사람들하고 부대껴 끈기 있게 기도할 포용력이 내겐 없어."

그들은 교회가 내려다보이는 뒤뜰 언덕배기에 의자를 갖다 놓고 앉아 있었다. 상준은 아침부터 맥주를 한잔하는데 웬일인지 정균도 잔을 가져왔다. 그는 평소 술을 마시지 않는 사람이었다. 정균이 미지근한 맥주를 한 모금 들이켜고 말했다.

"열흘 전부터 몇몇 사람이 교회에 안 나와. 갈수록 안 나오는 사람이 더 늘 거야."

"농번기었겠지."

"밤에 농사짓는 사람도 있나?"

"수요 예배?"

"응."

65

"친척이 찾아왔거나 다른 모임이 있었겠지."

"아니야."

"어허, 왜 이래. 너나 나나 농사꾼도 아닌데 그 사람들 시간을 어찌 다 알아? 한창 바쁜 사람들이 교회 좀 안 나왔다고 뭘 그렇게 심각한 얼굴이야?"

"그냥 신도가 아냐. 단 한 번도 빠진 적 없는 맹신도들이라니까. 그중 하나는 앉은뱅이 할머니인데 아들 등에 업혀 무리해서라도 교회에 나온 분이셨거든."

"몸이 더 안 좋아져서 그렇겠지."

정균이 맥주를 죽 들이켰다.

"그게 아니라니까."

"그럼 왜 안 나왔대? 네 말대로 사탄이 유혹하기라도 한 거야?"

"그 할머니 말이 예수님을 직접 영접했다는 거야. 그래서 진짜 예수님을 눈으로 볼 수 없는 교회엔 앞으로 안 나오겠대."

상준이 마른안주를 씹다 말고 눈을 크게 떴다.

"예수님을 영접해? 그 노인네 연세 얼만데?"

"구약 신약을 다 외울 정도로 정신 멀쩡해."

"그럼 뭐야? 다른 종파가 벌써 이 마을에 들어섰단 말야?"

"아니, 말 그대로 진짜 예수님이 강림했다니까."

"무슨 소리야, 대체?"

"그 사람들 전부 그렇게 주장하고 있어. 진짜 예수님의 강림. 걷지 못하는 할머니는 일어나 걷게 되고, 아들 취직을 바라던 아주머니는 소원을 이뤘어. 바로 그 예수님이 지정해준 회사에 말이야. 더 놀라운 일도 있어."

"설마 광야의 기적이라도 선보였다는 건 아니겠지?"

"맞아."

상준의 표정이 굳어졌다. 그는 정균을 뚫어지듯 쳐다보았고 정균은 홀린 표정으로 대꾸했다.

"이 마을에 난정호라는 호수가 있어. 물고기가 살긴 하는데 많이 잡히진 않아. 그런데 그 예수님이 어떤 낚시꾼에게 그물을 치라 했고 시킨 대로 하니까 붕어가 가득 잡혔다는 거야. 소문을 듣고 몰려온 사람들은 모두 물고기를 나눠 받아 배불리 먹었지. 실제로 벌어진 일이라고."

"믿을 수가 없네."

상준은 잠시 아무 말이 없다가 정균의 눈을 날카롭게 관찰했다.

"너는 이 마을 목사니까 그런 능력을 보인 예수님을 이미 만났겠지?"

"만나진 못했어. 그렇지만 누군진 알아."

"누군데?"

"묘화라는 아이야."

"아이? 고등학생이야, 중학생이야? 아니면 그보다 더 어려?"

"낭랑 18세인 여자애지."

"그 애한테 예수님이 강림해 기적을 선보인다, 이거지?"

"응. 그런데 묘화는 무당의 딸이야."

"무다앙?"

상준의 입에서 맥주 거품이 튀었다.

"무속인의 딸이라고. 우리가 우상(偶像)이라고 보는 한국 토속신앙 말이야."

"무당 딸한테 성령이 강림했다고!"

"게다가 성경에 나온 것과 비슷한 일을 벌이고 있지."

"이거 아주 흥미로운데. 무당의 딸이 우리도 본 적 없는 성령을 직접 체험했단 말 아냐? 네가 왜 사탄을 언급했는지 이제 이해가 갈 것도 같은데."

그는 갈증이 나는지 단숨에 맥주를 들이켜고 감탄사 같은 '캬!' 소리를 토해냈다.

"그래, 예수그리스도의 능력을 빙자해 신도를 빼앗아 간 자가 출현했는데 이 마을 목사인 너는 대체 왜 그 애를 안 만나는 거야?"

"무당의 딸이니까……."

"무당 딸이 어째서?"

정균은 대답 없이 산 아래를 내려다보았다. 상준은 그의 눈을 요리조리 살피며 능글맞은 웃음을 흘렸다.

"뭔가 사연이 있군. 설마 겁나기 때문은 아닐 테고."

"맞아. 난 겁이 나."

"뭐라고? 이런 험한 산골까지 주님을 대리하는 김정균이 어린 여자애한테 겁을 낸다고?"

"정말이야. 무서워죽겠어. 그렇잖아도 묘화를 만나라는 신도들의 청원이 들어오고 있어. 이단을 멸하라는 간곡한 청원이지.

68

그런데도 어찌할 방법을 모르겠어."

"대체 왜 그러는 거야? 왜 겁을 내는 거지?"

정균은 답하지 않았다.

"정말 겁이 나서 그러는 거야? 다른 이유는 없고?"

"그래."

상준이 정균의 눈을 바라보았다. 정균은 동요하지 않았다. 상준의 음성에 활기가 있었다.

"말 못 할 사정이 있는 모양이군. 그럼 내가 한번 만나볼까?"

"그렇게 해주겠어?"

예상 못 한 제안에 정균의 얼굴이 밝아졌다.

"해주고말고. 아주 흥미로운 일이 될 거 같은데. 노트하고 필기구를 준비해 기록을 해야겠어. 한국기독교사에 내가 중요한 인물로 남게 될지도 몰라. 기적을 접하고 기적을 기록한 인물……. 가짜라는 걸 분명히 밝혀내겠어. 그 아이가 행했다는 것, 모두 우연이 아니면 토속신앙의 눈속임에 불과한 거야. 직접 만나기 전에 먼저 말해줘. 묘화란 애 어떤 아이야?"

"이곳 주민들한테 철저히 버림받고 시달림당하던 고아. 아니지, 고아에 가까운 소녀야."

"가깝다고?"

"걔 엄마가 그냥 무당이 아니야. 객지에서 이 마을로 흘러들어온 무당인데 모녀 둘이서 쓰러져가는 움막에 살았지. 처음엔 마을 사람들을 위해 굿도 해주고 점도 쳐준 모양인데 언제부턴가 신통한 능력이 떨어지고 미친 짓을 해서 사람들의 미움을 샀어. 그런데 얼마 전부터 묘화만 남겨두고 엄마인 월수보살이 사라진 거야. 어딜 가서 죽었는지 돌아오질 않아. 묘화는 홀로 밥을 구걸할 정도로 어렵게 지내왔지. 천연두를 앓은 병력이 있는 모양인데 어떤 보호도 받지 못하고 있어. 그럴수록 사람들이 더욱 미워하고 괴롭힌 모양이야. 나도 늘 그 아이를 도와주고 싶었지만 무당의 딸이라 어쩔 수가 없었어. 그런데 며칠 전부터 그 아이가 아까 말한 기적을 선보이고 다닌다는 거지."

"네 말이 별로 놀랍진 않지만 미심쩍은 부분이 있어. 다시 한번 물어보자. 대체 왜 그리도 무당의 딸을 무서워하는 건데?"

상준이 거듭 미끼를 던졌으나 정균은 걸려들지 않았다. 회피의 이유를 들을 수 없자 상준은 마을을 둘러싼 산으로 고개를 돌려 심각한 표정을 지었다.

"서구 기독교가 전 세계적으로 득세한다는 보고는 사실 신빙성이 없는 거야. 그렇게 보이고 싶어 하는 자들의 주장일 뿐이지. 외국의 경우도 그렇지만 이런 시골 마을에는 아직 원초의 뿌리가 깊게 박혀 있거든. 가지치기를 하든 벌목을 하든 뿌리까지 뽑아내진 못해. 샤머니즘이 기독교를 제압해버리는 공간은 도시의 반대편에선 흔히 볼 수 있어. 무당들은 과학적으로 설명할 수 없는 신비한 능력을 많이 보인다고 하지. 물론 나는 믿지 않지만 말이야. 걔가 어떤 능력을 보인 건 아마 사실이겠지. 기독교 수용 역사가 6개월밖에 되지 않는 돌아래마을 사람들이 무당의 기연(奇演)을 주님의 강림으로 착각하는 것도 무리는 아닐 거야. 내가 미심쩍어하는 건 한 가지. 왜 그 아이가 접신한 존재를 무슨 무슨 신령님이거나 무슨 무슨 대왕님이라는 이름을 쓰지 않고 하필 예수님으로 지칭하느냐, 이거야."

정균이 빈 잔을 흔들었다.

"내가 하려던 말도 그 말이야. 그 아이는 갑옷을 입고 칼을 쥔 장수를 몸주(무당의 수호신)로 칭하지 않았어. 신이 어떻게 생겼느냐는 물음에 교회 벽에 걸린 그림 속 예수님하고 똑같다고 답했어. 한복을 입은 모습만이 달랐다고 했지. 자기 말을 믿어주지 않자 몹시 화를 냈다는군."

"너도 회피하지 말고 언젠간 만나야 해. 우린 똑같은 십자가 군병이야. 그렇지만 내가 먼저 척후병의 역할을 맡기로 하지. 넌 최후의 진리를 가려낼 사령관이니까."

상준이 손가락으로 정균을 가리켰다. 정균이 웃으며 고개를 끄덕였다.

"기막힌 표현력이군. 부탁이야. 확실한 검증을 해서 네가 보고 들은 것을 빠짐없이 알려줘. 때가 되면 나도 나서겠어."

"좋아. 어디로 가야 그 아이를 만날 수 있는지 알려줘."

정균은 상준에게 묘화가 거주하는 오두막의 위치를 알려주었다. 그는 무당을 만날 수 없었다. 그에게는 무당을 만나지 못할 비밀이 있었다. 상준은 무료한 시골 마을에서 재밌는 일거리를 찾았다고 여겼는지 기백이 넘쳐 보였다. 정균은 자신이해야 할 일을 휴가차 놀러 온 친구에게 떠넘긴 사실이 부끄러웠다. 상준이 중요한 검증을 대리해주는 만큼 자신도 그 시간을 헛되이 보내지 않아야겠다고 마음먹었다. 만나지 못할 묘화

대신 그녀의 수혜자들을 만나보기로 결심했다.

"그 아이가 진짜 기적다운 기적을 선보인다면 신을 향한 내 믿음이 흔들릴지도 모르겠어."

상준이 먼저 산을 내려가면서 말했다.

*

상준을 보낸 정균은 입을 헹구고 길을 나섰다.

이상고온이 한반도를 떠들썩하게 한 시기다웠다. 입추를 갓 지났음에도 한여름 같은 무더위가 몰아쳤다. 이글거리는 하늘에 눈을 둔 정균은 선과 악의 경계에 대해 사념했다. 햇빛은 적당할 때는 동식물을 자라게 하지만 덜하거나 과하면 죽일 수도 있는 법이다. 그는 손수건으로 목에 맺힌 땀을 닦으며 마을로 내려갔다. 맨 먼저 찾아가기로 한 사람은 상준에게 얘기한 조필순 노인이었다.

조필순 노인은 방 안에만 누워 지내다가 묘화가 보여준 기적에 의해 걸을 수 있게 된 사람이었다. 육십 평생 고된 농사일을 해온 노인은 요추협착증이 심해 거동할 수 없는 상태였는데 예수님의 기적을 접하고 난 뒤 인생이 변했다고 했다.

정균은 효심이 지극한 아들 범수 씨가 노인을 등에 업고 예배에 참석하던 모습을 기억했다. 기적이 일어난 후에는 교회에서 그들의 모습을 본 적이 없었다. 조필순 노인의 오두막집에 도착한 정균은 사립문 옆에 자전거를 세웠다. 조 노인은 문을 활짝 열어젖힌 안방에서 오두막집과는 어울리지 않는, 제주도에 살고 있는 사위가 보내줬다는 자개농 앞에 누워 부채질을 하고 있었다. 평소와 달리 노인은 건강하고 만족스러워 보였는데 으리으리한 자개농은 그녀의 향상된 상황을 돋보여주는 소도구 역할을 했다. 목줄이 묶인 채 옆으로 누워 있던 얼룩무늬 강아지가 일어나 짖어댔다.

"누가 왔나?"

노인이 부채를 놓고 일어났다. 그녀가 다른 이의 도움 없이 일어나는 모습은 평소와 달랐다. 찾아온 손님이 목사님인 걸 알게 된 조 노인의 얼굴에서 웃음기가 사라졌다.

"안녕하세요, 할머니. 요즘 교회에 안 나오시길래 이렇게 찾아왔습니다."

"더운데 뭐하러 이런 데까지 오셨어?"

"몸은 좀 어떠세요?"

"똑같지, 뭐."

딴전 피우는 노인의 얼굴에서 정균은 여우의 인상을 받았다. 평소 아들 같은 목사를 상전 모시듯 하던 조 노인이었다. 그녀는 드러나지 않게 목사를 경계하고 있었다.

"성도님은요?"

"아들놈이야 밭에 일하러 갔지."

"할머니 혼자 두고요? 이야, 소문대로 새 청춘을 찾으셨나 봅니다."

미끼 삼아 던진 칭찬에 노인의 얼굴이 환해졌다.

"청춘이라고? 사람들이 그래요?"

"그럼요! 이팔청춘이라 그러던데요."

"허! 이팔청춘?"

노인의 경계심이 풀어졌다. 활짝 미소 지으며 평상시의 모습을 보이자 정균도 안도감을 느꼈다. 최근 신도가 줄어든 교회처럼 그는 변화가 무서웠다. 평소가 좋았다. 주 예수그리스도가 닦아준 모습 그대로……. 그러나 그의 안도감은 잠시뿐이었다. 노인이 일어섰기 때문이다. 정균의 눈이 휘둥그레졌다. C자 형으로 휘었던 노인의 등허리가 정균의 눈앞에서 천천히 일자로 펴졌다. 식물의 개화, 날개를 펼치는 새, 허물을 뚫고 나오는 곤충의 이미지……. 정균이 놀랄 새도 없이 그녀는 아이처럼 방에서 나와 마루 아래로 뛰어내렸다. 노인의 두 발이 정확하게 고무신 안으로 들어갔다. 정균의 귀 옆으로 굵은 땀방울이 흘러내렸다. 조필순은 분명 보는 이에게 날아갈 것 같은 건강 상태를 과시하고 있었다.

'이건 정상이 아니다. 뭔가 이상하다…….'

정균은 마른침을 삼켰다.

"정말 이팔청춘이라고?"

"예……. 제가 보니 이팔이 아니라 그보다 더 기력이 나으신데요."

"헤헤헤. 잘 보시우, 목사님."

노인이 마당을 한 바퀴 돌았다. 제식훈련을 받는 군인처럼 팔을 척척, 다리를 걷어차면서 걸었다. 강아지가 그런 노인을 보고 꼬리를 흔드나 싶더니 이빨을 드러내며 으르렁거렸다. 원을 그리며 돌던 노인이 강아지를 노려보았다.

"예, 됐습니다, 할머니! 소문대로 정말 좋아지셨군요. 이제 그만하세요."

"이보다 더한 것도 할 수 있어요."

걸음이 뜀박질로 변했다. 정균의 가슴이 철렁했다. 걷지 못하던 노인이 구보하듯 원을 그리며 달리는 것이다. 강아지가 맹렬하게 짖어댔다.

"그만하세요. 넘어지시겠어요."

"이 정도 갖고 뭘 그래?"

"제발이요, 할머니! 제발 그만하세요!"

조필순이 못마땅한 얼굴로 뜀뛰기를 멈추었다. 무릎에 손을 올리지도 않고 높은 마루를 척척 오른 노인은 잠시 후 옥수수가 놓인 쟁반을 한 손에 들고 왔다. 그때까지도 강아지는 온몸을 떨며 그르렁대기를 멈추지 않았다.

"이것 좀 드셔보시우."

"할머니 대단하시네요. 어떻게 그렇게 몸이 좋아진 거죠?"

"주님이 걷게 해주신 거지!"

"주님이요?"

"응, 주님이 묘화 아씨를 통해서 성령을 내려주셨어."

정균은 노인이 묘화를 높여 부름에 주목했다. 노인이 다시 의혹스러운 표정을 짓고 목사를 쳐다보았다.

"목사님은 내가 그동안 교회에 안 나간 걸 탓하려고 오신 거

75

같은데……."

"그렇지 않습니다. 교회에 안 나오셔서 걱정을 한 건 맞아요. 건강이 더 악화된 건 아닌가 했었죠. 제 눈으로 직접 확인하니 그게 아닌 거 같아서 마음이 놓입니다."

"그럼 야단치려고 오신 게 아니란 말이우?"

"그럼요. 교회에 나가고 안 나가고의 자유는 할머니한테 있습니다. 그 누구도 남의 선택에 뭐라고 간섭할 수 없습니다. 전묘화가 대체 어떻게 할머니를 걷게 한 건지 그게 궁금해서 온 겁니다."

자랑하고 싶어 입이 근지러웠던 노인은 신나게 말을 쏟아놓았다.

"열흘쯤 전이었수. 그 전날 비가 왔는데 허리가 너무 쑤셔서 밤나무집 영감한테 갔었지."

정균도 밤나무집 노인을 알고 있었다. 노인은 돌아래마을의 공인된 치료사였다. 글자는 물론 숫자조차 읽을 수 없는 일자무식 노인은 농사지을 줄도 몰랐고 장사할 능력도 없었다. 함흥이 고향인 노인은 6·25 난리를 피해 혼자 월남한, 가족이 없는 사람이었다. 그는 특별한 능력을 하나 갖고 있었는데 젊은 시절에 일본인 의원의 어깨너머로 배운 침술이었다. 노인의 침놓는 기술이 대단해서 동네 사람들은 물론 섭주 소재지의 사람들까지 어려운 교통을 마다하지 않고 몰려왔다. 녹내장을 앓던 노인은 3년 전부터 완전한 장님이 되었는데 시력을 잃자 침놓는 기술이 더욱 발전했다. 앞을 볼 수 없는 장애는 사람들이 자기를 버릴 것이라는 공포를 낳았고, 버림받지 않으려면 남들이 할 수 없는 독보적인 능력을 내걸어야 한다는 깨달음에서 비롯된 발전이었다. 무슨 이유에선지 노인은 그토록이나 오래 살고 싶어 했다. 무허가 의료 행위이긴 했으나 침술은 노인의 귀중한 생계유지 수단이었다. 조필순 또한 '통증 전문 의학' 영감의 단골 환자로, 치료 비용이 될 곡식을 들고 틈틈이 밤나무집을 찾았었다.

"여느 때처럼 범수가 나를 업고 밤나무집으로 갔었지요. 지름길로 가려고 난정호 쪽으로 갔었어요. 그런데 호수 옆 숲속에서 사람 하나가 툭 튀어나와 길을 막지 않겠어요? 묘화였지요. 범수가 깜짝 놀라 '너 여기서 뭐 하고 있어? 썩 비키기 못해?' 하고 호령을 쳤어요. 그러자 묘화가 가까이 걸어오더니 내 허리에 손을 턱 얹지 뭐예요. 그 손 하나에, 세상에 그 손 하나에 그렇게 시원할 수가 없었어요. 아파죽을 거 같던 통증이 주르르 빠져나갔어요. 씻은 듯 나았다는 말은 바로 그런 걸 두고 하는 말이에요. 묘화는 그 손으로 원두막을 가리키며 나를 내려놓으라고 범수한테 말했어요. 범수가 뭐라고 대거리를 하려기에 내가 얼른 말했어요. 시킨 대로 하라고요. 왜 그랬는지 알아요? 묘화가 평소와 달랐거든요. 양반 댁 며느리처럼 기품이 있었고 하늘에서 내려온 선녀처럼 고왔어요. 몸에 뭔가가 씌이지 않고서는 불가능한 일이에요. 범수가 시킨 대로 나를 내려놓자 묘화가 원두막에 올라 내 허리에 또 손을 얹었어요. 나는 그 무당 딸이 무슨 주문을 외우는 줄 알았어요. 허, 근데 걔가 무릎을 꿇고 손을 모으지 않겠어요. 기도를 드린 거예요! 하나님께 기도를! 그걸 보니까 내 눈에서 눈물이 나왔어요. 세상천지에 그런 일이 또 어디 있겠어요, 목사님! 기도가 끝나자마자 내가 벌떡 일어나 걸을 수 있게 되었거든요! 아멘!"

정균이 노인의 눈을 똑바로 바라보았다.

"묘화가 외운 게 성경에 나온 말이 확실합니까?"

"그럼요."

"어느 구절인지 기억하시겠어요? 할머니는 성경책을 외우다시피 하잖아요."

"그게…… 속삭이듯 하도 작게 말을 해서 자세히 듣지는 못했어요. 하지만 손을 깍지 끼고 빠르게 중얼중얼하는 게 주기도문이 아니고 뭐겠어요? 기도를 끝낸 묘화도 분명 아멘, 하고 그랬거든요."

노인은 빠르게 말을 하려다 혀가 꼬여 아멩과 아멘을 번갈아 늘어놓았다. 정균은 웃음이 나오려는 걸 참았다. 그녀의 믿음이 교회에 나오던 시절보다 훨씬 진지했으니까.

"아드님도 들으셨고요?"

"그럼요!"

"할머니가 말한 게 아니라 기도하는 묘화가 아멘, 하고 말했단 말이죠?"

"예."

"그날부터 지금까지 이렇듯 건강하시단 말입니까?"

"맞아요."

"며칠만 잠시 좋아진 게 아니고 계속?"

"예."

"침을 맞거나 약을 드시지도 않았고요?"

"그렇다니까! 밤나무집 영감한테는 이제 가지도 않아요."

"묘화가 뭘 요구한 적은 없었나요?"

"무슨 말씀이지요?"

"쌀이나 돈을 달라거나……."

노인이 완강히 고개 저었다.

"아뇨! 내가 주려고 해도 안 받았어요. 뭐든지 필요한 게 있으면 말만 하라니까 아무것도 필요 없다 그랬어요. 그리고 내 손을 잡아주는데 손이 정말로 따뜻했어요. 그러니까 가슴속에 응어리진 게 탁 풀리면서 울음이 터지지 뭐예요? 빛을 보았거든요. 그 곰보 얼굴에서 천상의 빛을 보았단 말이에요! 그러자 회개하고 싶은 맘이 막 들지 않겠수? 지금까지 무당 딸이라고 업신여긴 걸 미안하다 말하고 그냥 울었어요. 눈물보가 터지니 멈출 수도 없었어요. 묘화는, 아니 묘화 아씨는 자기가 할머니 도움이 필요하면 언제든 부를 테니 울지 말고 집으로 가라고 했어요. 난 그때 알아볼 수 있었어요. 묘화의 얼굴이 바로 천사의 얼굴이란 걸."

"천사라!"

"그래요. 천사요. 묘화 아씨는 어렵게 사는 돌아래마을 사람들을 구제하기 위해 하나님이 보내주신 천사예요."

종교적 확신에 찬 노인은 도취되어 이글거리는 눈길을 정균에게 던졌다.

"목사님은 왜 그분을 만나지 않으시지요?"

"제가요?"

"그래요. 하나님의 기적을 전해줄 천사가 우리 마을에 내려왔단 말이에요. 그런 분을 앞장서서 모셔야 하는 분이 목사님 아니에요? 여기저기서 사람들이 그런 소릴 하고 다녀요. 왜 목사님이 그분을 뵙지 않느냐고. 왜 그래요? 이때까진 목사님 혼자 사람들 앞에 서다가 천사가 나오니 시샘이 나서 그러나요?"

"할머니! 시샘이라뇨? 말도 안 되는 소립니다."

조필순은 목사의 표정을 보고 말실수했다고 깨달았는지 땅바닥만 쳐다보았다. 정균이 노인의 어깨를 다독였다.

"때가 되면 만날 겁니다. 의심하지 말고 걱정하지도 말고 할머니는 주 예수그리스도를 계속 믿으세요."

노인이 눈을 가늘게 떠 양미간을 좁혔다.

"그럼 하루빨리 만나요. 내가 실없는 소리를 좀 했어요. 기적을 보이지 않는 교회에는 더 이상 안 나가겠다고 말했지요. 빨리 만나세요. 묘화 아씨가 앞에, 목사님이 옆에 서고 우리 모두가 그 아래 무릎 꿇고 기도하는 교회가 보고 싶어요."

"알겠습니다. 몸조리 잘하십시오."

정균은 노인의 손을 한 번 잡아준 뒤 돌아섰다. 노인은 척척 걸어 안방으로 들어가 비싼 자개농을 도둑맞을까 봐 자리를 비우지 못하는 사람처럼 그 앞에 드러누웠다. 그 모습은 그야말로 어리숙한 시골 할머니에 불과했다. 노인이 구사했던 대화의 기술과 노인이 보인 행동은 어딘가 조화스럽지가 않았다.

'묘화가 노인네를 똑똑하게 만든 거라면 전도 능력이 나보다 나을 수도 있겠군.'

강아지가 꼬리를 흔들었다. 정균은 강아지의 머리를 한 번 쓰다듬어준 뒤 길을 나섰다.

*

정균은 이번에는 묘화 덕택에 아들이 취직했다는 아주머니를 찾아가기로 했다. 아주머니의 택호(宅號)는 파천댁이었다. 자전거에 올라 밭둑을 달리는 동안 쏟아지는 햇볕을 막아줄 그늘은 없었다. 뜨거운 태양 아래 고랑과 고랑 사이에 선 허수아비들이 움직인다는 착각이 들었다. 아지랑이 때문이었다. 팔을 벌린 허수아비의 행렬은 보는 눈에 따라서는 움직이는 십자가 같기도 했다.

밭둑이 끝나자 풀이 우거진 언덕길이 나왔다. 이 언덕을 넘으면 파천댁의 집이 나온다. 정균은 내려서 두 발로 걸으며 자전거를 끌었다. 날은 무더워 흰 셔츠가 땀으로 젖었다. 언덕 너머에서 웅성거리는 소리가 들려왔다. 정균이 막 언덕의 정상에 당도했을 때 반대편으로부터 중학생으로 보이는 여자아이 네 명이 남자아이 하나를 붙들고 내려왔다. 여자아이들이 남자아이를 주먹으로 때렸다. 붙잡힌 아이는 영자의 동생인 영걸이었다. 애란, 순남, 영자에게 기타를 쳐주던 날 난정호에서 영걸이 보였던 이상한 모습이 생각났다.

"얘들아, 안녕?"

"어, 목사님! 안녕하세요."

여학생들이 일제히 인사하고 주먹질을 거두었다. 모두 성실하게 교회를 나오는 얌전한 애들이었다.

"뭐 하니, 너희들?"

심상찮은 상황을 눈치챈 정균이 물었다. 영걸의 팔을 붙들고 있던 윤숙이란 아이가 말했다.

"이 녀석이 나무 뒤에 숨어서 우릴 엿봤어요."

"뭘 엿봐?"

아이들은 대답하지 못했다. 정균이 가만히 보니 여자아이들의 머리칼이 물에 젖어 있었다. 얼굴이 빨개진 아이도 있었는데 영걸의 얼굴은 그보다 더 붉게 상기되어 있었다. 아이들이 온 방향은 난정호로 통하는 길이었다.

'영걸이가 호수에 몸을 담근 여자애들을 몰래 훔쳐봤구나.'

정균은 본능적으로 깨달았다.

"말씀드리기도 망측해요, 목사님. 안녕히 가세요."

윤숙이 걸음을 옮기자 나머지 세 명도 정균에게 인사하고 영걸을 끌고 갔다. 형사들에게 체포된 범인을 보는 것 같았다.

"어디로 가는데?"

"이 녀석 집에요. 가서 다 말할 거예요."

영걸이 끌려가면서 정균을 돌아보았다. 도와달라는 말도 간절한 표정도 없었다. 그저 그 얼굴은 공허했다. 국민학교 6학년 아이의 얼굴 같지 않았다.

"난 봤어요……. 그날 난 봤어요……. 근데 오늘은 못 봤어요……."

영걸의 모기만 한 목소리가 제대로 들리지 않았다. 여학생들은 자기들한테 하는 말인 줄 알고 더욱 화가 났다. 그래서 영걸을 거칠게 끌고 갔다.

정균은 왜 그날 홀로 난정호에 갔는지 영걸에게 묻고 싶었다. 공교롭게도 다음 날은 묘화가 예수님을 꿈에서 봤다고 한 날이었다. 그러나 마음에 상처를 입은 여학생들 앞에서 물을 상황은 아니었고 순순히 대답할 영걸의 얼굴도 아니었다. 다섯 사람의 모습이 금세 멀어졌다.

정균은 어깨를 으쓱하고 가던 길을 계속 갔다.

파천댁 부부는 밭에서 고추를 따고 있었다. 뭐가 좋은지 힘든 노동에도 싱글벙글이었다. 가까이 다가가자 부부는 웃음을 거두고 목사를 힐끔 쳐다보았다. 그 모습은 모자를 벗고 인사하던 평소와는 달랐다. 조필순 노인이 좀 전에 보였던 행태와 흡사했다.

"성도님, 안녕하세요. 더운데 잘들 지내셨습니까?"

정균이 먼저 인사 건네자 파천댁과 남편인 홍판석 씨는 하던 일을 멈추고 밭에서 걸어 나왔다.

"그간 바빠서 교회에 나가지 못했네요. 농사일도 바쁘고 또 아들놈이 이번에 취직이 되어서 서울에 하숙집을 구하느라……."

"아, 저는 교회에 왜 안 나오셨냐고 말하러 온 게 아닙니다.

그렇잖아도 아드님 소식을 듣고 축하드리러 온 겁니다."

"그래요?"

부부의 얼굴이 환해졌다. 경사를 축하하자 금세 경계심을 푸는 것도 조필순 노인과 비슷하다. 파천댁은 밭 한 켠에 놓여 있던 광주리를 가져왔고 홍판석이 상보를 젖혔다. 새참으로 가져온 나물 몇 가지와 막걸리 주전자가 있었다. 정균은 내키지는 않았지만 홍판석이 건네는 막걸리를 받았다. 그늘에 놓았어도 막걸리는 미지근했다.

"그 좋은 자가용 운전면허를 따놓고도 집구석에서 빈둥거리기만 했으니 우리 부부가 오죽 속을 썩였겠습니까? 아들이라곤 그놈 하나뿐인데."

"어디에 취직이 된 거죠?"

"관광버스 회사요. 우리나라에서 제일 큰 관광회삽니다."

홍판석은 우리나라에서 가장 크다는 사실을 강조했다.

"정말 잘됐네요. 진심으로 축하드리겠습니다."

"어디 그놈 힘으로 됐나요? 묘화가 시킨 대로 하니 신통방통하게 붙은 건데요."

"묘화가요?"

어떻게 물어야 좋을지 고민하던 차에 부부가 알아서 얘기해주었다. 그들 역시 자랑하고 싶어 안달이 나 있었고 겪은 일을 기적이라 믿고 있음에 틀림없었다. 상대가 목사라도 아랑곳하지 않았다.

"예. 필순 할매 얘기 들으셨지요?"

홍판석이 막걸리를 들이켰다.

"어르신이 두 발로 잘 걷게 된 거 말이지요?"

"예. 우리도 그 소식을 듣고 놀랐는데 어느 날 묘화가 바로 이 밭으로 우릴 찾아오지 않았겠습니까?"

"묘화가 직접 찾아왔단 말인가요? 성도님이 찾아가 부탁을 한 게 아니고요?"

"부탁이라뇨. 그간 묘화 모녀와는 말도 섞지 않은 처지였는데요. 안개가 많이 낀 날이었어요. 평소처럼 새벽에 이 사람하고 밭에 나와 일을 하는데 이랑 사이에 묘화가 서 있는 게 아니겠어요? 평소에도 좀 미친 짓을 하던 애였기에(그는 이 말을 할 때 목소리를 죽이며 주위를 살폈다) 그 모습이 섬찟했지요. 앉은뱅이 할매한테 일어난 이야기를 들은 터라 쉽게 대할 수도 없었고요. 한데 먼저 말을 건 쪽은 우리가 아니라 묘화였어요."

"뭐라고 하던데요?"

파천댁이 끼어들어 대답했다.

"이랬지요. '웅락이가 시골 사람이라 서울의 버스회사에선 안 받아줍니다. 그런데 낙화관광은 받아줍니다.'"

"오, 낙화관광이라면 정말 큰 회산데요?"

정균은 잘 알지도 못하면서 맞장구를 쳐주었다. 파천댁은 신바람이 났다.

"예. 웅락이는 면허 따자마자 서울로 가고 싶어 해서 택시회사, 버스회사에 면접을 많이 봤거든요. 그런데 애가 국민학교도 제대로 못 나와서 번번이 떨어졌어요. 낙화관광은 그중에서 가장 유명한 회산데 월급도 세고 직원도 제일 많아서 아예 겁을 내 응시 자체를 안 했더랬죠."

부부 사이에 말하기 경쟁이라도 벌이듯 이번엔 남편이 끼어들었다.

"처음엔 우리도 묘화 말을 무시했어요. 걔가 어떤 앤지 다 알잖아요? 그런데 몇 번이나 찾아와서 그러는 거예요. '이 집이 독실한 교회 신자라서 주 예수그리스도께서 내게 가르침을 주시는데 어찌 말을 듣지 않습니까?' 걔가 그렇게 유식하게 말하는 건 처음 봤어요. 그러자 이 사람도 나를 붙잡고 그러대요. '웅락이 아부지, 얼마 전에 앉은뱅이 할매도 묘화가 일으켜 걷게 했다는 소문이 자자하잖아요? 쟤가 일부러 우릴 찾아 저러는 게 뭔가 이유가 있을 것 같아. 밑져봐야 본전이니 한번 묘화가 시킨 대로 해봅시다'라고요. 그래서 웅락이더러 낙화관광에 면접을 보라 하니 이번엔 얘가 펄쩍 뛰는 거예요. 거긴 서울 토박이들만 가는 큰 회산데 원서 내봐야 망신만 당한다고요. 그래도 우린 웅락이더러 일단 가보기나 하라고 야단을 쳤어요. 결국 녀석은 우리 말을 따랐고 실제로 지금 그 회사에 취직해서 초대형 관광버스를 몰고 있어요! 월급도 엄청나고 며느리될 여자까지 만나고 있다고요!"

"또 있어요! 최신형 흑백 테레비도 웅락이가 사줬어요!"

파천댁이 신이 나서 호미로 집을 가리켰다.

"에이, 어디 묘화가 그런 일을 이루어지게 했겠습니까? 아드님 운전 실력이 좋아서겠죠."

86

"아니에요. 웅락이가 원서를 내러 낙화관광으로 찾아갔는데 바로 그날 갑자기 회사에서 버스를 몰던 사람이 하나 줄었대요. 기사 하나가 고혈압인가 뭔가로 쓰러진 모양인데, 그래서 그날 원서 내러 온 사람들 중에서 곧바로 한 명을 뽑기로 한 거예요. 사람들을 모아놓고 운전을 다 시켰는데 우리 웅락이가 일등을 한 거고요. 학교도 제대로 안 나온 우리 웅락이가! 그것도 날고 기는 사람들 천지인 서울에서요! 이게 바로 묘화가, 아니 예수님이 도운 게 아니고 뭐겠어요?"

파천댁도 시원하게 막걸리를 들이켰다.

"목사님 앞에서 할 얘긴 아니지만 여태껏 나는 하나님께 계속 기도했어요. 우리 웅락이 취직시켜달라고. 목사님이 계시는 교회에서 말이에요. 지성으로 기도해도 애가 더 게을러지기만 했는데 묘화가 알려주고 나서는 바로 취직이 되었어요."

"묘화가 확실히 주 예수그리스도를 말했습니까?"

"그럼요! 어디 주님뿐이에요? 아멘 소리도 몇 번이나 했는데요."

신바람이 난 파천댁의 말이 빨라졌다. 목사를 쳐다보던 홍씨가 이상하다는 듯 물었다.

"목사님은 묘화를 안 만났어요?"

"에. 저는 아직 못 만났습니다."

"어허! 하나님이 기적을 내린 그 아이를 다른 이도 아닌 목사님이 여태 왜 안 만났단 말입니까? 목사님이 만나봐야 진짜 예수님이 오신 건지 아닌 건지도 아실 텐데."

"묘화는 무당의 딸이잖아요……."

부부는 흥이 오른 나머지 목사가 하는 말은 듣지도 않았다.

"아직 안 만났다면 목사님도 얼른 묘화를 만나보세요. 그래서 교회에 데리고 가도록 해요. 맞아요, 그러면 우리 교회는 세상 어느 교회보다 지상 천국이 될 거예요. 기적을 선보이는 묘화가 있는 교회니까요."

"묘화가 아드님 취직시켜준 대가로 돈이나 뭘 요구하진 않았어요?"

"도움이 필요할 때가 오면 부를 테니 지금처럼 지내면 된댔어요."

정균은 조필순 노인과 부부 간의 공통점을 하나 더 찾아냈다. 묘화가 그들에게 언젠가 시킬 일이 있을지도 모른다는 암시를 남겼다는 점이다.

'무슨 목적이 있어서 일부러 그들에게 뭔가 베푼 건 아닐까?'

정균은 홍 씨가 따라준 막걸리를 안 마실 수도 없어서 간신히 들이켜고 자전거에 올랐다. 대단히 뜨거운 날씨였다.

\*

정균은 물고기잡이 이바우를 만나기 위해 난정호로 자전거를 몰았다. 이바우는 호수 근처에 움막을 짓고 혼자 사는 사람이었다. 마을 사람들로부터 받는 대접은 그나 이전의 묘화나 다르지 않았다. 사람들은 그를 거지라 불렀고, 무식하고 더럽

다며 천대했다. 그러나 죽은 짐승을 치울 일이 있거나 궂은 노동이 있으면 언제나 막걸리 한 사발의 (공짜나 다름없는) 노임을 주고 그를 불렀다. 그는 곰처럼 힘이 셌지만 성격이 온순해 누가 일을 시키면 불평 없이 떠맡았다.

"계세요?"

정균이 토굴이라 불러도 좋을, 쓰러져가는 집 앞에서 이바우를 불렀다. 아무 기척이 없었다. 난정호 역시 그의 주거지처럼 잠잠했다. 이바우의 조악한 거룻배만이 물살에 가볍게 흔들리고 있었다.

"안 계십니까?"

"바우는 없소, 목사 양반."

이바우의 집 뒤편에 붙은 언덕 위로 노인 하나가 나타났다. 정균은 그가 누군지 알았다. 언덕 너머로 공동묘지가 있는데 그 옆에 밤나무가 있고 사람들이 지어준 아담한 오두막이 한 채 있었다. 바로 이 노인이 침술의 달인인 밤나무집 노인이었다. 정균은 그가 장님인 걸 알기에 기겁했다.

"어르신 거기 계세요, 위험해요."

노인은 나무에 한 손을 올린 채 색채가 없는 눈을 하늘로 두었다. 정균이 위태롭게 오르막을 올라 노인 옆에 다다랐다.

"금년에는 하늘에 해가 두 게일 거요, 이렇게 디운 걸 보면."

"이 아래는 발 디딜 데가 없어요. 조심하세요."

"알고 있소. 눈이 없어도 다 알아. 하늘에 해가 두 개란 것도 알아."

정균이 하늘로 고개를 돌리다 눈이 부셔 팔뚝으로 얼굴을 가렸다. 노인은 오랜 세월을 혼자 지내왔고 정신줄이 안 좋을 나이가 되기도 했다. 그는 가족이 없는 사람이었다. 가끔 정균은 독거노인을 도와야 한다는 취지의 설교를 예배 중에 늘어놓았으나, 침술 덕분에 자립의 능력을 갖춘 노인은 도움의 손길을 거절했다. 그렇지만 마을 사람들은 유일한 치료술사인 노인을 그가 보지 못하는 곳에서 철저히 보호했다.

"이바우가 어디 갔는지 아시나요?"

"떠났소."

"예?"

"돌아오지 않은 지 엿새가 넘었으니 여길 떠난 거요."

"어디로요?"

"내가 어찌 알겠소만 고목 같은 작자가 뿌리를 뽑아 떠났다니 그럴 만한 이유가 있지 않겠소?"

"소문에 묘화가 바우에게 그물 가득히 물고기를 잡게 해줬다던데요. 어르신도 그 사실을 알고 계십니까?"

"모르오. 어쨌든 나는 바우가 주는 물고기를 받지 않았소."

"사람들에게 물고기를 돌렸다는 말이 사실인가 보군요."

"모르겠소. 나는 눈이 없으니까."

노인은 유도심문에 넘어가지 않았다.

"왜 받지 않으셨습니까?"

"그것 역시 모르겠소. 내가 기억하는 건 물고기를 받지 않으니 바우가 화를 냈다는 거요. 나보고 눈이 없어 하늘도 알아보

90

지 못하는 늙은이라고 욕을 했소. 그놈이 내게 그런 적은 처음이었소. 목사 양반도 알다시피 그놈은 평소에 순하고 착했잖소? 법이 없어도 살 녀석이었지."

"저도 그 사람이 착한 건 알고 있습니다."

정균은 농가 창고를 교회로 개조할 때 위험한 지붕 공사를 도맡아 한 이가 바우란 사실을 기억하고 있었다. 이장의 지시한마디에 바우는 아무 불만 없이 힘든 노동을 감내했다.

"더 놀랄 만한 일도 있소. 그놈이 유식해졌단 거요."

"네?"

"무식한 놈이 꾀와 슬기를 얻었소. 말투 자체가 아예 달라졌소. 나는 알고 있소. 놈이 이 마을을 벗어나 도시로 갔대도 충분히 살아갈 수 있다는 걸 말이오. 무지한 놈이 제 앞가림 할 능력을 얻게 된 거요."

노인은 더 이상 말하지 않고 자신의 거처로 돌아갔다.

*

정균은 노인과 헤어지고 다시 왔던 길로 자전거를 몰았다. 집으로 돌아갈 요량이었다. 밭둑을 건너고 우물가를 지나는데 매미 소리기 귀를 찢을 듯해 어지러웠다. 마을을 가리키는 나무 표지판 옆에 누군가 웅크리고 앉아 있었다.

"너 순남이 아니니?"

정균이 아는 척을 했다. 방앗간집 딸 순남이는 눈가가 움푹 들어간 모습이 며칠을 못 잔 사람처럼 보였다.

"일사병 걸리겠다. 여기서 뭐 하니?"

정균을 알아본 순남이 자리에서 일어났다.

"목사님…… 잘 만났어요. 저 사실 목사님께 고백할 게 있거든요."

"뭘 말이니?"

"무서워죽겠어요. 불안해서 미칠 것 같아요."

"왜 불안해?"

정균이 자전거에서 내렸다.

"우리 함께 기타 친 날 있잖아요."

"기타? 아, 수요 예배 때지."

"그날 제가 나쁜 짓을 저질렀거든요."

순남이 바지에다 손을 문질렀다. 흥건한 땀이 그대로 묻어났다.

"성경책을 집어 던지고 밟았어요. 저 나쁜 짓 한 거 맞죠?"

"글쎄…… 잘했다고 말할 순 없을 거 같은데. 왜 그랬지?"

"미웠으니까요."

"성경책이?"

"그 계집애가요."

정균의 표정이 진지해졌다.

"묘화의 성경책을 던지고 밟았단 말이니?"

"네……."

"미워서?"

"······."

"묘화가 미워서?"

"누가 미웠는지 모르겠어요."

"묘화가 성경책을 가지고 있었단 말이지?"

"예. 그 전에도 언제나 가지고 다녔어요. 목사님도 아시잖아
요? 마을 사람들이 재수 없다고 교회에 못 들어오게 한 걸요. 지
금은 아니지만."

"너도 그랬어? 묘화를 교회에 못 들어오게 했어?"

"예······."

"징검다리 옆 숲속에서 묘화를 괴롭힌 애들 중에 너도 있었지?"

"아셨군요."

"소리가 너무 커서 안 들을 수가 있어야지. 성경책을 짓밟은
것도 잘못한 일이지만 아무 죄도 없는 아이를 보기 싫다고 괴
롭히는 건 더 나쁜 일이야."

정균은 자기도 모르게 그 당시의 감정에 이입되어 묘화 편에
서 있음을 깨달았다. 순남을 향한 어투에 추궁 같은 것이 묻어
있었다. 순남도 역시 그 사실을 알게 된 것 같았다. 그녀는 상
처를 입었는지 아니면 어이가 없는 건지 모를 모호한 표정으로
그를 바라보았다.

"목사님은 아시면서도 왜 가만히 계셨죠?"

"내가? 아, 그건······."

말문이 막혔다. 순남은 두 손으로 머리를 감싸 쥐었다.

"그래요. 저 반성하고 있어요. 무서워죽겠거든요."

"왜 무서워?"

"묘화가 요새 신기한 일을 보이고 있잖아요. 소문 못 들으셨어요?"

"들었어. 사람 낫게 해주고 소원 이뤄주고 고픈 배도 채워준다던데."

순남의 눈은 겁에 질려 있었다.

"요새 계속 꿈을 꿔요."

"꿈?"

"악몽이죠. 꿈속에서 내 목에 칼이 걸려 있어요. 칼 알지요? 고우영 역사 만화에 나오는 죄수들 목에 채우는 나무판자 같은 거요. 난 목에 칼이 걸려 꼼짝도 할 수 없는데 내 얼굴 옆에 과일하고 고기 접시가 놓여 있고 떡하고 술에 황동색 수저까지 놓여 있어요. 내 머리가 제사상 위에 얹힌 거나 다름없는 거죠. 그 앞에서 무당이 펄펄 뛰며 춤을 춰요. 빨간색 옷을 입은 무당이 한 손에는 칼을, 다른 손에는 방울을 들고 칭칭 챙챙 뛰어다녀요. 그 무당 얼굴이 묘화인 거예요. 곰보 얼굴이 아니에요. 까치 배처럼 하얀 얼굴에 입술엔 붉은 연지를 칠했어요. 얼마나 귀신 같은지 차라리 곰보 얼굴이 덜 무섭더라고요. 그런 묘화가 내 머리 앞에서 방울을 흔들면서 말을 해요. '부적을 집어던지고 신령님을 우롱했으니 네 손목을 잘라버리겠다'라고요. 똑같은 꿈이 한두 번 반복되는 게 아니에요. 매일 꾼다고요."

"부적이라 그랬다고?"

"네."

"성서가 아니라 부적이라 그랬다고?"

현실의 묘화는 마을 사람들에게 기독교적 이미지로 점점 추앙받고 있다. 정균은 순남의 개인적인 두려움이 악몽의 원인이라고 판단했다.

"아마도 네가 묘화의 성경을 짓밟은 데 양심의 가책을 느껴 그럴지도 모르겠구나."

"그런데 왜 무당의 모습인 거죠?"

"무당의 딸이라는 선입견 때문이겠지."

"어떡하죠? 무서운 일이 일어날 거 같아요."

"걱정하지 마. 현실도 아닌 꿈을 겁낼 게 뭐 있니?"

"매일매일 꾼다니까요! 밤잠이든 낮잠이든 똑같이요!"

파랗게 질린 순남의 얼굴이 해결하지 않으면 안 될 고민을 그대로 드러냈다.

"정 그러면 묘화에게 사과하면 어떻겠니?"

"예?"

"미안하다고 말하면 되잖아?"

"사과를요? 내가 그 거지한테요?"

자존심을 구긴 듯 순남의 표정이 변했다. 그 모습에 정균도 약간 당황했다.

"너나 나나 묘화나 다 똑같은 사람이야. 거지라고 말하지 마. 똑같은 하나님 자식이라고."

"그래도 그건 싫어요! 그런 천한 것한테 내가 사과를 하다니 말도 안 돼요. 내가 대체 뭘 잘못했죠?"

"성경책을 던지고 밟았잖아?"

"그거야 예수님한테 죄진 거지 그 계집애한테 죄진 거예요?"

"그러다 손목이 정말 잘려나가면 어떡할래?"

정균이 저도 모르게 경박한 농담을 던졌다. 그러나 그 순간 순남은 몸을 떨며 눈물까지 흘렸다.

"어떻게 그런 말을…… 목사님이 저한테 어떻게 그런 말을 하실 수 있어요?"

"네 걱정이 심각한 거 같아서 한 말이야."

"같이 가줄게라는 말은 못할망정 손목이 잘리면 어떡하냐고요?"

"미안하지만 지금 나는 묘화를 만나지 못하는 처지야."

"다 싫어요! 목사님도 싫어!"

순남이 눈물을 훔치며 뛰었다. 정균이 불렀으나 멈추지 않고 달려갔다. 급히 자전거로 따라잡으려 했지만 바퀴가 돌멩이에 걸려 넘어졌다. 정균은 흙먼지를 뒤집어쓴 채 시야에서 멀어져 가는 순남을 바라볼 수밖에 없었다.

*

정균은 집으로 가기 위해 난정호를 지나쳐 돌아가는 산길인 지름길을 택했다. 밤에 보는 호수와 낮에 보는 호수는 달랐다. 잔잔한 호수는 눈부신 햇살을 금빛으로 되쏘아 은혜로움이 넘치는 풍경을 자아냈다. 성스러운 빛의 무대 속에서 날아다니는 벌레들은 여름의 훌륭한 배우들이었고 귀를 찢는 매미 소리도 이 순간만큼은 훌륭한 오케스트라 단원이 되었다. 정균의 눈길은 녹색 세상을 넘어 잔잔한 파문이 일고 있는 푸른 수면으로 향했다.

호수 건너편에서 이쪽을 바라보는 사람이 있었다. 정균의 눈과 그의 눈이 마주쳤다. 낚싯대를 드리운 그는 바위 위에 공책 같은 것을 내려놓으려는 참이었다. 그가 누구인지 알 것 같았다. 얼마 전 서울에서 작업차 내려온 소설가 이병호라는 사람이었다. 말을 나눈 적도 예배에 나온 적도 없었지만 마을의 모든 사람이 그를 알았다. 시선을 마주치자 먼저 고개를 돌린 이는 소설가였다. 정균은 인사를 하려다가 포기하고 자전거를 이끌었다. 누가 보고 있다는 생각이 들자 대자연 풍광도 내키는 대로 감상하기 싫어졌다.

"목사님 아니세요?"

낭랑한 목소리가 나무 사이에서 나왔다.

"어, 애란이 아냐? 너 여기 어쩐 일이니?"

"호수 그리러 왔어요."

애란이 스케치북을 안으며 바위 위에서 일어섰다. 긴 원피스에 맥고모자를 쓴 애란은 화가라기보다 화가 역할을 맡은 탤런트 같았다. 그녀는 청춘의 절정을 향해 하나하나 꽃잎을 피워 가는 소녀였고 어느 환경에 놓이든지 함께 있는 사람의 기분을 좋게 하는 매력이 있었다. 그러나 정균은 그녀의 눈에 마른 눈물 자국이 있는 걸 보고 의아해했다. 가까이서 보려 하자 애란이 고개를 틀었다.

"어디 가시는 길이세요?"

"응, 요새 마을에 신기한 일들이 일어난대서 확인하고 가는 중이다."

"묘화 말이죠?"

"알고 있었구나."

"그거 모르는 사람이 누가 있나요?"

"너도 묘화를 만난 적 있니?"

"아니요. 지난 수요 예배 때 이후로 못 봤어요."

애란의 태도가 사뭇 당당했다. 순남에게 말실수를 한 기억이 있는지라 정균은 선뜻 그날 일에 대해 질문을 던지지 않았다.

"넌 묘화에 관해 아는 게 있니?"

"아뇨. 전 개한테 은혜 입은 일이 없거든요."

"무당의 딸인데 신기하지 않아? 성령을 입었다는 게?"

"무슨 일이나 일어날 수 있는 게 사람 일 아니겠어요? 묘화한테 좋은 일일 수도 있겠지요."

"어째서?"

"괴롭힘당하면서 살아온 애잖아요."

애란의 웃음에 쓸쓸함이 묻어났다고 느낀 건 정균의 착각일까.

"그런 데 신경 쓸 시간에 차라리 저는 그림이나 더 그릴 거예요."

"정말 저 호수를 그린 거야?"

"못 그렸다고 욕하시면 안 돼요."

자기가 그린 작품을 자랑하고 싶어 하는 눈치였다. 정균은 고개를 들이밀고 애란이 펼치는 풍경화를 바라보았다. 스케치 솜씨가 훌륭했다. 정균이 조금 전 난정호를 보고 느꼈던 감정이 고스란히 구현되어 있었다. 가는 선으로 묘사한 푸른 호수는 따사로운 햇살과 조화를 이뤄 세상을 포용하는 듯 아늑함을 드러냈고, 탄탄히 내린 뿌리를 입증이라도 하듯 선 굵게 채워진 고목들은 네 방향으로 호수를 가득 에워싸 영원한 수호자처럼 표현되었다. 수면 위를 노니는 벌레들은 계절이 다하면 생명을 마쳐야 할 운명으로 어렴풋했지만, 매년 여름이면 어김없이 돌아오는 자연의 신비라는 주제에 걸맞게 정확한 원근을 부여받았다. 이 스케치 하나가 바로 변하지 않는 돌아래마을의 진면목을 보여주고 있었다. 아마추어라는 선입견을 가졌던 정균은 애란의 그림을 보자 놀라고 말았다.

풍경화 속에는 특이한 점도 하나 있었다. 나무 뒤에 숨어 있는 소녀의 모습이었다. 대자연 속에 끼어든 옥의 티 같은 소녀는, 한편으론 이 그림을 그린 건 자기 자신이라는 천진한 자만심의 다른 표현일 수도 있었다.

"그림 속의 소녀는 너니?"

정균이 미소 지었시만 애란은 웃지 않았다.

그림을 보느라 두 사람의 거리가 가까워졌다. 나무 뒤에서 발소리가 들려오더니 누군가 나타났다. 돌아보는 애란의 표정이 밝아졌다. 눈물이 괸 미소였다.

"진태야, 어서 와."

정균은 두 사람에게로 걸어오는 덩치 큰 남학생을 보았다. 한 쌍의 꽃처럼 애란과 더없이 어울리는 잘생긴 학생이었다. 정균도 최진태란 이름을 들어서 알고는 있었다. 군 소재지의 명문고를 다니는 그는 공부도 운동도 일등 자리를 놓치지 않아 인근 동네까지 명성을 떨쳤고, 특히 애란의 부모가 아주 마음에 들어 해 예비 사윗감으로 점찍어놓았다는 소문까지 돌 정도였다.

"인사해. 목사님이야."

진태는 머리를 약간 숙였지만 눈빛이 좋아 보이지는 않았다. 정균은 괜한 오해를 준 게 아닌가 싶어 머쓱했다.

"그림 다 그렸어?"

진태가 물었다. 목사는 안중에도 없다는 태도였다.

"응."

"그럼 가자."

"그럴까? 목사님, 저흰 먼저 갈게요."

"오, 그래. 조심해서들 가. 만나서 반가웠다."

진태는 미술 도구가 든 애란의 가방을 받아 들고 그녀의 옆에서 나란히 걸었다. 애란이 살짝 돌아보며 정균에게 인사했다. 정균도 손을 흔들었다. 진태도 돌아보았다. 눈빛에 유쾌하지 않은 기색이 있었지만 그래도 그는 머리 숙여 인사했다. 정균은 또 한 번 손을 흔들었다.

정균은 흠칫 뒤를 돌아보았다. 호수 건너편에서 소설가가 이쪽을 보고 있었다. 그는 아무런 제스처도 취하지 않았다. 정균은 급히 팔을 내리고 김 집사네 집을 향하여 걸음을 옮겼다.

*

오후가 되니 기온은 조금 내려갔지만 습도 때문에 덥기는 매한가지였다. 하늘에는 가석방으로 예정보다 빨리 귀향한 문제아처럼 먹구름이 등장해 소나기를 예고했다. 집에 돌아오니 안강댁이 친구 목사님이 기다리고 있다고 정균에게 알려왔다. 정균은 자전거를 세워놓고 파라솔이 꽂힌 탁자에 앉았다. 상준은 상기된 얼굴로 정균이 언제 오나 기다리고 있었다. 정균이 물었다.

"만나보고 왔나?"

"만나보고 왔지."

"어땠어?"

"나 혼자선 판단을 내릴 수가 없어. 전문적인 식견을 가진 여러 목사들이 같은 장소에서 봐야 할 일이야."

"기적이라도 본 것 같은 표정인데."

"틀리지 않아. 성경에 나온 것과 비슷한 기적을 봤어."

"묘화가 무슨 일을 했는데?"

"죽어가는 개를 살렸어."

"안수(按手)로?"

"맞아."

"좀 자세히 얘기해봐."

상준이 눈빛을 번득이며 가까이 다가앉았다.

"불구자가 걷고, 소원을 성취하고, 물고기로 여러 사람 배를 채웠다는 각자의 경험담은 사실 믿을 수 없는 얘기였어. 그저 우연한 인과관계에 시골 사람의 과장이 더해졌다고 생각했을 뿐이었지. 끝없이 시험에 처한 채 의심을 극복하는 것이 너나 나의 숙명 아냐? 그만큼 우린 의심 가운데 살고 있지. 내가 찾아갔을 때 묘화는 너를 찾더군. 처음 보는 목사가 나타나자 실망한 눈치였어. 허나 나도 물러설 순 없었지.

나 역시 이 마을 김정균이와 같은 길을 걷는 목사니까 나하고 얘기를 해보자고 했더니 그러자고 승낙한 거야. 무엇보다 놀란 사실은 그 아이가 굉장히 유식하단 거였어. 언어의 선택과 사고의 전개가 예사 아이가 아니었어. 평소 바보라고 손가락질받았음이 사실이라면 정말 그 아이한테는 뭔가가 씌어 있는 게 확실해."

정균은 상준이 빠르게 쏟아내는 말을 자르지 않고 조용히 경청했다. 상준과 묘화가 나눈 대화를 요약하면 대강 이런 것이었다.

상준 : 어떻게 사람을 치료하는 능력을 갖게 되었나?
묘화 : 예수가 주셨다.
상준 : 예수란 누구인가?
묘화 : 예수는 교회에서 기도하며 찾는 분이 아니다. 교회에서

예수를 본 사람은 없다. 모두가 서로 예수를 영접했다고 거짓 눈물을 흘리며 자화자찬할 뿐이다. 예수는 '찾는 분'이 아니라 '직접 찾아오시는 분'이다.

상준 : 그렇다면 그분은 어떻게 생겼나?

묘화 : 교회 벽에 걸린 그림 그대로다. 긴 머리칼에 수염을 기르셨다.

상준 : 그분이 어떻게 너를 찾아왔나?

묘화 : 마을 사람들이 우리 모녀를 미워했다. 그 사람들을 깨우치게 하려고 나를 고르신 거다. 모두를 회개시키기 위함이다.

상준 : 마을에는 이미 김정균 목사님이 계신데 너를 골랐다고?

묘화 : 조상의 은덕은 제사 지낼 때 가장 앞에서 절하는 사람에게 내리는 것이 아니다. 마음에 가장 정성이 있는 사람에게 내리는 것이다.

상준 : 대화에 조리가 있고 말발이 좋다. (교육받지 못했다고 들었는데) 원래 말투가 그러한가?

묘화 : 맘속으로 내가 어리석은 무당의 딸이라고 생각하겠지? 예수를 만나고 나서부터 그분의 은혜로 쓰는 것도 할 줄 알게 되고 말하는 데도 변화가 생겼다.

상준 : 무당의 딸로서 예수가 강림했다는데 이상하다 생각지 않나?

묘화 : 그런 것은 난 모른다. 내 듣기에 예수의 사랑에는 차등이 없다고 들었다. 부자에게도 갈 수 있고 거지에게도 갈 수

있다고 믿는다. 그런 말을 하다니 목사로서 앞뒤가 맞지 않는 건 아저씨가 아닌가?

상준 : 아니다. 너의 말이 맞다. 내가 궁금한 건 네가 최근에 보인 기적을 정말 예수가 너를 통해 행하셨는가 하는 것이다. 왜냐면 넌 무속과 연관이 있는 사람이니까.

묘화 : 맞다, 내가 아니라 그분이 그렇게 하신 거다.

상준 : 어떻게 그런 능력을 갑자기 갖게 되었나?

묘화 : 우리 마을에 난정호라는 호수가 있다. 그날 동네 애들이 날 보고 더러우니 씻으라고 집단으로 괴롭혔다. 그 아이들이 미웠지만 이제는 미워하지 않는다. 설움을 참고 돌아오는 길에 난정호에서 몸을 씻었다. 그건 목욕재계와도 같다고 생각하는데 어디선가 빛이 나는 십자가가 흘러들어왔다. 그 십자가를 가지게 된 후부터 능력이 생겼다.

상준 : 십자가라…… 그걸 손에 넣은 후부터 장래의 일도 점치고 사람도 낫게 했단 말인가?

묘화 : 맞다.

상준 : 그렇다면 내게도 확인할 기회를 줄 수 있는가? 내게도 주님의 힘을 보여다오. 여기 다친 개가 있다. 몽둥이에 맞아 걷지 못하는데 도와줄 수 있는가?


"그 여자애가 누렁이의 등에 차분히 손을 갖다 댔어. 뼈가 부러져 다 죽어가던 개였어. 손을 대니까 고통스럽게 낑낑대던 개가 눈을 뜨더니 금세 일어나 말처럼 달렸어!"

상준의 목소리에 흥분이 묻어났다.

"그건 무속의 힘이 아니야! 결정적인 순간에 묘화는 아멘이라고 했거든!"

'오늘 이 아멘! 소리를 듣는 게 몇 번째인가!'

정균은 흥분했다.

"정말 개가 나았다고?"

"오관으로 믿지 못할 광경을 직접 봤단 건 둘 중 하나야. 그아이에게 정말 성령이 강림한 것, 아니면 너와 날 시험에 빠지게 할 사탄이 모습을 감춘 것."

"사탄이라니? 호수에서 십자가를 건졌다면서?"

"직접 보진 못했어. 내가 보여달랬더니 불같이 화를 냈거든."

상준이 그때 일을 떠올리듯 팔짱을 꼈다.

"조근조근 얘기하던 묘화가 화를 낸 모습은 처음이었어. 이렇게 내게 말했지. '아저씨는 목회자라서 십자가를 보면 탐이날 것이다. 아저씨는 힘이 센 남자이고 나는 약한 여인이다. 힘을 써서 빼앗으려 들면 나는 도리 없이 빼앗길 수밖에 없다. 그래서 보여줄 수 없다.' 내가 사탄을 떠올린 것도 그 부분에서였지. 나를 노려보는 그 눈을 너도 봐야 했어."

"나는 그 아이를 만난 적이 없지만 그렇게 유식하고 유창할줄은 몰랐어. 정말 그렇게 얘기했단 말이지?"

"옮기는 데 약간 살이 붙긴 했지만 거의 그대로야."

"난정호 물 위로 흘러든 십자가라……."

"빛이 나는 황금 십자가라고 했어. 크기는 어린아이보다 더 크다고 하더군."

"믿을 수 없군."

정균이 턱에 손을 괴고 의혹스러운 표정을 지었다. 상준이 박수를 탁 쳤다.

"난 빼앗기기 싫어서 보여주지 않은 게 맞다고 봐. 그 아이에게 사람 마음을 꿰뚫어 보는 능력이 있는 것 같았거든."

"십자가를 보면 빼앗기라도 할 계획이었단 말이야?"

"뺏는 게 아니라 나도 그런 능력을 발휘할 수 있을지 이용해 볼 수는 있겠지."

"유혹에 빠지지 마. 너답지 않아."

"나답지 않다니. 너도 그 개가 일어서는 광경을 봤다면 믿음이 흔들렸을걸."

"잠깐만! 이런 우연이 어딨어? 묘화를 보러 가는 마당에 아픈 개는 어디서 찾았지?"

상준이 멋쩍게 웃으며 대꾸하지 않았다. 그의 오른손에 멍이 든 걸 본 정균의 표정이 무섭게 바뀌었다.

"네가 그랬군! 입증을 위해 일부러 문제를 만들어낸 거야. 아니야?"

"주인 없는 누렁이를 몽둥이로 한 대 쳤을 뿐이야. 죽이진 않았어."

"정말로 유혹에 빠져 앞을 제대로 못 본 건 아냐? 개가 무슨 죄가 있어? 정신 나간 짓을 했군!"

"목적은 수단을 정당화하는 법이야. 진정한 기독교적 이상을

106

이루려면 약간의 희생은 필요해. 믿음이 구현됐으니 희생이라고 부를 수도 없지. 개는 이제 말끔하단 말이야."

"너 묘화를 만나고 나서 사람이 변한 거 같다."

"흥, 그 애를 만나지도 못하는 나약한 네가 누굴 탓해? 잠깐만, 이럴 때가 아니야."

상준이 벌떡 일어섰다.

"서울로 돌아가겠어."

"벌써 가겠다고?"

"응. 하지만 며칠 내로 다시 올 거야. 이런 분야에 경험이 많은 큰 목사님들을 몇 분 모시고 오겠어."

"틀린 대처는 아니지만 너무 서두르는 거 아냐?"

"그대 의심하지 말지어다."

"이 마을에 평지풍파 일으키는 것 같잖아."

"거듭 말하노니 그대 의심하지 말지어다."

정균은 대꾸를 멈추었다. 사실 서울에서 이름난 목사들이 오면 자신의 일을 대신 해주는 셈이 된다. 그는 무당을 만나지 못할 몸이었으니까. 그는 1초쯤 틈을 두고 고개를 끄덕였다.

"알았어. 여하튼 개를 실험 대상으로 삼은 건 잘못한 일이야. 그 개가 죽었다면 어쩔 뻔했어?"

"내겐 너한텐 없는 신앙적 확신이 있었거든."

"기적인지 눈속임인지 모를 것 때문에 타락의 길까지 가볼 셈이야?"

"시간이 지나면 나와 그 개의 이름은 널리 알려질 거야."

"그게 주님의 가르침이라고?"

"넌 내 방법론을 질타하지만 그 개는 감쪽같이 나았어. 자기가 몽둥이로 맞은 사실까지 잊었던 말이야. 거듭된 너의 우유부단함이야말로 주님의 실재에 대한 의심이야, 의심! 의심을 거두고 믿음을 회복하란 말이야."

"너도 기적이라 믿으면서도 한편으론 의심 때문에 선배 목사들을 부르려는 거잖아?"

"당연하지. 넌 겁이 나서 회피했지만 나는 직접 보았으니까. 이 눈으로!"

정균은 상준의 타오르는 눈을 보자 겁에 질렸다. 그리스도의 반대편에 있는 존재가 떠올랐기 때문이다. 상준이 소리쳤다.

"그런 눈으로 나를 보지 마! 나는 급진적일 뿐, 이단이 아니야. 적그리스도라도 만난 줄 알아? 우유부단, 소심, 의심…… 그렇게 활달하고 행동적이던 김정균이는 어딜 갔어? 대체 뭐야, 이런 시골에 와서 의지가 다 굳은 거야? 이봐, 우리는 초보들이야. 하지만 최고로 거듭날 시험에 직면했다고. 이런 일에 전문적인 유명한 목사님들을 최대한 빨리 모셔 오겠어. 조금만 기다려. 내 진심을 알 날이 올 테니."

상준은 결국 그길로 섭주를 떠났다. 출발하기 전 그는 정균에게 악수를 청하며 자신의 지나친 발언을 사과했지만 흥분은 여전했다. 그는 하루빨리 묘화를 제대로 검증해 예수님의 재림을 경축하자고 말했다.

"우리는 베드로와 요한이 될 수도 있어. 어쩌면…… 유다가 될 수도 있겠지만."

그는 의미심장한 말을 남긴 후 서울 방향으로 차를 몰았다.

정균은 돌아래마을에 도시의 목사들이 몰려올 광경을 상상하니 불안해졌다. 그는 자신이 무당을 만나지 못하는 이유를 떠올렸다. 그것은 생각하기도 싫은 끔찍한 과거 때문이었다.


## 5


어릴 적, 정균은 심한 몸살을 앓은 적이 있었다. 그 몸살은 정균의 집안사람들만이 알고 있는 은밀한 질환이었다. 정균의 나이 18세인 고교 2학년 때였다. 6월이라 감기가 걸릴 계절이 아니었음에도 단잠에서 깬 어느 날 아침 그 몸살이 시작되었다. 강하다고 소문난 진통제는 다 먹어보았지만 효과는 조금도 없었다. 병원을 찾아도 검사 결과는 하나같이 정상이었다. 원인도 치료법도 몰랐다. 오직 증상만 있을 뿐이었다. 이렇게 지독한 몸살은 처음이었다. 눈알이 빠지고 팔다리가 욱신거린다는 표현 정도로는 모자랐다. 이 고통 속에는 마치 육신이라는 껍데기 바깥으로 혼백을 잡아 끌어당기는 듯한 극악무도함이 있었다. 그렇지만 모든 진료 결과는 이상 없음으로 나왔고 체온조차 정상이었다.

평소 차분하고 내성적인 성격이었던 정균은 몸살 앞에서 사람이 변했다. 병마의 고통 때문이었다. 그는 "죽을 것처럼 아픈

데 뭐가 정상이냐"라고 소리치며 물건을 집어 던졌다. 의사들은 진통주사로 답했다. 그들은 모르는 걸 모른다고 인정하지 않고 말도 안 될 것 같은 추측과 가능성만을 내놓은 채 즉답을 회피했다. 정균의 부모는 담임과 진지하게 상담해 잠시 학교를 쉬게 한 후 친분이 있는 승려를 통해 아들을 절에 휴양 보냈다.

절에 들어가서도 나아지기는커녕 정균의 성격은 이상하게 변했고 몸살은 더욱 강하게 그를 장악해갔다. 심장 박동에 맞추어 수천 개의 바늘이 온몸을 찔러대는 것 같았다. 조금만 근육에 힘을 줘도 번갯불이 번쩍거렸다. 서 있으면 어떤 발이 다리를 꺾어버리는 것 같아 휘청거렸고 앉으면 허리와 등을 반으로 접으려는 거대한 손길이 느껴졌다. 아프니까 만사는 귀찮아지고 자연히 모든 일에 소홀해졌다. 통증을 덜기 위해 잠을 자는 것, 그것만이 그가 할 수 있는 전부였다.

그런데 이상한 일이 일어났다.

몸살에 걸린 후부터 잠이 들 때마다 비슷한 패턴의 꿈을 꾸기 시작한 것이다.

*

꿈속에서 정균은 항상 어느 산에 있었다. 전봇대도 표지판도 하나 없는 문명과 동떨어진 깊은 산이었다. 온통 울창한 수풀뿐인데 바람에 맞추어 나무들이 춤을 추었다. 그 모습은 마치 대자연이 정균을 내려다보며 어르고 달래는 것만 같았다. 정균은 항상 똑같은 길을 따라 걷는데, 꿈을 의식한 지 몇 초도 되지 않아 어두운 숲 가장자리로 걸어가는 소 한 마리를 보았다. 소는 평범하게 생겼지만 등에 앉아 있는 노인은 평범해 보이지 않았다. 그는 이상한 피리를 불다가 정균이 따라오지 않으면 연주를 멈추고 찢어진 눈으로 노려보았다. 노인은 위아래가 온통 검정색인 두루마기 차림인데 옷고름이 없어서 의복이 비현실적으로 보였다. 노인의 머리카락은 허리까지 내려오는 백발이고 얼굴은 물처럼 투명했다. 이렇게 무섭게 생긴 노인은 일찍이 본 적이 없었다. 그는 말없이 피리를 휘둘러 자기를 따라오라 하는데, 노인이 가리키는 방향은 한적한 오솔길로 아기들의 울음과 노인들의 웃음이 들려오는 곳이었다. 정균은 노인이 무서워 가까이 가지 않으려는데 그럴 때마다 노인이 화가 난 얼굴로 거칠게 손짓했다. 그는 정균에게 말을 걸지 않고 피리를 휘두르며 '웅! 웅!' 하는 억눌린 소리만을 내는데 이것이 날이 갈수록 점차 심해졌다. 잠에서 깨면 노인의 얼굴이 현실에서도 생생하게 떠올라 온몸은 땀으로 뒤덮이고 통증도 어김없이 지독해졌다.

정균은 노인이 자신을 고문하는 게 틀림없다고 판단했다. 몸살에 노인의 괴롭힘이 관련되었을 거란 의혹이 들었다. 통증에 지쳐 잠이 들 때마다 노인이 찾아와 못살게 굴었다. 잠을 자는 일이 무서웠고 깨어 있자니 통증을 견딜 수 없었다. 주변 사람들은 이런 사정을 전혀 이해하지 못했고 믿어줄 것 같지도 않아 아예 말을 꺼내지 않았다.

정균은 자신이 미쳐가는 게 아닌가 하는 의문에 휩싸였다. 내년이면 고3인데 이대로라면 대학도 포기해야 할 판이었다. 정신은 점점 황폐화되었고 무슨 수를 써서라도 죽음을 부르는 몸살에서 벗어나는 것만이 삶의 목표가 되었다. 노인을 만난 후부터 이 몸살의 끝은 결국 죽음이라는 생각을 해온 지 오래였다. 살아남기 위해선 무슨 짓이라도 해야 했다.

정균이 깨달은 한 가지는 소를 따라가는 그는 현실의 자아가 아니라 꿈속의 자아라는 사실이었다. 꿈속의 살인은 살인이 아니다. 정균은 노인을 죽이기로 결심했다. 노인은 그에게 아무런 해를 끼치지 않았다. 피리를 휘두르는 동작은 뭔가 도움을 주려는 신호일 수도 있었다. 그럼에도 정균은 노인이 무섭고 싫었다. 그를 해치워버린다면 뭔가 나아질 것 같았다.

그날 밤이었다. 수면제를 먹고 잠든 지 얼마 되지 않아 소를 타고 가는 노인이 앞에 나타났다. 정균은 맨손이었지만 꿈의 초월 효과를 믿으며 눈을 감은 채 칼을 떠올렸다. 그리고 예상한 듯 땅바닥을 두리번거렸다. 과연 어두운 숲 한 켠의 검은 바위 사이로 조금 전까지는 보이지 않던 연장의 손잡이가 나타났다. 빼어보니 칼이 아니라 낫이었다. 노인이 '웅! 웅!' 하며 손짓했다. 정균은 낫을 등 뒤로 감춘 채 노인에게 접근했다. 노인의 투명한 얼굴은 화가 나 있었다. 팔을 뻗을 수 있는 거리까지 다가가자 갑자기 소가 울부짖었다. 소의 뒤편으로 불타는 기와집이 등장했다. 소가 정균에게 뿔을 들이밀며 울부짖었다. 그 뒤로 비슷하게 생긴 놈들이 헤아릴 수 없이 생겨났다. 그것은 소를 닮았지만 시커먼 색깔에 눈이 없고 물소처럼 흰 뿔을 가진 괴물들이었다. 정균이 놀라는 사이 노인이 피리를 들어 머리를 때리려 했다. 개구리 떼가 우짖는 것 같은 목소리로 야단을 치는데 뭐라고 하는지 한 마디도 알아들을 수 없었다. 정균이 '뭐라고요?' 대꾸하자 노인이 머리채를 잡고 끌어당겼다. 절을 하라고 강요하는 것 같았다. 그 순간 정균은 숨기고 있던 낫을 노인의 목에 박아버렸다. 노인의 목에서 볍씨들이 피처럼 솟았다. 노인이 소에서 굴러떨어지자 볍씨가 생명을 얻어 날아다녔다. 검은 소들이 노인을 버려둔 채 북쪽으로 달아났다. 볍씨가 허공에서 회오리를 그렸고 노인의 시신은 투명해지다가 사라졌다. 멀어져가는 소들의 발소리가 쾅쾅거리며 가슴을 때렸다. 그 소리에 정균은 잠에서 깨어났다. 꿈속의 소 걸음 소리가 누군가 승방의 문을 걷어차는 소리로 변했다.

"누구야? 문을 차는 게?"

약 1초 간격으로 이어지는 발길질 사이에는 어떤 목소리도 끼어들지 않았다. 정균은 무거운 몸을 이끌고 문을 열었다. 한밤 어둠이 깔린 사찰 마당에는 아무도 없었다. 정균이 문을 닫자 다시 쾅쾅 문 두들기는 소리가 시작되었다. 또다시 문을 열었으나 바깥에는 아무도 없었다. 모두가 잠든 시각에 있는 힘껏 문을 차는 자가 도대체 누굴까? 삼이 달아나고 소름이 끼쳤다. 이제 소리의 진원지는 승방의 창호지 바른 문이 아니었기 때문이다. 어느새 소리는 방 안에서 나고 있었다. 전등을 켰지만 소리도 두려움도 줄지 않았다. 옷장 안에서 누군가 발길질을 하고 있었다. 겁에 질린 정균이 용기를 내어 옷장 문을 열자 그 안에 피리를 문 노인이 서 있었다. 어둠 속에서도 그의 얼굴은 투명했다. 눈을 마주치자 노인이 웃었다. 사람이 아닌 귀신의 얼굴이었다.

*

그날부터 정균과 노인의 기이한 동거가 시작되었다. 노인이 꿈 바깥에 등장하고부터 달라진 한 가지는 몸살 증세였다. 시도 때도 없이 아픈 게 아니라, 호전되었다가 다시 시작하기를 반복했다는 점이다. 노인의 등장과 통증은 분명 관련이 있었다. 노인은 머물기만 하고 정균에게 아무 짓도 하지 않았다. 말을 걸지도 피리를 불지도 않았다. 식사하지도 않았고 정균이 하는 일을 방해하지도 않았다. 그저 거리를 두고 정균을 쳐다볼 뿐이었다. 그러나 한밤중에 바짝 얼굴을 들이대고 노려봐 놀라게 할 때가 많았다. 처음에는 너무 놀라 노인을 쫓으려 했지만 소용없는 짓이었다. 바깥으로 집어 던져도 노인은 아랑곳없이 닫혀진 문을 통과해 다시 들어와 있었다. 주먹을 흔들어도 웃었고 칼로 협박해도 노려보기만 했다. 승려들에게 이야기해도 소용없었다. 그들 눈에는 노인이 보이지 않기 때문이다. 정균은 이승 너머의 존재에 대처할 수 있는 스님들의 능력을 기대했지만 그들의 눈에서 읽을 수 있었던 건 '애는 정말 상태가 안 좋군' 하는 세속적인 차가움뿐이었다. 실제로 그들은 정균의 부모에게 차도가 없으니 데려가라는 연락을 수시로 했고 그나마 조금 나아진 몸살을 부처님 덕으로 돌렸다.

정균은 면회 온 친구들을 방으로 데려가 자기 옆에 누가 있는 것 같지 않느냐고 물었다. 친구들은 그렇지 않다고 답했다. 대화 와중에도 노인은 정균만을 뚫어지게 쳐다보았다. 노인은 귀신이 틀림없었지만 그럴수록 정균만 미친 사람 취급을 받게 되었다. 절의 주지는 정균에게 대놓고 정신병원에 가보라고 말했다. 그 충고가 왠지 쓸모없을 것 같지 않아 실제로 정균은 절에서 내려온 뒤 정신과를 찾았다. 노인도 절을 떠나 정균을 따라왔다. 의사는 노인이 수험생의 억압적인 환경을 상징한다며 노이로제 진단을 내리고 이성 교제나 스포츠 활동 같은 괴상한 처방을 내렸다. 또한 아직은 괜찮지만 계속 방치하면 정신분열이 올 수도 있는 상황 같다며 단계적인 약물 치료를 권했다. 진단을 내리는 동안 노인은 정균의 옆에 붙어 있었으나 의사는 그를 보지 못했다.

약을 먹으니 잠이 잘 왔고 잡념이 사라졌다. 강한 약물 덕에 노인이 나타나도 더 깊이 잠들 수 있었다. 정균은 고개를 끄덕였다. 몸살에 시달리게 할 수는 있을지 몰라도 노인은 산 사람에게 손가락 하나 까딱하지 못했던 것이다. 그러나 정신과 약은 지나치게 강했다. 아침에 일어나는 게 힘들었고 깨어 있어도 멍했다. 걷다가 맨홀에 빠질 뻔도 했고 선 채로 졸다가 자동차에 부딪힐 뻔하기도 했다.

정균은 용기를 내어 가족에게 지금까지 있었던 일을 털어놓왔다. 노인에 관해서도 하나부터 열까지 죄다 이야기했다. 아버지는 밥상머리에 앉아 있는 노인을 볼 수는 없었지만 기이하게도 "균이가 신병(神病)을 앓아온 건 아닐까"라는 말을 처음으로 내놓았다. 어머니는 아주 용한 무속인을 알고 있으니 같이 가보자 했고 정균은 거절하지 않았다. 노인과 몸살기는 결코 사라지지 않았으니까.

*

장군보살은 평범하게 생긴 40대 아주머니였다. 사는 집도 붉은 대나무 깃발이 솟아 있을 뿐 여느 가정집과 다르지 않은 양옥이었다. 용한 점으로 돈을 많이 벌어 새집을 샀다고 자랑이 대단했다. 정균과 어머니가 들어갔을 때 교복을 입은 고등학생 두 명이 가방을 메고 나왔다. 보살의 두 아들이라고 했다.

아무도 알아보지 못한 노인을 장군보살은 바로 알아보았다. 그녀가 정균의 등 뒤를 손가락으로 가리키며 말을 건네는 순간, 어머니는 아무도 믿어주지 않은 고통을 겪어온 아들을 끌어안고 울음을 터뜨렸다. 장군보살은 노인이 보고 있으니 즉시 아들에게서 떨어지라고 했다. 보살의 눈이 뿜는 광채에서 정균은 산 자와 죽은 자를 아우르는 영매의 감응 능력을 보았다. 굵게 변한 보살의 목소리나 어머니의 울음에는 과장스러운 기운이 가득했는데 그게 바로 귀신을 달래거나 누르는 데 도움이 되는 비법이라고 했다.

"학생은 이쪽으로 타고났어."

"제게 신기가 있단 말인가요?"

"있는 정도가 아니라 아주 드세고 강해."

"그게 어떻게 가능해요? 우리 집안에 무당은 없어요."

"보살님한테 말조심해라!"

어머니가 핀잔을 주었다.

"집안 내력하고 신내림은 아무 상관 없어. 누구라도 신의 부름을 받으면 그분의 아들딸이 되는 거야."

"죽을 것 같은 몸살이 나를 부르는 거란 말이에요?"

"그 정도는 보통이지. 불덩어리가 말을 거는 경우도 있고 봉황이나 호랑이 같은 신수(神獸)를 통해 내림을 명받을 때도 있어."

"신을 받아야 하나요? 난 싫어요. 무속인이 되기 싫어요."

장군보살이 웃었다.

"걱정 안 해도 돼. 학생한테 붙은 저 귀신은 말 그대로 잡귀니까."

"잡귀는 안 받아도 돼요?"

"당연하지. 잡귀를 받아 점을 치면 그게 어디 들어맞을 줄 알아? 점치러 온 사람들 신세만 망치지."

"그럼 이 노인은 산신령이 아니에요?"

"신령은 무슨 신령이야? 고향이 남도 지방인 소리꾼 같은데 아직은 그것밖에 몰라. 곧 알아낼 거야."

"나는 산신령이 붙은 줄 알았는데."

"이 세상에는 두 가지가 있는데 절반은 산 것이요, 절반은 죽은 것들이지. 죽은 자들은 우리 주변에 가득하고 대부분 잡귀들이야. 그것들은 항상 산 자들을 미워하고 시기해. 그러니 붙으려고 하는 거야."

"그럼 잡귀를 쫓아내도 또 붙을 수 있어요?"

"학생 같으면 그럴 수도 있지. 신기가 아주 드세고 강하니 이름난 산신령부터 오만 잡귀까지 틈만 나면 내리려고 할 거야. 아이고, 그만하자. 저 노인네가 나를 막 째려본다."

장군보살이 정균의 뒤를 향해 "가만히 있어!" 하고 소리 질렀다. 정균은 깜짝 놀랐지만 어머니는 보살에게 거듭 머리를 조아렸다.

정균은 보살의 두루뭉술한 해설이 불안했다.

"그냥 놔두면 어떻게 되는데요?"

"계속 학생을 괴롭히지."

"어떻게요?"

"잡아 흔들고 머리 위에 올라타고 등에 업혀 장난도 치고 그러지."

"눈에 안 보이는데도요?"

"안 보여도 잡귀가 가만 안 놔두는 통에 학생 몸은 지금처럼 계속 아플 거야. 하는 사업도 혼인도 하나도 안 풀리다가 끝내는 죽게 돼."

"그럼 쫓아내는 건 쉬워요?"

"쉬워."

"쫓아내고 두 번 다시 이런 일 안 생기게 해주실 수 있어요?"

"그건 이 일부터 끝내고 얘기하지."

"정말 쫓는 게 쉬워요?"

"균아, 자꾸 보살님 불신하는 그런 말 하면 안 돼."

어머니가 끼어들었다.

절의 스님들도 노인을 알아채지 못했다는 말을 정균은 하지 않았다. 노인은 장군보살이 상대하지 못할 무서운 존재일 수도 있다. 어설픈 퇴마 굿으로 노인의 노여움을 사 혹을 떼려다 오히려 혹을 붙이게 된다면 큰일이다. 가족에게도 해를 끼치지 않는다고 누가 장담하겠는가.

"학생이 무슨 생각 하는지 다 알아. 이런 일에는 정통하니 나를 한번 믿어봐."

장군보살이 어깨에 손을 얹었다. 몸살기는 조금도 덜어지지 않았다.

결국 정균은 무당이 정해준 날짜를 받았다. 무더운 여름이었고 예정 시각은 자정을 넘긴 한밤중이었다. 신기했다. 전국의 어느 산인들 그 형태가 다 비슷하겠지만 그가 장군보살을 따라 오른 산속은 아무리 봐도 꿈속에서 노인을 만난 곳처럼 여겨졌기 때문이다.

정균은 무거운 가방을 둘러메고 인왕산을 올랐다. 등산로와 떨어진 샛길을 두 시간가량이나 걸었다. 장군보살과 어머니, 보살을 보조하는 칠곡 아주머니라는 분과 함께였다. 두 보살은 길이 익숙한지 척척 걸어나갔다. 이틀을 산속에서 지내야 한다고 했다. 계속 걷다 보니 첩첩산중에 흉가라고 불러도 좋을 초

119

가집이 하나 나왔고 그 안에서 몸뻬 차림의 등이 굽은 할머니 한 분이 나왔다. 잡일을 도와주는 평은 할머니라고 했다. 이미 초가집 마당에는 오색 황초롱이 켜졌고 갖가지 깃발을 병풍처럼 두른 빈 상이 놓여 있었다. 장군보살이 정균에게 등에 멘 짐을 내리라고 했다. 등짐에서 나온 음식물들이 상 위에 놓여져 굿을 위한 전물상(奠物床)이 되었다. 평은 할머니가 돼지머리를 가져와 얹었고 광이 나는 칼과 창도 가져왔다. 알록달록한 부적들이 나무에 붙고 깃발에도 내걸렸다. 촛불에 불을 붙이고 향을 피울 때, 평상복에서 무의(巫衣)로 갈아입은 장군보살이 정균을 보고 초가집 안으로 들어가라고 했다. 허옇게 화장한 보살은 산속에 들어선 순간부터 웃지 않았다. 자정이 다 된 시각이었다. 흉가 안으로 들어가자니 미칠 것 같았지만 시퍼렇게 날이 선 장군보살의 표정을 보니 거부할 수 없었다. 이 모든 일은 장난스러운 상황이 아니었다.

정균은 방 안으로 들어갔다. 전기가 들어오지 않은 대신 촛불 여러 개가 어둠을 밝히고 있었다. 벽마다 탱화가 가득했다. 허옇게 센 머리를 묶고 머리카락만큼이나 하얀 눈썹과 수염을 늘어뜨린 노인이 그림 안에서 눈을 부릅떴는데, 한 손에는 청룡검을 한 손에는 불덩어리를 쥔 채 정균을 노려보았다. 용이 도깨비들을 칭칭 감아 불을 뿜는 탱화도 있었고, 구름에 올라탄 장군이 지상의 도깨비들에게 엄포를 놓는 탱화도 있었다. 어머니가 바깥에서 숟가락으로 문을 걸어 잠갔다.

"무슨 일이 있어도 문을 열면 안 돼. 잠들어도 안 돼. 치성만드려라, 알았지?"

정균은 대답하지 않았다. 바깥에서 천천히 징과 방울 소리가 들려오기 시작했다. 어머니는 정균의 대답에 아랑곳없이 굿판으로 뛰어갔다. 그로부터 강약이 반복되는 무악(巫樂) 아래 현란한 푸닥거리가 시작되었다. 칠곡 아주머니가 점점 세게 쳐대는 징 소리가 사람을 미치게 했다. 장군보살의 사설은 "어디 갈 데가 없어서 갈 길이 먼 총각을 붙잡았나? 이 술하고 음식 먹고 어서 돌아가……" 하는 달램이 반이었고, "이놈아, 불알이 무거워 못 일어나나? 미련이 많아 못 일어나나? 냉큼 안 일어나면 내가 아주 저승 가는 문턱에다가 네 이름을 턱 써 붙여 영영 못 들어가게 한다" 같은 협박이 반이었다.

정균은 귀신이 나올 듯한 오두막에 오랜 시간을 갇혔다. 어둠 속에서 무서운 그림을 보고 노인이 떠나게 해달라고 빌기도 했다. 하지만 징과 방울 소리에 집중이 어려웠다. 잠들면 안 된다고 평은 할머니가 수시로 문을 두드렸고 고함을 질렀다. 실제로 정균은 한 번 졸았는데 정신을 잃자마자 노인이 나타났다. 투명한 얼굴은 몹시 화가 나 있었다. 소스라치게 놀라 깨어나니 이번에는 탱화 속의 산신령이 꿈의 잔영과 합쳐져 마치 살아 있는 듯 으르렁거렸다. 죽을 만치 무서웠지만 기적처럼 몸살은 점점 가라앉고 있었다.

숟가락 뽑히는 소리가 거칠게 나며 문이 벌컥 열렸다. 새벽은 오지 않았고 바깥은 아직 어두웠다. 칠곡 아주머니와 평은 할머니가 정균의 팔을 하나씩 붙잡았다. 장군보살은 걸어오는 정균에게 부채와 방울을 흔들며 펄펄 춤을 추었다. 어머니는 무릎을 꿇은 채 손을 비비며 기도했다. 칠곡 아주머니가 술 냄새가 나는 바가지를 들고 왔다.

"여기에 침 뱉어! 세 번 나눠서!"

장군보살이 방울을 놓고 날이 시퍼런 칼을 집어 들었다. 정균은 칠곡 아주머니의 지시대로 막걸리가 가득 담긴 바가지 안에 침을 세 차례 뱉었다. 장군보살이 황동빛 칼로 빗질하듯 정균의 몸을 쓰다듬으며 보이지 않는 노인을 향해 저주스러운 악담을 퍼부어댔다. 정균의 머리카락이 한 움큼 잘려나가 바가지 안으로 떨어졌다. 칠곡 아주머니가 바가지를 잡고 산 위로 올랐다. 어둠 속에서, 멀리 떠나 두 번 다시 오지 말라는 협박과 함께 바가지를 비우는 소리가 들려왔다.

"일어나!"

장군보살이 정균을 일으켜 세우더니 손에 뭔가를 쥐여주었다. 쳐다보니 갈치만큼 긴 마른 명태 한 마리였다.

"던져서 머리가 너를 향해 떨어지면 귀신은 안 떨어진 거다. 꼬리가 널 향해야만 귀신은 떠난 것이다. 자, 던져라."

어이가 없었다. 그러나 실행하는 순간 전혀 어이없는 일이 아님을 깨달았다.

정균은 명태 대가리가 자신의 반대쪽을 향하도록 낮게 던졌다. 그러자 마른하늘에 한 줄기 강풍이 불어닥치더니 명태를 공중으로 날려 보냈다. 명태의 머리가 거짓말처럼 정균 쪽을 향해서 떨어졌다. 장군보살이 보이지 않는 노인을 향해 칼을 휘두르며, 듣기에도 소름 끼치는 욕설을 퍼부어댔다. 징을 치는 소리는 거세졌고 다시 명태는 던져졌다. 그러나 잠잠하던 허공은 명태를 던질 때마다 바람을 가져와 어떻게 던지든 대가리가 정균을 향해 놓이게 만들었다. 절대로 떨어지지 않겠다는 듯이. 버드나무 가지가 어깨를 때렸고 정균의 코에서 피가 흘러내렸다. 장군보살의 허연 얼굴도 어느덧 땀으로 젖어들었다. 그녀는 준비해둔 짚단으로 사람 형상을 만든 제웅에 정균의 피를 묻힌 뒤 불을 질렀다.

실로 무서운 일이었다. 삼십 번을 던져도 명태는 정균을 향해 머리를 둔 채로 낙하했다. 단 한 번의 예외도 없었다. 꼬리를 자신에게 겨누고 땅바닥 위에서 살짝 던져도 명태는 바닥에 부딪쳐 공중곡예를 하고는 정균을 향해 대가리를 두었다. 어느덧 정균은 혼자 노인을 본 환상보다 모두가 함께 본 이 현실이 더 무서워졌다. 귀신은 절대로 그를 포기하지 않으려 했던 것이다. 무당의 악담은 강도를 더했다. 칼이 창으로 바뀌고 부적이 닭 피로 물들었다. 18세 고등학생은 극도의 스트레스와 심적 흥분으로 쓰러지기 일보 직전이었다. 그 순간 한 줄기 피리소리가 산곡을 뒤흔들었다. 장군보살이 털을 뽑은 복숭아 씨앗에 불을 붙였다. 검은 연기가 솟구쳤고 그 사이로 노인이 나타났다. 정균은 귀신의 본래 모습을 생생하게 볼 수 있었다. 남은 생애를 악몽으로 시달릴 만큼 무서운 광경이었다. 거꾸로 선 노인은 머리로 걸어 다녔고 손을 발처럼 움직였다. 둥그런 눈알이 얼굴의 반을 차지했다. 네 명의 여자에겐 관심 없이 오직 정균 하나만을 노려보는 커다란 눈이었다. 노인은 신속하게 손을 바꿔가면서 거미처럼 민첩하게 접근해왔다. 겁이 나긴 했으나 장군보살의 칼짓과 욕설에 어느덧 정균도 힘을 얻었다. 꿈속에서도 노인을 죽인 건 그의 의지였다.

"이제 그만 내게서 사라져, 이 잡귀야!"

서른세 번째 투척에 모든 것이 끝났다. 머리를 땅에 튀기며 빙글빙글 돌던 노인은 드디어 사라졌다. 현장에 남은 것은 정균이 아닌, 산중을 향해 머리를 두고 있는 명태 한 마리였다. 명태가 가리키는 방향으로 숲이 사삭거렸고 밤잠을 훼방당한 새들이 일제히 날아올랐다.

"됐다. 귀신이 학생을 영영 떠났다."

어느덧 지옥 같은 몸살이 깨끗이 사라졌다. 장군보살은 칠곡 아주머니가 가져온 부적에 불을 붙이고 쌀을 한 줌 뿌렸다. 정균은 재 탄 물까지 마셔야 했다. 그래야 다른 귀신들로부터도 안전하다고 했다. 박수를 치던 어머니가 누적된 피로를 이기지 못하고 드러누웠다. 모든 것이 끝났다.

\*

그날 이후 노인은 완전히 자취를 감추었고 정균의 몸은 씻은 듯이 나았다. 이후로도 이상한 몸살은 일어나지 않았다. 겨울철에 감기만 들어도 깜짝 놀라기 일쑤였지만 다행히 해열진통제는 통증을 정상적으로 가라앉혔다. 장군보살은 귀신보다 신통했다. 일을 다 마치고 나서 그녀는 정균을 불렀다.

"그는 약장수이자 팔도강산을 유람하던 피리꾼이었어. 소리꾼이 아니더라. 고향이 장흥인데 돈을 벌러 한 달이나 집을 비웠더니 그새 마누라가 방물장사하는 놈과 눈이 맞아 도망을 쳤어. 아들이 둘 있었는데 여자가 버리고 간 통에 굶어 죽었다네. 그래서 피리 대신 부엌칼을 들고 마누라를 찾아 나섰다가 깊은 산속 낭떠러지에서 실족해 죽어버린 거야."

"왜 나한테 들러붙었을까요? 내가 부정 탄 물건에 손을 대기라도 했을까요?"

"귀신들이 원래 그래. 한이 많다고 그 한을 심어준 사람한테 가는 경우는 별로 없어. 그저 학생처럼 신병 앓고 귀신 볼 줄 아는 사람이면 덥석 등에 올라타는 거지."

듣고 나니 소름이 끼쳤다. 무당의 말이 사실일지라도 괴롭힘 당했던 시간이 떠올라 정균은 노인이 안됐다는 생각은 전혀 들지 않았다. 거꾸로 나타난 그의 마지막 모습은 두고두고 정균을 괴롭힐 것이었다.

"이제 그럴 일은 없겠죠?"

"장담할 수 없어. 이 모든 게 학생이 신기가 드세기 때문이니까, 솔직히 말하면."

장군보살은 부잣집 마나님처럼 한쪽 다리를 세우더니 그 위에 팔꿈치를 척 얹었다.

"나는 학생에게 신내림 해주고 싶은 심정이라우. 큰 무당이 될 팔자를 타고난 건지도 모르니까."

"싫어요! 두 번 다시 이런 일은 겪기 싫어요!"

장군보살은 의미심장한 눈빛으로 한동안 정균을 응시하다가 이윽고 고개를 뒤로 물렸다.

"알았어, 너무 그렇게 걱정하지 마. 앞으로 이런 일은 없을 테니. 그래도 명심해야 해. 학생 스스로 자신을 억눌러야 하니까. 학생은 귀신을 불러들이기 쉽고 귀신을 알아볼 수도 있는 비범한 능력을 가졌어. 아무리 센 약을 먹어도 또 계절이 돌아오면 감기에 걸리듯 이런 일이 완전히 재발하지 않는다고 장담할 순 없어.

앞으로 살아가면서 귀신이 좋아할 만한 어떤 일도 하면 안 돼. 귀신 그림을 그린다든지 그런 음악을 가까이한다든지 치성을 드린다든지 하는 건 귀신들이 접근하기 좋은 발판을 마련해주는 거야. 무조건 거리를 둬. 이런 일에 타고난 학생이니만큼 언제든지 그것들이 들어오도록 문을 열어주면 안 돼. 그때는 지금하고는 비교도 안 될 화를 입을 수 있어. 물론 좋은 일이 생길 수도 있지만……. 특히 명심해. 무당을 가까이하면 안 돼. 어설프게 귀신 부리는 무당들은 학생한테 나쁜 영향을 끼칠 수 있어. 무당하고 가까운 사람, 무당의 자식들도 피해. 다 귀신하고 선이 닿는 것들이니까. 내일 학생한테 강림이 없게 하기 위한 굿을 하루 더 할 거야. 앞으로 사는 동안 별일은 없겠지만 무엇보다 중요한 건……."

장군보살이 정균의 뺨을 어루만졌다.

"지금까지와는 완전히 다른 사람이 되어야 할 것이야. 귀신은 한번 길을 내준 사람을 잘 알아보니까. 지나왔던 그 길을 아예 막아버리란 말이야."

정균은 그러겠다고 했다.

다음 날 정균은 그들과 산을 내려왔다. 장군보살은 노한 소리에서 우는소리까지의 온갖 변성으로 누군가에게 치성을 올렸다. 어머니는 장군보살이 시키면 시키는 대로 다 했다. 아버지는 굿판에 오지 않았지만 일이 끝나자 다급하게 결과를 물었고 잘 풀렸다는 소식을 듣자 안도하는 눈치였다.

그날 이후 정균에게 귀신과 관련된 일은 벌어지지 않았다. 그는 교회를 다니기 시작했고 봉사활동을 다녔다. 새마을운동을 비롯한 여러 가지 계몽 행사에도 기독교가 결부되어 있으면 빠지지 않고 참가했다. 대대로 불교신자였던 부모는 이 같은 일을 달가워하지 않았지만 정균은 물러서지 않았다. 새로운 인생, 활기찬 나날이 젊은 그를 기다리고 있었다. 장군보살 역시 소식을 듣고 실망했다고 하지만 정균은 고집스레 기독교의 길을 팠다. 복음을 퍼뜨리는 젊은이의 모습에 감동한 지역 교회 목사는 연줄을 활용해 정균을 미국인 선교사 밑에 보내 심도 있는 공부를 하게 했다. 마침내 신학대학에 들어가면서 정균은 아픈 과거를 잊고 새사람으로 거듭났다. 강철 같은 의지로 새로이 성장한 그가 믿는 유일한 신은 주님이었다. 정균은 모두가 꺼리는 산간벽지 교회에 자청하여 기독교 보급의 역할을 맡았고 교단은 기쁜 마음으로 이를 허락했다. 하나님 말씀을 전하는 일에 그는 몸과 마음을 바쳤다. 냉대의 고생과 끊임없는 좌절이 있긴 했지만 6개월 만에 그는 모든 돌아래마을 사람들로부터 존경받는 목사가 되었다.

그런데 묘화라는 아이를 알고 나서부터 그는 또다시 그 몸살을 느꼈다.

가까이든 멀리든 묘화가 있으면 예전처럼 몸이 쑤셨고 당장에라도 이상한 환각들이 보일 듯 눈앞이 어지러웠다. 등 뒤에 무언가가 있는 느낌을 받았고 옛날의 찜찜한 기운이 몰아쳐 뭐라 설명할 수 없는 불편함에 시달렸다.

그는 마을 사람들에게 용기와 인내를 보인 훌륭한 크리스천이었지만 한편으론 나약한 인간이기도 했다. 과거는 결코 사멸하지 않았다. 과거의 공포는 언제든지 부활해 그를 부숴버릴 수 있었다. 이긴다는 보장도 없었고, 이기겠다는 자신감도 그에게는 부족했다.

'묘화가 지나갈 때 몸에 흐르던 통증은 상상통에 불과한 걸까? 아니면 진짜 그 몸살일까?'

자라 보고 놀란 가슴 솥뚜껑만 봐도 놀란다고 그는 아예 묘화를 피해버렸다. 의문이 들 때마다 무릎을 꿇고 기도했다. 그리고 답을 달라고 간절히 기도했다. 그러나 십자가에 못 박힌 예수는 답을 주지 않았다. 답은 듣는 것이 아니라 찾는 것이었다. 그러나 그는 묘화를 찾을 수 없었다. 무서웠으니까. 아무리 가시밭길을 걸으신 주님이라 해도 그 몸살을 직접 겪어보신 적은 없을 테니까.

## 6

친구인 안상준 목사가 서울로 돌아간 이틀 뒤인 일요일이었다. 정균은 그동안 집에만 틀어박혀 지냈다. 십자가 앞에서 기도하며 시간을 보냈다. 내면의 번뇌가 그를 괴롭혔다. 마을에는 은밀하고 신비한 일이 벌어지고 있었지만 그는 외면하고 회피했다. 신이 결부된 난제에 하나님의 사도인 자신이 나서야 했으나 여전히 무당의 딸인 묘화가 무서웠다. 상준의 증언에도 묘화가 행한 일련의 '기적'이 예수의 손길로 말미암았다고는 믿기지 않았다. 묘화의 신비한 능력을 눈으로 확인할 때 그가 제일 먼저 떠올리게 될 것은, 그렇게나 갈구해왔지만 눈으로 보지 못했던 성령(聖靈)의 실재가 아니라 어릴 적 직접 보았던 토속신앙의 부활이리라. 잊고자 애쓴 과거를 다시 대하기는 싫었다. 과거의 부활은 목사로서의 정체성에 혼돈을 겪게 하고 신앙에 금이 가게 할 것이다. 굴복하게 될까 봐 정균은 두려웠다.

'나는 하나님을 향해 한길을 걸어왔다고 생각하지만 정작 들어주지 않는 기도만 하고 있었던 건 아닐까?'

새벽하늘이 주위를 어슴푸레 밝힐 무렵 정균은 길을 나섰다. 사물을 밝히는 빛에 그는 예수의 손길을 느끼고 싶었다. 김 집사 부부는 아직 잠에 빠져 있었다. 기도를 끝내고 걸어가는 정균의 발걸음이 무거웠다.

정균은 긴 의자가 줄지어 있는 텅 빈 교회에 들어가 연단 아래에 섰다. 눈을 감고 생각에 잠겼다. 상준이 하루빨리 능력자 목사님들을 데려오기만 바랐다. 시간은 하염없이 흘러갔다.

인기척이 느껴져 눈을 떠보니 어느새 아침이었다. 새벽의 흐릿함을 몰아낸 태양이 하늘에 솟았고 성경을 옆구리에 낀 신도들이 하나둘 교회로 걸어 들어왔다. 그들은 평소처럼 웃지 않았다. 떠들며 잡담하는 대신 조용한 목소리로 은밀히 얘기 나누며 자기 자리를 찾아 앉았다.

정균은 이제 예배에 나오지 않는 사람들이 열다섯 명으로 늘었다는 사실을 알았다. 마음 한 귀퉁이가 쓰라렸다.

"찬송가 28장 부르겠습니다."

"목사님! 드릴 말씀이 있습니다."

정균이 찬송가집을 펼칠 때 누군가 큰 소리로 제창을 가로막았다. 정균은 기분이 얼떨떨했지만 침착하게 고개를 들었다.

"예, 김 선생님. 무슨 일이신지요?"

"여기 모인 사람들의 공통된 의견입니다만……."

그는 볕에 그을리지 않은 외모에 풍채가 좋은, 애란의 아버지 김동우였다. 직장이 있는 군 소재지로 이사 가지 않고 고향인 돌아래마을에서 출퇴근하는 그는 사람들의 존경을 한 몸에 받고 있는 지역 명문고의 수학 선생이었다. 이 마을에 교회가 들어서는 데에도 그의 힘이 한몫 작용했다. 그는 도시에서 일류 대학을 나왔고 시골 사람답지 않은 생활양식으로 격조 높은 지식인으로 통했고 마을에 큰일이 생기면 앞다투어 그를 찾게끔 하는 전인적인 영향력을 행사했다. 평소와 달리 노기 띤 음성을 내는 그의 옆에는 애란과 그녀의 어머니가 앉아 있었다.

"목사님도 아시다시피 지금 우리 마을에 이상한 현상이 일어나고 있습니다."

"이상한 현상이라니요?"

"그리스도의 사도를 참칭하며 사람들을 마음대로 치료하는 자가 지금 우리 마을에 있습니다. 아시다시피 그 사람은 무당의 딸입니다. 치료를 받은 사람들은 실제로 효험을 보아, 무당의 굿이 아니라 성령을 입었다고 주장하고 있습니다. 이제 그 사람들이 교회에 나오지 않고 오히려 치료해준 무당을 위해 새 교회를 세워야 한다고 소리칩니다. 이런 사실을 알고는 계십니까?"

"그 사실은 저도 들은 바가 있습니다."

"섭주 돌아래마을에 이제 막 교회의 기반이 다져지고 있는 마당에 이런 사태가 일어났습니다. 사람들이 패로 갈리고 있어요. 좋지 않은 현상입니다. 목사님이 나서야 하는 것 아닙니까?"

"그 말씀은 어떤 의미신지……?"

"엄연히 교회가 있는데 굿하는 무당을 위해 새 교회를 짓다니 이단이나 할 짓이지요. 타락으로 가는 악행입니다. 조용한 마을에 이런 일이 생기면 분명 사람들은 분열되기 마련입니다."

"굿이라고 속단해서는 안 됩니다. 묘화가 실제로 주님의 성령을 입었는지도 모르잖습니까?"

"목사님은 직접 보셨습니까?"

"뭘 말입니까?"

"기적이라 일컬어지는 묘화의 능력을요."

"못 봤습니다."

"한 번도요?"

"예."

"보지도 않고 굿인지 성령인지 속단하지 말라고 하십니까?"

"아, 그런 말이 아니라⋯⋯."

"참으로 대단하신 분입니다. 우리 마을 교회의 대표자라면 그 애한테 씌인 실체가 뭔지 가장 먼저 검증하셔야 하는 분이 목사님 아닙니까?"

비아냥거림이 가득한 김 선생의 말에 몇몇 사람들이 "옳소" 하며 가세했다.

"아빠, 목사님은 묘화하고 아무런 상관도 없어요."

애란이 말했다.

"넌 잠자코 있거라!"

김동우가 딸을 꾸짖자 그의 부인이 애란의 어깨를 감싸 안았다. 어른들의 대화에 끼지 말라는 제스처였다. 애란의 어머니는 슬퍼 보이는 얼굴을 보였다. 김동우는 다시 정균에게 눈길을 보냈다.

"목사님은 묘화가 일으킨 가짜 기적은커녕 묘화란 아이 자체를 안 보려고 합니다."

"맞아요! 왜 그 아이가 멋대로 굴도록 방치하는 거죠?"

"목사님이 악마를 겁내다니 말도 안 됩니다."

"그 더러운 거지가 선택받은 사람이라니 개가 웃을 노릇이야!"

사람들이 너도나도 가세해 김동우의 의견에 찬동했다. 정균이 뭐라고 말해야 좋을지 망설이는데 김동우가 말했다.

"지금은 열다섯 명이 빠졌지만 묘화가 괴상한 공연을 벌일수록 여기서 사람이 더 줄어들지 않는다고 장담할 수 없어요. 밭에서 감자 대신 황금을 캐게 해준다면 사람들은 바로 그렇게 해준 사람을 찬양하고 좇아갈 겁니다. 자자, 여러분! 이제 조용히. 중구난방으로 말을 쏟아낼 게 아니라 목사님의 답변을 들어보십시다."

정균은 눈을 감았다. 사람들이 내는 소음이 완전히 잦아들 때 그는 말했다.

"기다리십시오. 하나님은 항상 시험을 주십니다. 지혜롭게 기다리면서 우리를 먼저 되돌아봐야 합니다. 유혹의 강에 떨어지지 마십시오. 발 없이 천리를 가는 소문에 귀먹지 마십시오. 기다리십시오. 변치 않는 믿음으로 기다리십시오. 얼마 지나지 않아 이곳으로 문제를 해결할 목사님들이 오실 것입니다."

"목사님들이 온다고요?"

"제 친구인 안상준 목사가 묘화가 행한 일을 직접 목격했습니다. 인정할 순 없지만 부정할 수도 없는 현상을 그는 실제로 보았습니다. 안 목사는 자신이 겪은 일에 어떤 결론도 내리지 못했습니다. 저는 이 마을 교회를 책임지는 사람이니 사안의 객관성을 유지할 필요가 있습니다. 제가 묘화를 직접 만난다면 마음이 흔들릴 것입니다. 저 또한 여러분처럼 평범한 사람이기 때문입니다. 그래서 안 목사가 사태의 시급함을 깨닫고 전문가를 모셔 올 일을 추진했습니다. 곧 경험 많은 목사님들이 오셔서 묘화에 관한 일을 제대로 밝힐 것입니다."

"아, 며칠 전 휴가를 오셨다던 그 목사님이요?"

영자와 영걸의 아버지인 이장 천양록이 불쑥 끼어들었다. 이장은 섭주에서 가장 열렬한 기독교신자 중 하나였고, 농가 창고를 교회로 사용하라고 선뜻 내놓은 사람이었다. 그는 밝아진 얼굴로 김동우를 바라보았다. 수학 선생은 불편한 듯 그의 시선을 회피했다. 정균이 자신 없이 답했다.

"그렇습니다. 안상준 목사는 믿을 만한 사람입니다."

문이 거칠게 열리며 누군가 뛰어 들어왔다. 사람들의 시선이 일제히 뒤쪽으로 몰렸다.

"살려주세요, 목사님! 천 이장! 김 선생님! 누구든지 차 있는 분은 애를 병원까지 데려다주세요!"

사람들은 당혹감에 휩싸인 채 막 여학생 하나를 업고 들어온 남자를 둘러쌌다. 정균도 연단에서 내려와 그 사람에게 다가갔다. 남자는 방앗간 주인이었다. 그의 등에 업힌 여학생은 딸인 순남이었다. 순남의 팔이 터질 것처럼 시퍼렇게 부어 있었고 얼굴도 푸르뎅뎅했다. 눈은 까뒤집혀 검은자가 보이지 않았고 심한 경련이 일어난 입에서는 거품이 쉬지 않고 흘러내렸다.

"순남이가 왜 이런 거죠?"

정균이 물었다.

"독사한테 물렸어요!"

"독사요? 큰일 났군! 누구라도 좋으니 차가 있는 분은 어서 이 아이를 병원까지 데려다주십시오."

김동우는 차가 있었지만 조금 전의 기세등등함은 사라지고 마치 귀찮은 일을 만난 것처럼 어물쩍거렸다. 쌀가루가 묻은 손으로 방앗간 주인이 사정할 때 그는 일부러 팔을 뒤로 물리기까지 했다.

　"선생님, 도와줘요! 애가 죽어가요!"

　"집에 가서 차를 가져와야 하는데……."

　"뭘 망설여요, 여보! 얼른 순남이를 병원에 데려가요!"

　김동우의 부인이 다급하게 말했다.

　"뭐, 상황이 위중하니 일단 집에 가서 차를 가져오리다."

　김동우가 마지못한 어조로 말했다.

　"제게도 차가 있습니다. 제가 저 학생을 데려가죠."

　누군가 나섰다. 단정한 옷차림에 머리가 하얗, 그렇지만 늙지는 않은 남자였다. 그는 새로운 소재를 찾아 두어 달 전에 섭주로 내려왔다는 소설가 이병호였다. 정균에겐 며칠 전 난정호를 사이에 두고 눈이 마주친 기억이 있었다. 그가 언제 교회로 들어왔는지 몰랐지만 일단은 사람을 구하는 게 급선무였다.

　"부탁드립니다. 시간이 없습니다."

　"알겠습니다. 자, 학생 아버님은 따라오세요."

　"감사합니다! 감사합니다!"

　방앗간 주인이 후문으로 나가는 이병호의 뒤를 따라 달렸다. 순남 엄마는 딸의 등을 손으로 받친 채 남편을 따라 뛰었다. 순남이 무서운 발작을 일으켰다.

　"으으으으으아아아으으아아!"

"이것아, 정신 차려!"

"묘화한테 데려가야 해!"

누군가 소리쳤다.

"누구야! 어떤 인간이 그 따위 소릴 해!"

김동우가 매섭게 돌아보았다.

"시내까지 가면 늦어. 묘화한테 데려가야 해!"

"누구냐니까! 이리 나와 내 앞에서 얘기해봐!"

후문 밖에 있던 이병호의 차문이 열렸다. 경련을 일으키는 순남이 뒷좌석에 눕혀지고 부모가 양쪽으로 탔다. 셋을 태운 차는 머뭇거리지 않고 검은 연기를 뿜으며 출발했다. 사람들은 놀란 가슴을 진정시키지 못해 우왕좌왕하였다.

정균은 문득 어떤 생각에 사로잡혔다. 순남의 손목은 수건에 감싸여 있었다.

'아마도 독사에게 물린 자리였을 터. 그렇다면 꿈에서 손목을 잘라버린다던 묘화의 경고는 실제로 이뤄진 게 아닐까?'

"목사님, 어떡합니까? 예배는 계속하나요?"

김 집사가 물었다.

정균이 고개를 드니 모든 사람들이 그를 쳐다보고 있었다. 오직 김동우만이 노여움을 감추지 못한 채 묘화를 언급한 사람을 색출하려는 듯 여기저기를 둘러보았다. 그런 기세 때문인지 애란 모녀의 안색이 좋지 않았다.

"모두들 앉으세요. 지금부터 순남이를 위해 기도하도록 하겠습니다."

사람들이 목사의 명령에 응해 자리에 앉는 속도는 평소보다 늦었다. 어떤 이들은 아예 앉지 않았고 심지어 나가버리는 자도 있었다.

*

예배는 일찍 끝났다. 사람들은 목사를 힐끔거리며 집으로 돌아갔다. 음침한 귓속말을 나누는 농부들의 얼굴은 중세 시대의 종교재판관을 연상시켰다. 뱀이 교회 안으로 직접 들어온 게 아님에도 사람들은 순남 아버지가 알린 사건에 불경한 무언가를 떠올렸다.

정균이 탈의실에서 사복으로 갈아입고 나오는데 문밖에 애란이 서 있었다.

"제가 사과드릴게요. 아버지가 못할 소리를 하셨어요."

"괜찮아. 난 아무렇지도 않아."

"사람들 많은 데서 목사님한테 그렇게 대드는 건 아니었어요."

"김 선생님은 이 마을 토박이로 존경받는 분이고 주민을 대표하시는 분이야. 사람들을 걱정해서 그런 말씀을 한 건 당연해."

"마을 사람 걱정이 아니에요. 아버지는 저를 걱정하고 계신 거예요."

정균이 멈칫거렸다.

"혹시…… 너도 비슷한 꿈을 꾸는 건 아니겠지?"

"꿈이라뇨?"

"순남이는 묘화에게 협박당하는 꿈을 매일 꾸었대. 무당이 된 묘화가 손모가지를 잘라버린다고 했지. 그걸 내게 하소연했는데 나는 진지하게 생각하지 않았어."

"그런데 독사에게 물린 곳은 손목이고요?"

"맞아."

"난 우연이라고 생각하는데 목사님 생각은 어떠세요?"

"나도 그렇게 생각은 해."

"아닌 거 같은데요. 저한테도 꿈을 꾸냐고 물으셨잖아요?"

정균과 애란의 시선이 강하게 마주쳤다. 순남과 달리 애란은 당당했고 흔들리지 않는 무언가가 있었다. 볼 때마다 다양한 면모를 보이는 아이였다.

"아버님은 뭔가 알고 계시는 거니?"

"그게 무슨 말씀이죠?"

미소를 거둔 애란이 눈을 동그랗게 떴다.

"너를 걱정하신다 그랬잖아. 너도 그날 숲속에서 순남이 영자와 함께 있었고."

"함께 있었던 건 사실이에요. 아버지가 그걸 안다는 것도 사실이고요."

"네가 직접 말씀드렸어?"

"예."

"뭐라고 하시든?"

"야심한 시각에 목사님께 민폐 끼쳤다고 야단치셨죠."

"묘화에 관해서 뭐라 하셨냐고?"

"아무 말씀도 없었어요."

정균은 얼굴이 붉어지는 기분이었다.

"정색하실 건 뭐예요? 말씀드렸잖아요? 아버지가 걱정하시는 건 저라고요. 것도 목사님 때문이 아니라."

"묘화 때문에?"

애란은 대답하지 않은 채 아름다운 눈만 깜빡거렸다.

정균은 수학 선생에 관해 생각했다. 묘화를 괴롭힌 현장에 있었기 때문에 딸을 걱정하는 건지, 아니면 밤늦은 시각에 기타를 배우려고 목사를 따라간 행동을 걱정하는 건지, 그도 아니면 조금씩 변해가는 마을의 분위기를 걱정하는 건지 몰라 머리가 복잡했다.

"저기 어머니가 기다리시는구나. 이만 가보는 게 좋겠다."

애란이 돌아보았다. 그녀의 어머니가 벽에 등을 기댄 채 딸에게서 시선을 떼지 않고 있었다.

"그래야겠네요. 조만간 봬요."

애란이 손으로 기타를 퉁기는 흉내를 냈다.

"당분간 기타는 안 치기로 했다."

"약속했잖아요?"

"순남이가 위독한 상황이야. 걔가 무사하다면 그때 다시 생각해보자."

"그거랑 이거랑 무슨 상관이에요?"

"넌 아무렇지도 않아?"

"돌아래마을은 옛날부터 비밀이 많은 땅이래요. 비밀이 많은 곳엔 슬픔도 비집고 들어갈 틈이 없대요."

애란이 알 수 없는 말을 늘어놓았다.

"비밀?"

애란은 등을 돌려 걸어갔다. 어머니와 팔짱을 낀 애란은 점점 멀어져갔다. 이번에는 애란이 아닌 그녀의 어머니가 정균을 돌아보았다. 똑같았다. 난정호에서 보았던 애란의 슬픈 표정과.

*

교회를 나온 정균은 머뭇거리지 않고 방앗간으로 향했다. 김 집사 부부가 따라왔지만 가축 관리를 이유로 정균은 그들을 돌려보냈다.

다급했던 상황을 알려주듯 방앗간은 난장판이었다. 순남의 고모인 금자 엄마가 뒷정리를 하고 있었는데 무엇부터 해야 좋을지 결단을 내리지 못해 현장이 그대로 보존된 것 같았다. 광주리들은 뒤집혔고 고춧가루, 밀가루, 깨가 널브러진 바닥은 태극기를 그리다가 망친 듯한 초현실적인 미술을 연출하고 있었다. 그녀는 목사를 보자마자 질문을 먼저 던졌다.

"목사님! 어떻게 되었어요, 순남이는?"

"좀 전에 병원으로 갔습니다."

"저기 학교 선생님 차로 가지 않았나요?"

금자 엄마가 손가락으로 뒤를 가리켰다. 정균이 돌아보니 언제 따라왔는지 김동우의 모습이 보였다.

"소설 쓰는 이 선생님 차로 갔습니다."

"목사님은 안 따라갔어요?"

"김 목사님은 예배를 해야 했고 내 차는 상태가 좋지 않아요."

김동우가 약간 퉁명스럽게 답했다.

"목사님은 묘화처럼 기적을 일으키는 능력이 없나……."

금자 엄마가 손에 든 소쿠리를 쾅 내려놓으며 들리지 않는 목소리로 말했다.

정균은 주위를 둘러보았다. 온갖 곡식 가루가 쏟아진 돌바닥에 세워진 나무 지지대들이 선반을 지탱하고 있었다. 선반 위에 빼곡하게 일직선으로 놓인 건 그릇과 광주리였다. 지지대 안쪽으로 구동벨트가 달린 모터가 있었는데 이 모터는 각종 곡식을 빻는 기계들과 연결돼 있었다. 이 잡다한 기계들 사이로 온 식구가 정신없이 일에 매달렸을 것이다. 정균은 잠시 기계를 돌려보다가 꺼버렸다.

"모터 소리가 엄청 큰데 한자리에 앉아 일하다 보면 독사가 아니라 멧돼지가 들어와도 모르겠는데요?"

그는 손으로 쌀가루를 쓸며 계속 질문을 던졌다.

"뱀이 방앗간 안으로 들어왔다면서요? 주변에 풀숲도 없는데 어떻게 이 안으로 들어왔을까요?"

"내가 어떻게 알겠어요? 앉을 틈도 없이 계속 빻고 뽑고 나르고 정신없이 움직이는 게 방앗간 일인데요. 뱀이 기어 들어오면 누굴 물 새도 없어요. 먼저 사람 발에 밟히고 말겠지요."

"그런데 독사가 어떻게 기어 들어왔느냐는 말입니다."

"나도 모르지요. 저기서 나왔으니까."

금자 엄마의 손가락이 높은 곳을 가리켰다. 선반 위였다.

"순남이가 저기서 광주리를 내리는데 뱀이 튀어나와 물어버린 거예요."

"그래요? 어디 한번 볼까요?"

정균은 나무 의자를 가지고 와 신발을 벗고 직접 올라갔다.

"조심해요, 뱀 나올지 모르니."

"잡지 않았습니까?"

"못 잡았어요. 순남이가 죽는다고 뒹구는 통에 어찌나 빠르게 도망치는지 놓쳤어요."

"뱀이 더 있는 건 아니겠죠?"

"모르지요, 여러 마리인지."

"확인 안 해봤어요?"

"또 나올까 봐 안 올라가봤어요."

정균이 까치발을 한 채 선반 위로 고개를 들이밀었다. 의자 덕에 키가 높아지면서 보이지 않던 것들이 보였다. 똬리를 튼 뱀은 없었다. 선반 위에는 종이가 하나씩 붙은 광주리들이 놓여 있을 뿐이었다. '불바위 인덕이네 시루떡' '종화 아재 고춧가루' 따위의 글씨가 종이에 쓰여 있었다. 익숙한 순남의 글씨체였고 하나같이 회색의 질 낮은 종이였다. 그중 홀로 놓인 노란 종이 하나가 유독 눈길을 끌었다. 종이의 재질이 완전히 달랐는데 바로 위 천장에서 떨어진 물방울 때문에 글자가 얼룩 덩어리가 되었다. 뭐라고 쓴 건지 알아낼 수 없었다. 그는 의자에서 내려왔다.

"왜 여자인 순남이가 선반 위 물건을 내렸죠?"

"나나 오빠나 키가 작은데 순남이는 엄마를 닮아서 키가 커요. 순남 엄마는 허리를 다쳐 무거운 걸 못 들고요. 저 위에서 뭘 내리는 일은 순남이가 도맡아 했어요."

정균의 표정에 의문부호가 새겨졌다. 방앗간에서 만들어내는 생산품은 물이나 이물질이 튀지 않도록 높은 자리에 보관하는 게 당연하다. 이 방앗간에서 높은 곳의 물건을 내릴 수 있는 사람은 정황상 순남밖에 없다. 순남의 오빠들 중 하나는 대학에, 하나는 가발공장에, 하나는 군대에 가 있다. 순남의 두 동생은 키가 작고 힘이 없는 어린아이들이다. 결국 순남이 없고 내릴 수밖에 없는 선반이었다.

'단지 우연일 뿐일까?'

정균은 손에 쥔 노란 종이에서 시선을 떼지 않았다. 얼룩져 알아볼 수 없는 글자가 그를 노려보는 듯했다.

"선반 소쿠리마다 갱지가 붙어 있던데 이 종이만 왜 노랗죠?"

"글쎄요. 그런 종이는 처음 보는데?"

금자 엄마가 종이를 손에 쥐고 고개를 갸웃거렸다. 젖은 노란 종이 위 검은 얼룩은 아무것도 답해주지 않았다. 악을 쓰는 고함이 바깥으로부터 들려왔다.

"이건 그년 짓이야! 다음엔 내 차례야!"

정균과 금자 엄마가 동시에 바깥을 내다보았다. 김동우도 같

143

은 방향을 바라보았다. 이장 천양록이 안절부절못하면서 여자 아이 하나를 달래고 있었다. 소리를 지른 아이는 그의 딸인 영 자였다. 영자도 오늘 교회에 나오지 않았었다. 정균의 눈에 비 친 영자의 모습은 얼마 전에 만났던 순남과 다르지 않았다. 수 척해진 눈가는 검은 기미로 움푹 파였고 체중도 몰라보게 줄어 있었다.

"다음에 날 죽일 거야!"

"그게 무슨 소리니?"

김동우가 영자의 어깨를 붙잡았다. 그녀의 눈은 공포에 질려 있었다. 정균이 방앗간 바깥으로 나왔다. 영자는 수학 선생의 손을 밀치고 정균을 붙잡았다.

"목사님 도와줘요. 그 계집이 나를 해칠 거예요."

"그만 좀 해, 이것아!"

천양록이 딸의 어깻죽지를 철썩 소리가 나도록 때렸다.

"그냥 말하게 놔두세요, 이장님."

정균이 말했다.

천양록이 모자를 벗고 땀을 닦았다.

"왜 그러니 영자야. 나한테 말해보렴."

정균의 질문에 영자가 뭐라 말하려 했다. 순남이 뱀에게 물 린 사건 때문인지 어느새 방앗간 앞에는 사람들이 모여 있었 다. 천양록이 목사의 옷깃을 잡아당겼다.

"차라리 우리 집으로 가십시다."

천양록의 아내인 예산댁이 거의 울기 직전의 표정으로 딸을

144

끌어안아 이끌었다. 그러자 영자는 더 이상 말하지 않고 고분고분히 집 쪽으로 걸었다.

"뭘 봐요? 구경났소?"

천 이장은 모여든 사람들에게 한 번 소리를 지른 후 목사의 팔을 세게 잡아끌었다. 김동우는 따라가도 좋을지 망설이다가 갑자기 뭔가 깨달은 듯한 표정을 짓더니 돌아서 가버렸다.

*

"네가 직접 얘기해라."

집에 도착한 천양록이 딸에게 말했다. 영자가 목사를 향해 입을 열었다.

"제가 묘화에게 못할 짓을 했어요."

"수요 예배 때 말이지? 나도 대강 이야기는 들었다. 너랑 순남이랑……."

"애란이까지 셋이죠."

"순남이가 독사한테 물린 게 묘화 때문이라고 생각하는 거니?"

"거지 같은 게 성경책을 들고 교회에 턱 와 있는 게 미워죽을 지경이었어요. 그 계집애는 우리하고 다르니까요. 오지 말라고 몇 번이나 혼을 내줬는데 계속 우리 눈을 피해서 왔어요. 그러다가 그날 순남이한테 제대로 걸렸어요. 순남이가 묘화의 성경책을 빼앗아 던져버렸거든요. 그때 애란이가 농담으로 그러다 손목 잘리면 어떡할래, 하고 말했는데 그날 이후로 순남이가 이상한 꿈을 꿨대요. 묘화가 무당이 되어 나타나 손목을 잘라 버리겠다고 말하는 꿈을요."

"그 얘긴 나도 들었다. 묘화가 무당의 딸이기 때문에 꿀 수 있는 꿈이야. 의미 부여는 하지 마."

"저도 비슷한 꿈을 꾸는걸요."

"뭐라고?"

"그날 이후로 나도 꾼다고요, 순남이처럼! 순남이는 목에 나무판 같은 게 걸린 죄수가 되어 있다고 했지만 난 꿈속에서 여군이 되어 있어요. 군복을 입고 총까지 찬 내가 무더운 정글 숲에 홀로 있는 거예요. 거기가 어딘지도 몰라요. 나는 겁에 질려 있어요. 숲속에서 소리가 들려오거든요. 그건 총소리도 폭파 소리도 아니에요. 무당의 방울 소리예요. 딸랑딸랑거리는 소리가 귓속까지 파고들어와요. 꿈속이지만 귀가 떨어져나가겠고 머릿속을 젓가락으로 후비는 것처럼 아파요. 방울 사이로 여자가 웃는 소리도 들리는데 그건 묘화의 목소리와 비슷해요. 웃음이 그치고 나면 내게 직접 말을 걸어요. 총알을 피해보라고요. 그러면 실제로 숲속에서 총알이 발사돼요. 동서남북 하늘 땅 가릴 것 없이 거미줄처럼 발사돼요. 그게 내 몸을 막 맞히는데 바늘로 찌르는 것처럼 아파요. 꿈이 아니라 현실 같아요. 총알에 맞다 보면 나중에는 온몸이 피로 물들어 있거든요. 총알에 눈이 뚫리고 팔다리도 떨어져나가요. 그럴 때마다 숲속에선 웃음소리랑 방울 소리가 멈추질 않아요. 난 알아요. 왜 그런 꿈을 꾸는지."

"어째서?"

"제가 묘화의 아버지를 욕했거든요."

"뭐라 그랬는데?"

"월남에서 총 맞고 죽었다 그랬어요! 닭처럼 도망갔다고 그랬어요!"

정균은 천양록에게 물었다.

"묘화의 아버지가 군인입니까?"

"월수보살이 술만 취하면 늘어놓는 얘기예요. 지 남편이 참전 용사라고."

"실제로 보신 적은 없나요?"

"당연히 없지요. 혼자 떠드는 얘기일 뿐이에요. 지어낸 얘기라고요."

"확인할 수 없는 얘기라면 진실일 수도 있겠네요."

"무당 신랑이 군인이라고요? 말도 안 되는 얘깁니다."

"왜 말이 안 됩니까? 꿈을 현실로 믿어달라는 마당인데."

정균은 영자를 돌아보았다.

"묘화 아버지는 진짜로 군인일지도 모르겠다. 하지만 네가 꾼 꿈은 안심해도 될 것 같구나. 그러니까 뱀이 묘화의 명령을 받아 순남이를 물었다고 생각하는 거지? 아버님 말처럼 그거야말로 말도 안 되는 얘기야. 우연일 뿐이라고. 그러니 쓸데없는 걱정은 하지 마. 알았지?"

"순남이가 물린 데가 손목이잖아요!"

"그럼 발에 물렸다면 묘화의 짓이 아니겠네?"

정균은 어이없음과 따뜻함이 고루 섞인 미소를 지었다.

"설령 네 꿈이 맞다고 치자. 이 마을에서 총을 구할 곳이 어디 있겠니?"

정균은 영자를 바라보았고 영자는 아버지를 돌아보았고 이장은 목사를 바라보았다. 얼굴이 약간 밝아진 사람은 영자의 어머니였다.

"그러고 보니 목사님 말도 맞네. 여기서 총알이 나올 데가 어딨어?"

"저는 두 분께 더 놀랐습니다. 어째서 영자의 꿈 이야기를 그대로 믿는 거죠?"

"저희가요?"

"예. 그렇게 보입니다."

"그거야 순남이가 저런 꼴을 당했으니……."

천양록의 목소리가 작아졌다.

"영자가 이장님의 따님이고 순남이도 누군가의 딸이듯이 묘화도 누군가의 소중한 딸입니다. 영자의 지난 행동엔 반성의 여지가 있습니다. 꿈을 꾼다는 게 그걸 증명합니다. 영자야, 네가 묘화를 그렇게 놀린 것은 잘못한 거야. 지금이라도 늦지 않았으니 묘화한테 사과를 해. 묘화도 우리와 같은 하나님의 딸이야. 사람은 누가 더 잘나고 못나고가 없어. 네가 사과를 한다면 앞으로 그런 꿈은 꾸지 않을 거야."

"바로 그것 때문에 믿는 겁니다."

천양록의 목소리가 떨렸다.

"무슨 말씀이시죠?"

영자가 입을 열었다.

"사과하러 묘화를 찾아 나섰죠. 그 전부터 순남이와 난 서로
의 꿈에 관해 얘기 나눴어요. 얘길 나누는 것만으로도 무서웠
어요. 그래서 묘화에게 사과하러 가자고 했죠. 하지만 순남이
는 죽어도 못 하겠다고 했어요. 그런 천한 것한테 용서를 구할
순 없다고. 결국 나 혼자 묘화를 찾아가기로 했죠. 혼자 가기가
무서워 사실대로 말하자 아버지 어머니가 도와준댔어요. 그런
데…… 그런데…… 갈 때마다 개가 거짓말처럼 없는 거예요!
분명 우물가에 있는 묘화를 봤다는 이웃 사람 말에 숨이 차도
록 달려가면 개는 없어요. 당집에 있다고도 들었는데 가보면
없고, 시냇가에 있다는데도 가보면 없고……. 늘 이래요! 마치
숨바꼭질을 하는 것 같아요. 1분 전에 누군가 묘화를 보고 왔다
는데도 달려가보면 이미 사라지고 없단 말이에요. 일부러 나를
피하는 게 분명해요. 걘 사과를 받을 생각이 없는 거예요. 사과
를 받을 생각이 없다는 건 속으로 세운 계획을 실천하겠다는
거 아니겠어요? 순남이한테 한 것처럼!"

"사실입니까, 이장님?"

"사실입니다. 그래서 환장할 노릇입니다."

정균은 눈을 감았다. 이런 일은 우연이어야 한다. 앞뒤가 맞
는 무서운 실화가 되어서는 안 된다…….

"애란이도 같은 꿈을 꾸니?"

정균이 영자에게 물었다.

"애란이요?"

영자의 눈썹이 올라갔다.

"그래. 애란이도 너희랑 같이 있었잖아."

"걔와는 얘기 나눠본 적도 없어요."

"어째서? 그때 너희 셋이 함께 있었잖아. 너희들 친하잖아?"

갑자기 영자가 목사의 얼굴을 똑바로 쳐다보았다. 바늘로 찔러도 눈물 한 방울 안 나올 듯 앙칼진 눈에 눈물까지 어렸다.

"친하다고요?"

영자의 시선이 깊어졌다. 정균은 가슴속을 예리한 칼로 베이는 것 같았다. 영자의 눈 속에 자신의 모습이 비쳤다. 세 사람을 똑같이 대한다고 생각해왔지만 항상 관심은 애란에게로 먼저 기울었다. 애란은 순남과 영자를 무시한 채 보이지 않는 애교를 부렸고 정균도 그 사실을 모르지 않았다. 애란과 얘기하면서 걸으면 순남과 영자는 뒤에서 따라오는 걸 모르지 않았다. 그러나 애란의 활달한 매력이 좋아 정균은 두 아이를 돌아보지 않았다. 그는 목회자로서, 한 인간으로서 말과 어긋나게 행동했다. 떳떳한 척하며 셋을 똑같이 대한 게 아니었다. 영자의 눈이 거울처럼 자신의 모습을 보여주자 정균은 한없이 비굴해지고 부끄러워졌다. 친하다고요?라는 말에는 애란과 목사에 대한 미움이 함께 들어 있는 듯했다. 애란이를 들먹여 꿈에 대한 공포를 가라앉히려던 계획은 완전히 실패했다. 오히려 화만 부추기고 말았다.

세 사람의 뒤편, 이장의 집 안쪽에 있는 골방 문이 벌컥 열렸다. 비쩍 말라 뼈만 앙상하게 남은 영걸이 해골 같은 얼굴을 내밀고 소리쳤다.

　"난 다 봤어! 난 다 봤어요, 목사님!"

　"이놈이 문을 어떻게 열었지?"

　이장의 음성이 변했다. 영걸은 열기에 찬 눈을 부릅뜨고 소리쳤다.

　"난정호에서 묘화가 발가벗고……."

　"이 자식이!"

　천양록이 빗자루를 들고 방 안으로 들어갔다. 두들겨 맞는 소리가 나고 아이의 울음이 이어졌다.

　"왜 이러세요!"

　정균이 달려가 천양록을 말렸다. 이장은 문을 닫고 어떻게 떨어졌는지 모르는 숟가락을 다시 끼워 문을 잠갔다. 문이 닫히기 전 정균은 쪼그려 앉아 흐느끼는 영걸을 보았다. 그의 앞에는 감옥의 죄수처럼 작은 밥그릇 하나가 놓여 있었다.

　"이놈은 잘못한 게 있어서 지금 형무소 경험을 하고 있는 겁니다. 이놈의 새끼야, 내가 찍소리도 내지 말고 가만히 있으라 그랬지?"

　"무슨 잘못을 했길래 어린애한테 이리도 가혹하십니까?"

　영걸은 목사의 음성을 들었는지 더 크게 울었다. 천양록이 발로 문을 차자 울음이 잦아들었다.

　"이런 동네 망신이 어디 있습니까? 저 녀석이 중학교 여자애들 목욕하는 걸 훔쳐봤거든요. 도망친 것도 아니고 걔들한테 붙잡혀서 끌려왔어요. 야단을 쳐도 계속 '난 봤어, 난 봤어' 이 소리만 해대요. 집안 꼴이 어떻게 되려는지, 원."

"그래도 아직 어린아이입니다!"

"신경 쓰지 마세요. 계속 가두는 게 아니라 버르장머리 고칠 때까지만이에요."

정균은 묘화가 발가벗고……라고 영걸이 말한 대목이 마음에 걸렸다. 어느 정도 짐작이 갔다. 그날 네 사람이 기타를 치러 집으로 걸어갈 때 난정호 쪽에서 영걸이 튀어나왔다. 아이는 겁에 질려 있었다. 처음으로 벗은 여자의 모습을 훔쳐본 아이라면 밤이 주는 무서운 기운과 더불어 놀라는 것도 무리가 아닐지 모른다.

정균은 영걸이 중학생 아이들의 알몸을 훔쳐보다가 피해자들에게 끌려간 사실 역시 기억했다.

'이미 묘화의 몸을 본 적이 있기 때문에 또 보고 싶은 호기심을 주체하지 못했다? 상준과 면담할 당시 묘화는 난정호에서 몸을 씻는데 어디선가 빛이 나는 십자가가 흘러들어왔다고 했다. 혹시 영걸이가 그 광경을 목격한 건 아닐까?'

그는 영걸과 대화하고 싶었다.

"이장님, 영걸이하고 잠깐만 얘기를 하고 싶은데……."

"나 어떡해야 해요!"

영자가 악을 쓰자, 영자 어머니가 우는 아이를 달랬다.

"이것아 진정해. 목사님, 어떻게 하면 좋아요?"

정균은 눈앞의 문제부터 해결해야 했다.

"정 걱정이 되면 영자를 교회에서 지내게 하면 어떻겠습니까?"

"교회에서요?"

"예. 그곳은 하나님의 전당입니다. 거기서 영자가 열심히 기도하면 마음이 편안해지고 나쁜 일도 일어나지 않을 겁니다. 여자애 혼자 밤에 거기 있긴 위험하니 어머니도 오셔서 당분간 함께 지내도록 하세요. 애가 진정이 되면 다시 집으로 돌아가시고요."

"정말 그렇게 해도 될까요?"

영자의 일그러진 표정이 풀어졌다.

"그럼. 주님은 환란에 처한 사람들을 절대로 내버려두지 않으셔. 지금은 추운 계절이 아니니 지낼 만할 거야. 이불 챙겨서 어머니랑 교회에서 지내도록 해. 거기서 열심히 기도하면 악몽도 더 이상 꾸지 않게 될 거야."

"감사해요, 목사님. 정말 감사해요."

영자가 기도하듯 손을 모았다.

"대신 다음에 묘화를 보면 사과하는 거 잊지 마."

"걔가 날 피하는데도요?"

"열심히 기도하면 좋은 모습으로 만나게 될 거야. 내가 장담한다, 알았지?"

"네……."

영자가 자신 없이 답했다.

정균이 영자의 이마에 손바닥을 얹었다.

"주여, 이 어린양을 세상의 모든 위험으로부터 보호해주소서."

종교적 기적인지 심리적 위안인지 몰라도 영자는 한결 편안해지고 진정이 되었다. 부부는 목사를 붙들고 거듭 머리를 조아렸다.

"영걸아."

목사가 나직하게 불렀다.

"다 보기 싫어요! 나가요!"

어처구니없게도 아이의 고함이 돌아왔다.

"잠깐만 나하고 얘기하지 않을래?"

"나가라니까요!"

"이 자식이! 아이쿠 죄송합니다, 목사님."

"아니에요. 애를 때리지 마십시오. 영걸이는 다음에 보기로 하겠습니다. 제가 물어볼 게 있어서요. 그럼 이만."

인사를 마친 정균은 이장의 집을 나섰다.

그는 순남과 영자가 꾸었다던 꿈에 관해 생각했다.

'전쟁이나 전염병 같은 집단 공포는 이런 식으로 시작되는 게 아닐까? 실제 일어난 일 못지않게 심리적 악영향이 전파를 확장시키는 것⋯⋯.'

그는 묘화의 아버지를 머릿속에 그려보았다.

'그는 정말 베트남 참전 용사일까? 지금은 1976년이다. 월남전은 2년 전에 이미 끝났다. 그가 참전 용사라면 전사한 걸까, 아니면 살아 있으면서도 돌아오지 않는 걸까.'

 다시 교회에 들렀다가 집에 가려고 정균은 마을에서 들판으로 빠진 뒤 난정호를 끼고 걸었다. 신기록을 경신하듯 매일매일 더 뜨거워졌다. 이마 앞에 손날을 붙이고 하늘을 올려다보자 머리가 어지러웠다. 태양이 두 개로 보이다가 하나로 합쳐졌다. 해가 둘이라던 밤나무집 노인의 말이 생각났다.

 '노인은 볼 수 없는 눈으로 사람이 볼 수 있는 것 이상을 본 걸까? 미신이 확산되고 있는 돌아래마을에 기독교적 이상을 건설하기란 불가능한 일이었나?'

 정균은 크게 고개를 저었다. 두 개의 태양은 고온에 의한 착시일 뿐, 아무것도 아니었다.

 주머니에서 담배를 꺼내 한 대 물었다. 그때 머릿속에서 못이 박히는 듯한 충격과 함께 몸살이 엄습했다. 격렬한 통증에 그는 담배를 떨어뜨리고 몸을 숙였다. 세상이 뒤집히면서 빙글빙글 돌았다. 열여덟 살에 앓았던 바로 그 몸살이었다. 난정호 저편 육지에서 허연 저고리가 바람에 날렸다. 정균은 손등으로 눈을 비볐지만 흐릿한 시야는 나아지지 않았다. 누군가 미동도 없이 이쪽을 쳐다보고 있었다. 백주 대낮의 허연 소복과 허연 얼굴, 그리고 검게 땋은 머리……. 그것은 귀신의 형상에 다름 아니었다.

 "묘화……."

 정균이 뒷걸음질 쳤다.

"주께서 나를 전쟁하게 하려고 능력으로 내게 띠 띠우사 일어나 나를 치는 자들이 내게 굴복하게 하셨나이다. 또 주께서 내 원수들에게 등을 내게로 향하게 하시고 나를 미워하는 자들을 내가 끊어버리게 하셨나이다. 그들이 부르짖으나 구원할 자가 없었고……."

뒷걸음질 치자 허연 저고리가 멀어져갔다. 그녀는 굳은 듯이 자리에 선 채 정균이 있는 쪽만을 바라보았다. 정균은 계속 물러나면서 시편 구절을 외웠다.

'난 이제 그 병을 극복했어! 또다시 그 몸살을 앓을 순 없어! 내게 이러지 마, 제발…….'

그러나 소복은 바람에 휘날리는 옷깃에 개의치 않고 언제까지나 정균 쪽을 향해 서 있었다. 돌부리에 발이 걸려 정균은 엉덩방아를 찧었다.

"괜찮아요?"

나무 뒤에서 누가 나왔다.

"아앗! 이러지 마!"

"왜 그래요?"

"저리 가!"

"목사님!"

신열에 휩싸인 정균의 눈이 묘화가 아닌 상대방을 알아보았다.

"너로구나!"

애란이었다. 오전에 교회에서 봤던 애란이. 너무나도 반가운 존재였다. 그녀가 아니라 말투에 가시가 돋친 그녀의 아버지였더라도 지금 같은 상황이라면 친형제만큼이나 반가웠을 것이다. 애란은 땀투성이가 된 정균을 묘한 눈길로 바라보더니 부축해주려 했다. 정균은 그녀의 도움 없이 혼자 일어나 호수 저편을 바라보았다. 그곳엔 아무도 없었다. 그는 나무를 손으로 짚은 채 심하게 몸을 떨었다.

"열이 장난 아니네요. 감기 걸리셨어요?"

"너도 보았니?"

"네?"

"너도 보았냐고!"

"왜 이래요, 무섭게?"

"너도 묘화를 봤냔 말야."

"갔어요. 숲속으로."

애란이 묘화가 서 있던 자리를 정확히 손가락으로 가리켰다. 사람 키만 한 풀이 흔들거렸다. 누군가 그 안을 지나가고 있는 게 분명했다. 몸살은 아직도 가라앉지 않았다.

"너도 묘화를 봤단 말이지?"

"예."

"무섭지 않아?"

"그게 무슨 소리죠?"

애란이 심각한 표정으로 정균을 바라보았다. 깊디깊은 시선이 드릴처럼 돌면서 정균의 얼굴을 뚫어버릴 듯했다.

"다 알고 하는 말씀이세요?"

'묘화가 내 앞에 나타났어. 그녀가 노리는 표적은 나일까, 애

란이일까?'

정균은 애란의 질문에 답하지 않고 소나무에 등을 기댄 채 새로이 담배를 꺼내 물었다. 애란의 옷은 그새 바뀌어 있었다. 발목까지 오는 치마가 아니라 무릎까지 오는 분홍색 치마에 상의는 고등학교 이름이 찍힌 녹색 체육복이었다. 웃음이 나오는 복장일 수도 있지만 전혀 웃을 상황이 아니었다. 그럼에도 귀신에 가까운 형상의 묘화를 본 직후라, 애란의 등장만으로 공포를 완화하는 에너지를 받을 수 있었다. 불을 붙이는 정균의 손이 떨렸다. 네 번을 쳐서 겨우 성냥개비에 불이 붙었다. 애란이 호기심 어린 눈으로 바라보았다.

"원래 담배 피우셨나요?"

"그래. 너도 하나 줄까?"

애란은 커다란 눈망울로 목사를 탐색하다가 고개를 저었다.

"호호, 악마의 유혹에 사로잡힌 모습이신데요? 학생한테 담배를 다 권하시니."

"무서워서 제정신이 아닌가 봐."

"제가 무섭다고요?"

"묘화가."

"목사님이 걔를 왜 무서워해요?"

"내겐 아무도 모르는 비밀이 있거든. 묘화가 그걸 알아낸 것 같아."

그는 코로 담배 연기를 뿜었다.

"너한테 할 얘긴 아냐."

정균은 생각났다는 듯 물었다.

"넌 왜 여기 있는 거니?"

"목사님 오시는 거 보고 따라왔죠."

"어디서?"

"영자네 집 가시는 것 같던데요."

"아버지는?"

"가셨어요."

"넌 어머니랑 같이 안 갔니?"

"안 갔어요."

"그래, 네 말대로 이장님 댁에 갔다 왔어. 한 번 더 물어보자. 솔직히 말해줘. 정말 넌 악몽을 꾸지 않니?"

"그런 건 왜 물으세요?"

"순남이만 그런 게 아녔어. 영자도 비슷한 악몽을 꾼댔어."

"전 항상 캄캄하게 자요. 꿈을 꿔본 지 하도 오래 돼서 마지막 꿈이 어떤 건지도 잊었어요."

"영자는 총알 맞는 꿈을 계속 꾸는데 총이 발사된 숲에서 묘화의 웃음소리가 들려온대. 순남이는 무당이 된 묘화가 손목을 자른다고 협박하는 꿈을 꿨고. 그날 거기 같이 있던 애들이 비슷한 꿈을 꾸는 거야. 너만 빼고."

애란이 정균을 이상한 눈길로 바라보았다. 그녀가 정균이 앓는 몸살을 알 수는 없어도 그가 평소보다 이상한 모습을 보인다는 것은 눈치챘을지도 모를 일이었다.

"넌 가담하지 않은 거야. 묘화를 괴롭힌 건 순남이랑 영자 둘이야, 그렇지?"

"난 묘화를 잘 알지도 못해요."

애란이 시선을 외면했다.

"너도 그날 거기 있었잖아."

정균이 뒷짐을 지고 서 있는 애란 옆의 나무를 한 손으로 짚었다. 아직도 가라앉지 않은 몸살 때문에 기대는 제스처였지만 애란은 옆으로 몸을 피했다.

"묘화한테 직접 물어보세요. 왜 이러세요? 평소에도 여자애한테 이렇게 취조하듯 캐묻는 분이셨나요?"

겁먹은 애란은 달아날 기세였지만 정균은 통증 때문에 따라갈 힘이 없었다. 몸살 때문에 평소와 다른 모습을 보이고 말았고 오해를 설명하기에는 몸도 마음도 피곤했다.

"돌아래마을은 옛날부터 비밀이 많은 땅이라면서? 대체 비밀이 뭐지?"

정균이 나무에 기대어 간신히 목소리를 냈다. 달려가던 애란이 돌아보았다.

"정말 괜찮아요? 안 좋아 보이는데요."

"죽지는 않아. 이렇게 아플 때가 있어."

그는 괜찮다는 표시로 한 손을 들어 보였다.

"네가 말한 비밀이 뭐니?"

애란은 눈망울을 굴려가며 목사의 얼굴을 뜯어보다가 나직이 말했다.

"마을이 소란스러워도 끼어들지 말고 가만히 계세요. 아니면 그냥 떠나시든지요, 김정균 목사님."

애란의 화법에 정균은 한층 의혹이 들었다.

"비밀이 뭐냐니까……."

"방앗간의 그 노란 종이…… 난 알아요."

"너도 그 종이를 봤어?"

"그건 부적이에요."

"뭐?"

"그 여자가 갖다놓은 거예요."

"묘화가?"

"앉은뱅이 할머니."

애란이 치마를 나풀거리며 가지가 울창한 나무들 사이로 뛰어갔다. 정균도 그녀를 쫓아가려 했지만 그녀가 있을 땐 들리지 않던 매미 소리가 갑자기 폭포수처럼 귀로 쏟아져 들어왔다. 어지럼증이 몰려와 따라가기를 포기했다. 불러도 대답이 없었다. 이미 애란은 사라지고 없었다.

그는 비틀거리며 애란이 지나간 길의 반대편으로 나아갔다. 호수 어디에도 묘화는 보이지 않았다. 거짓말처럼 몸살기가 사라졌다. 약이 없이도 나아지는 몸 상태……. 틀림없이 그때의 그 몸살이다. 장군보살의 경고는 현실로 이루어진 셈이다. 난정호가 끝나고 교회가 그를 가로막고 섰다. 그러나 그는 희망을 꿈꿀 수 없었다.

안으로 들어간 그는 주 예수그리스도 앞에 무릎을 꿇고 앉아 기도를 올렸다. 정균은 하나님의 자식이며 토속 우상과는 아무런 관련이 없다는 갈구를 온몸으로 드러냈다. 눈물이 흘러내리는 기도는 근 한 시간이나 이어졌다.

'애란이 한 말이 사실일까? 조필순 노인이 정말 그런 짓을 한 걸까?'

그는 탁자를 짚고 일어섰다. 통증은 사라졌지만 약간의 현기증은 있었다. 어린아이처럼 척척 걷던 조필순의 모습이 떠올랐다. 그 모습은 신기하지도 대견하지도 않았다. 단지 무서웠을 뿐이다. 묘화로부터 필요할 때 부를 테니 기다리라는 말을 듣는 노인의 얼굴을 상상했다. 굳은 주름살이 펴지도록 환희에 찬 광신의 얼굴.

그는 당장 조 노인의 집을 찾아갈까 하다가 미루기로 했다. 애란의 말을 액면 그대로 믿을 수 없었거니와 기름을 짜러 방앗간에 들렀을지도 모를 할머니에게 무턱대고 이상한 혐의를 둘 순 없었으니까. 그러나 노란 종이가 부적이라는 말은 그의 가슴에 깊이 와닿았다.

30여 분을 교회에서 더 머문 정균은 난정호로 가는 길이 아닌 멀리 돌아가는 길을 택했다. 또다시 묘화와 마주칠까 봐 두려워진 그는 주님에의 약한 믿음을 자책했다. 마을을 지나쳐 큰길로 터벅터벅 걸음을 옮겼다. 사람들이 그를 보고 인사했고 그는 형식적으로 고개를 끄덕였다. 몸살이 사라진 것으로 보아 묘화는 근처에 없는 모양이었다. 새로 올린 흙담길을 따라 골목을 돌던 그는 앞에서 오던 사람과 부딪칠 뻔했다.

"어, 목사님……."

162

익숙한 목소리에 그는 고개를 들었다. 이번에도 애란이었다. 그사이 분홍색 치마 대신 청바지로 갈아입은 애란은 긴 생머리를 산뜻하게 묶은 나들이 차림이 되어 있었다.

"그냥 가면 어떡해? 가르쳐줘야지, 이 마을의 비밀이라는 걸. 응, 애란아?"

정균이 빠르게 물었다.

"무슨…… 소리예요?"

애란이 작은 목소리로 반문했다.

"끼어들지 말란 말은 뭐야? 떠나라는 말은 또 뭐고?"

"예?"

그녀의 눈길이 처음에는 옆을, 그다음에는 목사의 얼굴을 살폈다.

"할머니가 방앗간에 종이를 놔두고 갔다고 했잖아. 그게 정말이야?"

"내가 무슨 말을 했다고 그러세요?"

애란의 옆으로 진태가 나타났다. 난정호에서 본 이래로 두번째 만남이었다. 애란이 정균의 얼굴에서 시선을 거두었다. 정균을 본 진태의 얼굴에서 웃음기가 사라졌다. 정균도 애란의 남자친구가 나타난 걸 보고는 질문을 멈추었다. 옆에 진태가 있어서 그녀는 질문에 답하지 않았다.

'뭔가 내가 모르는 비밀이 있다…….'

정균은 빠른 시일 내에 애란과 둘이서 조 노인에 관해 얘기할 기회를 가져야겠다고 마음먹었다.

애란은 정균과 진태의 얼굴을 번갈아 보다가 겁에 질린 표정을 지었다. 목사를 보는 진태의 눈길이 험악해졌다. 정균보다 체격이 좋은 그는 참을성이 별로 없어 보였다. 애란이 진태의 팔을 잡아끌었다.

"빨리 가자. 늦겠다."

두 사람이 정균을 지나쳐 걸어갔다. 진태의 고개가 정균을 노려보며 조금씩 돌아가다가 다시 애란을 향했다. 정균은 애란을 바라보지 못했지만 어떤 냄새를 맡았다. 그를 지나쳐 가는 애란의 숨결에서 나는 담배 냄새를. 정균이 다시 돌아보니 애란도 고개를 돌려 그를 바라보고 있었다. 의문부호가 새겨진 얼굴은 아무런 정보도 제공해주지 않았다.

'마을이 소란스러워도 끼어들지 말고 가만히 계세요. 아니면 그냥 떠나시든지요, 김정균 목사님.'

정균은 귀신에 홀린 듯한 얼굴로 걸음을 옮겼다.

*

집에 도착했을 때, 오후의 햇살은 약해지긴 했으나 여전히 무더위는 맹위를 떨쳤다. 안강댁이 수화기를 든 채 방에서 반쯤 몸을 내밀었다.

"서울 전화예요."

'상준이로구나!'

정균은 예의를 차릴 겨를도 없이 다급히 김 집사네 안방으로

164

달려 들어갔다. 남의 집 식객으로 있는 정균으로서는 전화요금이 상당한 시외전화가 부담이었지만 거는 전화가 아닌 받는 전화만큼은 달랐다. 그러나 전화를 걸어온 이는 상준이 아니라 정균의 어머니였다.

"아들아! 요새 어떻게 지내니?"

"전 잘 지내요, 어머니."

"별일 없나 해서 한번 걸어봤다. 요새 꿈자리가 하도 어지러워서……."

"꿈요? 무슨 꿈을 꾸셨는데요?"

정균의 가슴이 철렁했다.

'꿈으로 찾아가는 묘화의 저주가 이젠 나와 내 가족에게도 작용하는 건 아닐까. 당장 내게 죽음의 몸살을 줄 수도 있다며 암시하는 듯 서 있던 난정호의 묘화.'

"네가 또다시 몸살을 앓는 꿈이었어."

"열여덟 살 때 그거 말씀하시는 거예요?"

정균은 방바닥에 드러눕고 싶었다.

"그래! 네가 다시 그 병을 앓는 꿈이었어. 절대로 다시 도지면 안 될 그 병 말이다."

목소리가 한층 조심스러워졌다.

"그 병은 벌써 다 나았잖아요. 한 번도 재발한 적은 없어요."

정균이 거짓말로 어머니를 안심시켰다. 그는 떨리는 목소리를 감추려 애를 썼다.

"왜 어머니가 그런 꿈을 꾸셨지요?"

"내가 알겠니? 꿈에서 네가 신당집 같은 데서 몸살로 끙끙거리고 있는데 그 모습에 하도 놀라 깼지 뭐니? 너무 무서워 내가 몸살이 다 날 지경이다."

"그 꿈…… 그냥 제가 홀로 앓는 거였어요? 아니면 다른 누가 또 있었나요?"

"다른 누구라니?"

어머니 목소리에 서리는 긴장이 생생했다.

"그때도 왜…… 피리 부는 노인이 있었잖아요? 이번에도 그런 게 없었냐고요? 무당이나 소복 입은 여자아이 같은 거라도……."

그는 이쪽을 바라보는 안강댁의 눈치를 살폈다.

"아, 그런 건 없었어. 그냥 너 혼자 컴컴한 방에서 아파하는 꿈이었어."

"확실하지요?"

"그래. 너 혹시……."

전화기를 강제로 뺏는 소리가 나더니 곧 아버지의 목소리가 들려왔다.

"정균이냐? 애비다. 진짜 괜찮은 거지?"

"예, 아버지. 잘 지내셨어요? 전 괜찮으니 걱정 안 하셔도 돼요. 이 마을 공기가 좋아선지 너무 튼튼해서 탈이니까요."

"우리한테 숨기는 거 없지?"

"숨기긴 뭘 숨겨요?"

"자라 보고 놀란 가슴 솥뚜껑만 봐도 놀란다. 우린 아직도 그

때 일을 생각만 해도 억장이 무너져. 네 엄마가 요사이 계속 네 꿈을 꾸니까 그런가 봐."

정균은 아버지까지 옆에 앉히고 전화를 건 어머니의 걱정이 약간 못마땅했다. 두 사람의 걱정이 정균의 두려움을 가중시켰기 때문이다. 물론 그럴 만한 이유가 있기는 했다. 눈이 얼굴의 반을 차지한 노인 귀신을 직접 보진 못했어도 '존재를 느낀' 것만은 그의 어머니 역시 마찬가지였다.

"마을에 신도들이 몇 명 줄어서 거기 신경 쓰느라 좀 피곤한 거예요. 아무 일도 없으니 걱정 마세요. 아버지, 남의 집 전화기로 너무 오래 통화하기도 좀 그렇네요. 집엔 별일 없는 거죠?"

"별일 없다. 우리가 꿈 하나에 지레 겁먹었던 모양이다. 만약에라도 그런 일이 있으면 꼭 집에 전화해라, 알았지?"

"그런 일 또 생기면 어쩌시려고요?"

"장군보살을 불러야지!"

"제발 그런 말씀은 마세요. 전 이제 목사라고요."

정균은 아버지가 뭐라 말하려는 걸 약간 매정하게 잘랐다.

"이제 그만 끊습니다. 제가 연락드릴게요. 그리고 두 분 다……
매사 조심하시고요, 알았지요?"

전화를 끊은 정균은 땀으로 흠뻑 젖었다는 사실을 깨달았다. 무더운 날씨 속에 먼 길을 걸어온 이유도 있었지만 차오르는 긴장도 한 원인이 되었다. 안강댁이 나가지도 않고 바깥을 서성거렸다.

"별일 아닌데 노인네들이 잔걱정이 많아서…… 죄송합니다."

"전화를 왜 그리 빨리 끊어요? 더 하셔도 되는데."

"별거 아닌 일로 전화하셨거든요."

"아이구, 목사님 옷이 흥건히 젖었네요. 꼭 물에 빠진 사람 같아요."

"빠질 뻔했죠. 전 이제 물가가 무섭습니다."

축사에 다녀온 김 집사가 수건으로 얼굴을 닦으며 다가왔다.

"날도 더운데 등목 한번 하시렵니까? 교대로 물 부어주고?"

"좋지요."

정균이 셔츠의 단추를 풀었다. 안강댁이 얼른 다른 곳으로 자리를 옮겼다. 묘화를 보고 난 후 정균의 일상은 알게 모르게 조금씩 바뀌고 있었다. 규범적 통제력이라는 군함 밑바닥에 구멍들이 생겼다. 묘화의 영향인지 묘화를 만나고 난 스스로의 변화인지 알 수 없었다. 부모님의 전화는 그에게 또 다른 걱정을 끼쳤고 신경을 쓰이게 했다.

'아무 일도 없어야 할 텐데.'

물가는 무서웠지만 시원한 물은 절실했다. 걱정이 날아갈 정도로. 웃통을 드러낸 그는 엎드려뻗쳐 자세를 취했다.

"자, 갑니다."

김 집사가 세숫대야에 담은 물을 정균의 등에 끼얹었다. 시원한 물줄기가 오장육부의 기능을 일시정지시켰다가 격렬한 쾌감을 몰고 왔다. 머릿속이 맑아졌다. 김 집사는 펌프를 잡은 팔을 분주히 움직여 차가운 지하수를 끌어 올렸다. 또 한 번 시원한 물이 등줄기로 쏟아졌다. 귀신 생각, 잡생각이 멀리 달아났다.

"자, 이번엔 내 차례."

웃통을 벗고 살찐 배를 드러낸 김 집사가 엎드려뻗쳐 자세를 취했다. 정균이 세숫대야에 물을 담아 집사의 등에 퍼부었다. 그의 요청으로 정균은 김 집사의 머리에도 물을 부어주었다.

"으이구, 시원하다! 잠깐만요!"

김 집사가 세숫비누를 머리에 박박 문지르자 이내 스티로폼 같은 거품이 일어났다. 눈을 뜨지 못한 채 그는 땅을 더듬어 다시 엎드려뻗쳐 자세를 취했다. 그러나 정균은 물을 붓지 않았다. 눈을 뜨지 못한 김 집사가 고개를 이리저리 돌렸다.

"어디 갔어요? 빨리 부어줘요. 아, 눈 따가워!"

정균은 세숫대야를 든 채 방금 들어온 사람을 바라보았다. 소설가 이병호가 굳은 얼굴로 그의 앞에 서 있었다. 눈을 뜨지도 비비지도 못하는 고통에 처한 김 집사는 물을 부어달라고 거듭 소리쳤다. 그 모습에는 구덩이에 빠진 고양이가 하늘을 보고 울부짖는 간절함이 있었다. 그러나 정균과 이병호는 굳은 표정으로 서로를 바라보기만 했다. 종합병원이 있는 군 소재지까지 간 이병호가 너무 빨리 돌아온 것이다. 분명 좋지 않은 일이 생겼다. 정균의 손에서 세숫대야가 흔들거렸다. 놀란 김 집사가 옆으로 비척거렸고 눈을 뜬 그는 격렬한 따가움에 비명을 질렀다. 이병호가 목사의 손에서 세숫대야를 빼앗아 김 집사를 구제했다. 물소리에 정균은 제정신을 차렸다.

"들어갑시다. 할 얘기가 있소."

이병호가 말했다.

＊

"순남이가 죽었다고요?"

정균과 김 집사 부부의 얼굴에 놀람이 그대로 드러났다.

"병원에 도착하기 전에 사망했소."

"세상에…… 앞날 창창한 그 어린 것이 뱀한테 물려 세상을
뜨다니……."

안강댁이 두 손을 모으고 기도문을 외웠다. 이병호는 부부는
안중에 없다는 듯 정균만을 바라보았다.

"독이 너무 빨리 퍼졌소. 출발한 지 얼마 되지도 않아 순남이
가 다시 경련을 일으켰소. 어떻게 손을 써볼 틈도 없었어요."

"사망이 확실합니까?"

"숨이 없었고 심장도 맥박도 뛰지 않았소."

"의사가 사망 진단을 내렸나요?"

정균이 날카롭게 물었지만 이병호는 입을 다물었다.

"군 소재지에 있는 종합병원까지 갔다면 아직 돌아올 시간은
아닙니다. 대체 병원에 가기는 한 겁니까?"

정균은 매를 닮은 이병호의 눈을 쳐다봤다. 무서운 진실이,
확신에 가까운 추측이 무섭게 목사를 내리눌렀다.

"중간에 되돌아온 거로군요!"

"그렇지 않소. 병원까지 갔었소."

"왜 의사한테 보이지 않았습니까?"

"내가 주장한 것도 그거였소. 최종적인 진단은 의사한테 받

아야 한다고. 그런데 방앗간집 부부가 말을 듣지 않았소. 병원에 도착했을 때 그 사람들이 맘을 바꿨소. 차를 돌리라고 막무가내로 고집을 부린 거요."

듣고 있던 세 사람은 그 말이 어떤 의미를 지니고 있는지 이해할 수 있었다.

"묘화에게 간 건가요?"

정균이 물었다.

"그건 나도 몰라요. 방앗간 부부와 그 딸을 내려준 곳은 그들이 사는 집 앞이니까."

"도대체 이 돌아래마을에 무슨 일이 일어나고 있는 거지?"

안강댁이 십자가를 꼭 붙잡았다.

"애당초 헛된 희망이었소. 내 눈에도 순남이는 출발과 동시에 사망한 것 같았으니까."

이병호의 목소리에 차가운 기운이 서렸다.

"내가 이곳에 들른 건 다른 이유 때문이오. 난 그 병원 마당에서 간호원이 미는 휠체어에 의지한 어떤 사람을 봤어요. 어디를 어떻게 다쳤는지 중상을 입은 것 같았소. 교통사고 환자처럼 붕대를 칭칭 감고 있었으니까. 그런데 목소리도 익숙하고 생김새도 낯이 익더군. 그 사람은 얼마 전 이 마을을 찾았던 김 목사의 친구분 같았소."

"안상준 목사가 병원에 있다고요?"

정균이 크게 놀랐다.

"내가 보기엔 그 사람이 확실하오. 간호사는 이름을 가르쳐주지 않았지만 혹시 목사가 아니냐고 물으니 맞댔소."

"중상을 입었다고요?"

"그렇게 보였소."

"서울로 올라갔는데……."

"좋지 않은 사고를 당한 것 같았소."

정균은 김 집사에게 부탁해 전화 사용을 허락받았다. 교환을 통해 종합병원과 연락이 닿은 그는 408호실에 안상준이란 사람이 입원해 있음을 알아냈다. 전화를 끊은 그는 김 집사 부부를 돌아보았다.

"다녀오겠습니다."

"지금 바로 가시게요?"

"예. 무슨 일인지 알아야겠습니다. 지금 바로 읍내로 나가면 6시 버스를 탈 수 있을 겁니다."

"달려가도 그 차를 탈 수 있을지 없을지 장담 못 해요. 내일 가시는 게 어때요?"

김 집사가 말했다.

"아닙니다. 바로 가서 상준의 용태를 확인하고 싶습니다."

"그럼 내 차로 갑시다."

이병호가 나섰다.

"그래주시겠습니까?"

정균이 잠시 망설이다가 말했다.

이병호의 차는 굽은 산길을 천천히 돌아 내려갔다. 먹구름이 미행이라도 하듯 따라와 차가 진행하는 방향에는 햇살이 사라졌다. 돌아래마을을 벗어났을 때 먹구름은 그들을 추월해 우르릉거리며 으름장을 놓았다. 이병호는 사라져가는 태양을 힐끔거렸다. 포장도로는 아니지만 그래도 일직선으로 뚫린 흙길이 나왔다. 차에 속력이 붙었다. 자동차 바퀴에 튕긴 자갈이 길가의 죽은 뱀 위에 올라탄 메뚜기, 방아깨비를 풀쩍 날렸다. 차창에 투명한 얼룩점들이 생기더니 비가 쏟아졌다. 정균은 고개돌려 멀어져가는 마을을 바라보았다. 검은 하늘 아래 교회 십자가가 어슴푸레했다.

'상준은 왜 나한테 전화하지 않았을까. 나와 이야기 한 번 나눠본 적 없는 이병호는 어떻게 그를 알고 있을까.'

"난정호수 자주 지나쳐요?"

이병호가 물었다.

"예?"

"지난번에 호수를 사이에 두고 우리 서로 만나지 않았소?"

"예. 교회 가는 지름길이어서 호수 옆길을 자주 이용하는 편입니다."

"새로운 소설 소재를 떠올리기엔 제격인 곳이오. 관광지로 육성해도 손색없을 명승지인데 아무도 모른다니 아까운 느낌마저 들었소. 물론 밤에는 그렇지 않지만……"

"거기서 묘화를 보신 적은 없었나요?"

"묘화가 거기 있었소?"

"예. 오늘 저는 호수 건너편에 있는 그 아일 봤습니다."

"난 본 적 없소."

이병호는 앞을 보고 얘기했고 정균을 거의 바라보지 않았다. 소나기의 기세가 거세져 운전에만 집중했다.

"묘화의 기적을 어떻게 생각하십니까?"

"생각한 적 없소."

"좋은 소설 소재거리 아닙니까?"

"내 눈으로 직접 보질 못했으니 뭐라고 평가할 수 없소. 잘 알지도 못하면서 멋대로 얘길 붙이면 그거야말로 소설 아니겠소?"

"실례될지 모르겠습니다만 선생님 이름은 처음 들어봅니다. 어떤 소설을 쓰셨습니까?"

"내 소설의 대부분은 역사물이오. 유명 작가는 아니오."

정균은 책 읽기를 즐기는 편이었지만 이병호란 이름은 들어본 적이 없었다.

"김 목사는 아직 젊으신데 왜 이런 시골로 내려와 봉사하는 거요? 집이 서울이라고 들었소만……."

정균은 소설가가 '목사님' 대신 '김 목사'라고 부르는 호칭이 썩 달갑지는 않았으나 그가 40대 후반이라고 들었기에 크게 마음에 담지는 않았다. 그는 정균보다도 돌아래마을 살이가 늦은 사람이었다. 섭주에 온 지 두 달밖에 되지 않았다. 그는 야반도주한 주인이 버린 마을 변두리의 오두막을 직접 수리해 이웃과 교류 없이 혼자 지냈다. 정체를 몰라 미스터리한 인물이었지만 이장은 유명한 분이 우리 마을에 왔다고 입에 침이 마르도록 칭찬했다. 정균으로서는 그가 진짜 소설가인지 사기꾼인지 알 길이 없었다. 두어 번 교회에 나온 적이 있긴 했지만 예배를 위해서가 아니라 관찰을 위해 나온 것 같았다. 교회 건물을 측량사처럼 둘러보는가 하면 목사의 설교를 분석하듯 듣기만 했지 예배와 관련된 행위는 일절 없었다. 그간의 행태가 이런 만큼 정균으로서도 딱히 말을 섞을 필요는 없었던 사람이 이병호였다.

"내 말이 틀렸나요? 집이 서울 아닌가요?"

이병호가 재차 물었다.

"서울이 맞습니다. 복음을 전하는 데 대처와 벽지를 가릴 게 있겠습니까?"

"서울 어디요?"

"종로 쪽입니다."

"난 명동이오. 우린 멀지 않은 곳에 살았군. 목회의 업은 부모님 영향으로 하게 된 거요, 아니면 스스로의 의지요?"

정균은 그가 말수가 적은 사람이 아님을 처음으로 알게 되었다.

"아버님은 장사를 하십니다. 교회에 다닌 건 제 의지이지 다른 사람과 관련이 없습니다."

"장사는 종로에서 하셨고?"

"예."

"본관은 어떻게 되시오?"

175

"본관이요?"

"그렇소. 본관."

"다홍 김씨입니다."

"흐음…… 다홍이면 섭주와 지척이니 조상이 이곳 분이구먼."

소나기가 그쳤다. 이병호는 자동차가 거의 없는 도로를 막힘없이 달렸다. 정균이 물었다.

"섭주에는 글을 쓰러 내려오신 겁니까?"

"그렇소."

"돌아래마을에 연고(緣故)라도?"

"연고란 곧 인연이니 틀린 말은 아니오. 내 조상들 일부는 한때 이곳에 사신 적이 있어요. 그들은 좋지 않은 일들을 겪었고 그 이야기들이 대를 이어 전해 내려오고 있소. 입에서 입으로 과장이 붙은 이야기들은 훨씬 극악무도해졌지요. 나는 밝고 계몽적인 소설을 주로 써왔지만 어느 것 하나 마음에 들지 않았소. 독자들을 속이는 위선이란 걸 알았기 때문이오. 그래서 이번에는 필생의 대작을 써볼 생각이오. 어둡지만 진실을 추구하는 소설을 말이오. 이 땅은, 여기서 죽어나간 사람들은 내게 그런 영감을 줄 거요."

"이 지역이 그런 영감을 준다고요?"

"그래요. 섭주의 농작물은 끔찍하게 죽은 육신이 거름으로 쓰였소. 수확을 맺은 농작물은 비 대신 피를 흡수하며 자라났소. 그걸 먹은 사람들이 검은 피를 토하며 죽어나갔다 해도 나는 놀라지 않을 거요."

"6·25 때 이곳에서 학살극이라도 있었나 보군요?"

소설가의 눈이 잠시 동안 광기 서린 빛을 띠었다. 그는 모처럼 대화할 상대를 만났다가 은연중 비밀까지 토설한 사람처럼 말을 조심했다.

"그보다 훨씬 옛날의 일이오. 과학이 발달하지 않은 시대에는 신비하고 어처구니없는 일들도 많지 않았겠소?"

"묘화와 연관된 사건처럼요?"

이병호는 더 이상 말하지 않았다. 정균은 존경받는 일에만 익숙한 마을의 목사였다. 하나님의 사자를 자처했던 그는 이병호의 이상한 이야기에 위축되는 심정이었다. 끌려가는 느낌이 들었던 것이다.

정균은 6개월 만의 기독교 보급에 도취한 나머지 자신이 나무만 보고 숲은 보지 못한 건 아닐까 하는 생각이 들었다. 곳곳에 부릅뜬 눈들이 붙은 기이한 숲. 대체 이 마을에 무슨 일이 일어났던 걸까. 그것이 묘화와도 관련이 있는 것일까. 아니면 묘화 때문에 그런 생각이 드는 걸까.

소설가가 정신상태가 안 좋은 건지 아니면 남들이 모르는 뭔가를 알고 있는 건지 헷갈렸지만 그가 말한 것 중 하나가 정균에게 와닿았다. 자신이야말로 여태껏 밝고 계몽적인 이야기만 해왔던 건 아닐까. 사람이 죽어나가고 그 시체를 부모가 빼돌린 상황까지 접한 이곳에서.

악마의 농간에 묘화가 결부되어 있다면 과연 물리칠 자신이 있을까. 복음(福音)이 아닌 그냥 달콤한 소리만 지껄여왔던 목사 주제에.

*

그들이 군 소재지에 있는 종합병원에 도착했을 때는 이미 날
이 저물었다. 정균이 접수대로 뛰어간 사이 이병호는 주차장에
차를 대고 기다렸다. 그는 병원에 들어가려고 하지 않았다. 잠
시 후 정균이 달려왔다.

"제 친구가 맞다는군요. 선생님은 먼저 돌아가십시오."

"같이 가지 않을 거요?"

"시간이 너무 늦었습니다. 이야기 나누다 보면 더 늦어지겠
지요. 태워주셔서 감사합니다. 저는 여기서 묵고 내일 버스로
돌아가겠습니다."

"그렇게 하시오."

이병호가 차를 돌렸다. 어두운 하늘에 시선을 둔 정균은 이
내 안상준이 입원해 있는 4층으로 계단을 통해 뛰어 올라갔다.

친구의 모습은 충격적이었다. 몸 구석구석이 붕대로 감싸여
있었다. 눈을 제외한 얼굴 모든 부분에 피가 밴 거즈가 붙어 있
었는데 실핏줄이 터진 눈은 흡혈귀처럼 붉었다. 목사가 아니라
전쟁터에서 돌아온 상이군인에 더 가까웠다. 상준의 옆에는 나
이가 훨씬 많아 보였지만 젊은 사람에 비해서도 매력이 뒤지지
않을 여자 하나가 서 있었다. 두 사람은 문을 열고 들어온 정균
을 놀랍다는 시선으로 바라보았다.

"네가 여기 어쩐 일이야?"

"세상에! 상준이 대체 무슨 사고를 당한 거야?"

"사고? 이건 다 그 아이 짓이야."

안상준의 붉은 눈이 빛났다.

"누구?"

"누구긴 누구야? 너를 대신해서 만난 여자아이지."

"왜 내게 연락하지 않았지?"

"걱정 끼치기 싫었어."

"난 네 친구야. 당연히……."

"친구면 어쩌라고? 귀신 부리는 여잘 만나 싸우라면 들을 너야?"

침대 옆에 서 있던 여자가 상준의 어깨에 차분히 손을 얹었다.

"인사해. 누나야."

상준의 어투가 가라앉았다.

"김정균 목사님이죠? 말씀 많이 들었어요."

정균은 친구에게서 받은 충격이 가시지 않은 채 간신히 고개만 숙여 인사했다. 상준의 누나는 입고 있는 양장이 몹시 우아한 도시 스타일 여성이었다. 왠지 그녀의 얼굴이 낯설지가 않았다.

'어디서 봤더라……. 신학 대학 시절에 보았었나?'

"부담될까 봐 너한텐 연락을 미뤘지. 내가 여기 있는 줄 어떻게 알아냈어?"

상준이 물었다.

상준의 누나는 누워 있는 환자에게 얼굴을 들이댔다.

"알았어요. 흥분하지 않을게."

"잠시 나가 있을게. 얘기들 나누세요."

누나가 나가자마자 안상준은 천장을 향해 바로 누워 긴 숨을 토해냈다.

"사탄의 저주인지 무당의 급살(急煞)인지, 아니면 그보다 더 큰 힘인지 모르겠어. 분명한 건 그 애가 날 이렇게 만들었다는 거지."

"대체 무슨 일이 있었던 건지 자세히 얘기해봐."

"너하고 헤어지고 곧장 서울로 올라가려 했어. 부상당한 개가 나은 일 때문에 제정신이 아니었어. 1초라도 빨리 서울로 올라가 목사님들께 알려야 한다는 생각밖에 없었지. 그런데 차가 섭주와 군 경계 지점을 벗어날 즈음 갑자기 고장이 나버린 거야. 멀쩡한 차가."

그는 그때 일이 생각난다는 듯 무서운 표정을 지었다.

"거긴 자갈투성이 비포장 시골길이었어. 지나다니는 차도 보이지 않더라고. 차에서 내려 보니 엔진 쪽에서 연기가 풀풀 오르더군. 난감했어. 차에 대해 뭘 아는 게 있어야지. 근처엔 사람도 집도 보이지 않아 도움을 구할 수도 없었어. 그저 지나가는 차를 기다리는 수밖에. 그늘에 앉아 누군가 지나가기만 기다렸어. 근데 미치고 환장할 노릇이지 뭐야. 그 길은 서울로 통하는 길이라고! 평소에도 차가 많이 다니는 곳이야. 아무리 기다려도 차가 지나가질 않는 거야, 한 대도! 마치 세상이 날 놀리려고 그런 것 같았단 말이지. 기온은 점점 올라 날씨는 미치도록 뜨거웠어. 시야가 닿는 곳마다 아지랑이가 춤추었고. 그때 아지랑이 사이로 이상한 것들이 나타났어. 누런 점 같은 것들이 떼를 지어 나를 향해 다가오는 거야. 그게 뭔지 계속 눈을 비비고 봤는데 그럴 때마다 실체는 더욱 희미해졌어. 코앞까지 다가올 동안에도 내 눈은 그게 뭔지 알아내지 못했지.

난 그게 개들이라고 생각했어. 짖는 소리가 들려왔거든. 그러자 희미하던 점들이 내가 인정을 하자마자 허락받은 것처럼 개의 형상을 띠기 시작했어. 틀림없는 개 떼였어. 대여섯 마리는 되었을 거야. 송아지만큼 큰 놈들이었지. 우두머리 역할을 맡은 개는 내가 때린 놈처럼 누런 황구였어. 난 극도의 공포에 사로잡혔어. 안전한 곳이라곤 차 안뿐이었지. 차에 들어간 나는 창을 올리고 스스로 감금을 택했어. 이제 차는 시동도 걸리지 않았어. 순식간에 차 안의 온도가 상승했지. 지나다니는 차는 보이지 않는데 개들이 차 지붕에 오르고 보닛 위에 올라타 나를 겁박했어. 나를 빤히 쳐다보더라고. 그리고 눈으로 말을 걸었어. '거기에서 나와' 하고.

놈들은 그 뜨거운 날씨에도 멀쩡했어. 혀를 내놓고 학학거려야 할 것들이 뜨거운 차체에 앉아 내가 나오길 기다렸어! 난 손을 모으고 하나님을 찾았지. 내 죄를 사하여달라고. 잘못했으니 살려달라고. 그러자 어떤 목소리가 내 귀에 생생하게 들려왔어. '이제 됐으니 나오거라' 하는 목소리가. 눈을 뜬 순간 하늘의 태양이 두 개로 보였어. 차 안의 온도는 견딜 수 없을 정도였어. 머리가 어지럽고 속이 울렁거렸어. 정신을 잃기 직전이었지. 천만다행으로 개 떼들이 물러났어. 내가 하늘에서 들려온 목소리를 들은 순간 개들이 숲속으로 돌아간 거야. 소원은 이루어졌어.

그러나 감사의 기도를 올릴 틈도 없었어. 차창을 내리고 숨부터 돌려야 했으니까. 바깥세상은 달아오를 대로 달아올라 창문을 내려도 조금도 시원하지 않았어. 개들이 보이지 않자 난 차에서 내렸어. 그리고 하늘을 보았지. 태양은 하나! 난 미친 게 아니었어. 겁이 나 개들이 사라진 숲을 돌아보면서도 지나가는 차가 없을까 필사적으로 살폈어. 단 한 대도 없었어. 그때 내 머릿속에서 목소리가 또 들렸어. 차에서 나오라던 그 목소리. 이번 목소리는 처음보다 등골이 오싹했지.

*왜 죄 없는 개의 등뼈를 부수었느냐?*

비명을 지르던 난 앞을 가로막고 선 개 떼를 봤어. 어느 틈에 난 그것들에게 포위되어 있었어. 인정사정없는 폭력이 시작되었지. 아, 정말 지옥이었어. 개들이 일제히 날아올라 나를 덮쳤거든. 보시다시피 내 살점은 놈들에게 이곳저곳이 뜯겼어. 먹진 않았지. 뜯어내서 보란 듯이 길 위 여기저기에 흩뿌릴 뿐이었어. 개들은 주정뱅이가 술에 취해 포도주를 뿌리듯 내 피를 뜨거운 대지에 뿌렸어. 난 속수무책으로 당해야만 했어. 그런데 내가 뭘 봤는지 알아?"

"묘화야?"

정균의 호흡이 가빠졌다.

"아냐! 개들이야! 난 처음부터 끝까지 분명 개들에게 습격을 당했어. 그런데 정신이 없는 사이 조금씩 변화가 일어났단 말이지."

"무슨 변화?"

"이빨로 깨무는 공격이 몽둥이 타격으로 바뀌었어. 야구방망이 같은 게 내 온몸에 쏟아졌단 말이야. 눈을 떠보니 그것들이 두 발로 서서 뼈다귀 같은 걸로 나를 때리고 있었어. 사람처럼 팔을 휘둘렀고 사람처럼 웃었지. 믿겨져? 어느새 사람만큼 키가 커지고 두 발로 뛰는 개들이 나를 개 패듯 패는 광경을 말이야! 흰둥이도 검둥이도 누렁이도 얼룩이도 다 있었지. 나를 둘러싸고 놈들은 낄낄거렸어. 너도 미소 짓는 개 대가리들을 봐야 했는데. 나는 이제 개라면 무서워서 쳐다보기도 싫어."

"믿을 수가 없어. 믿지 못하겠어."

"더위와 충격이 가져온 환상이 아니야! 개들이 정말 몽둥이로 나를 무차별 구타했단 말이야. 묘화를 시험하기 위해 내가 개를 때린 것처럼."

"그럼 거기서 어떻게 빠져나온 거야?"

"나는 서서히 정신을 잃어갔어. 어느 지점부턴 통증도 느끼지 못할 정도였어. 꺼져가는 의식 속에서 이렇게 죽는구나 하고 절망할 뿐이었지. 그때 호루라기 소리가 들리면서 누군가 이쪽으로 달려왔어. 차에서 내린 경찰관들이었어. 내가 마지막으로 본 개들은 시치미 떼는 것처럼 네 발을 이용해 도망치고 있었어. 뼈다귀 같은 몽둥이도 사라졌지. 순경들은 날 살렸지만 내가 맞는 걸 못 봤으니 물린 줄로만 알고 있어. 난 거기서 쓰러졌고 의식을 회복하고 나니 여기였어."

한 사람은 무서운 기억으로, 다른 한 사람은 뜻밖의 충격으로 할 말을 잃었다. 먼저 침묵을 깬 이는 정균이었다.

"네가 본 게 환각이 아니라고 정말 확신해? 마음이 그런 이미지를 만든 건 아냐?"

"헛것을 본 게 아니라니까."

상준은 핏발이 곤두선 눈으로 정균을 노려보았다.

"목사인 네가 모독적인 형상을 실제로 접했다니 솔직히 믿기지가 않는군. 하지만 나는 믿겠어. 돌아래마을에도 계속 이상한 일이 일어나고 있거든."

"누가 죽기라도 했나?"

상준이 놀랍지도 않다는 얼굴로 물었다.

"방앗간집 주인 딸이 독사에게 물려 죽었어. 아까 넌 이 병원에 누워 있는 걸 어떻게 알았냐고 물었지? 마을 사람들이 그 애를 이곳까지 데려왔다가 그중 한 명이 휠체어를 타고 있던 널 알아본 거야."

"그 사건이 묘화와 관련 있나?"

"그런 것 같아. 묘화를 괴롭힌 애들 두 명이 묘화에게 죽임 당하는 꿈을 꾸었대. 순남이는 꿈에서 묘화한테 손목을 자르겠다는 경고를 받았다는데 실제로 뱀에게 물린 곳이 손목이야."

"순남이란 아이는 이곳 시체안치실에 있고?"

"부모가 도로 데려갔어. 묘화에게 간 거야."

"마을 사람들이 그런 일을 태연히 받아들일 지경까지 되었다?"

"나도 잘 모르겠어. 하지만 교회에 안 나오고 묘화를 따르는 이가 그새 다섯 명이나 더 늘어난 건 사실이야."

일어나려던 상준이 비틀거렸다.

"역시 무녀의 살(煞)이야. 예수 행세는 쇼야. 십자가를 주웠다 해놓고 보여주지 않은 것만 봐도 확실해."

"그녀가 호수에서 주웠다는 게 뭘까?"

"무당의 구리거울이나 죽은 어린애일 거야. 신기가 있는 사람이 그런 것을 취하면 귀신 같은 신통력을 얻는다는 걸 민속학 책에서 본 적이 있어."

상준이 눈을 크게 뜨고 정균을 바라보았다.

"이렇게 선이 닿다니, 네가 나를 찾아온 건 운명이야. 왜인지 알아? 그 여자애가 십자가를 빙자한 살을 몰고 다닌다면 막을 사람은 너밖에 없기 때문이야."

"너도 속수무책 당했는데 어째서 내가 막을 수 있으리라 생각하는 거지?"

"넌 목사잖아. 어릴 때 귀신을 직접 만나 이겨버린 목사 말이야."

머리털이 곤두서는 느낌에 정균은 자리를 박차고 일어섰다. 어떻게 상준이 자신의 비밀을 알고 있는 걸까.

"누가 그런 이야기를 해!"

"네 입으로 얘기했잖아?"

"내가?"

"기억 안 나?"

"난 귀신 이야길 한 적이 없어."

"아냐. 네 입으로 직접 말했어."

"그런 적 없다니까!"

"작년 크리스마스 때, 진짜 기억 안 나? 겨울방학맞이 새소년 새소녀 부흥회가 끝나고 너랑 나랑 고주망태가 되도록 마셨잖아. 그때 넌 내 등에 업혀서야 간신히 귀가할 수 있었지."

"아, 그건 기억나. 우리의 토론 주제는 적그리스도에 관한 거였어. 미국에서 히트 쳤다는 〈오멘〉이란 영화 때문에 그 영화를 보지도 않은 상태에서 설전이 벌어졌지. 그런데 내가 귀신을 물리쳤다는 얘길 한 적은 없는데…….."

"취중진담. 하나도 빼놓지 않고 다 했어. 장군보살이란 무속인 아줌마에 거꾸로 서서 머리로 걷는 귀신까지."

등골이 오싹했다. 다른 목사가 듣기라도 했으면 지금의 위치를 보전하지 못할 엄청난 내용이기에. 상준은 정균을 안심시키려는 듯 달랬다.

"천기누설은 없었으니 걱정 마. 나밖에 모르고 앞으로도 그럴 거야. 이봐, 문제는 그게 아냐. 너야말로 이번 일에 적격일지도 모른다는 게 중요해. 이건 퇴마가 아니야. 그것보다 차원 높고 전문성을 요하는 일이라고. 상대의 전술을 알아내 같은 방식으로 굴복시키는 거지. 선으로 악을 제압하는 게 아니라 악으로 악을 제압해 궁극적인 선을 이루는 거야."

"그럼 어떡하란 말이지? 목사인 내가 다시 무당들을 부르기라도 하란 말이야?"

"일단 묘화를 만나. 더 이상 피하지 말고 직접 대면을 해! 너에겐 우리한테는 없는, 그녀 뒤에 숨어 있는 존재를 볼 수 있는 눈이 있어. 어떤 존재인지 일찍 알아낼수록 악을 일소하는 일도 쉬워져. 이미 나는 서울의 목사님들께 도움을 요청한 상태야. 혼수상태에서 깨어나자마자 전화했어. 오고 계실 테니 이제 물리지도 못해. 곧 그분들이 돌아래마을에 도착할 거야. 아니, 네가 여기 와 있으니 벌써 도착했을 수도 있겠군. 그분들이 상황을 물을 때 명색이 책임 목사인 네가 아무것도 모르고 있다면 어떤 비웃음을 당하겠어? 증인들이 많은 장소에서 묘화를 만나. 무엇이든 좋으니 알아내고 행동하란 말이야. 넌 그 여자의 실체를 파악할 임무를 띤 유일한 사도야. 직분을 잊지 마, 정균이. 그리고 평범한 목사에겐 없는 너만의 특수한 능력도 잊지 말고."

숨이 막혔다. 상준이 자신의 비밀을 알고 있다는 사실 따위는 문제도 되지 않았다. 아무리 믿음으로 의지를 불태워도 남는 것은 결국 다시는 체험하기 싫은 귀신 목격담일 뿐이었다.

이제는 상준이 목사님들을 모시고 오는 게 아니었다. 이미 목사님들은 오고 있고 자신이 그들을 묘화에게 인도해야 할 처지였다. 어떻게든 피해 가려던 길은 반드시 지나가야 할 길이 되어버렸다. 한없는 무력감에 보호자용 침대에 누운 정균은 밤새 한잠도 자지 못했다.

## 8

정균과 상준이 늦게까지 이야기 나누던 병원의 밤처럼 돌아래마을에도 밤이 찾아왔다. 개구리 떼가 와글거렸다. 밭둑 사이로 모습을 감춘 개구리들은 미리 도열했다가 대통령이 지나가면 박수를 치는 동원 군중을 연상시켰다. 그런데 이 동원 군중은 하나같이 청개구리들인지 행동이 반대였다. 여섯 개의 거대한 구둣발이 지나갈 때마다 개구리들은 열렬히 우짖는 대신 뚝 울음을 그쳤다가 구둣발이 다 지나가고 나서야 다시 개골거렸기 때문이다. 구둣발이 빠르게 전진할수록 침묵하다가 다시 개골거리는 광경이 파도타기로 펼쳐졌다.

검은 구두를 신은 세 사람은 옷도 검었고 가방도 검었다. 얼굴만은 핏기를 잃은 듯 하얗고 눈은 검은 광채로 번쩍거렸다. 목에 걸린 십자가가 움직일 때마다 가볍게 출렁거렸다.

맨 앞에 선 백발 남자가 한 손을 들어 올렸다. 그러자 뒤를 따르던 남자와 여자가 멈춰 섰다. 저만치 앞에서 인기척이 느껴졌다. 세 사람은 서둘러 밭둑길을 건넌 후 버드나무 뒤로 몸을 숨겼다. 술에 취한 그림자가 나타나 이들이 지나온 밭둑길을 비틀거리며 건넜다. 또다시 누군가의 행차를 느낀 개구리

떼가 파도타기의 우짖음으로 인사를 대신했다. 개구리에겐 의전 행사의 경축지심이 없었고 누군가에게 잘 보일 아양지심도 없었다. 반면 검은 옷을 입은 셋에겐 뚜렷한 목적의식이 있었다. 그들은 밭둑길 중간에 멈춰 서서 오줌을 누는 주정뱅이를 참을성 있게 지켜보았다. 마침내 주정뱅이가 사라지자 이들은 나무 뒤에서 나와 다시 어디론가 움직였다. 달빛에 세 개의 십자가가 반짝거렸다. 집들이 몰려 있는 마을 중심지가 나왔다. 검은 세 그림자는 돌아래마을에서 가장 커다란 집 앞에서 우뚝 섰다. 그곳은 애란의 집이었다.

\*

방앗간집 마당에 부부가 안절부절못한 채 서 있었다.

"목사 세 명이라고요?"

순남 엄마가 물었다. 하도 울어서 그녀의 눈은 퉁퉁 부어 있었다.

"응."

순남 아버지가 대답했다. 그의 목도 쉬어 있었다.

"왜 왔을까? 김 목사님이 불렀나?"

"전부 시커먼 옷을 입었던데 밤길에 어찌나 놀랐는지 간 떨어질 뻔했어."

"셋 다?"

"셋 다. 여자도 하나 있던데."

"여자 목사도 있나? 그리고, 여태껏 김 목사님은 새까만 옷을 입은 적이 없었는데."

"그 양반보다 더 높은 사람들인 거 같아. 하나같이 목에 번쩍 거리는 십자가를 걸고 있었거든."

"왜 왔을까?"

순남 엄마가 불안한 표정으로 했던 말을 반복했다.

"난들 알아? 사람 눈을 피하는 거 같았어. 술 취한 팔득이 아 버지가 밭둑을 지나는데 이 자들이 나무 뒤로 숨었거든."

잠시 뜸을 들이던 순남 아버지가 말을 이었다.

"당신도 피하고?"

"나야 그럴 틈도 없었지. 꺾은 길에서 부딪칠 뻔했으니. 하긴 피하는 거 같긴 하더라. 나한테 길을 묻고는 인사도 없이 그냥 후다닥 갔거든."

부부 사이에 또 침묵이 흘렀다. 순남 엄마가 말했다.

"있잖아요. 김 목사는 여태껏 묘화를 안 만나려 했잖아요."

"그랬지."

"이유가 있어서 그런 거 같은데."

"무슨 이유?"

"묘화를 그 뭐야…… 이당인가 이담인가 뭔가…….

"아, 이단?"

"그래요. 이단! 이단으로 보는 거 같았어요. 자기편으로 보지 않았다고요. 우리가 만나보라고 해도 계속 듣지 않았잖아요. 기도하라는 소리만 해대고."

"그렇지. 자기 위치 좁아질까 봐 묘화 만나는 걸 꺼렸지."

"겁이 나서 피했을 수도 있어요."

"다 큰 사내놈이 여자애 하나를 겁내?"

"겁낼 수도 있지! 그래서 지원군을 불렀을 수도 있지!"

순남 엄마의 목소리가 커졌다.

"봐요, 순남 아부지! 아까 봤다는 세 목사가 김 목사가 부른 사람이면 어쩌지요?"

"그게 뭐 어때서?"

"묘화가 자기편 아니라고 생각하면 걔를 어떻게 해코지하려고 불렀을 수도 있잖아요! 지 혼자 상대하려니 벅차니까!"

순남 아버지의 표정이 굳어졌다.

"그럼 안 되지!"

한 줄기 바람이 불면서 두 사람의 코로 시큼한 냄새가 흘러들어왔다. 골방에서 풍긴 냄새는 실제가 아니라 두 사람의 상상인지도 모른다. 순남 아버지가 골방 문을 슬쩍 열어보았다. 누런 거적에 덮인 그들의 딸은 미동도 없었다. 순남의 발은 보라색으로 변해 있었다.

"사람들 눈 피하고 다니는 거 보면 분명 뭔가 있어! 그 세 연놈하고 김 목사가 만나면 안 돼."

순남 엄마의 목소리가 떨렸다.

"근데 그 사람들이 나한테 길을 물은 건 김 집사 댁이 아니라 우물가 큰 집이던데. 수학 선생 집을 찾는 거 같았어."

"이 태평한 양반아. 우물가 큰 집 물었다고 그것들이 꼭 그리로 갔다고 어떻게 장담해? 이럴 때가 아냐. 무슨 사달이 나기 전에 어서 묘화를 만나 부탁해야 해."

"아, 임자도 알잖아. 걔가 어딜 갔는지 통 안 보인다는 걸."

"인제 파리 떼도 날아다니는데 그럼 순남이를 저대로 둘 거야?"

순남 엄마가 남편의 가슴을 칠 듯이 주먹을 번쩍 쳐들었다. 순남 아버지가 본능적으로 한 걸음 물러섰다. 순남 엄마가 목소리를 죽인 채로 악을 썼다.

"김 목사가 동패 목사 셋을 불러들였는데 이렇게 가만히 있을 때가 아니잖아! 빨리 묘화를 찾아봐. 못 찾겠거든 당집에 들어앉아 돌아올 때까지 밤이라도 새우란 말이야. 이 시원찮은 흥부 같은 인간아! 묘화가 우리 부탁을 들어줄지 안 들어줄지도 모르는데 이렇게 마냥 기다리기만 해? 돌아올 생각하지 말고 반드시 만나! 만나서 우리 순남이만 살려주면 뭐든지 다 들어준다고 해."

순남 아버지가 모자를 쓴 채로 머리를 긁적였다.

"가만히 생각해보니 묘화가 예수님 기적을 보이는데 김 목사도 예수님 편이고 그 세 사람도 목사들이니까 예수님 편일 텐데 그럼 다 같은 편이잖아? 꼭 묘화한테 몰래 찾아가 부탁해야 하는가?"

"이 두대바리야! 우리 방앗간하고 읍내 방앗간은 다 같은 방앗간 아냐? 근데 우리가 서로 사이가 좋아? 말이 되는 소릴 해야지. 다른 목사들이 기적 일으키는 묘화를 참말 이단으로 보

192

면 어쩔래?"

"그냥 병원에 맡겨두고 오자니까……."

순남 아버지가 풀 죽은 소리로 대꾸했다.

"뭐? 금쪽같은 딸을 그냥 죽게 내버려두자고?"

"거야 이미……."

애는 죽었잖아, 라는 말을 순남 아버지는 차마 하지 못했다.

"빨리 가봐. 그새 묘화가 돌아왔을지도 모르니까."

순남 아버지는 진짜로 딸이 걱정되서 그러는 건지 마누라 잔소리에 질려서 그러는 건지 간다는 말도 없이 휙 집을 나섰다. 순남 엄마의 소리 죽인 고함이 귀를 파고들었다.

"일 성사시키기 전엔 집에 돌아올 생각도 하지 마!"

끓어오른 가래를 순남 아버지는 남의 집 담벼락에 탁 뱉었다. 또 묘화를 찾아 나서야만 했다. 헤매고 헤매다 집에 돌아온 지 한 시간도 안 되었다. 저녁도 먹지 못했다. 마주치는 사람들이 순남이는 어떻게 됐어요, 하고 물으면 그는 대답하지 않았다. 그러다가 검은 옷을 입은 세 목사를 만났던 것이다. 그들은 우물가로 가는 길을 물었고 명한 정신이던 순남 아버지는 손가락으로만 길을 가르쳐주었다. 셋은 고맙다는 인사도 없이 그를 지나쳐 갔고 마누라에게 그 얘기를 했다가 야단만 더 맞았다.

그는 투덜대며 길을 걸어 단숨에 월수보살의 집까지 닿았다. 당집에 불이 있었고 소복을 입은 형상이 문에 비쳤다.

'묘화다! 묘화가 돌아왔구나!'

이번만은 놓치지 않겠다는 심산에 순남 아버지는 젖 먹던 힘을 다해 당집으로 달렸다.

*

이장 천양록은 아내와 함께 영자를 교회로 데려갔다. 책가
방을 품에 안은 영자는 불안한 눈빛으로 주위를 두리번거렸다.
그녀의 엄마는 교회 마루를 간단히 닦고 이부자리를 깔았다.
영자는 가방에서 『성문기본영어』와 필기구를 꺼냈다. 입시 대
비를 위한 현실의 교재는 그녀의 초현실적 공포심을 덜기 위한
소도구 역할을 했다. 또한 착실히 공부하는 모습만 보인다면
용서받을 수 있을 것 같았다. 용서하는 자가 누구든 간에.

"어떻냐, 영자야? 십자가 아래에 있으니 맘이 좀 놓이지?"

천양록이 모녀가 앉아 있는 뒤편을 가리켰다. 사람 키만 한
나무 십자가가 회칠이 벗겨진 벽에 떡하니 붙어 있었다. 영자
는 사실 마음이 놓이지 않았다. 교회 안의 적막함이 오히려 무
서웠다. 유리문 바깥으로 보이는 나무들이 바람에 흔들리는데
그 모습이 가히 달갑지 않았다. 아버지가 집으로 가고 나면 유
리에 귀신 얼굴이 나타난다는 상상이 펼쳐졌다.

"열심히 공부하고 열심히 기도도 해라, 알았지? 목사님이 널
위해 마련해주셨다."

"순남이는 왜 소식이 없는 거죠? 걘 어떻게 됐어요?"

영자의 음성에 불안이 묻어났다.

"어떻게 되긴? 병원에 입원해 치료받고 있겠지. K군과 섭주

194

가 가까운 거리도 아닌데 하루이틀 만에 어디 돌아오겠냐? 날이 밝으면 무슨 소식이 있겠지."

"어떻게 좀 알아볼 수 없어, 엄마?"

영자 엄마가 불안해하는 딸의 손을 잡았다.

"자꾸 순남이 생각하지 말고 딴 생각을 해. 그 생각을 하니까 더 무서운 거잖아."

"아까 깜빡 잠이 들 때 또 그 꿈 꿨어. 총알이 날아드는 꿈."

"주님이 지켜주고 계신다. 이제는 그런 꿈도 꾸지 않을 거야."

엄마가 영자의 등을 두들겼다. 영자는 조금 안심이 되는 느낌이 들었다.

"아버지, 이제 돌아가보세요."

"괜찮겠냐?"

"영걸이를 혼자 두고 왔잖아요."

"싹수 노란 놈은 버르장머리를 고쳐놔야 해. 그놈 때문에 동네에 고개를 못 들고 다니겠어."

"당신도 여자 밝히는 주제에……."

"뭐가 어째?"

천양록이 아내에게 고함을 쳤다. 영자 엄마는 아무런 말도 못 한 채 바느질거리를 꺼냈다. 어린것이 방 안에 갇혀 겪을 고초를 생각하니 억장이 무너졌다. 영자는 움푹 들어간 눈을 십자가가 걸린 벽 쪽으로 돌렸다.

*

"이 양반이 왜 벌써 와? 어떻게 됐어요?"

"만나고 왔어."

"묘화를 만났다고요?"

순남 엄마가 터벅터벅 걸어오는 순남 아버지를 붙잡았다.

"응."

"뭐라 그랬는데?"

"밥이나 좀 차려봐. 배고파죽겠어."

"배고프니 밥을 차리라 그랬다고?"

"일 성사시키고 돌아온 네 서방 여물 좀 씹자고!"

"성사시켰구나! 아이구 장해라! 어떻게 했어요? 싹싹 빌었어?"

순남 아버지는 아내의 얼굴로 얕은 한숨을 내뱉다가 낮은 목소리로 얘기했다.

"내가 그랬지. 우리 딸이 너를 미워했던 걸 잘 안다. 뱀에게 물린 것도 어떻게 보면 천벌을 받은 거라 생각한다. 듣기로 네가 요새 예수님의 기적을 보인다던데 이 불쌍한 아저씨 한번 도와줄 수 있겠냐. 제발 우리 순남이 좀 살려다오. 그러더니 묘화가 그러데. '아저씨, 순남이가 천벌을 받다니 왜 그런 말씀을 하세요? 순남이는 저를 한 번도 미워한 적이 없어요. 저 역시 마찬가지고요. 뱀이 거기로 왜 들어갔는지는 모르지만 아마도 재수가 없었기 때문이겠지요.'"

순남 아버지가 신비한 표정으로 묘화를 회상했다.

196

"희한해. 얼굴에 곰보 자국도 사라지고 피부가 백옥처럼 하얗더라니까. 하늘에서 내려온 선녀 같았어. 우리가 예전에 알던 묘화가 아니야."

순남 엄마는 여우에게 홀린 표정을 짓는 남편의 모습이 맘에 들지 않았다.

"그래서 어떻게 됐는데? 빨리 얘기나 해봐요."

"당신이 시킨 대로 체면이고 뭐고 다 집어던졌지. 무릎 꿇고 울었어. 제발 내 딸 한 번만 살려달라고. 너라면 할 수 있지 않겠느냐고. 그러니 나를 보고 막 웃지 뭐야."

"웃어?"

순남 엄마의 눈썹이 일그러졌다.

"응. 그런데 살려준댔어."

"정말 그랬단 말이지?"

순남 엄마의 눈썹이 다시 펴졌다.

"그래."

"살릴 수 있단 말이지!"

"그래."

"죽은 애를 살려준다고 그랬단 말이지요?"

"그렇다니까."

"아이고! 세상에나! 다시 살릴 수 있단 말이구나! 그래, 대신 뭘 해달라 그래요? 쌀이야 돈이야, 아님 뭐야?"

"아무것도 해달라 안 했어. 그저 내일 밤에 순남이 살릴 자리만 만들어달라 그랬어."

그날 밤 영자는 십자가 아래에서 단잠에 빠질 수 있었다. 그녀는 나쁜 꿈이 아닌 다른 꿈을 꾸었다. 묘화가 난정호에서 목욕하는 모습을 훔쳐보는 꿈이었다. 묘화의 육체는 같은 여자인 자신이 봐도 부러울 정도였다. 질병의 흔적이 있는 얼굴과 더러운 의복 안에는 숨 막히는 관능이 숨어 있었다.

꿈속의 영자는 시야가 전지전능해서 나무 뒤에서 묘화를 훔쳐보고 있는 사람까지 볼 수 있었다. 영걸이었다. 영걸이 입을 떡 벌리고 눈을 커다랗게 뜨고 있었는데, 자세히 보니 시선의 방향은 묘화의 알몸이 아닌 것 같았다. 영자가 다가가자 영걸이 기겁을 했다. 영자가 동생의 놀란 시선을 좇았다. 호수 위로 상반신을 드러낸 묘화는 자신에게로 흘러들어온 눈부신 물건을 보고 있었다. 그것은 커다란 금십자가였다. 영걸이 보고 있는 것도 그 십자가였다. 일렁이는 빛에 잠식된 영자의 눈꺼풀이 움직거렸다. 꿈을 꾸면서도 영자는 저도 모르게 아멘, 하고 잠꼬대를 했다. 그녀는 성스러운 꿈속에서 편안하게 잠을 잤다. 총알에 피칠갑이 되도록 저격당하는 불경한 꿈 따윈 감히 교회 안에서 꾸지 않았다.

아침이 되자 정균은 영안실에 내려가 순남의 시신이 들어오지 않았음을 확인했다. 상준은 독촉에 가까운 권유로 어서 돌아래마을로 돌아가라고 소리쳤다(만약 돌아갈 차량이 있었다면 밤중이라도 그를 보냈을 기세였다). 그의 눈은 신앙의 투철함과 광신의 맹목성이란 경계 지점에서 기이한 빛을 뿜었다. 피가 밴 붕대가 눈 주변을 감싸고 있어 그 얼굴은 한층 기괴한 인상을 주었다. 그의 누나는 곁을 지킨 채 아무 말도 없이 정균의 얼굴을 바라보기만 했다. 정균은 어딘가 익숙한 그녀의 얼굴을 졸업식 때 보았을 것이라고 판단했다. 7남매의 막내였던 상준이 졸업할 당시 그를 둘러싸 있던 여섯 명의 누나를 기억하니까. 물론 얼굴은 기억나지 않지만.

동생을 잘 돌봐달라고 부탁하자 그녀는 미소 지었다. 눈을 치켜뜨고 이를 활짝 드러낸 미소가 썩 달갑진 않지만 정균은 머리 숙여 인사했다.

상준은 헤어지기 전에 말했다.

"나도 너처럼 시골에서 목회생활을 시작해야 했어. 도시가 나를 바꾸고 도시가 나를 버렸어. 이렇게 사람이 변했으니 말야. 하지만 나는 새사람이 되었어. 바로 섭주 돌아래마을에서."

아침 겸 점심으로 삼계탕을 먹고 작별 인사를 건넨 정균은 버스 정류장으로 갔다. 차는 오후 1시에 있었다. 섭주에 도착하면 대략 2시일 것이고, 섭주 읍내에서 돌아래마을 아래까지 가는 버스를 타려면 또 몇 시간을 기다려야 했다. 아마 김 집사네 집에 도착할 때는 늦은 오후나 되어야 할 것이다.

그러나 정균이 섭주에 도착해 돌아래마을로 가는 버스를 탄

것은 저녁 6시였다. 한 시간에 한 대가 운행되는 버스가 냉각기 사고로 연착된 까닭이다. 1970년대의 시골 마을에서는 오지 않는 버스가 어떤 변을 당했는지 어떤 조치가 있을 것인지 따위를 알아낼 방법이 없었다. 정균은 나무 그늘에 앉아 미리 산 빵과 우유로 끼니를 삼으며 허기를 달랬다. 시간은 지리하게 흘렀다. 간신히 올라탄 버스 역시도 엔진이 과열되어 두 번이나 서야 했다. 정균은 어둠이 몰려오는 하늘을 바라보았다. 산길을 걸어 김 집사네 집에 당도할 때는 컴컴한 밤이 될 것이다.

*

## 1876년

섭주 현의 사또 김광신은 요상한 잠에서 헤어 나오지 못하고 있었다. 기생 염화에게 수청을 강요해 한바탕 운우지정을 나눈 일이 까마득했다. 탕정(蕩情)으로 육체의 기운은 소진되었고 정신줄은 몽롱해졌다. 눈앞에 무언가가 아른거렸지만 손가락 하나 까딱할 수 없었다. 험악한 꿈자리는 아침까지의 단잠을 허락하지 않았다. 허공에 뜬 장일손의 머리가 그를 노려보고 있었다.

*잠이 오느냐.*

"이, 이놈! 네 어찌하여 죽은 몸으로 산 사람을 희롱하느냐!

네놈의 사악한 교법이 아직도 무덤 속으로 들어가지 않았단 말이더냐!"

*너는 나의 사도였다. 나는 너의 교주였다. 너는 나의 사도였다. 너는 스승과 학동의 도리를 따르지 않았고 내게서 이승의 육체를 빼앗았다.*

"그, 그건 네가 나를 헤아려야 한다. 나는 국가의 녹을 먹는 관리다. 내가 한때 너를 따랐음은 사실 사교 토벌의 밀명을 띠었기 때문이다. 너에게 가까이 가기 위해 잠입을 한 것이란 말이다. 내 법을 집행하는 자로서 너의 교리에 한때나마 동화되어 본연의 임무를 망각할 뻔했던 건 사실이다. 혹세무민해 나라를 어지럽힌 너는 죄악을 뉘우치고 편안히 저세상으로 가라. 내 옛정을 생각하여 세상이 조용해질 때 따로 너의 시신을 파내어 후하게 장사 지내주마. 원한 같지도 않은 원한은 잊어라. 법치를 좇은 임무 수행이었을 뿐이다. 두 번 다시 꿈을 이용하여 나를 찾아오지 말거라."

*어떻게 그런 이야기를 잘도 지어내느냐. 사람 목숨을 쉽게 빼앗아놓고 또 쉽게 잊으라니 너는 인격이 겹겹이로구나. 네가 나를 해친 것처럼 나도 똑같이 너를 죽일 것이다.*

머리를 산발한 채 피칠갑을 한 장일손의 머리가 허공에서 웃었다. 크게 벌어진 입과 눈에서 검은 뱀들이 쏟아졌다.

"잘못했어! 살려줘! 살려줘!"

김광신이 벌떡 일어났다. 장일손의 머리는 없었다. 옆에 염화가 누워 있는 동헌의 내실이었다. 밤의 기운을 타고 들어온 나쁜 꿈에 시달렸음에 불과했다. 그러나 안심할 틈은 없었다. 방 안 구석에 머리통 대신 빛나는 두 눈을 부릅뜬 악귀가 그를 노려보고 있었다.

"거기 누구냐?"

"석발이오, 사또."

"뭐라고? 석발이? 네 이놈! 네가 미치지 않고서야 어찌 감히 본관의 처소에 밤도둑처럼 난입을……."

석발이 손에 쥔 칼을 슬그머니 들어 올리자 김광신은 말을 잇지 못했다. 그것은 장일손을 처형할 때 쓰였던 도살용 칼이었다.

"사또, 장일손이가 나를 괴롭히오."

"그, 그, 그건 나도 마찬가지다. 우리 함께 머리를 짜내 그놈을 물리쳐보자꾸나."

"칼을 보니 맘이 바뀐 거요? 지난번엔 왜 나를 쫓아냈수?"

"그때는 네 말을 믿지 못했기 때문이다."

"지금은 믿소?"

"믿는다!"

"허나 이젠 내가 사또를 믿지 못하겠소. 내가 여기서 곱게 물러나면 사또께선 당장 소리쳐 나졸들을 부를 것이 아니오?"

"그렇지 않다, 석발아! 나는 네 편이다. 그 칼 내려놓고 장일 손이 귀신을 떨칠 방법이나 같이 생각해보자."

"당신 머리통도 똑같이 잘라내면 되오. 그러면 장일손이 귀 신을 떨칠 수 있다 그랬소."

잠에서 깬 염화가 자리에서 일어나 사또 곁으로 다가가 붙 었다. 김광신의 팔로 그녀의 떨림이 고스란히 전달되었다. 자 기가 떠는 건지 그녀가 떠는 건지 알 수 없었다. 이불로 가슴을 가린 염화의 얼굴은 극도의 공포 때문에 탈처럼 보였다. 죽음 의 냄새를 풍기며 석발은 경멸을 담은 웃음을 던졌다.

"장일손이 죽이라고 시킬 땐 언제고 도망은 네놈 혼자 가?"

"내가 잘못했다, 석발아! 이러지 말고 같이 살자. 날 죽여도 그놈 귀신은 사라지지 않는다. 누구보다 내가 잘 안다!"

김광신의 목소리가 벌벌 떨렸다. 석발이 코웃음 쳤다.

"아니, 죽은 장일손이 말은 믿어도 살아 있는 네놈 말은 못 믿어."

"내가 다 얘기해주마! 내 얘기를 듣고 나면 너도 알게 될 것 이야!"

염화가 이불을 박차고 일어나 문으로 달려갔다.

"살려줘요! 어떤 놈이 나리를 해쳐요!"

석발이 그녀의 발목을 잡아 넘어뜨리는 사이 김광신이 일어 나 도망치려 했다. 석발이 일어나면서 익숙한 솜씨로 팔을 휘 둘렀다. 단칼에 김광신의 머리는 날아가고 부르르 떠는 몸통이 병풍과 함께 쓰러졌다. 장일손의 사형 집행일처럼 김광신의 몸통에서도 피가 솟아 흰 이불이 붉게 얼룩졌다. 염화가 비명을 질렀다. 석발이 또 한 번 칼을 휘두르자 염화 역시 김광신과 같은 최후를 맞았다. 잘려나간 머리에서 터진 비명이 잠시 이어지다가 뚝 그쳤다. 피비린내가 가득한 방 안은 적막에 휩싸였다. 석발은 숨을 죽이며 기생의 비명을 보초를 서던 사령들이 듣지는 않았을까 귀에 온 신경을 집중했다. 지금쯤 그들은 선녀보살이 건넨 약 탄 술을 마시고 곯아떨어져 있을 터였다. 그는 끈기 있게 기다렸다. 귀뚜라미 우는 소리만이 컴컴한 동헌에 가득했다.

석발은 사또와 기생의 머리칼을 풀어 서로 묶었다. 생선 두름 마냥 두 머리를 한 손으로 쥔 채 바깥으로 소리 없이 내달렸다. 죽기 직전의 표정을 간직한 김광신과 염화의 얼굴은 크게 팽창한 채로 굳었다.

석발이 야산으로 들어갈 때쯤 동헌에서 불이 켜졌다. 잠시 후 다급한 꽹과리 소리와 함께 잠든 사람들을 깨우는 목청이 여기저기서 들려왔다. 불이 켜지는 곳이 늘어났다. 석발은 뒤를 돌아볼 여유도 없이 무작정 앞으로 내달렸다.

*

귀신의 집회처럼 나뭇가지들이 다닥다닥 붙은 야밤의 산속에 선녀보살이 기다리고 있었다. 그녀는 수박 덩어리 같은 걸 흔들며 달려오는 남자의 모습을 멀리서 지켜보았다. 귀신을 볼 줄 아는 그녀일지라도 피칠갑을 한 석발의 모습은 야차(夜叉)처럼 무서웠다. 그러나 더욱 무서운 일이 그녀를 기다리고 있었다. 놈이 시킨 대로 일을 하지 않았던 것이다.

"이게 뭐야! 왜 머리통이 두 개야? 김광신이 것만 가져오랬잖아!"

"그놈 옆에 기생이 있었어. 소리를 질러서 어쩔 수 없었다."

"그렇다고 같이 가져오면 어떡해!"

"뭐가 잘못됐다고 이 야단이야?"

"부정 탈 짓을 해버렸잖아! 이 배냇병신 같은 놈아!"

"부정인지 부적인지 난 무식해서 무슨 말인지 몰라. 어서 시킨 일이나 해! 장일손이를 내게서 털어버리라고! 지금도 그놈이 나를 쳐다보는 게 보여. 저기 나무 위에! 장일손이 머리통이 나무 위에 얹혀 있어! 저기! 저기! 지금 우릴 보고 웃고 있어!"

석발은 얼빠진 눈을 커다랗게 치켜떴다. 선녀보살은 나무 위를 돌아보지 않았다.

"너 이거 갖고 올 때 주문은 외웠어?"

"외웠……지."

대답이 신통치 않자 선녀보살이 백정의 멱살을 잡고 흔들었다.

"똑바로 대답해! 외웠어, 안 외웠어?"

"그게…… 사실은…… 까먹었어."

"아이구, 이 미련한 놈아……. '신을 받으라, 신을 받으라, 신을 받으라' 하고 내가 세 번 말하라 그랬지? 그 쉬운 걸 못 외워?"

"네가 시킨 대로 김광신이 목을 갖고 왔잖아! 너도 해봐, 이게 쉬운 일인지! 어서 장일손이 안 나타나게 해! 빨리빨리 굿을 해달라고!"

선녀보살은 말이 통하지 않는 단순 무식함에 주먹으로 가슴을 탕탕 쳤다.

"해보겠지만 장담은 못 한다. 그나저나 앵두는 어디 있어?"

"장일손이부터 처치해줘!"

"내 딸 어딨냐니까 이놈아! 그거부터 빨리 말해!"

나뭇가지 부러지는 소리가 났다. 악을 쓰던 대화가 멈추었다. 석발과 선녀보살의 눈에 공포가 스멀스멀 솟아올랐다. 그들이 본 건 저 멀리에서 여러 사람이 들고 접근해오는 횃불이었다.

"대견하다! 포졸까지 달고 왔니? 이제 우리는 죽었구나! 이백정 놈아, 네가 얼마나 많은 사람들을 망쳐놓았는지 이제 알겠니?"

"따라와. 소리 내면 안 돼."

석발이 확고한 몸짓으로 선녀보살의 손을 잡아끌었다.

"어디로 가는 거야?"

"앵두 안 볼 거야?"

석발과 선녀보살이 몸을 낮춘 채 수풀을 가로지르기 시작했다. 김광신과 염화의 감기지 않은 눈이 뒤따라오는 횃불을 응시하는 듯했다. 달려오는 사람들의 숨소리가 가빴다. 선녀보살이 넘어졌다. 석발이 그녀의 팔을 잡아 일으켰다. 횃불 무리 가운데서 나오는 함성이 까마득했다.

"저기 누가 있는 것 같다!"

꽹과리가 탕탕거렸고 횃불들이 바쁘게 움직였다. 석발과 선녀보살의 뜀박질도 빨라졌다. 이미 날은…….

*

이병호가 펜을 놓았다. 원고지에 핏방울이 점점이 떨어졌다. 천장을 올려다보았지만 그곳엔 아무도 없었다. 피는 자신의 코에서 떨어지고 있었다. 손가락으로 코를 쥔 채 일어서다가 등 뒤의 거울에 부딪칠 뻔했다. 거울 속의 자신이 그를 바라보았다. 바로 그때, 깊은 산 어디선가 꽹과리 소리가 들려왔다. 거울 속의 그가 움찔거렸다.

'방금 그 소리…… 환청일까 진짜일까.'

거울을 노려보던 그는 잠시 후 밖으로 나갔다.

9

**1976년**

밤이 되었다. 마을 대부분 집은 불이 꺼졌지만 순남의 집은 수십 개의 촛불을 켜놓아 대낮처럼 밝았다. 마당에는 커다란 들마루가 놓였고 동서남북으로 나무를 붙여 만든 십자가 네 개가 우뚝 섰다. 들마루 위에는 시시각각 악취가 심해지는 순남의 시체가 거적에 덮인 채 누워 있었다. 명색이 방앗간 주인임에도 순남 아버지는 떡을 만들지 않았다. 가축을 잡지도 않았고 잿밥을 짓지도 않았다. 오늘 그들 부부가 모시는 사람은 신령님을 부리는 무당이 아니라 주님과 함께하는 성녀이기 때문이다. 들마루 아래로는 이불을 잘라 급조한 작은 자리가 깔렸다. 사람 하나가 무릎 꿇고 기도하기 알맞은 크기였다.

사람들이 구경하러 몰려왔다. 불 꺼진 집의 주인들이었다. 부부는 이 일을 비밀리에 거행하길 원했으나 묘화가 사람들을 모으라고 명했다. 주님의 기적은 될 수 있으면 많은 사람들이 보고 느껴야 한다고 했다. 그것이야말로 '그분'을 위한 일이라고도 했다. 조필순 할머니와 파천댁 부부를 비롯한, 묘화에게 성은을 입은 몇몇이 팔을 걷어붙이고 나섰다. 그들이 행사의 보조와 홍보 및 경호를 자청해서 맡았다. 묘화를 따르는 사람이 날이 갈수록 늘었기에 이 같은 일은 별로 어렵지 않았다. 모인 이들이 죽은 순남을 되살리는 묘화의 기적을 목격한다면 돌아래마을의 교회는 이제 주인이 바뀔지도 몰랐다.

방앗간집 돌담은 서서 지켜보는 사람들로 물샐틈없었다. 조필순 노인은 찬송가를 부르며 군중 사이를 걸었다. 마치 묘화의 능력을 간접광고라도 하듯 거동 불편했던 노인은 체조 선수처럼 잘도 움직였다.

"주 예수그리스도를 믿으시오! 그분이 보내준 우리 아씨를 믿으시오! 안 그러면 지옥에 떨어지니까."

촛불 뒤로는 횃불들이 있었다. 불길이 자아내는 음영이 사람들의 얼굴에 일렁였다. 횃대를 등지고 선 십자가는 멀리서 보면 불타오르는 것처럼 보였다. 열대야의 절정에서 사람들은 거적 아래에서 나는 악취가 견딜 수 없었지만 성령의 은혜에 불경함이라도 끼었을까 봐 코를 막을 수 없었다. 모기떼가 물고 뜯는 가운데 사람들은 어서 때가 오기만을 기다렸다. 하늘의 달은 코앞까지 다가온 자동차 헤드라이트처럼 커다랬다. 태초의 원형 안에 붉은 주름이 물결쳤다. 과열(過熱)이란 형용이 그럴듯한, 지나치도록 밝은 달이었다.

사람들이 웅성거렸다.

"묘화다!"

"묘화가 왔다!"

"말을 조심해! 묘화 아씨야!"

사람들의 고개가 한 방향으로 움직였다. 달 안에 갇힌 듯 후광의 원을 벗어나지 않으며 묘화가 걸어왔다. 그녀는 눈부시게 아름다웠다. 하얀 얼굴도 하얀 소복도 하얀 피부도 그녀의 아름다움에 일조하기 위한 임무를 부여받았다. 일전에 사람들이 놀렸던 외양의 불결함은 벌레가 허물을 벗듯 성스러운 청결로 탈바꿈했다. 무엇보다 놀라운 건 말끔하게 사라진 천연두의 흔적이었다. 군중 가운데 누군가 아멘을 읊었다. 그 소리를 들은 묘화의 고개가 움직였고 그녀의 입에서도 아멘 소리가 나왔다.

사람들은 묘화의 눈부신 미모에 압도되어 저절로 손을 모았다. 묘화는 가벼운 미소를 흘리며 사람들을 둘러보았다.

방앗간집 부부의 얼굴이 감격으로 실룩거렸다. 묘화는 아무런 말도 없이 지정된 자리로 걸어갔다. 조필순 노인이, 이어서 파천댁 부부가 무릎을 꿇었다. 순남 아버지와 어머니가 무릎을 꿇었다. 묘화는 가만히 팔을 내밀어 두 사람의 이마에 손을 얹었다. 울상이던 부부의 얼굴이 종교적 환희가 넘치는 얼굴로 바뀌었다.

묘화는 거적에 덮인 순남의 시신을 힐끗 바라보더니 준비된 자리로 가서 다소곳이 무릎을 꿇었다. 사람들은 그 모습이 그림으로 보던 '소녀의 기도'와 똑같다는 걸 알았다. 무당의 딸이 흉내 낼 수 있는 모습이 아니었다. 굿판이 벌어지는 일 따위도 없었다. 묘화가 하려는 행위는 분명 기도였다.

*

순남의 집 말고도 촛불이 켜진 장소가 있었다. 남의 시선을 피하고자 이 촛불은 버려진 흉가 안 검은 장막 속에서 켜졌다. 주인이 살았을 당시 이 방은 고방(庫房)인 모양이었다. 가재도구 일부가 거미줄과 먼지로 엉킨 채 원형 그대로 놓여 있었다. 문은 나무 창살이 휘어진 채, 종이에 구멍이 뚫려 있었고 구석구석에는 들짐승의 뼈다귀도 널브러져 있었다.

누군가 이 방 안에 새로운 상을 펼쳤다. 상 위에 소대가리와 쌀을 담은 대접, 황동색 수저가 놓였고 위쪽 벽에 부적들이 붙었다. 그 옆으로 허연 실꾸리를 얹은 후 뚜껑을 닫아 사람 머리처럼 보이는 자그마한 장독이 놓였다. 한자가 새겨진 검은 깃발이 동서남북으로 섰고 붉은 술이 달린 창과 칼이 방바닥으로 쏟아졌다. 폐백에 쓰일 것 같은 함도 등장했다. 함 뚜껑이 열리자 그 안에서 사람의 손과 귀들이 나왔다.

그리고 징, 꽹과리, 장구, 태평소 등 무악에 필요한 소도구가 나왔다. 악기를 들고 나르던 사람은 조금 전 산속에서 꽹과리를 떨어뜨려 예기치 못한 소음을 냈다. 그러나 불 꺼진 돌아래마을에서는 아무런 반응도 없었다. 모두 묘화가 있는 집으로 몰려가 있었기 때문이다. 오직 이병호만이 그 소리를 들었다.

*

버스를 세 번이나 갈아탄 끝에 정균이 돌아래마을에 도착했을 때는 꽤 늦은 시각이었다. 그는 평소 습관처럼 교회부터 들렀다. 영자 모녀가 잘 있는지 궁금했다. 그런데 지나치는 집집마다 불이 꺼져 있어 이상한 기분이 들었다. 살림 어려운 시골 사람들이 남폿불 기름 아끼는 건 이해한다 쳐도 약속이나 한 듯 만장일치로 칠흑의 환경을 조성한 건 이번이 처음이었다. 어둠에 둘러싸인 마을은 존재 자체로 흉흉한 이미지를 던졌다.

다행히 교회에는 희미하게나마 등불이 밝혀져 있었다. 이부자리에 앉아 이야기를 나누던 영자 모녀가 교회로 들어오는 정

211

균을 알아보며 얼굴이 밝아졌다.

"아무 일도 없었지, 영자야?"

"네, 괜찮았어요."

"또 악몽을 꿨니?"

"아뇨. 오랜만에 편하게 잤어요."

"다행이로구나. 근데 오늘따라 동네가 왜 컴컴하지?"

"모두 거기 갔어요."

"어딜?"

"순남이 집에요."

정균은 그 말의 의미를 알아챘다.

"순남이가 거기 있니?"

"네."

"살아 있어?"

"지금은 죽었지만 곧 살아날 거라네요."

"묘화가 그랬어?"

"아뇨, 앉은뱅이 할머니가요."

"그 할머니가 여기 왔었니?"

영자 엄마가 끼어들었다.

"예. 우리보고 죽은 애 살리는 기적을 보러 같이 가자고 얼마
나 성화던지. 할망구가 말을 함부로 해요. 우릴 보고 회개하라
고 그랬지, 영자야?"

엄마의 물음에 영자는 대답하지 않았다.

"묘화도 거기 있니?"

정균이 물었다.

"당연하겠죠. 걔가 순남이를 살리겠다니까 그걸 보러 사람들이 몰려간 건데요."

"독한 것. 우리가 그렇게나 찾을 때는 코빼기도 안 보이더니……."

영자 엄마의 어투에 노기가 묻어났다.

"우리가 거길 왜 가요. 목사님, 안 그래요? 회개를 하라는데 내가 무슨 회개를 해?"

영자의 음성도 비슷했다.

영자 엄마가 원망인지 대견함인지 모를 표정으로 영자의 눈치를 살폈다.

"필순 할매가 무슨 완장이나 찬 것처럼 나대는 꼴이 여간 눈꼴사나워야죠, 목사님. 나야 뭐, 솔직히 영자가 묘화를 만나고 깨끗이 사과하고 오면 더 좋긴 하지만……."

"엄마!"

영자가 엄마를 흘겨보았다. 정균이 물었다.

"그 할머니는 아들 등에 업혀 오셨나요?"

영자 엄마가 박수를 탁 쳤다.

"아뇨. 걸어왔어요. 내 살다 살다 그렇게 희한한 일은 첨 봤어요. 기어 다니지도 못하던 노인네가 천장에 쥐 뛰듯이 어쩜 그리 방방 뛰어다니는지……."

"저도 봤는데 신기했습니다."

영자가 정균의 소매를 잡고 흔들었다.

"목사님, 저 잘한 거 맞죠? 교회에 오니 이렇게 맘이 편한데 거길 내가 뭐하러 가요? 성경 내밀고 예수님을 들먹여도 개나 할머니나 그 뭐야, 이단 아니에요?"

"그래, 잘했다. 이 안에만 있으면 너를 괴롭힐 건 아무것도 없어."

"아버지하고 엄마는 나만 보면 개한테 가서 사과하래요. 내가 왜 해요? 따지고 보면 동네 사람들 중에 그 미친 모녀를 안 괴롭힌 이가 없는데."

"그만해, 이것아."

나이 지긋한 영자 엄마가 딸의 입을 막았다. 보이지 않는 무언가가 그녀를 겁주고 있었다. 그건 문지방을 밟지 말라거나, 아침에 원숭이 이야기를 하지 말라거나, 머리 위에서 까마귀가 울면 침을 세 번 뱉으라는 미신과 흡사했다.

"이만 가보겠습니다."

정균이 일어났다. 영자가 물었다.

"거기 가시려는 거죠?"

"그래. 이젠 피하지 않고 직접 내 눈으로 확인을 해야겠어. 영자 네가 내게 큰 용기를 줬다."

"제가요? 제가 목사님께 무슨 용기를 줘요?"

영자의 얼굴이 밝아졌다.

"교회에 오니 나쁜 꿈을 꾸지 않는다면서? 그거야말로 주님이 널 지켜주신 게 아니고 뭐겠니? 내가 꼭 그렇게 지켜달라고 기도했거든. 이렇게 기도가 이루어졌으니 내 믿음이 더 용기를 얻을 수밖에."

얼굴이 상기된 영자가 손바닥으로 입을 가렸다. 그녀의 눈은 기쁨에 미소 짓고 있었다.

"만나거든 혼을 내주세요. 어디 무당이 예수님 행세를 하고 있어?"

"요것아, 그 입 좀 조심하라니까."

영자 엄마가 알밤 때리는 시늉을 했다.

"우리가 이길 거예요. 이때까진 우리 마을에 목사님이 하나뿐이었는데 이젠 네 명이잖아요."

영자의 어투에 신바람이 묻어났다.

"그게 무슨 소리지?"

정균이 미간을 좁혔다.

"모르셨어요? 다른 곳에서 목사님 세 분이 오셨다던데요."

"벌써 도착했다고?"

"저도 보진 못하고 들은 얘기예요. 순남이 아버지가 밭둑에서 봤다던데요. 목사님 세 분이 마을로 들어오는 걸요."

정균은 안상준이 보낸 목사들이 예정보다 빨리 돌아래마을에 도착했음을 깨달았다. 이제는 다른 방법이 없었다. 어서 빨리 그 사람들을 만나는 것만이 그가 할 일이었다. 의지가 살아난 지금 그들과 합류해 우상을 타파하고 사람들을 마귀의 질곡에서 건져낸다면 모든 건 사필귀정이 될 것이다. 무의식중에 그는 묘화를 마귀로 표현하고 있었지만 마음의 변화를 돌아볼 여유는 없었다.

"벌써 오실 줄은 몰랐어. 그분들 김 집사님 댁에 가 있겠지?"

"아뇨. 애란이네로 가는 거 같더라던데."

"애란이네?"

"확실하진 않아요. 우물가 쪽에 서 있다가 그리로 걸어갔다니까. 큰 데서 온 목사님들인가 봐요. 번쩍거리는 십자가 목걸이를 목에 맸다는데 하나같이 검은 가방에 검은 옷 차림이라네요. 교복 같은 건 비교도 안 된대요. 도시에 사는 목사님들은 다 그렇게 하고 다녀요?"

"검은 옷에 십자가, 목걸이? 그건 신부들 같은데······."

"신부요?"

영자 엄마가 눈을 동그랗게 떴다. 그녀는 신랑의 반대 개념으로 신부를 떠올린 게 분명했다.

"천주교의 신부님들을 말한 겁니다."

"그건 또 무슨 교인데요?"

정균은 대답하지 않았다. 목사님들이 온 게 아니란 말인가? 아니면 사람들이 잘못 본 것일까? 찾아보자, 가보면 알 것이다. 그들은 이미 묘화가 '기적'을 행하려는 현장으로 가 있을지도 모른다. 정균은 더 이상 지체하지 않고 일어섰다.

영자가 떠나는 목사를 바라보았다. 엄마와 둘만 남게 되자 공허하고 무서운 감각이 또 찾아들었다. 그녀는 엉덩이를 움직여 커다란 십자가 앞에 앉았다. 목사님이 옆에 있는 것처럼 조금 안심이 되었다. 무수한 총탄에 질리게 했던 그 어떤 악몽도 십자가 앞에는 존재하지 못할 것이다. 조금 전에 찾아와 광신도처럼 열기를 뿜어대던 앉은뱅이 할머니도 이 십자가 앞에서 만큼은 경건한 마음으로 무릎 꿇고 어루만지지 않았던가. 나쁜 일은 이제 일어나지 않을 것이다.

*

정균은 달리듯 밤길을 걸었다. 불 꺼진 초가집들이 그를 지나쳐 갔다. 랜턴을 가져올걸 하고 후회했으나 영자 모녀도 사용해야 했기에 포기할 수밖에 없었다. 그는 영자 생각을 했다.

'절대로 사과하지 않겠다는 걸 안다면 묘화는 영자를 어떻게 대할까? 꿈에서처럼 기관총을 구해와 벌을 준다? 아니야, 묘화는 지금 순남이를 살리려 하고 있어. 내가 오해하고 있는 건지도 몰라.'

달이 밝아서 길은 그럭저럭 걸어가기 수월했다.

나무 옆에서 그림자 하나가 어둠을 더듬으며 나왔다. 정균은 하마터면 부딪칠 뻔한 몸을 옆으로 비키다가 나무둥치에 발이 걸려 비틀거렸다. 앞을 보지 못하는 밤나무집 노인이 지팡이에 의지한 채 먼 산을 바라보고 있었다.

"하늘에 달이 두 개요?"

"아닙니다. 하납니다."

"목소리를 들으니 목사 양반이구먼. 해는 두 개였소. 틀림없소."

"그럴지도 모르겠습니다. 금년처럼 더운 여름이 없었으니까

217

요."

"불러들이지 말아야 할 것들이 돌아오고 있소. 우리의 해는
하난데 그들의 해까지 나타났으니 이제 그것들도 활개를 치고
다닐 거요."

"어르신은 왜 여기에 계십니까?"

노인은 흰자만 남은 눈을 커다랗게 떴다.

"난 볼 수 없소. 하지만 들을 수는 있소."

"무엇을 말입니까?"

"그자들 말이오."

"아! 혹시 저 같은 사람 세 명이 왔다는 걸 말씀하시는 겁니
까?"

"해가 두 개 뜰 때 그것들이 돌아온다오. 내 귀에는 다 들려."

정균은 노인에게 노망이 왔다고 여겼다. 그러나 그 말을 함부
로 할 수는 없었다.

"제가 집까지 모셔다 드리지요."

"그럴 필요 없소. 눈이 없어 안 보이는 내 걸음이 눈이 있어
도 보지 못하는 선생의 걸음보다 빠르니까."

노인은 알아들을 수 없는 말을 늘어놓으며 홀로 어둠 속으로
걸어갔다.

"괜찮으시겠어요?"

정균이 묻자 노인이 우뚝 멈춰 섰다. 허연 눈이 뒤를 돌아보
았다.

"걷지 못할 때 늘 내가 침을 놔준 노인이 있었지."

"필순 할머니 말입니까?"

"아들놈이 업어 왔지만 그놈이 없을 때는 내가 그 집을 찾아 갔어."

"예. 저도 알고 있습니다."

"그 집에는 자개농이 있지……."

"예?"

"검고 번쩍거리는 자개농."

그랬다. 조 노인의 오두막집에는 자개농이 있었다. 조 노인의 제주도 사위가 보냈다는, 오두막집에 어울리지 않는 고급스러운 가구였다. 지난 방문 당시 조 노인은 도둑이 들까 봐 걱정하는 시골 노인처럼 그 앞에 드러누워 있었다. 정균은 주의를 집중했다.

"자개농이 왜요, 어르신?"

"그 안에 뭐가 들어 있소."

"그게 뭔데요?"

"나도 모르오. 그 안에 든 걸 조심해야 해."

노인은 어둠 속으로 사라졌다.

*

묘화의 행위가 절정에 달했다. 마당놀이처럼 기승전결이 있는 푸닥거리가 아니라 어디가 시작이고 끝인지 알 수 없는, 지극정성인 기도 공연이었다. 무릎을 꿇은 채 손 모은 소녀를 앞에 둔 대중은 소리 없는 열기에 휩싸였다.

"저걸 봐요. 묘화의 주변에 광채가 솟아나고 있어요."

이장 천양록이 말했다.

"아니. 빛은 하늘에서 번져오는 거 같은데."

"무슨 소릴! 저건 묘화에게서 나는 거라니까."

보는 이에 따라 시각적인 견해가 달랐다. 각자의 주관적 미학에 마음을 빼앗겨 그들은 그간 묘화 모녀에게 집단 따돌림을 자행했던 과거를 쉽게 잊고 말았다. 달과 묘화와의 거리가 손에 잡힐 듯 가까워졌다. 달은 그녀의 뒤편에 우뚝 솟아 알 속의 생명체처럼 그녀를 감쌌다. 묘화의 얼굴도 휘영청 밝았다. 월광(月光)이 그녀를 빛냈는지 묘화가 발한 빛이 달을 더욱 돋보이게 했는지 사람들이 헷갈리는 게 당연했다.

그러나 사람들은 빛을 뿜는 존재가 묘화라는 의견을 보다 신뢰했다. 늦여름에 걸맞지 않는 은은한 온기가 집을 에워쌌을 때 허름한 거적 아래 숨 쉬지 않는 순남의 몸에서 미세한 움직임이 있었기 때문이다. 사람들은 눈으로 본 것을 환각이라 여겼으나 꿈틀거림을 목격한 이는 삽시간에 배로 늘었다. 조필순 노인이 "아멩!" 하고 외치자 화답하는 목소리들이 커졌다.

*

숨이 턱 끝에 닿도록 달린 정균은 방앗간집이 내려다보이는 언덕에 이르렀다. 돌담을 에워싼 마을 사람들의 뒷모습이 보였다. 키 차이가 있고 색상이 다른 옷을 입고 있었기에 멀리서 보면 병풍처럼 보였다. 마을 사람 전부가 순남네 집에 몰려나온 모양이었다. 정균이 움직일 때마다 하늘의 달이 따라왔다. 한자리에 떠 있는 달이 따라온다는 건 소싯적에나 가져본 상상이었다. 지금 정균이 느끼는 달은 평소보다 매우 컸고 대면의 엄두도 나지 않을 마화(魔火)의 불길로 타오르는 듯 보였다.

바로 그 순간, 몸살이 시작되었다. 그는 비명과 함께 몸을 기역 자로 구부려 수천 개의 바늘이 찌르는 듯한 통증을 견뎌야 했다. 눈을 뜨니 달이 머리 위에 있었다. 느닷없이 해도 달도 그의 적이라는 생각이 들었다. 예레미야의 구절을 읊으며 정균은 나아갔다.

"거짓을 예언하는 선지자들이 언제까지 이 마음을 품겠느냐……. 그들은 그 마음의 간교한 것을 예언하느니라……. 그들이 서로 꿈꾼 것을 말하니 그 생각인즉 그들의 조상들이 바알로 말미암아 내 이름을 잊어버린 것같이 내 백성으로 내 이름을 잊게 하려 함이로다……."

'피하지 않겠다! 이제는 묘화를 피하지 않을 것이다! 주 예수 그리스도를 참칭하는 어떤 우상도 이 마을을 횡행하게 놔두지 않을 것이다!'

마당 한가운데 다소곳이 앉아 있는 아이가 눈에 들어왔다. 묘화였다. 난정호에서 마주쳤던, 틀림없는 묘화였다. 그녀의 옆에는 거적에 덮인 채 누워 있는 사람이 있었다. 튀어나온 시퍼런 발로 누구인지 알 수 있었다. 시체는 벌떡 일어나지 않았는

221

데 그 같은 당연함이 정균에게 안도감을 주었다. 허나 영적인 관점에서 이 상황은 가벼이 넘길 일이 아니었다. 몸살이 그 사실을 증거하고 있었다. 몸살은 옛 시절보다 훨씬 더 깊숙했고 고통스러웠던 것이다!

정균은 집 안에 열을 맞춰 앉아 있는 사람들을 보았다. 대부분 낯이 익었다. 조필순 할머니와 파천댁 부부, 방앗간집 부부와 이장도 있었다. 천양록은 교회에 맡긴 아내와 딸을 대신해 혼자 나왔다. 방 안에 갇혀 있던 아들 영걸은 보이지 않았다. 그들 모두가 신비한 시선을 묘화에게 던지고 있었다. 집 밖에 서 있는 이들도 대부분 아는 얼굴들이었다. 가장 눈에 띈 사람은 담 밖에 서서 묘화를 뚫어져라 쳐다보는 애란이었다. 그녀의 무표정한 얼굴이 오늘따라 무서웠다. 그 옆에는 소설가 이병호도 있었다. 그는 육안으로 기어이 관찰하고 싶은 무언가를 찾기 위해서 안경까지 쓰고 있었다. 육체적 고통으로 땀에 젖은 정균은 기다시피 언덕을 내려갔다. 그의 시선은 온통 묘화에게 쏠려 있었다. 그녀의 모습은 흠잡을 곳이 없었다. 하늘에서 내려온 천사라는 표현이 걸맞았다. 기도하는 이미지 자체가 지극히 크리스천다운 감동을 주었다.

'나는 저 모습 뒤에서 사탄을 발견하게 되는 걸까, 아니면 내가 사탄의 유혹에 빠져 죄 없는 아이를 마녀사냥 하고 타락하게 되는 걸까.'

그는 몸살을 믿기로 했다. 귀신을 보고 귀신을 느끼는 몸살 역시도 하나님이 주신 무기라는 믿음을 가지기로 했다. 장군보살의 옛 경고를 무시하고 그는 무녀의 딸에게 전진했다. 몇 발자국만 더 디디면 방앗간집 마당이었다. 묘화에게 정신을 빼앗겨 목사의 접근을 눈치챈 이는 하나도 없었다. 애란도 그를 쳐다보지 않았다. 오직 소설가만이 고개를 정균 쪽으로 돌렸을 뿐이다. 방앗간집에 한 발을 디디자 송곳으로 눈과 귀를 찌르는 듯한 통증이 엄습했다. 정균은 비명을 토했다. 눈을 뜰 수가 없었다.

'주여! 힘을 주소서!'

기도가 받았는지 통증이 빠지면서 눈을 뜰 수 있었다. 갑자기 순남의 죽은 몸을 덮은 거적이 움직거렸다. 정균이 놀라 팔목으로 입을 가렸다.

그는 보았다. 묘화가 아닌 다른 존재를 보았다.

묘화 뒤에 누군가 있었다. 사람들은 그자를 보지 못하는 것 같았지만 정균의 눈에는 똑똑하게 보였다. 그것은 기분 나쁜 웃음을 흘리며 거적을 들치며 일어나려는 순남을 내려다보고 있었다. 정균은 진실을 알 수 있었다. 긴 머리칼에 덥수룩한 수염이 있는 그는 예수그리스도를 약간 닮아 보였다. 하지만 절대로 주님은 아니었다. 그 존재는 죽음 한가운데서 평생을 살아온 무서운 존재였다.

\*

"그분이 오셨나요?"

223

묘화가 눈을 번쩍 떴다.

무릎 꿇고 손을 비비던 방앗간집 부부가 깜짝 놀라 서로를 쳐다보았다.

"누구 말이냐, 묘화야?"

"누구 말이우, 아씨?"

조필순 노인이 앞으로 달려왔다. 어느새 그녀는 묘화의 집사가 되었는데 이미 많은 사람들이 노인을 따라 묘화에게 아씨라는 존칭을 붙이고 있었다.

"그분 말이에요!"

묘화의 백옥 같은 얼굴에 환희의 표정이 넘쳤다.

순남 아버지가 옆을 돌아보다가 두 팔을 번쩍 들어 올렸다. 그의 아내는 비명을 질렀다.

"아이고머니나! 순남아!"

거적은 젖혀져 있었다. 앉아 있는 순남이 눈을 껌뻑거렸다. 죽음에서 돌아왔다는 사실이 믿기지 않는지 그녀는 부모를 바로 알아보지 못했다. 쳐다보는 사람들은 탄성을 지르거나 겁을 먹고 물러났다. 순남은 병원에 실려 갈 때 그대로 찢어지고 피가 묻은 옷을 입고 있었으나 팔목의 상처는 사라지고 없었다. 숨이 끊어져 썩어가는 냄새를 풍기던 그녀가 마침내 되살아난 것이다! 그때 정균이 신의 이름을 외치며 그곳에 뛰어들었다.

"그분이 오신 거예요! 아!"

묘화의 얼굴이 밝아졌다.

*

정균이 묘화의 앞을 가로막고 섰다.

"누구를 말한 거냐! 네가 말한 그분이란?"

정균의 음성에 순교라도 마다하지 않을 이다운 통렬함이 묻어났다.

묘화의 표정은 어느 때보다 밝았지만 그녀의 기도는 방해당했음이 확실했다. 앉아 있던 순남이 다시 이불처럼 거적을 덮고 드러누웠기 때문인데, 그 동작이 나무늘보처럼 느리면서도 정확하다는 점은 보는 이로 하여금 지독한 공포를 불러일으켰다. 그건 산 사람의 의지대로 하는 행동으로 보이지 않았다. 마치 텔레비전에 나왔던 영화 화면을 거꾸로 재생시킨 것과도 같은 움직임이었다. 다시 누워 시체로 되돌아갈 때까지 순남의 무정한 눈은 목사를 향했다. 기적의 체현을 목도하던 묘화 편 사람들은 절정의 순간에 훼방을 놓은 목사에게 반항심을 느꼈다. 특히 방앗간집 부부는 다 살려놓은 딸을 다시 드러눕힌 인간에게 적의마저 느꼈다. 흥분 상태에 빠진 정균은 그들의 시선을 깨닫지 못했다. 그는 순남을 쳐다보고 있지 않았다. 그의 시선은 묘화의 뒤편으로 가 있었다.

"말하라! 그분이란 네 뒤에 서 있는 자를 말하는 것이냐?"

"세상에! 드디어 제가 목사님을 만났어요."

묘화가 감격에 찬 어조로 말했다.

정균이 십자가를 꺼냈다.

"내 말에 대답하라! 주 예수그리스도의 이름으로 명하노니 거짓 기적을 거두어라! 사람들을 현혹시키지 마라! 나는 진실을 안다. 네 뒤에 서 있는 자는 무당인 너의 수호신이 틀림없어. 나는 그를 볼 수 있다. 그를 볼 수 있는 능력이 내겐 있어! 말해라. 네 몸주의 정체는 뭐냐!"

묘화와 정균의 눈이 마주쳤다. 순간 두 사람의 머릿속으로 천둥과도 같은 충격파가 흘렀다. 검은 구름이 빠른 속도로 흘러가고 엎드려 절을 하는 옛 시대의 사람들, 어둠의 왕좌와도 같은 높은 제단, 황금색 법복을 걸친 교주와 수천의 신도가 내는 아멘 소리, 피가 낭자한 사당 같은 이미지들이 주마등처럼 흘렀다.

"역시 목사님이었군요! 목사님은……."

그녀의 말은 끝을 맺지 못했다. 정균이 권총 방아쇠를 당기듯 십자가를 앞으로 내밀었다. 묘화는 꿈쩍도 하지 않았지만, 목사의 행동이 신호라도 된 것처럼 어디선가 긴 휘파람 소리가 먼 산에 메아리쳤다. 무속의 소리를 들은 묘화의 눈동자가 불안하게 움직였다. 마치 전장에 군사작전이 개시된 것처럼, 격렬하게 칭칭챙챙거리는 무악이 들려오기 시작했다. 북, 징, 꽹과리, 방울 따위가 하나로 합쳐져 기적의 침묵이 깔렸던 돌아래마을을 무단히 침범했다. 듣는 이의 심장이라도 조각낼 듯 우악스러운 소리에 사람들이 비명을 지르고 몸을 떨었다.

"으아아아……."

묘화가 손으로 귀를 막았다. 백옥 같은 허연 얼굴에 원래의 천연두 자국이 돋아났다. 정균은 어리둥절했다. 그는 겉모습으로 사람들을 현혹시킨 악의 사도를 물리쳤다고 생각했다. 육체와 정신을 빼앗은 악마를 쫓아내고 드디어 소녀를 구했다고 생각했다. 천주교 쪽에서 비슷한 사례를 읽은 적이 있었기에 구마(驅魔)와 다름없는 신앙의 쾌거를 올렸다고 성급히 결론 내렸다. 그러나 이상했다. 이 영험한 순간에 왜 찬송가가 아닌 무당의 북소리, 징 소리가 들려온단 말인가. 그는 고개를 들고 어둠에 싸인 산악을 쳐다보았다. 달이 멀어지고 있었다. 사람들이 공포에 질려 우왕좌왕하였다. 애란은 묘화를 노려보았고 소설가만이 놀란 눈길로 정균을 바라보고 있었다. 징을 두드리는 소음이 한층 거세졌다. 순남의 시신이 몸부림쳤다. 거적을 깨물고 입으로 허연 거품을 뿜어대던 순남은 들마루 아래로 검은 피를 토하면서 몸이 굳어버렸다. 다시 죽음에 빠져든 순남의 모습은 평화롭지 않았다. 소생한 순간을 만끽하기도 전에 다시 생명이 정지된 그녀의 표정은 끔찍하게 일그러졌다.

"누구야! 어떤 놈이 굿을 하고 있어?"

순남 아버지가 소리쳤다.

"잡아 죽여야 한다. 묘화 아씨의 기적을 방해하는 것들을 잡아 죽여야 한다!"

조필순이 악을 썼다.

"아아, 월수가 왔다! 예수 믿는 딸을 참지 못한 묘화의 어미가 돌아왔어!"

누군가 소리쳤다. 분위기에 취해 공포는 쉽게 전염되었다. 검증도 안 된 무서움에 내빼는 사람들이 하나둘 늘어났다. 한

편 격렬한 몸살 통증에 정균의 몸은 바수어지기 직전이었다. 그는 꺼져가는 의식 속에서 한 가지 결론을 내렸다. 징 소리, 북소리는 바로 묘화가 내는 음향이라는 것을. 그녀는 무속 행위를 하면서 기독교의 의식처럼 꾸며 사람들을 속였고 이제 정체가 탄로 나자 본 모습과 본래의 행위를 드러냈던 것이다. 처음부터 정균은 무녀의 딸 묘화를 믿지 않았다.

"어서 말을 해라! 네 몸주는 누구냐? 네 뒤의 저자가 누구냔 말이다!"

묘화는 듣고 있지 않았다. 혀를 내민 그녀는 숨이 막히는 소리를 냈다. 기도하던 손이 목을 움켜잡았다. 눈알이 팽창해 튀어나올 듯했다. 정균은 그녀가 숨 쉬지 못함을 깨닫고는 십자가를 거두고 어깨를 끌어안았다.

"정신 차려! 내 목소리를 들어. 그리고 네게서 악귀를 쫓아내!"

"살려주세요!"

묘화의 팔다리에서 뚜두두둑 소리가 났다. 정균은 비명을 지르며 뒤로 넘어져 주저앉았다. 묘화의 왼팔이 떨어져나가고 분수 같은 피가 치솟아 달을 가렸다.

"우아아아악!"

징과 북소리가 빨라지고 묘화의 오른팔에서도 살점 찢어지는 소리가 들려왔다. 붉은 물결이 하얀 소복 위로 염색하듯 올라왔다. 정균이 어찌할 틈도 없이 묘화의 오른팔이 몸에서 분리되어 튕겨 날아가 담장을 넘었다. 팔이 사라진 묘화가 양쪽으로 피를 뿜으며 무릎을 꿇었다. 무악의 기세는 격탕적이었다. 입으로 왈칵 피를 쏟아내면서 묘화는 비명을 멈추었다. 정균은 이 모든 상황 앞에 망연자실해 정신을 잃을 지경이었다.

묘화의 다리 쪽에서도 소름 끼치는 소리가 들려왔다. 능지처참의 형벌이었다. 정균은 묘화의 어깨를 붙잡았지만 어떻게 해야 좋을지 몰랐다. 득달같은 무속의 음악 소리는 조금도 꺾이지 않았다.

"네가 한 게 아니었니? 대답해줘! 네가 한 게 아니었어?"

정균이 소리쳤다.

"으아아아악!"

묘화의 다리 아래로 피가 쏟아졌다. 정균이 다급하게 외쳤다.

"도와주세요! 누구든 저 소리를 멈추게 해요!"

정균이 사람들을 잡았지만 모두가 뿌리치기 바빴다. 그 와중에도 잘못 끼어들었다간 살 맞을 상황이란 걸 시골 사람들은 본능적으로 알았던 것이다.

묘화의 소복 안에서 노란 종이들이 우수수 떨어졌다. 수십 장이나 되었다. 정균은 그 종이가 방앗간 선반 위에서 본 바로 그 노란 종이임을 알았다. 나비와 꽃, 새와 물고기들이 종이 위에 그려져 있었다. 징 소리가 쾽쾽쾽쾽 박차를 가하자 일제히 종이에 불이 붙었다. 바람이 불어닥쳐 도깨비불 같은 종이를 날려 보냈다. 조필순 노인이 악을 쓰며 절규했다. 그녀는 날아다니는 종이에 붙은 불을 끄려고 이리저리 뛰다가 다리에 힘을 잃고 털썩 쓰러졌다. 다시 일어서려고 노력했지만 소용없었다.

예전처럼 그녀는 앉은뱅이가 되고 말았다. 종이마다 불이 옮겨 붙었고 마침내 묘화의 몸에도 불이 붙었다.

정균은 묘화의 뒤편에 서 있는 남자가 어떤 도움도 주지 않은 채 사태를 관망하고 있다는 걸 알았다. 악귀처럼 생긴 그는 아니꼬운 눈초리로 정균을 노려보고 있었다.

'이 자식 대체 뭐야! 묘화와 관련이 없는 잡귀인가. 장군보살이 쫓아낸 그 노인처럼?'

정균은 묘화가 앉았던 방석을 들어 그녀의 몸에 붙은 불을 껐다. 다행히 불은 쉽게 잡혔다.

시끄러운 무악이 뚝 그쳤다.

팔다리를 잃은 채 피바다 위에 앉아 있던 묘화는 마지막 눈길을 목사에게 던졌다. 그녀는 울고 있었다. 정균이 손을 내밀었다. 그러나 팔을 잃은 묘화는 목사의 손을 잡지 못한 채 쓰러지고 말았다. 눈물이 가득한 눈이 정균을 바라보았다. 마지막으로 그녀의 머리가 몸에서 떨어져나갔다. 그녀의 하얀 소복은 온통 피로 뒤덮였다. 발치에 놓인 성경도 붉게 물들었다. 정균은 절망적인 심정으로 주변을 둘러보았다. 사람들은 거의 도망가고 없었다. 애란도 보이지 않았다. 소설가 이병호만이 남아 있었다. 서서히 정균의 몸에서 몸살기가 사라졌다. 머리칼이 긴 수염 귀신도 사라졌다. 두 소녀는 꽃도 피우지 못한 나이에 처절하게 숨을 거두고 말았다.

숨이 끊어지기 전, 묘화의 시야는 빠르게 흐려졌다. 머리를 조아리던 사람들이 돌멩이질에 놀란 물고기처럼 뿔뿔이 흩어졌다. 조필순의 아들은 포탄의 불바다를 무릅쓰고서 전우를 버리지 않는 군인처럼 어머니를 업고 내달렸다. 파천댁 부부가 손을 모으며 그 뒤를 따랐다. 노인이 다시 앉은뱅이가 된 걸 알았으니 관광버스 기사인 아들이 실직이라도 당할까 봐 겁을 내는 모양이었다. 물고기를 얻어먹었던 사람들도 자리를 지키지 않았다. 그들은 기적은 탐냈으나 살(煞)은 겁내는 자들이었다. 묘화는 모두에게 실망했지만 생각만큼 통증이 심하지는 않아 마음을 가다듬을 수 있었다.

오직 목사만이 그녀의 곁을 지켰다.

그녀는 목사에게 묻고 싶은 것이 있었다. 무엇보다도 왜 자기를 피해왔는지 묻고 싶었다. 오늘을 위해서였냐고 묻고도 싶었다. 알려주고 싶은 것도 있었다. 하지만 혀가 굳어 한 마디도 할 수 없었다.

그녀는 회상에 빠져들었다.

머릿속을 어지럽히는 회상은 주로 엄마의 모습과 함께 전개되었다. 엄마는 자신을 떠나기 전날 밤, 평소와 달리 술을 마시지 않았다. 때리지도 않았다. 진지한 얼굴을 한 채 묘화의 뺨을 어루만지기만 했다.

"묘화야, 그간 우리가 남의 눈을 피해 살아왔던 건 다 이유가 있어서였단다. 큰일을 위해 조심에 조심을 거듭해야 했기 때문이야. 아직도 다홍 김씨 문중에는 우리의 정체를 알면 죽이려고 찾아올 자들이 있어. 너는 내 딸이 아니야(그러나 누구에게도 얘기하면 안 돼. 차차 알게 될 날이 올 테니). 말로 다 할 수 없을 정도로 위대한 분의 피가 네 몸속에 흐르고 있어. 네 증조할머니 이름은 명진보살이라고 해. 이 이름을 죽을 때까지 잊어선 안돼. 그분은 갖은 고난과 박해를 피해 살아오시면서 우리를 인도하신 분이야. 언젠가 벌어질 '천지개벽의 날'을 위해서지. 그분은 이 나라에서 가장 용한 무녀이기도 했단다. 나는 그분께 계시를 받고 성스러운 임무를 맡게 되었어. 그날이 올 때까지 너를 안전하게 보호하는 임무지. 다홍 김씨들에게 죽임당한 그분의 후손들이 내게 너를 맡겼고 나는 너를 해치려는 손길을 피해 일생 동안 도망 다녀야 했어. '천지개벽의 날'이 언제 일어날 것인지는 이 어미도 정확히 모른단다. 어마어마한 분들의 생각을 한낱 미물인 우리가 어떻게 알 수 있겠니? 그러나 그분들은 우리가 답을 알 수 있도록 배려해놓으셨어.

그들은 태양이 두 개가 되어 나타날 때가 바로 천지개벽이 임박했다는 전조이니 미리 준비를 하라 하셨다. 바로 금년 여름 하늘에 해가 두 개였어. 나는 그걸 똑똑히 보았단다.

이제 신비한 일들이 너에게 일어날 거야. 신께서 네게 부름을 주시는 거란다. 위대한 분은 그분과 맥이 닿는 너를 틀림없이 찾게 되어 있어. 그분이 찾아오면 피하지 말거라. 그냥 받아들이면 돼. 그때까지 몸을 정갈히 하고 부정 타는 생각도 하지 마. 왜냐

232

하면 위대한 분을 만나고 나면 더 위대한 분을 만나게 될 것이거든. 그렇게 되면 너는 까마득한 과거의 모든 비밀을 알게 될 거고 머지않아 네가 주인이 되는 세상을 맞이하게 될 거란다."

묘화는 평소와 다른 엄마의 말이 무슨 뜻인지 하나도 알아들을 수 없었다. 그저 신이 들려 횡설수설하는 거라 여겼다. 아니면 사람들 말처럼 엄마의 머리가 어떻게 되어버린 건지도.

그러나 이제 묘화는 엄마의 말을 믿게 되었다. 난정호에서 물살을 가르며 흘러온 물건을 주웠을 때 엄마의 말이 사실이란 걸 알았다. 위대한 물건은 그녀에게 말을 걸었다. 뿐만 아니라 모든 진실을 가르쳐주었다. 지혜를 주고 신통력을 내렸으며 그녀가 쓰지 않던 언어조차 구사하게 했다. 엄마의 예언은 한 가지가 틀렸는데, 그건 위대한 계시가 십자가의 형태로 등장했다는 것이다. 무당과는 관련 없는 교회의 십자가였다. 십자가를 품에 안은 순간 그녀는 위대한 분의 모습을 볼 수 있었다. 묘화는 낯이 익은 그 얼굴을 이미 본 적이 있었다. 교회 벽에 걸린 그림에 그분은 언제나 존재했었다.

진실을 알게 된 묘화는 그분의 능력으로 초월적인 힘을 발휘했고 사람의 병마를 낮게 했으며 어로 행위에도 놀라운 수확을 안겨주었다. 엄마가 사라진 대신, 그녀에게 머리 조아리는 사람들이 늘었고 실제로 묘화는 위대한 존재로 자리매김되어갔다. 엄마는 돌팔이 무당이 아니었고 그녀의 말은 거짓이 아니었다. 엄마는 이 날을 위해 일부러 안전하게 위장해왔을 뿐이었다.

'오늘 위대한 분을 실제로 만났으니 이제는 더 위대한 분을

만날 차례다. 그분은 과연 누구일까?'

묘화의 회상이 이어졌다.

후회하는 마음이 있었다. 그녀는 엄마의 말을 한 가지 어겼었다. 사적인 복수로 부정 탈 짓을 저지른 것이다. 그녀는 순남의 목숨을 쉽게 빼앗았고 다음 차례로 영자를 점찍었다. 둘은 평소에 자신을 이유 없이 괴롭혔다. 감히 위대한 분에게 불경한 짓을 저지른 것이다. 그래서 묘화는 그녀들이 꾸는 꿈으로 찾아갔다. 무당의 옷을 입고 나타나 바짝 겁을 주었다. 잘못했다고 싹싹 비는 꼴을 보고 싶었다. 바로 그게 실수였다. 그것들이 입을 놀리자, 동네에서 묘화의 능력을 지지하는 사람 못지않게 그녀의 능력을 의심하는 이들이 생겨났다. 악마 혹은 사탄이라고 부르며 서울에서 내려왔다는 목사는 자신을 의혹에 찬 눈으로 보았고 일부러 개를 때려잡아 시험에 처하게 했다.

뒤늦게 엄마의 충고를 떠올린 묘화는 겁이 났다. 그래서 순남을 다시 살리기로 했다. 다행히 그녀의 아버지가 먼저 와 무릎을 꿇고 애원했다. 딸을 죽인 사람이 눈앞에 있는 아이라는 걸 아는지 모르는지 살려달라고만 빌었다. 그녀로서는 또 한 번의 기적을 선보여 지지하는 사람을 더 늘릴 좋은 기회였다.

그러나 한번 탄 부정은 거둬지지 않았다. 그녀는 역살을 맞았다. 북소리, 징 소리, 태평소 소리 사이로 묘화는 저주의 목소리를 들었다. 팔이 뽑혀나가고 다리가 끊어지는 끔찍한 고통 속에서 그녀는 무력했다. 세상에는 더 강한 자가 많았고 알지 못하는 힘이 넘쳤다. 아직 초짜에 불과한 그녀는 대처법을 알지 못했다. 엄마는 '천지개벽의 날'을 위한 원대한 계획이 묘화로부터 비롯될 거라고 했는데 스스로 망쳐버리고 말았다.

묘화는 회상 속으로 침잠되어갔다.

그럼에도 그녀는 더욱 위대한 분을 만나는 데 성공했다. 바로 김정균 목사였다. 처음 묘화는 위대한 분이 목사이고 더욱 위대한 분이 예수인 줄 알았다. 목사는 그녀를 만나주지 않았기 때문에 위대한 분이 아니라고 단정해버린 지 오래였다.

오늘 그녀는 오판을 내렸음을 깨달았다. 난정호에서 만난 예수가 위대한 분이라면 더 위대한 분은 틀림없이 목사였다. 순남을 살리려는 현장에 직접 와서 "너의 몸주는 누구냐" 하고 물어볼 당시 그녀는 머릿속에서 어떤 기운을 느꼈다. 그건 목사로부터 날아온 기운이었다. 머릿속에서 우주가 흘러가고 시간이 무한으로 길어졌다(그녀뿐만 아니라 목사 또한 그 기운을 함께 느낀 것 같았다).

엄마는 말했다. "더 위대한 분을 만나면 모든 것을 알게 되고 머지않아 네가 주인 되는 세상이 온다"라고……. 알듯 말듯 한 순간에 그녀는 예기치 않은 살을 맞았다. 그분의 힘이, 그분의 의도가 뭔지 알게 된다면 좋았을 것을……. 하지만 거기까지였다. 서서히 죽음이 찾아왔다.

눈물이 나왔다. 목사가 묘화에게 손을 내밀었다. 그러나 팔을 잃은 그녀는 손을 잡을 수가 없었다.

흐려지는 시야 속, 그녀는 마지막으로 자신의 모습을 보았다.

항상 엄마와 함께 이사를 다니던 꼬맹이의 모습. 긴 한복치마를 입고 머리를 땋은 그녀는 늘 엄마 손을 잡고 걸었다. 모두가 묘화를 귀엽다고 했다. 자신이 봐도 거울 속의 그녀는 귀여웠다. 모두가 귀여워했기에 묘화는 인사성이 밝았고 붙임성도 좋았다. 누구나 방긋방긋 웃는 그녀를 좋아했다. 똘똘하게 대답하는 모습에 영특하다고 칭찬했다. 남녀노소를 막론하고 꼬맹이 소녀의 매력은 보는 이를 감동시켰다. 그러나 그럴 때마다 엄마는 무섭게 화를 내며 사람들과 거리를 두라고 윽박질렀다. 회초리를 들거나 추운 날 바깥에서 지내게 했으며, 때로는 산신도가 가득한 방에다 인정사정없이 가두기도 했다. 엄마가 늘 하는 말은 아무도 믿어선 안 된다는 것이었다. 이사하는 횟수가 늘면서 묘화에게는 친구를 사귈 여유도 교육을 받을 기회도 줄었다. 묘화는 엄마의 마음에 들기 위해 스스로 어리석은 아이가 되어야 했고, 어떠한 사회적 교제도 포기한 외톨이가 되어야 했다. 그렇게 하지 않으면 묘화에게 접근하는 사람들이 무서운 피해를 보았다. 그들은 무속과 연관된 신비한 사건들로 몸을 다쳐 다시는 그녀 주변에 얼씬도 않게 되었던 것이다. 묘화는 그 모든 사건 뒤에 엄마가 있음을 어렴풋이 깨달았다.

그럼에도 묘화의 곁에는 봄날의 꽃에 교류하는 벌들처럼 사람들이 북적거렸다. 원래부터 그렇게 태어났을 뿐 묘화의 죄가 아니었지만 엄마는 끝내 이해하려 들지 않았다. 결국 엄마는 비가 오던 어느 날 밤 무서운 짓을 저질렀다. 묘화의 얼굴에 송곳으로 수북한 상처를 내고는 먹물을 들이부어 지울 수 없는 문신을 남기고 말았다. 국화꽃 같은 얼굴을 박박 얽은 곰보로 만들어버린 것이다. 그러자 묘화의 곁으로 오려는 사람은 단 하나도 없게 되었다. 엄마는 눈물을 흘리며 말했다. "너를 안전하게 보호하려면 어쩔 수 없었다"라고……

'그래. 날 키워준 것도, 그렇지만 날 망친 사람도 엄마였어! 엄마는 그 동굴에 나를 자주 데려갔어. 그렇지만 안까지 따라오진 못하게 했었지……. 게다가 "죽여, 묘화야!" 하고 시킨 일도 있지 않았나……. 아무도 그 일을 모르지만……. 엄마는 내게 숨기는 게 더 있었어. 엄마도 누군가에게 지시를 받았던 거야. 그게 누굴까……. 대체 그런 일을 시킨 사람은 누구였을까……. 명진보살이란 사람이 내 조상이라고? 그 사람이 무서운 일을 계획한 걸까……. 난 누굴까?'

더 이상 생각은 이어지지 않았다. 목사의 음성이 멀어지는 가운데 묘화는 숨을 거두었다.

*

## 1876년

밤잠을 깨고 총출동한 동헌의 군노와 사령들 중엔 활쏘기의 명수가 많았다. 그들이 날린 화살에 이미 석발의 몸은 고슴도치가 되어버렸다. 석발은 도살용 칼로 대지를 누르고 버티며 결코 무릎을 꿇지 않았다. 그의 앞에서 김광신과 염화의 머리통은 흙이 묻은 채 굴러다녔다. 사령들이 들고 있는 횃불로 석하촌의 야산은 대낮같이 밝았다. 그들은 커다랗게 원형을 그리며 포위망을 좁혀왔다.

"놈의 발치에 사또 나리와 관기의 머, 머리가 있습니다요!"

맨 앞에 있던 젊은 사령이 기겁을 하고 물러났다. 석발은 다섯 발자국쯤 앞 나무 그늘에 숨어 있는 선녀보살을 바라보았다. 조금 전 석발은 온몸을 던져 그녀에게 퍼부어지던 화살을 대신 맞았다. 선녀보살은 석발의 곁을 떠나지 않은 채 죽음에 인접한 숨을 몰아쉬고 있었다.

"네놈들도 알아둬라! 이 모든 일이 사또 놈 때문이다!"

석발이 악을 썼다.

수교장교(首校將校) 김중선이 환도(環刀)를 치켜들고 다가왔다. 그는 김광신의 조카이기도 했다.

"네놈이 감히 내 백부님을 해쳤겠다?"

"네 큰애비는 죽을 짓을 했어! 내 죄보다 네놈 큰애비 죄가 더 크단 말이야! 장일손이가 한을 품은 귀신으로 찾아오게 해놓고도 나 몰라라 한 놈이야!"

"그 입 닥치지 못하겠느냐, 천한 놈아! 내 오늘 네놈을 갈아 마셔도 분이 풀리지 않을 것 같구나."

김중선이 크게 노하며 수염을 부르르 떨었다. 석발이 선녀보살에게 다급히 속삭였다.

"뛰어가. 앵두는 미루나무 옆 구덩이에 있어. 내가 시간을 끌 테니 얼른 가."

선녀보살은 원망인지 안타까움인지 모를 눈길을 던지고 일어나 치맛자락을 잡고 달렸다. 그녀의 발에 마른 가지가 밟혀 따닥 소리를 냈다.

"동패가 저기 있다! 잡아라!"

김중선이 사령들에게 외침과 동시에 환도를 치켜들고 달려들었다. 밤송이처럼 화살이 꽂힌 석발도 일어났으나 안타깝게도 기력이 다한 듯싶었다. 그는 들어 올린 팔을 내려치지 못했고 김중선은 기회를 놓치지 않았다. 어둠을 가르는 일검에 석발의 몸은 어깨부터 가슴까지 깊게 베였다. 죽음을 맞이한 석발은 김중선을 바라보지 않고 그의 뒤편을 바라보았다. 장일손의 머리가 허공에서 웃고 있었다. 김중선의 검이 재차 석발을 베었다.

"나는 힘없는 백성, 시키면 행할 수밖에 없는 백정이다……. 내가 무슨 죄가 있느냐……."

최후의 순간이 닥쳐왔다. 석발은 장일손에게서 해방되기를 간절히 바라며 눈을 감았다.

달리던 선녀보살은 빠르게 가까워지는 추격 소리를 들었다. 절망적이게도 그녀의 앞에는 어둠뿐이었다.

"앵두야! 어디 있니? 앵두야!"

"어머니! 저 여기 있어요! 구덩이에 갇혔어요!"

캄캄한 어딘가에서 어린 계집아이의 목소리가 들려왔다. 어둠에 눈이 익지 않은 추격대에게 그 소리는 수월한 방향 탐색음이었다. 선녀보살은 자신의 운명을 저주했다.

"미루나무 쪽으로 화살을 날려! 놓치기 전에!"

김중선이 명했다. 새 떼 같은 활들이 슈슈슉 하는 소리와 함께 날아갔다. 선녀보살의 등과 가슴이 화살에 뚫렸다. 앵두를 만나지도 못하고 그녀는 최후를 눈앞에 둔 신세가 되고 말았다. 석발과의 악연이 그녀를 기어이 죽음에 이르게 했다.

김중선이 칼을 들고 다가왔다. 그 옆에는 보자기로 싼 김광신의 머리를 안은 이방이 서 있었다.

"네년이 주범이냐, 망나니 놈이 주범이냐?"

횃불이 주위를 밝혔다. 입으로 피를 쏟으며 선녀보살은 미약한 숨을 헐떡였다.

"이제 보니 너는 이 석하촌의 무당이로구나."

구덩이에서 살려달라는 아이의 울부짖음이 길게 이어졌다.

"목소리를 들으니 어린것이 누군지 알겠군. 너희 셋이서 사또 어른을 해친 후 야반도주하려고 했느냐?"

"어린것이 뭘 알겠소? 끌려왔을 뿐이오."

"끌려와? 흥, 내게 거짓말은 통하지 않는다."

김중선은 선녀보살이 죽어버리면 쉽게 고통이 끝나리라는 생각에 잔혹한 명을 내렸다.

"어린것을 데려와라. 무당의 눈앞에서 신딸을 먼저 없애 백부님이 당하신 고통을 조금이라도 위로해드려야겠다."

선녀보살이 애원했다.

"안 돼! 아무 죄도 없는 아이예요. 제발 앵두만은 살려줘요. 우리도 망나니 놈한테 위협당해 끌려왔다고요."

"위협으로 왔든 스스로 왔든 내 알 바 아니다. 너희를 곱게 죽여서는 분해서 몇 년 동안 잠도 이루지 못할 것 같구나. 뭣들 하느냐! 속히 어린것을 끌고 오지 않고!"

구덩이에서 흙을 뒤집어쓴 아이가 끌려 올라오고 있었다. 비쩍 마른 아이는 자신이 구조되는 건지 잡혀가는 건지도 모르는 채 더러워진 옷소매로 눈물을 훔쳤다. 늙은 사령 이인우는 자신의 팔에 매달려 살려달라 울부짖는 아이를 보자 간이 철렁했다. 십중팔구 김중선은 이 아이를 어미 앞에서 잔혹하게 죽일 것이기 때문이었다. 이인우는 선녀보살이 고아를 거두어 정성으로 키웠다는 사실을 알고 있었고 석발의 흉계 때문에 그 아이가 유괴된 것도 잘 알고 있었다. 작년 봄, 그는 앵두와 비슷한 또래인 늦둥이 딸을 역병으로 잃었다. 산고로 아내가 세상을 뜬 후 그 딸은 이인우의 유일한 혈육이었다. 어린것을 끌고 오라는 김중선의 고함에 그의 팔은 절로 떨렸다.

화살에 박힌 상처보다 더 아프게 선녀보살은 가슴이 찢어졌다. 과거 그녀는 신당 앞에 누가 버리고 간 핏덩이를 품에 안아 자식처럼 키우고 앵두라는 이름을 붙여주었다. 아이는 성격이 모진 선녀보살을 친어미처럼 따랐고 효성을 아끼지 않았다. 미운 정 고운 정 다 들면서 친딸이나 다름없게 된 아이가 바로 앵두였다. 그 아이가 아무 죄도 없는데 죽음을 맞이하기에 이르렀다. 저토록 어린 나이에. 곱게 죽이지 않을 김중선이었기에 선녀보살은 하늘이 무너지는 심정이었다.

"나리, 제발 앵두만은 살려주세요! 저 어린것은 아무런 죄도 없어요. 부모 얼굴도 모르는 불쌍한 아이라고요. 나리 맘이 풀릴 때까지 저를 잘라 죽이시고 제발 앵두만은 보내주시어요!"

"닥쳐라! 아직도 입이 팔팔한 걸 보니 명이 길구나. 마침 잘됐다. 천한 것들이 세상 질서를 어지럽히면 어떤 꼴을 당하는지 그 눈으로 똑똑히 보거라."

"천하의 찢어 죽일 놈아!"

선녀보살의 눈이 까뒤집히고 거친 음성이 터져 나왔다. 이미 화살에 혈맥을 다친 그녀는 기력이 다했지만 지옥문을 빠져나갈 의지가 그녀를 일시에 불붙게 했다.

"저 아이 털끝 하나만 건드려봐라! 네놈 집안에 흉살을 내릴 것이다! 칼만 믿고 설치는 별것도 아닌 놈아! 너의 뒤에는 어두운 밤하늘밖에 없는 줄 알지? 내 눈에는 보인다. 별처럼 가득한 장일손의 머리들이 보인다! 그 모든 눈이 나를 바라보고 있다! 고개만 끄덕이면 나를 도와준다고 말한다! 나는 이미 고개를 끄덕였다. 명심하거라! 장일손의 술법이, 석발의 무지막지함이, 나의 어미 노릇이, 네놈을 저승 가는 길동무로 삼을 것이다. 아이를 곱게 놔주지 않는다면 네놈 모두를 죽여 혼백도 찾지 못할 낮도깨비로 만들어버릴 테다!"

갑자기 휘파람 같은 바람이 불어왔다. 군노와 사령들의 횃불이 일제히 한 방향으로 쏠렸다. 그들은 당혹스러운 표정으로 서로를 쳐다보았다. 깜깜한 산속에서 짐승의 울부짖음 같은 함성이 끝없이 이어졌다. 산을 뒤흔드는 "구원일인!" "구원일인!" 하는 음침한 함성에 사람들은 공포에 질렸다.

"아이고머니나! 귀신이다!"

사령들이 칼을 놓치고 몸을 떨었다.

"못난 것들! 정신 차려라, 귀신이 어디 있느냐! 저건 장일손의 잔당들이 내는 소리야!"

"하하하! 저게 사람이 내는 소리라고 생각하느냐?"

선녀보살이 눈에서 피를 흘리며 웃었다. 김중선은 선녀보살에게 칼을 겨누었다.

"사악한 것! 네 악독한 술법을 당장 멈추지 못할까!"

"달을 가리키면 손가락만 보는 놈 같으니! 죽은 사또 놈이 과연 네 백부일 것 같으냐?"

"뭐라고?"

"네 백부 놈은 장일손의 심전신활(心傳身活) 술법에 놀아난 거야. 네가 백부를 제사 지내면 미천한 서자 놈에게 제사 지내는 거란 말이다. 그놈은 네 백부가 아니니까! 아하하하!"

눈에 흰자만이 남은 선녀보살은 앵두의 존재 자체를 잊은 듯 저주를 내리는 데 온 신경을 집중했다.

"돌아올 것이다! 해가 두 개 뜨는 날 반드시 돌아온다고 그가 내게 말한다! 네놈들의 씨가 남아 있는지, 남김없이 죽었는지 확인하러 돌아올 것이라고 말한다! 네놈의 씨가 남아 있다면 눈이 있는 놈은 눈을 파버릴 것이고 입이 있는 놈은 입술을 잡아 찢을 것이야! 팔다리가 있는 놈은⋯⋯."

"이야압!"

선녀보살의 악담은 이어지지 못했다. 김중선이 혼신의 힘으로 휘두른 칼에 그녀는 숨을 거두었다. 자연을 거부하는 저주는 중단당했고 김중선은 공포로부터 조직을 지켰다. 산야에 맴돌던 "구원일인!" 하는 함성이 서서히 잦아들다가 완전히 사라졌다. 가쁜 숨을 몰아쉬던 김중선은 악의에 찬 눈썹을 꿈틀거리며 구덩이 쪽으로 명했다.

"뭘 꾸물대느냐? 어린것을 당장 데려오라는데! 사악한 것들은 싹을 잘라버려야 한다!"

사령들이 즉시 명령을 수행하려 했다. 그러나 구덩이는 비어 있었다. 앵두의 모습이 보이지 않았다. 사령들은 무당의 술법이 아이를 감추었다고 생각해 발이 얼어붙었다. 겁먹은 그들은 우왕좌왕할 뿐 수색은 전혀 진척이 없었다. 아무리 산을 뒤져도 아이를 찾을 수 없자 김중선은 명부를 꺼내 고함을 질러가며 점고(點考)에 들어갔다. 그의 예상은 들어맞았다. 아이와 함께 도망친 자가 하나 있었다. 늙은 사령 이인우가 보이지 않던 것이다.

10

**1976년**

묘화와 순남의 시신은 따로 분리되어 파천댁네 농기구 창고로 옮겨졌다. 두 소녀의 최후(조각난 사체와 두 번 당한 죽음)에 사람들은 경악을 금치 못했다. 파천댁의 남편 홍판석은 서울의 아들에게 무슨 일이 생길까 봐 무엇이든 협력했다. 이장은 사람들의 의견을 모았고 날이 밝으면 지서에서 경찰을 데려오기로 했다. 창고 앞에는 새끼줄을 쳐 아무도 들어오지 못하게 했다.

정균은 자신을 바라보는 마을 사람들의 시선에서 몸을 찔러대는 통증보다 더한 따가움을 느꼈다. 그들은 평소처럼 존경 가득한 인사를 올리는 대신 책임을 전가하는 눈빛을 보냈다. 그들은 정균이 듣건 말건 목소리를 높였다.

"묘화는 분명 순남이를 살렸어. 기도로 기적을 일으킨 거라고. 근데 왜 목사가 끼어든 거지?"

"목사 세 명이 더 왔다면서? 그것들이 시킨 거 아냐?"

"묘화가 죽을 위험에 처했을 때 그것들은 어디 있었지?"

"그러게. 목사들이라면 마땅히 사람을 구해 회개시켜야지."

"일부러 죽게 내버려둔 거 아냐?"

"그럴지도 몰라. 무당의 딸이 진짜 예수님의 기적을 보이니 시샘이 안 날 수가 있나?"

"그나저나 산속에서 피리 불고 징 두들기던 놈들은 누구일까? 월수가 데려온 무당들인가?"

"낸들 아나? 묘화를 그 지경으로 만들다니 살벌한 악귀 같은 것들이지."

"아무래도 수상해. 왜 하필 목사가 묘화를 붙들 때 그 굿이 시작된 거지?"

정균은 마을에 부는 변화의 바람이 심상치 않았다. 예수의 반대편에 선 악마가 신성모독의 계략을 하나하나 실천에 옮기려 하는 음모가 떠올랐다.

멀리서 밤을 사르며 전진하는 횃불의 무리가 있었다. 방앗간 주인이 주축이 된 일종의 민간 수색대였다. 정균의 교회에서 묘화 쪽으로 신앙을 바꾼 그들은 손에 무기를 쥐고 부활 승천을 방해한 무속인들을 수색하는 중이었다. 묘화에게서 물고기를 받아먹은 사람들은 보이지 않았다. 묘화가 죽은 지금 그들은 40도가 넘는 고열과 배탈, 설사에 시달리며 집에 누워 있었다.

수색대가 교회를 지날 때 이장 천양록은 손에 든 횃불을 옆 사람에게 맡기고 잠시 대열에서 빠졌다. 교회 문은 안에서 잠겨 있었다. 이름을 부르자 영자와 영자 엄마가 달려와 문을 열어주었다. 모녀도 온 산에 메아리치던 무속의 음향을 들어서인지 겁에 질린 상태였다.

"여보, 무당이 굿을 하는 거 같던데 무슨 일이래요?"

"묘화가 죽었어."

"네?"

모녀의 놀라움은 컸다.

"좀 전에 북소리, 방울 소리 들었지? 묘화가 그 소리에 팔다리가 떨어져나가 죽었어. 순남이는 살아났다가 다시 죽었고."

"아이고머니나, 세상에!"

영자 엄마가 겁에 질린 영자를 끌어안고 떨었다.

"어떤 무당이 마을에 들어와 묘화에게 흥살을 날린 거 같아. 어쩌면 월수보살인지도 모르겠어."

천양록이 잘 들리지 않는 목소리로 딸에게 말했다.

"어쨌든 묘화가 죽었다면 넌 이제 안전한 거야."

"어떻게 장담해요?"

"묘화하고 관계되던 것들이 다 원래대로 돌아갔어. 순남이는 도로 죽었고 필순 할멈도 다시 주저앉아 못 일어나. 물고기를 받아 처먹던 것들은 토사병이 났지. 죽은 고기에 눈속임을 부린 게 분명해."

"그럼 이제 난 집에 가도 돼요?"

두려움 가운데 영자의 얼굴이 조금 밝아졌다.

"일단 오늘은 여기서 지내. 뭐가 뭔지 아직 모르니. 우린 산을 뒤질 거야."

"산은 왜요?"

"묘화를 죽인 것들을 잡아야지. 따지고 보면 우리 마을에 이상한 놈이 와서 살인사건 일으킨 거잖아. 난 이 마을 이장이야."

"조심해요. 괜히 앞에 나서지 말고."

영자 엄마가 뭔가 부탁이 있다는 어조로 말했다.

"그건 내가 알아서 해."

"영걸이는요?"

"방에 있지."

"아직 애를 혼자 뒀어요? 이제 이리로 보내줘요, 네?"

"흥, 그놈 입에서 잘못했단 말이 나올 때까지 석방은 어림도 없어."

"그만 좀 해요. 아직 어린애예요! 석방이라니 어떻게 당신 아들한테 그런 말을 써요!"

"안 돼. 이 기회에 버르장머리를 싹 고쳐야 해. 지난번엔 내 지갑에 손을 대더니 이젠 동네 망신을 시켰어. 그대로 두면 나중엔 농사일도 거들지 않을 놈이야."

영자 엄마는 남편의 사나운 눈길을 대하자 더 하려던 말을 중단했다. 영자는 묘화가 죽었다는 소식에 신바람이 났다.

"고게 죽어버리다니 속이 시원하네요. 근데 이상하다. 월수 보살은 다른 사람도 아닌 딸한테 왜 굿을 해서 살을 날렸을까? 예수 믿었다고 그러나?"

"월수가 그런 건지 다른 사람이 그런 건지 아직은 몰라! 속이 시원하다느니 하는 자발없는 소리 말고 얌전히 앉아 있어!"

"알았어요."

영자의 목소리가 잦아들었다.

"문단속 잘해."

천양록이 교회에서 나갔다. 영자 엄마는 방에 갇힌 아들이 걱정되었으나 남편의 폭력이 무서워 더 이상 말하지 않았다.

*

정균은 애란의 집 쪽으로 바쁜 걸음을 옮겼다. 마을에 나타난 사람들이 목사인지 신부인지는 중요치 않았다. 어서 합류하고 싶을 뿐이었다. 그가 겪은 일은 혼자 감당하기엔 벅찼으므로 보다 능숙하고 보다 많이 알고 있는 이의 도움이 절실했다.

"같이 갑시다."

누군가 말을 걸어 돌아보니 소설가 이병호였다. 그는 한 손에 소주병을 들고 있었다. 정균은 아무 대꾸도 없이 길을 갔고 이병호는 걸음을 빨리해 그와 나란히 걸었다.

"김 목사, 묻고 싶은 게 있소. 묘화의 뒤편에서 당신은 대체 뭘 본 거요?"

"제가 뭘 봤다고 그러십니까?"

"소리치지 않았소? 묘화한테, 뒤에 있는 자가 누구냐고. 마을 사람들은 김 목사가 묘화에게 시샘이 나서 기도를 방해한 걸로 믿고 있소. 나는 그렇게 믿지 않소. 나는 당신이 하는 말을 다 들었고, 당신의 시선을 모두 보았소."

이병호가 앞으로 나서서 길을 막았다. 정균이 발걸음을 멈추었다.

"당신은 거기서 누군가를 보았소, 그렇지 않소?"

정균은 이병호의 시선을 피하지 않았다.

"묘화의 몸주 같은 영(靈)을 보았습니다. 그는 사악한 자입니다. 묘화는 속은 겁니다. 그녀가 말한 것처럼 머리가 길고 수염을 길렀고 한복을 입고 있었죠. 하지만 절대 예수님은 아닙니다."

"놀라운 일이오. 김 목사의 눈에 영(靈)이 비치다니. 하지만 나는 김 목사를 믿소."

정균은 소설가도 자신의 비밀을 알고 있는 건 아닌가 싶어 경계심이 일었다. 하지만 순남의 집에서 모두가 보는 가운데 그런 행동을 했으니 자신마저 의심하는 것도 무리는 아니었다.

"어떻게 믿는다는 겁니까?"

"그자를 알기 때문이오. 그는 석발이란 자요."

"석발? 누굽니까, 그 사람은?"

"그는 100년 전에 이 땅에 살았던 도살업자이자 사람 목을 치는 집행관인 망나니였소."

"이 선생님 눈에도 그자가 보였습니까?"

"그렇진 않지만 확신하오."

정균이 다시 길을 걷기 시작했다. 듣고 보니 귀신의 형상은 그야말로 망나니에 가깝긴 했지만 밑도 끝도 없는 얘기였다. 소설가의 이야기라서인지 말 그대로 소설에 가까웠다. 도살업자에 망나니라니. 모든 마을 사람들이 짜고 정균 한 사람을 농락하는 건 아닐까 하는 의심조차 들었다.

"보이지도 않는데 이 선생님은 어떻게 그자라고 확신합니까?"

"증인을 만났기 때문이오!"

"증인이요?"

"그렇소, 증인이오! 여자 알몸이나 훔쳐보는 치한으로 오해받아 갇힌 아이가 증인이오!"

"영걸이가 대체 난정호에서 뭘 봤습니까?"

"묘화에게로 흘러든 물건이오."

"커다란 십자가라고 알고 있습니다."

"묘화의 눈에나 그렇게 비쳤겠지! 십자가가 아니오. 커다란 칼이었다고 해요. 영걸이는 고우영의 역사만화까지 언급하며 망나니가 쓰는 칼을 훌륭히 묘사해냈소. 석발이 사람을 죽일 때 쓰던 칼이 틀림없소! 돌아래마을에 저주를 내리기 위해 잊힌 시대의 칼이 무녀의 딸인 묘화를 선택해 다시 내림을 한 거요!"

흥분한 이병호의 음성이 높낮이를 달리했다. 정균이 물었다.

"섭주의 농작물은 끔찍하게 죽은 육신이 거름으로 쓰였고, 비 대신 피를 흡수하며 자라났다고 하셨죠? 그걸 먹은 사람들이 검은 피를 토하며 죽어나간대도 놀라지 않을 거라고 하셨잖아요? 그때 암시한 얘기가 오늘 일과 연관이 있습니까?"

"제대로 보았소. 석발의 저주가 시작된 거요."

"어떻게 그리도 확신하시죠?"

"금년에 두 개의 태양이 떴기 때문이오! 두 개의 해가 보일 때 그들은 돌아온다고 했소."

정균은 소설가의 손에서 술병을 빼앗아 한 모금 마시고 싶은 심정이었지만 실행에 옮기진 않았다.

"좋습니다. 제게 모든 이야기를 들려주시겠습니까?"

"물론이오. 김 목사는 들을 만한 자격이 되오."

*

"이야기는 100년 전으로 거슬러 올라가오. 당시 이 마을엔 관공서가 있었소. 경찰서도 되고 형무소도 되고 세무서도 되고 법원도 검찰청도 되는 종합적인 그 관공서는 당시 동헌(東軒) 혹은 관아(官衙)란 이름으로 불리었다오. 하루에 몇 번 버스가 오지도 않는 이런 산골에 무슨 동헌이냐고 물을 수도 있겠소만 그때는 지금하고 달랐소. 당시의 석하촌은 땅이 기름지고 교통이 매우 발달하여 수시로 장이 들어서고 사람들의 교류도 빈번한 요충지라고 했소. 저주받았기 때문에 지금은 이 마을만 빼고 다른 주변 지역만 개발된 거라고 봐도 좋소.

그 당시는 백성들이 살아가기엔 몹시 어려운 시대였소. 반상(班常)의 구분이 뚜렷하고 무능한 왕조가 탐관오리들을 키우던 때였으니까. 온갖 부정부패가 판을 쳤지만 백성들을 돌보는 목민관은 없었소. 전쟁이 일어나지 않았어도 세금과 노역의 무거움으로 백성들은 전란에 시달리는 것보다 더하면 더했지 덜하지 않았다 하오. 흉년이 겹치고 전염병까지 돌면서 백성들은 도처에서 죽어나갔소. 양반들은 일 안 해도 대대로 배불리 먹는데 백성들은 죽도록 일해도 굶어 죽기 십상이었소. 그들은 믿음을 주지 않는 세상 대신 믿음을 줄 만한 그 무엇을 원했소. 종교도 그중 하나였지요.

지독한 탄압에도 불구하고 이미 천주학은 그전부터 조선에 들어와 평등한 세상과 구습(舊習)의 타파에 공헌하고 있었소. 이성과 논리가 통하지 않는 구제불능의 나라에서 하나님의 말씀은 무지몽매한 백성들에게 큰 깨우침이 되는 동시에 의지할 만한 내면의 힘이 되었던 거요. 돌아래마을에 김 목사가 예수님의 사랑을 전한 것처럼 그 당시에도 선교사들이 말씀을 전하기 위해 목숨 걸고 우리나라 전역을 돌았다오. 물론 포교를 앞세워 뒤에 숨긴 불순한 의도도 없진 않았겠지만 말이오. 어지러운 국내 상황에 처한 약소국들이 다 그렇지 않았겠소?

그에 못지않게 당시 조선에서는 사교(邪敎)의 부흥도 두드러졌소. 이 경상도 지역에서 유래하여 전국으로 교세를 확장한 특이한 종교가 있었어요. 교단의 이름은 금생재륜교(今生再輪敎)라고 하는데, '이승에서의 오늘날 삶이 한 번으로 끝나는 게 아니라 더 나은 상태가 되어 다시 살 수 있다'라는 신앙을 내세워 현실의 고난에 질린 백성들의 많은 지지를 받았소. 부활과도 비슷하고 내세와도 흡사한 개념이지만 객관적인 실현 가능성 없이 정신적인 믿음만을 강조하는 다른 종교와 달리 금생재륜교는 실제로 눈에 보이는 기적을 선보였소. 죽음에 처한 사람이 특별히 받아놓은 날짜에 어떤 의식을 치르고 경전에 쓰인 주문을 외우면 그의 육신은 죽되 정신은 그가 지정한 다른 이의 몸에게로 옮아 새로운 인생을 살 수 있는 참 부활이 실제로 성공한 거였소. 이 같은 기적의 비법을 금생재륜교 경전에서는 심전신활술이라 가르치고 있어요. 교주 장일손은 바로 이 신비의 비법에 통달한 이였소. 그는 포교하는 지역마다 부활한 삶을 통한 궁극적 평등의 이치를 일깨우고 악한 양반층을 도태시켜 모두가 잘 살 수 있는 이상 국가를 제시했소. 그 결과 교세의 떨침은 한때 대단했는데 그 이유는 장일손이 사람들 앞에서 심전신활술을 직접 행했기 때문이오.

병마로 죽은 나무꾼이 다음 날 튼튼한 포목점 주인이 되고, 굶어 죽은 아이는 양반집의 뚱뚱한 아들로 바뀌기도 했소. 죽도록 일만 하다가 병석에 누운 노인은 대가 댁 사대부가 되고 종살이만 하던 불쌍한 계집아이는 부유하고 참한 규수로 거듭

나기도 했소.

물론 이 과정이 쉬운 일은 아니었소. 표적이 될 사람의 머리카락과 피를 구해 와 부적에 묻히는 등 준비 단계가 복잡했지만 정작 주문을 읊는 과정에서 실패한 경우도 많았다고 했으니까. 실제로 그들 교단이 포도청의 추적을 받게 된 이유도 당시 누군가의 머리카락과 피를 훔치는 괴사건이 크게 늘었기 때문이에요.

그럼에도 금생재륜교는 교세를 나날이 확장했고, 특히 능력이 있지만 신분 때문에 출셋길이 막힌 젊은이들이 이 사교를 적극 지지했다고 해요. 그 결과 장일손은 지혜로운 자들을 일부러 죽음에 이르게 해 그들의 정신으로 권력자들의 육체를 장악한 후 장차 군사를 키워 대궐을 들이치고 나라를 손아귀에 넣으려는 야망을 가지게 되었소. 그의 야망에 동참한 젊은이들이 각처에서 나왔고 기꺼이 대의를 위해 부모가 준 헌 육신을 버리고 생판 모를 다른 이의 육신 속으로 들어가기를 마다하지 않았소. 이쯤 되니 금생재륜교에 대한 위험성이 바깥으로 새어 나가지 않을 수가 없을 수밖에.

조정은 금생재륜교가 나라를 뒤엎을 사악한 밀교라고 수배 내리는 동시에 교주부터 평신도까지 두루 참초제근(斬草除根)하라는 칙령을 내렸소. 그 결과 장일손은 어마어마한 액수의 현상금이 붙은 불온단체의 수괴가 되고 말았어요.

김 목사와 똑같은 다홍 김씨 사람 중에 김광신이라는 사람이 있었소. 바로 그 당시 섭주 동헌의 현령 자리를 맡은 자였는데,

그는 성정이 포악하고 백성의 고혈을 짜내기로 소문난 탐관오리였다 하오.

장일손의 수제자 중에는 연암 선생의 학설에 정통하고 손자병법에 능한 김육설이란 청년이 있었소. 그 역시 다홍 김씨로서 빼어난 재주와 너른 인맥을 지녔음에도 서얼이라는 신분 때문에 벼슬길로 나아가지 못하는 처지였소. 종친으로부터 차별 대우를 받았고 모든 집안 대소사에서도 배척당한 불행한 천재였지요. 장일손은 김육설의 비범한 능력을 진작부터 눈여겨보고 그의 정신을 김광신의 육체 안에다 집어넣을 계략을 짰소. 지방 수령인 김광신부터 시작해 더 높은 벼슬아치들의 육체를 심전신활술로 강탈한 뒤 역성혁명을 일으켜 사해만민(四海萬民)이 평등한 세상을 만든다는 원대한 계획을 실천하려 했던 거요. 김육설은 스승의 사상에 감동한 나머지 기꺼이 자기 목숨을 내놓겠다 했소.

조상에 관해 좋지 않은 소리를 해 미안하오만 김광신은 여색은 물론 남색가로서도 악명을 떨친 사람이라고 했소. 장일손은 교단에서 부리고 있던 미소년 하나를 보내 김광신의 눈에 들게 한 뒤 결국 그의 침소까지 불려 가게 하는 데 성공했소. 그 소년이 김광신의 머리 터럭과 피를 성공적으로 구해 왔지요. 장일손은 그들의 은거지인 마의 동굴에서 피와 머리카락을 묻힌 부적을 태우고 사구취신(捨舊取新)의 의식을 치름으로써 김육설의 개혁적인 정신을 자기 보신적인 현령 김광신의 머릿속으로 집어넣는 데 성공했소. 의식을 치른 후 청년은 숨을 거두었고 김광신은 새로운 정신에게 육체를 빼앗겼소. 장일손의 광폭한 야망은 성공할 것처럼 보였소.

그러나 김광신과 하나가 된 김육설은 막상 권력을 대하게 되자 맘이 변했소. 수배범으로 도망 다니던 위험한 생활이 사라지자 그에게 다가온 건 하루 세 끼 산해진미에 늘어나는 창고의 재물, 모두가 엎드려 절을 올리는 하늘 같은 지위, 아름다운 부인은 물론 엽색 행각까지 저질러도 처벌받지 않는 권력이었던 거요. 생활이 급변하니 의식도 급변했소. 그에겐 하루하루가 천국의 나날이었소.

이미 장일손은 공개수배 중이었고 대대적인 검거 선풍으로 금생재륜교 수뇌부들이 잡혀가 처형당하는 일도 늘어만 갔지요. 변복(變服) 포교들의 암행이 잦아 언제 들통이 나 교단이 와해될지도 알 수 없는 상황이었소. 그들이 일관되게 증언을 하고 신체 교환 의식에 대해 설득력 있게 설명한다면 김광신의 몸을 차지한 김육설이라 해도 언제까지나 무사할 순 없었을 게요.

결국 그는 용단을 내렸소. 자신이 연루된 금생재륜교가 아닌 천주학의 누명을 씌운 뒤 군사를 보내 숨어 있던 장일손을 잡아온 거요. 그리고 그가 모든 것을 실토하기 전에 의금부 압송도 없이 즉결 처형을 내렸소. 그의 명령으로 사형 집행을 맡은 이가 바로 석발이란 망나니였소. 교주를 잃은 금생재륜교 신도들은 흩어졌고 교단은 분쇄되었지요. 걱정의 원흉을 제거한 김육설, 김광신에겐 이제 편안히 일생을 구가할 일만 남은 것처럼 보였소. 김육설의 정체를 고발한들 어느 누가 사교의 마술 따위를 믿어주겠소? 감히 지체 높은 사또인 김광신에게.

하지만 장일손은 죽음을 극복하고 돌아왔소. 석발의 눈에는 죽은 장일손의 머리통이 나타나 밤낮으로 괴롭히는 환각이 펼쳐지기 시작한 거요. 석발은 김광신에게 도움을 청했지만 높은 관리가 된 서얼은 미천한 백정을 가혹하게 내쫓았다오. 장일손과 관련된 일이라면 무엇이든 피하려 했고 증거를 남기지 않으려 했으니 무리도 아닐 거요.

장일손의 영이 계속 석발을 찾아왔고 피가 말라 죽을 것 같던 석발은 선녀보살이란 무당을 찾아가 그녀의 어린 딸을 유괴한 후 귀신이 나타나지 않게 도와달라고 협박했소. 선녀보살은 장일손의 혼백을 달래려면 그가 죽었을 때와 같은 방식으로 그를 죽인 자를 처단해야만 한다고 했고. 그래서 석발은 어둠을 틈타 사또의 내실에 잠입한 후 장일손이 당한 것처럼 김광신을 참수해 죽여버린 거요.

하지만 석발은 결코 평온을 찾지 못했소. 김광신의 조카 김중선이 곧바로 추격대를 끌고 따라왔기 때문이오. 석발은 수십 발의 화살을 맞고 고슴도치의 형태로 죽었고 선녀보살 역시 그들의 화살에 맞아 죽고 말았소. 그런데 선녀보살은 죽기 전 저주를 남겼다고 해요. 언젠가 두 개의 해가 뜨는 날에 그들이 복수를 위해 돌아올 것이라고 말이오.

지금 돌아래마을 주민들은 모두 그 당시 석하촌 사람들의 후예가 틀림없소. 주민들은 장일손이 처형되던 날, 석발과 선녀보살이 죽던 날에 모두들 나 몰라라 하고 등을 돌린 자들의 핏줄이오. 실제로는 금생재륜교를 잘 알고 관심도 가지고 있으면서도 중범죄에 연루될까 봐 눈과 입을 닫은 사람들이지요.

올해 출몰한 두 개의 태양에 관한 목격담이 여기저기서 나오고 있소. 심지어 눈이 먼 밤나무집 노인도 그 사실을 안다고 했소. 그리고 영걸이가 분명히 증언했듯, 이제 석발의 칼까지 등장해 묘화에게로 흘러들고 말았소. 우연치고는 기막힌 우연 아니오?

순남의 집에서 벌어진 묘화의 기도 행사에 무당들이 어떻게 등장했는지는 나도 모르겠소. 그들이 누군지 의도가 뭔지 아는 게 없어요. 어쩌면 누군가가 미래의 참극을 예방하기 위해 오래전부터 이 날을 대비한 것일 수도 있겠지요. 묘화가 과연 잘 죽은 건지 안타깝게 죽은 건지는 모르겠소만 석발의 저주가 여기서 끝난다면 그만한 보람은 있을 거요. 그렇지 않다면 이 마을 사람들은 귀신의 복수로 남김없이 죽을 테니 말이오."

*

이야기를 마친 이병호는 소주병을 입에 대고 단숨에 들이켰다. 정균은 그가 술을 마시는 모습을 처음 보았다. 소설가는 독한 소주를 물처럼 마셨는데 창작이라는 직업에서 오는 일상화된 습관 같았다. 그 모습을 보자 정균도 술이 마시고 싶어졌다. 소설가의 이야기를 믿고 있는 스스로를 깨닫자 마시고 싶어졌다. 술이 깨고 나면 모든 기억도 함께 사라졌으면 싶었다.

"한 모금 하시겠소?"

이병호가 병을 내밀었다.

"마시지 않겠습니다."

"술로 흥한 자, 술로 망하리라."

그는 안주도 없는 깡소주를 또 들이켰다.

"어떻소? 내가 해준 이야기가."

"훌륭한 소설 소재 같은데요."

"그걸 소설이라 부른다면 철저히 사실에 기반한 소설이라 말하겠소."

"뭘 근거로 사실이라고 단정하십니까?"

"내가 건네받은 자료들에서 본 일이 실제로 지금 이 마을에 벌어지고 있어요."

"이 마을 사람들은 과거의 일에 대해 알고 있습니까?"

"정말 모르거나 아니면 모르는 척하고 있겠지. 옛 사실이 알려지면 어떨 것 같소? 시골 사람들이 타인에게 적대감까지 가지면서 막으려는 한 가지는 자기 조상에 대한 흠이 드러나는 거요."

"그렇다면 뭡니까? 신작 구상은 핑계겠죠. 이 마을의 파멸을 지켜보기 위해 여기 와 계시는 겁니까?"

"아니오. 그런 일이 일어난다면 나라도 나서서 막고 싶소. 선조의 죄악이 후손들에게까지 끼친다면 그건 옳은 일이 아니오."

"그렇다면 일종의 공익을 위해 여태 비밀을 유지하셨다고 생각해도 되겠습니까?"

"비슷하다고 볼 수 있소. 김 목사는 날 믿지 않을지라도."

"제가 선생님 이야기를 믿는 이유는 한 가지입니다. 제게도 비밀이 있습니다. 어릴 적, 목사가 되기 전에 저는 이상한 몸살을 앓았습니다. 몸살을 앓으면 사람이 아닌 존재들이 제 눈에 보였습니다. 그 존재가 저를 여러 해 동안 놔주지 않고 괴롭혔습니다. 전 그것과 함께 살았지만 남들 눈에는 보이지 않았습니다. 그 존재의 원래 모습은 지금 생각해도 몸이 떨릴 정도로 무섭습니다. 무속에 종사하는 사람들은 그것을 귀신이라 불렀고 저의 능력을 신기(神氣)라고 불렀습니다. 그들만이 제가 보는 존재를 볼 수 있었습니다. 실력이 있는 무속인에게 굿을 의뢰하고 나서야 그 증상은 끝이 났지요. 귀신은 사라졌고 몸살은 제게서 떠났습니다. 하지만 무당을 멀리하고 무속과 관계되는 일에 거리를 두라는 처방을 받았지요. 그걸 어겼다간 또다시 악몽이 시작될 수도 있다는 암시를 받았고요.

저는 이제 목사가 된 사람입니다. 마을에 이상한 일들이 꼬리를 물고 일어나도 여태껏 묘화를 만나지 않은 이유가 그것 때문이었습니다. 옛날에 겪었던 일이 다시 일어날까 봐 겁이 났던 거죠. 이제 목사가 된 제겐 두 번 다시 일어나선 안 될 일이었습니다. 그런데 어쩔 수 없이 묘화를 만나자 바로 그 증상이 다시 시작되었어요. 귀신이 제 눈에 보이기 시작한 겁니다. 묘화가 예수라고 칭한 남자는 천한 백정의 모습이었어요. 아마도 그 석발이란 자겠죠."

이병호는 무언가 통했다는 눈빛으로 정균을 한동안 바라보왔다.

"부모님이 조상에 관해 얘기해준 적이 있었나요?"

"집안에 현령 벼슬아치가 있었다는 얘긴 처음 듣습니다."

"부모님조차 모를 수도 있소. 아니면 숨겼거나. 그런 검은 역사는 서둘러 지우고 소문나지 않게 하거나 전혀 새로운 사실로 미화하는 게 요즘 사람들이오. 언제 어디서든 사람끼리의 대화를 들어보면 조상 중에 양반 아닌 사람이 없소. 우리 집안은 양반 집안이다, 우리 집안은 대단했다, 우리 조상은 삼정승을 지냈다……. 조선 시대에 양반의 숫자가 얼마나 된다고 그 모두가 양반의 후손들이겠소? 그런 장식이나 치장은 대부분 후손들의 역할이오. 어떤 정신 나간 이가 우리 조상은 탐관오리였다가 망나니에게 살해당했다고 쉽게 말하겠소?"

그는 손등으로 입가에 묻은 술을 닦았다.

"나는 석발의 이야기를 어릴 적 집안 어른들에게 들었소. 어른들은 언젠가 악독한 일이 재발하리라 확신하고 있었소. 나도 이제야 믿을 수 있게 되었소. 진실을 보는 눈으로 과거를 대할 수 있는 이들만이 무서운 참화를 막을 수 있다는 걸."

"선생님 조상은 그 이야기에서 어떤 역할을 하셨습니까?"

"선녀보살에겐 앵두라는 신딸이 있었소. 김광신의 죽음을 알게 된 추격대가 석발을 잡고 선녀보살도 포획했소. 먼저 석발이 죽고 그다음에 선녀보살이 죽을 위기에 처했죠. 추격대의 대장인 김광신의 조카는 숙부의 원한을 조금이라도 풀어주고자 선녀보살이 보는 앞에서 어린 앵두를 죽이려고 했소. 그때 죄 없는 어린것을 가엾게 여겨 몰래 데리고 도망친 하급관리 하나가 있었지요. 그분이 내 증조부였소."

"죄인의 딸을 데리고 도망쳐요? 그분도 가족이 있었을 것 아닙니까? 쉽지 않은 결단이었을 텐데요?"

"돌림병으로 가족을 잃은 분이었소. 앵두를 데리고 고향을 떠나 강원도 산골에 화전민으로 들어갔소. 거기서 증조모를 만나 새로 후손을 만들고 살림을 꾸린 거요."

"그럼 앵두는 그분들과 잘 살았습니까?"

"처음 몇 년은 아무 문제도 없었지만 제 신어미의 영향인지 어느 날 신내림을 받았다고 해요. 그길로 집을 나가 영영 이별하고 말았어요. 10년 뒤 증조부가 장사차 동해 바닷가로 나갔다가 용왕제를 올리는 처녀 무당 하나를 봤다고 했소. 명진보살이란 무당인데 얼굴을 보자마자 장성한 앵두였음을 알아보았대요. 그녀는 동해 쪽에 터를 잡은 유명한 무당이 되었다는데 이미 잘 살고 있는 앵두에게 누가 될까 봐 증조부는 아는 척을 하지 않고 그냥 돌아왔다고 해요."

정균은 눈앞의 한옥집을 보고 있었다. 이병호는 대화에 팔려 목사를 따라 걸어온 곳이 김 집사네 집이 아니라 우물가 동네임을 알아차리고는 의아한 눈길을 던졌다.

"애란의 집으로 가볼 겁니다. 같이 가시겠습니까?"

정균이 말했다.

"그 집에는 무슨 일로?"

"이 마을에 목사인지 신부인지 모를 세 사람이 왔다고 하네요. 교회로 가지 않고 저 집으로 갔다는군요."

"그보다 시급한 건 누가 묘화를 죽였는지 밝혀내는 거요. 과거의 비밀을 알고 미리 손을 써버린 사람이 이 마을에 있는 것 같소. 그자가 매우 사악한 방법을 썼기 때문에 안심할 수 없소. 이 동네에 해를 끼치러 온 것인지 선을 행하러 온 것인지 그를 붙잡아 의도부터 알아내야 하오."

정균이 먼저 걸어가다가 이병호를 돌아보았다.

"저는 이 마을의 목사입니다. 싸워 이기려면 같은 업에 종사하는 아군이 필요합니다."

*

애란의 아버지 김동우는 찾아온 손님이 정균과 이병호임을 알자 대문은 열어주었지만 집 안에 들이지는 않았다. 문고리를 놓지 않은 채 그는 출입구를 막아섰다. 다른 사람들과 마찬가지로 목사를 맞이하는 그의 표정은 좋아 보이지 않았다.

"무슨 일이오, 김 목사?"

"혹시 댁에 목사님이나 신부님 세 분이 오신 적이 있나요?"

"목사님이나 신부님 세 분?"

김동우의 얼굴에 놀란 기색이 역력했다.

"예. 서울에서 오신 세 분입니다."

"그런 사람들은 온 적 없는데."

김동우가 고개를 저었다. 정균은 그의 얼굴에 파도처럼 스친

실룩거림을 놓치지 않았다.

"정말 찾아온 분이 없었습니까?"

"왜 나한테 그런 걸 묻는 거요?"

"제게 오시기로 되어 있는데 선생님 댁으로 갔다고 해서요."

"누가 그래요? 목사 세 명이 여기로 들어오는 걸 봤다고요? 누가 그래요?"

정균은 즉답을 하지 못했다. 찬찬히 생각해보니 자기도 영자에게 전해 들은 얘기에 불과했기 때문이다. 영자가 직접 본 것도 아니었다. 그녀의 말은 애란네 '집'이 아니라 '집 쪽'으로 갔다는 것이었는데 정균은 이를 쉽게 단정해버리는 우를 범하고 말았다.

정균이 말을 못 하자 김동우가 어이없다는 표정을 지었다.

"누구 말을 듣고 왔는지는 몰라도 그런 분들은 우리 집에 오지 않았어요."

"보신 적도 없고요?"

정균이 자신 없는 목소리로 물었다. 그 모습에 승세를 잡은 김동우가 표정을 풀고 정균을 향해 고개를 들이밀고는 낮은 목소리로 물었다.

"못 봤어요. 그나저나 묘화가 죽었나요?"

"예."

"사지가 다 뜯겨나가 죽었다던데 정말이오?"

김동우 뒤편으로 애란이 나타났다. 그 옆에는 남자친구인 진태의 모습도 보였다. 읍내 사는 진태가 밤늦은 시간에 이곳에 있는 게 이상했다. 그들 모두가 목사의 답변에 귀를 기울이고 있었다. 정균이 주의해서 살펴보니 집 안에 이상한 공기가 떠다녔다. 모두가 몰려나와 목사를 쳐다보고 있었다. 애란을 제외한 그들 모두는 사건 당시 순남네 집에 있지 않았었다.

애란이 질린 듯한 표정으로 물었다.

"정말 묘화가 죽었단 말이에요, 목사님?"

"너도 봤잖아."

"제가요? 전 못 봤어요."

"거기 있었으면서 뭘 못 봐?"

"제가 거기 있었다고요?"

"우리 집 식구들은 오늘 밤 아무도 밖에 나가지 않았어요."

김동우가 말했다.

"순남네 집에서 분명 애란이를 봤는데."

"애란이는 나랑 같이 있었어요. 여기 선생님 댁에."

진태가 화난 표정을 지었다.

정균은 애란네 식구가 입을 맞춰 거짓말을 하는 저의가 궁금했다. 아마 김동우는 묘화가 죽을 당시 딸이 집 안에 없었던 사실을 지금 막 정균의 입을 통해 알았는지도 모른다. 그러면서도 내색하지 않는 건지도 모른다. 뭔가 이 집안에 남들은 모를 비밀이 있다고 생각한 정균은 더 이상 애란을 몰아세우지 않았다. 나중에 둘이 있을 때 따로 물어보는 편이 더 낫다고 판단했다. 지금까지도 애란은 사람들이 있는 곳에서는 함부로 입을 열지 않았으니까.

"돌아래마을에 목사님들이 오시기로 되어 있던 것도 묘화와 관련된 일 때문이었습니다. 묘화가 선보인다는 기적을 판별할 분들이거든요. 선생님 댁으로 오신 줄 알았는데 제가 잘못 알았나 보군요. 이쪽으로 오는 걸 봤다고 한 사람이 있어서요. 순남이 집에서 구경꾼 중에 애란이를 보았다고 생각했는데 그것도 제 착각인가 봐요."

정균은 할 말을 다한 뒤 등을 돌렸다. 그제야 김동우도 들어와 차라도 한잔하고 가라고 했다. 정균은 거절 의사를 밝힌 뒤 대문을 나섰다. 뭔가 숨기는 듯한 김동우도, 태연한 얼굴로 잡아떼는 애란도, 노려보는 진태의 눈매도 하나같이 맘에 들지 않았다. 묘화가 죽기 전에도 그랬지만 죽고 난 지금은 노골적으로 모든 마을 사람들이 그에게서 등을 돌린다는 생각이 들었다.

'내게 숨기고 있는 게 있어. 그럼에도 나를 통해 뭔가를 얻어들으려는 모습이다. 무슨 꿍꿍이들일까?'

애란의 집을 나온 정균에게 이병호가 따라붙었다.

"이제 집으로 돌아갈 거요?"

"이 선생님은 순남이네 집에서 애란이를 봤지요?"

"애란이?"

"네. 거기 있었으면서도 없었다고 거짓말을 하고 있어요."

"글쎄. 난 못 본 것 같았는데……."

"바로 옆에 있었는데도 못 봤다고요?"

"다른 사람한테 신경 쓸 만한 경황이 아니었잖소?"

정균은 다른 생각을 했다.

"묘화가 죽을 때 몸에서 나온 노란 종이들 기억하세요? 나비가 그려져 있던 종이인데."

"꽃도 그려져 있었지. 평범한 종이가 아니오."

"선생님도 그걸 부적이라고 생각하시나요?"

"확신하오."

"순남이가 독사에게 물렸을 때 방앗간에서 발견된 종이도 그거였어요. 물이 묻어 거기 쓰인 게 지워졌는데 뱀을 그린 것인지도 몰라요."

"충분히 가능한 일이라고 보오."

정균은 애란이 다른 사람이 있는 데서는 입을 조심할 만한 뭔가를 알고 있다고 확신했다. 그래서 아버지 앞에서는 순남의 집에 간 적이 없다고 잡아떼는 것이다. 그녀는 분명 거기에 있었고, 난정호에서는 방앗간에 부적을 갖다놓은 사람이 조필순 노인이라고 알려주기도 했다.

'설마 애란이 조 노인에게 누명을 씌운 건 아니겠지?'

그는 고개를 가로저었다. 조필순 노인을 한번 만나봐야겠다고 다짐했다.

'그때 애란은 날 보고 가만히 있든가 이 마을을 떠나라고 그랬지. 이유가 뭘까? 비밀이 많은 곳은 슬픔도 헤집고 들어올 틈이 없다고 했어. 갠 뭔가 알고 있어. 하지만 사람들 앞에서는 입을 닫고 있어. 어쩌면 감시당하는 건 아닐까? 애란이를 따로 만나야 해.'

*

돌아래마을 민간 수색대는 난정호 인근에서 낙엽과 흙으로
덮여 위장된 물건을 찾아냈다. 사제복을 연상시키는 세 벌의 검
은 옷과 만물잡화상에서 파는 조악한 십자가 목걸이들이었다.


**11**


어두운 밤하늘 아래, 쓰러져가는 묘화의 집은 귀신이 나올
법했다. 그림자 셋이 집 앞에 우뚝 섰다. 이들은 돌아래마을에
등장했을 때 입고 있던 검은 옷 대신 알록달록한 한복을 입고
있었다. 십자가를 벗어 던진 목에는 염주 비슷한 목걸이가 걸
려 있었고, 땅에 내려놓은 보따리 안에는 묘화에게 살을 날릴
때 쓰였던 무구들이 있었다.

맨 앞에 선 우사라는 이름의 사내는 머리가 하얬지만 얼굴은
30대였다. 각이 지고 갸름한 얼굴에 매처럼 날카로운 눈은 국
왕조차 농단하고 민초들을 살상한 옛 시절의 환관을 연상시켰
다. 얼굴에서 풍기는 기운은 당하는 죽음이 아닌 가하는 죽음,
살인이었다. 칼 같은 얼굴이란 바로 이런 얼굴을 두고 하는 말
인지도 모른다.

그의 허리춤에 손을 올린 장님은 풍백이라는 이름을 갖고 있
었다. 1미터를 간신히 넘길 만큼 키가 작았는데 붉은색을 띤 눈

268

에는 검은 동자가 없었다. 나이는 예순을 넘었지만 걸음걸이에 주저함이 없었다. 땅 위의 벌레들, 숲속의 길짐승이 그가 가는 방향을 피해 갔다. 그는 보이지 않는 눈으로 모든 것을 보았고 그를 피하는 생명들 역시 그 사실을 알고 있는 듯했다.

따라오는 자가 없는지 뒤쪽을 염탐하는 젊은 여자는 이름이 운사로, 비구니처럼 박박 깎은 머리에 피부가 검었고 양쪽 볼에 연지 같은 붉은 점이 있었다. 차가운 기운이 감도는 시선이 닿을 때마다 풀숲에 숨어 있던 여우나 들개는 벼락을 맞은 양 깨갱 하고 엄폐물에서 튀어 올랐다. 그녀의 눈은 현상 너머의 존재들을 보았고 그것들을 마음대로 부릴 수 있는 것 같았다. 놀란 산짐승들은 똥을 싸대며 뒤도 돌아보지 않고 달아났다. 무녀의 오두막과 마주한 세 무당은 이승보다는 저승과 더 조화를 이루었지만 집과 그들은 서로 친해질 수 없었다. 집주인인 묘화를 죽인 건 바로 이들 셋이었다.

달은 둥그렇게 밝았고 검은 구름은 빠르게 흘러갔다. 숨죽인 대치가 오래도록 이어졌다.

"풍백, 기운이 느껴져요?"

우사가 물었다.

"과연 마당에 들어서기도 전에 영기가 대단하군."

장님의 입에서 쇠를 씹는 음성이 나왔다.

"묘화에게 신통함을 준 신물은 아직도 저 안에 있을 거예요."

운사가 장님의 어깨를 잡아 이끌었다.

"그 애가 그처럼 쉽게 죽으리라곤 예상 못 했는데."

"천하제일의 무당 셋이 힘을 합쳐 날린 급살인데 산신령인들 피할 수 있겠소?"

"반항하지 않은 게 이상하단 말야. 그 애는 죽은 사람을 살릴 수도 있었어."

"그러니까 그 계집아이가 신물의 주인이 아닌 거요."

"네 말대로라면 신물이 그 아이를 죽게 내버려뒀다는 거냐?"

"신물은 우릴 알아보았고 지금도 기운이 느껴져요. 진짜 주인을 기다리고 있는 거란 말이오."

풍백과 우사가 주고받는 대화가 밤공기처럼 습하게 내려앉았다.

"음한 기운이 느껴져요. 묘화가 저 안에 있는 거 아닌가?"

우사가 품속에서 방울 달린 붉은 부채를 꺼내 펼쳤다.

"조각조각 찢겨 죽은 애가 어떻게 저 안에 있나? 우리가 피해야 할 건 귀신이 아닌 이 마을 놈들이야. 우릴 찾으려고 혈안이 됐을 테니."

"돌아래마을 놈들은 겁쟁이라 이곳을 찾아오지도 못해. 자, 어서 들어가자."

세 사람이 소리도 없이 묘화의 집 마당으로 들어섰다. 집은 불이 꺼져 있어 컴컴했다. 집을 뒤지기 시작한 세 사람은 가장자리에 있는 부엌으로 들어갔다. 추레한 취사도구 어디에나 거미줄이 그득했다. 아궁이에도 불을 땐 흔적이 까마득했다. 월수가 나간 이래 묘화는 집에서 밥을 해 먹은 적이 없는 것 같았다.

"여긴 아무것도 없어. 사람이 기거하는 방을 열어봐."

풍백의 보이지 않는 눈이 시퍼런 기운을 발했다.

우사가 사랑방 문고리를 잡았다. 끼익 소리를 내며 열리는 문 안으로 운사가 부채를 내밀었다. 엉망으로 펼쳐진 이부자리는 사람이 다녀가지 않은 지 오래인 것처럼 보였다. 노란 종이들이 여기저기 흩뿌려 있었고 그 위에 붓으로 뭔가를 그리다 만 흔적들이 있었다. 세 무당이 동시에 고개를 끄덕였다. 깨끗한 소복을 입고 깔끔한 모습이었던 묘화와는 대조되는 광경이었다.

"여기도 아냐. 나가자."

풍백이 말했다.

그들이 사랑방을 나왔을 때 운사의 부채에서 방울 소리가 났다.

우사가 탄성을 발했다.

"맨 끝 방이 신당이요! 신물은 저 안에 있을 것이외다."

우사가 신당 문을 열었다. 운사의 부축을 받으며 풍백이 문지방을 넘었다. 부채에서 나던 방울 소리가 멎었다. 풍백이 어둠에 대고 얘기했다.

"이상하구나. 이 안에 들어서니 아무것도 보이지 않는다. 어떻게 되어 있느냐, 이곳은?"

"여느 당집과 다를 바 없소. 산신도가 붙어 있고 제단이 놓여 있소. 제단 위에는 불상이 있고."

"이 방만 정갈해요. 묘화는 이곳에서 기거했나 봐요. 느껴져요? 영험한 기운이 돌고 있어요."

운사의 음성이 밝게 변했다.

"조심들 해. 우리가 감당하지 못할 물건일지도 모르니까."

풍백이 말했다.

우사의 얇은 입술이 휘이이 하고 휘파람을 불었다. 허공에 매달린 오색 끈이 조금씩 움직거렸다. 운사의 부채에서 방울이 울렸다. 풍백이 손을 뻗어 방울 소리를 막았다. 그러나 딸랑거리는 소리는 조금도 줄지 않았다. 나침반이 된 부채가 운사를 앞으로 이끌었다. 두 남자가 운사를 따라갔다. 우사의 휘파람이 부채에 힘을 실어주었다. 방울 소리가 격해지면서 부채가 점점 오른쪽으로 휘어졌다. 운사는 자신을 이끄는 부채에 온몸을 맡겼다. 풍백이 방울에서 손을 놓았다.

"저기다!"

우사의 휘파람이 멎었다. 풍백이 눈을 떴다. 흰자만 남은 눈이 빛을 발해 방 안이 일순간 밝아지는 듯했다. 운사의 부채가 이불로 덮어둔 어떤 물건 앞에서 바르르 떨렸다. 우사가 거친 기세로 이불을 치워버리자 오래되고 기분 나쁜 형상의 오동나무 궤짝이 나왔다.

"보물단지를 왜 눈에 띄기 쉬운 데 놔뒀지?"

"조심해야 한다."

풍백이 우사에게 주의를 주었다. 어느새 그들의 얼굴은 땀으로 젖어들었다. 운사의 부채 방울이 비상을 준비하는 새의 날갯짓처럼 격렬히 반응했다. 우사가 오동나무 궤짝을 열려고 잡아당겼으나 뚜껑은 꿈쩍도 하지 않았다. 운사가 부채를 손에 모으고 빠르게 주문을 외웠다. 풍백이 품속에서 비단 주머니를 꺼냈다. 주머니 안에서 금가루 같은 것이 손바닥으로 쏟아졌다. 풍백이 건넨 가루를 우사가 받아 뚜껑 위에 뿌렸다. 슈슉거리는 뱀처럼 운사의 속삭임이 빨라졌다. 우사가 오동나무 궤짝을 잡아당겼으나 소용없었다. 자물쇠로 잠겨 있지 않았음에도 궤짝은 가리비처럼 굳게 입을 다물었다.

"안 되겠다. 날이 밝을 때까지 기다려야겠다."

풍백이 말했다.

"그럼 우린 어디로?"

"여기서 밤을 보내야 한다."

"마을 놈들이 몰려오면 어쩌려고요?"

"우리가 여길 뜨면 이 궤짝도 사라지고 만다."

풍백이 흰 부적 네 개를 꺼냈다. 운사가 부적을 건네받아 궤짝의 사면에 붙였다.

"해가 뜨면 저 궤짝에 붙은 힘이 약해져 뚜껑을 열 수 있다. 아침까지 기다려야 하나 누가 와도 걱정할 건 없다. 사태가 위급하면 선도산 호랑이와 까마귀 떼를 불러 막을 테니까. 우리가 겁내야 할 건 이 오동나무 궤짝 안에 든 물건이지 무지렁이 촌놈들이 아니야."

우사와 운사는 약간 불안한 기색이었지만 우두머리인 풍백의 말을 듣지 않을 수 없었다. 노인이 먼저 좌정을 하고 오동나무 궤짝을 올린 신단 앞에 앉았다. 우사와 운사는 잠시 마당에 나가 근처에 누가 없는지 살펴본 후 돌아와 풍백처럼 앉았다. 세 무속인은 눈을 감고 침묵을 지켰는데 그 모습은 입정(入定)

에 들어간 고승을 연상시켰다.

그들은 맨 앞에 풍백, 좌측 뒤편에 우사, 우측 뒤편엔 운사가 위치해 삼각을 이루었다. 무얼 기다리는 건지 무슨 일이 일어나려는 건지 몰라도 그들 역시도 어서 밝은 아침이 오길 고대하고 있었다. 무섭게 생긴 그들조차 신당 안의 공기에 짓눌려 있음은 명백했다. 귀신도 놀라 도망갈 영적인 분위기가 신당 안에 가득했다.

밤은 지루했고 새벽은 쉽사리 오지 않았다. 긴 침묵이 이어지는 가운데 벌레 우는 소리가 끊겼다. 무슨 소리가 들리기 시작하면서 운사의 집중력이 흐려졌다. 여자가 우는 소리였다. 그녀는 문득 과거를 회상했다. 신어머니를 따라 계룡산으로 들어갈 때 헤어졌던 속세의 친어머니와 언니가 떠올랐다. 그러나 지금 들리는 소리는 가족이 아닌 귀신의 울음소리였다. 그 느낌에 이승과 저승 사이를 오락가락하는 정서가 가득했다.

"너는 누구냐?"

운사가 물었다.

여자의 곡소리가 앙칼진 웃음으로 바뀌었다. 이름 없는 잡귀부터 큰 귀신까지 한 번의 실패도 없이 저승으로 보낸 계룡산 보살 운사조차 이 소름 끼치는 웃음 앞에서는 어쩔 줄을 몰랐다.

"누구냐? 묘화냐?"

운사가 눈을 떴다. 옆을 보았으나 풍백과 우사는 잠이 든 것처럼 눈을 감은 채 미동도 없었다. 갑자기 머리가 몹시 가려웠다. 빡빡 깎은 두피 위로 머리카락이 치렁치렁하게 솟아오르고 있었다. 그녀는 당황하여 손을 올리려 했으나 팔이 마비되어 움직일 수 없었다. 머리카락은 그녀를 위한 것이 아니라, 그녀의 머리채를 낚아채려는 상대방을 위한 것이었다. 오동나무 궤짝이 열리면서 눈부신 빛이 퍼지고 그 속에서 하얀 소복을 입은 팔 하나가 튀어나왔다. 머리칼을 낚아채인 운사의 머리가 거칠게 잡아당겨졌다. 허공에서 손이 날아왔고 벽에 걸린 산신도에서도 손이 튀어나왔다. 땅바닥으로부터도 솟았고 불상의 배에서도 나왔다. 무수한 손들이 운사의 머리부터 발끝까지를 붙잡고 잡아당겼다. 운사가 급히 부채를 흔들어 주문을 외웠다. 손들이 전기뱀장어라도 만진 듯 움찔거리더니 일거에 사라졌다. 운사가 눈을 뜨니 아직 컴컴한 밤이었다. 궤짝은 처음처럼 닫혀 있었고 풍백과 우사는 미동도 없었다.

"눈들 좀 떠봐요!"

두 남자는 반응이 없었다. 방울이 경고의 소리를 울렸고 부채도 바르르 떨렸다. 오동나무 궤짝이 활짝 열리면서 두 개의 팔이 튀어나왔다. 털이 우북하고 손톱이 새까만 팔은 할퀴고 베인 상처로 가득했다. 두 팔이 운사의 입을 위아래로 붙잡더니 우악스럽게 벌렸다. 운사의 입이 비정상적으로 벌어졌다. 두 팔 사이로 소복 차림의 여자 손 하나가 새로 튀어나왔다. 손은 뱀을 그린 노란 부적을 쥐고 있었다. 운사가 부채를 흔들었지만 소용없었다. 부적을 쥔 손은 운사의 입 속을 거쳐 오장육부까지 쑥 들어갔다.

운사가 비명을 질렀다. 눈을 뜨니 이번에도 환각이었다. 위아래 턱을 잡은 채 벌리고 있는 건 바로 자신의 손이었다. 오동 나무 궤짝은 처음처럼 닫혀 있었고 팔 같은 것은 보이지도 않 았다. 부채는 방울과 분리된 채 차디찬 바닥에 나뒹굴고 있었 다. 부채를 주우려는 찰나 무지막지한 통증이 배 속으로부터 몰아닥쳤다. 목이 막혀 비명조차 지를 수 없었다. 비정한 현실 이 그녀를 기다리고 있었다. 이길 수 없는 귀신을 만나 죽음에 처하게 된 것이다. 이곳까지 온 사실 자체가 섣부른 만용이요, 건방진 욕망이었다. 오동나무 궤짝에 든 존재는 셋이 힘을 합 쳐도 이길 수 없는 상대였다. 흉살을 날렸기 때문에 그것은 더 욱 화가 나 있었다. 그녀는 고통스러운 와중에도 부채로 스스 로의 팔을 찔러 피를 냈다. 피 묻은 부채가 풍백과 우사를 후려 쳤다. 그러자 두 남자가 눈을 떴다.

"왜 그래?"

우사가 배를 잡고 바닥을 데굴데굴 구르는 운사를 안아 일 으켰다. 그러나 그녀는 목이 막히고 혀가 굳어 한 마디도 할 수 없었다.

"무슨 일이야! 말을 해!"

"으으으으으으어억!"

운사가 주먹으로 자신의 가슴을 쾅쾅 두들겼다. 풍백이 손바 닥을 모으고 다급히 주문을 외웠다. 운사의 옷에 피가 배어 나 왔다. 우사가 기겁해 그녀를 놓아버리자, 운사는 주먹질을 포 기하고 스스로 옷을 찢어버렸다.

"우아아아아악!"

검은 뱀들이 운사의 뱃가죽을 뚫고 쏟아져 나왔다. 피와 살점으로 끈적거리는 뱀들이 머리를 쳐들고 혀를 날름거렸다. 운사의 창자가 움직거리는 줄로 안 우사가 물러나다가 신단에 머리를 박고 넘어졌다. 몸 이곳저곳에 칼에 베인 상처들이 생겨났다. 그는 지금까지의 기세를 잃고 극도의 두려움에 휩싸였다. 피로 범벅이 된 손을 내려다보며 우사는 울부짖었다.

"가만히 있어! 이 미련한 놈아!"

풍백이 고함쳤지만 우사는 땅을 박차고 집 바깥으로 뛰쳐나갔다. 그사이 검은 뱀 떼에게 몸이 파묻혀 운사는 죽고 말았다. 풍백이 보이지 않는 눈으로 뱀을 향해 노한 일갈을 내질렀다. 그러자 시커멓게 꿈틀거리던 뱀 떼가 사라지고 대신 궤짝에서 눈부신 빛이 솟았다.

빛은 색깔을 바꿔가며 신단 방의 천장에서 꿈틀거렸다. 풍백은 빛 가운데에 서자 눈앞이 서서히 트임을 알았다. 살아오면서 놓칠 수밖에 없었던 광경들이 눈이 생김으로 보이고 있었다.

"제게 눈을 주신 분은 누구십니까? 저는 당신의 딸을 해쳤는데 오히려 앞을 보게 해주십니까?"

빛은 변화를 거듭했다. 그는 생생히 볼 수 있었다. 눈이 있던 시절에 알았던 인연의 사람들이, 어릴 적 살아왔던 거리들이, 그가 겪었던 전쟁통이, 모든 과거의 일들이 그를 지나갔다. 그중에는 신내림을 받아 계룡산 도사 풍백이 되기 전의 소년인 자신의 모습도 있었다.

"몰라보고 죽을죄를 지었습니다."

피바다에 누운 운사의 시체 옆에서 풍백이 절을 했다. 그 순간 전기 스위치가 꺼지듯 빛이 사라지고 어둠만이 남았다. 그러나 이제 풍백은 어둠을 볼 수 있었다. 되찾은 그의 시력은 그대로 유지되었다. 물론 원하는 것을 볼 순 없었지만 말이다. 하늘에서 눈이 내렸다. 흰색이 아닌, 색깔이 있고 덩이진 커다란 눈이었다. 풍백은 눈 하나하나를 알아볼 수 있었다. 그것은 사람의 머리통이었다. 세상을 뒤덮을 만한 수의 머리들이 하늘에서 내려왔다. 머리가 삽시간에 땅바닥에 쌓였다. 풍백은 더 이상 구차하게 빌지 않았다. 위대한 존재에게 죽임당함을 영광으로 받아들였다. 이미 자신은 그럴 만한 죄를 지었다. 묘화라는 아이에게 절대로 손을 대면 아니 되었다. 머리통이 풍백의 몸이 보이지 않을 때까지 내려 뒤덮었다. 풍백은 눈을 감고 정신을 집중했다. 그러자 흐릿한 사념을 뚫고 한 가닥 진리의 깨달음이 찾아와, 바짝 마른 입으로부터 어떤 구호와도 같은 외침이 나왔다.

"구원일인!"

머리들이 웃기 시작했다.

"구원일인! 구원일인! 천상천하합일무이! 구원일인! 구원일인!"

풍백의 함성이 높아졌다. 동시에, 산속으로 도망치던 우사는 풍백의 정신이 보내는 고함을 들었다. 풍백 역시도 우사가 그의 생각을 나눠 듣고 있음을 알았다. 풍백은 일종의 경고로 젊은 우사에게 어서 이 마을을 떠 목숨을 보전하라고 알렸다. 그

러나 우사는 멈춰 서서 머리가 폭발하기 직전인 풍백에게 물었
다. 지금 보내는 경고가 무엇이냐고. 풍백은 기다리라고 했다
가 별안간 벌떡 일어나 소리쳤다.

"그렇지 않다! 그 이름은 두 글자다. '구원일인' 네 글자가 아
니야!"

머리통들이 풍백을 둘러싼 채 웃었다. 몸이 파묻혀 가려지자
풍백의 머리 또한 그들 중의 일부가 되었다. 세상은 온통 머리
통뿐이었다. 빛이 번쩍이고 어둠만이 남았다. 모든 머리가 사
라졌다. 풍백의 노구 역시 머리를 잃은 채 운사의 시체 옆에 털
썩 쓰러졌다.

오동나무 궤짝이 영롱한 색채를 뿜어내며 입을 벌렸다. 신당
문이 벌컥 열리고 두 구의 시체가 바깥으로 튕겨 날아갔다. 숲
속에 떨어진 시체들은 벌레들을 위한 만찬이 될 터였다. 신당
문이 닫히고 오동나무 궤짝도 다시 닫혔다. 남은 것은 아직도
새벽이 오려면 멀기만 한 어둠뿐이었다.

\*

시시각각 밤이 깊어갔지만 돌아래마을에 잠든 이는 아무도
없었다.

정균은 조필순 노인의 집에 불이 켜져 있음을 알고는 허락도
받지 않고 들어갔다. 방에서 노인이 우는 소리가 들려왔다.

강아지가 짖어댔다. 정균이 "나야, 나" 하고 말하자 강아지가

그를 알아보고 꼬리를 흔들었다. 문이 벌컥 열렸다. 정균의 목소리를 들은 노인의 분노는 대단했다. 걷지 못하는 노인은 포복하듯 기어 나와 악에 받친 소리를 질렀다.

"네가 어디라고 여길 와!"

정균과 이병호는 예순이 아니라 아흔에 가까워 보이는 노인의 모습에 충격을 받았다.

"몸은 어떠세요, 할머니?"

노인은 아무리 움직여도 목사에게 닿지 못하자 커다란 눈알만을 아래로 굴려 두 사람을 노려보았다. 정균은 노인의 뒤에 버티고 선 자개농을 볼 수 있었다. 아니, 노인이 그 앞을 버티고 선 형국이라는 표현이 적절하리라. 원시에 가까운 초막 살이 세간에서 홀로 검게 빛나는 자개농은 알 수 없는 비밀을 간직한 불협화음이었다. 목사의 시선을 알아챈 노인이 금조개 껍데기가 박힌 자개농을 한번 돌아본 뒤 놀란 눈으로 두 남자를 노려보았다.

"몸이 어떠냐고? 다시 이 꼴이 되었는데 몸이 어떠냐고!"

"할머니, 묘화가 그렇게 된 건 이 목사님하고 아무 상관이 없습니다."

이병호가 말했다.

"저자가 나타났을 때 굿을 하는 소리가 났어! 저건 목사가 아니라 목사의 탈을 쓴 무당이야!"

그녀는 타오르는 눈으로 목사를 쏘아보았다.

"맞지? 네가 그런 거지?"

"제가 왜 묘화를 해치겠어요?"

정균은 노인의 눈을 탐색했다.

"네 신도를 뺏길까 봐 그런 거지!"

"제가 무당이라면 교회 신도 뺏기는 일을 왜 겁내겠습니까? 할머니 말씀은 앞뒤가 맞지 않아요."

"우리 아씨 살려내!"

정균은 노란 종이를 주머니에서 꺼내 노인의 코앞에 들이댔다.

"혹시 이 종이 보신 적 있어요?"

노인의 눈에서 흠칫거리는 기미가 있었다. 최후를 맞기 전 묘화의 몸에서는 숱한 부적이 쏟아졌다. 당시 가장 놀란 반응을 보이며 불을 끄려고 분주했던 이는 조필순 노인이었다.

"보신 적 있죠?"

정균이 공세를 더했다. 움직이지 못하는 노인은 도마뱀처럼 엎드린 모습으로 번쩍이는 눈알만을 정균에게로 던졌다.

"혹시 순남이가 뱀한테 물렸던 날 방앗간에 가신 적 없었나요?"

"그래! 내가 그랬다!"

노인이 소리쳤다.

"그년은 죽어 마땅했어! 감히 우리 아씨 몸에 손을 대고 아씨 책을 짓밟았지!"

"그 부적, 묘화가 준 겁니까?"

뜻밖의 자백을 얻은 정균도 움츠러들지 않았다.

"그래도 한 장이 남았구나! 그건 우리 아씨 거야! 이리 내!"

"처음 볼 때부터 알았어요. 여기 이 얼룩, 뱀을 그린 거였죠? 뱀을 그려서 방앗간 선반 위에 올린 거였죠? 묘화가 그렸나요, 할머니가 직접 그렸나요?"

"이리 내놔!"

"대답하세요."

노인이 팔을 뻗치자 정균은 미소까지 띠며 몸을 뒤로 물렸다. 이병호는 그런 정균을 놀란 눈으로 바라보았다.

"그게 예수님이 가르친 겁니까? 교회에선 이런 부적을 용납하지 않습니다. 그것도 사람을 해치는 부적이라니요? 제게 숨기는 게 있죠? 할머니야말로 그 무당들을 알고 계시는 건 아니에요?"

노인의 번뜩이는 눈이 정균을 노려보았다. 상대의 두 눈을 뚫을 듯한 창 같은 시선이었다.

"내가 아씨를 해쳤단 말이냐?"

"이런 부적이나 산에서 들려온 굿소리나 다 무당들이 하는 일입니다."

"아씨가 날 걷게 해줬어! 내게 새 몸을 줬다고! 아씨를 괴롭히는 것들은 죽어 마땅해!"

조필순이 소리쳤다. 정균은 아직도 샤머니즘 술법을 인정하는 단계는 아니었지만 묘화를 향한 맹목적인 충성을 읽자 혐오감을 느꼈다. 말이 통하지 않는 광신도의 모습이었다. 필요한 일이 있으면 부를 테니 기다리라는 묘화의 말이 진담이라면,

사람 목숨을 빼앗는 그녀의 지시도 소름 끼치지만 일말의 거부
감 없이 맡은 일을 수행한 노인도 몸서리쳐지긴 마찬가지였다.
이런 거짓말 같은 일이 엄연히 현실로 밝혀지고 있다는 사실은
그의 이성을 혼란시키기에 충분했다.

　노인은 마귀 들린 자처럼 행동했다. 그 뱀이 겁만 줄 줄 알았
다라든가 정말 그런 일이 일어날 줄 몰랐다라든가 하는 인간적
인 언사는 없었다. 손녀 같은 순남은 노인에게 그저 죽어 마땅
한 아이였을 뿐이다.

　"걷지 못하는 나를 걷게 해준 게 하나님이고 예수님이지. 그
렇게나 찬송하고 기도했는데도 네 당집의 예수가 들어줬어?
묘화만이 예수님이야! 네가 모시는 신은 가짜야."

　"닥쳐, 이 악마의 사도야!"

　정균이 버럭 소리 질렀다. 노인이 뜻밖의 기세에 눌려 아이
가 울음을 뚝 그치듯 입을 닫았다. 먼 거리에서 들리는 듯한 둔
탁한 소리를 느낀 건 그때였다. 그건 주먹으로 벽을 툭툭 치는
소리와도 비슷했다. 정균의 눈이 자개농으로 쏠렸다. 자세히
보니 전에 보지 못했던 커다란 자물쇠가 달려 있다. 전율이 등
뼈를 타고 흘러내렸다.

　"저 안에 뭐가 있나요?"

　"나가라, 이놈! 당장 나가, 이놈! 감히 나를 보고 악마라고 그
랬겠다!"

　정균은 방으로 달려 들어가 자개농을 열어젖히고 싶었다.

　"썩 나가라, 이놈! 아들이 오면 네가 내게 한 짓을 다 말할 거

다, 이놈아! <u>으흐흐흐흐</u>……."

노인이 주먹으로 땅을 치며 곡을 했다.

"나를 걷게 해주는 이가 유일한 하나님이란 말이다!"

"돌아갑시다."

이병호가 정균의 팔을 잡아끌었다. 정균은 아직 물러서지 않았다.

"할머니, 혹시 묘화가 난정호에서 칼 같은 걸 주웠다는 얘길 안 했나요?"

"칼은 무슨 놈의 칼! 십자가야!"

"직접 보셨나요?"

"봤어!"

"왜 묘화를 보호하려고 하시죠?"

"내 말이 거짓말 같아?"

"십자가를 지닌 사람이 부적 쓸 일이 없잖아요!"

"왜 그럴 일이 없는데?"

노인이 정균을 똑바로 바라보았다. 정균은 노인의 모습이 갈수록 불쾌해졌다.

"왜 네 마음대로 이건 옳고 저건 틀린데? 대답해봐, 이놈아. 누가 그런 법을 만들었는데? 하나님 사랑엔 차등이 없다고 네 입으로 그랬잖아? 부적이 무당만 쓰는 거라고 말하는 건 차등이 아니야?"

노인이 팔을 휘두르자 비녀가 날아가고 허연 머리칼이 서리처럼 아래로 쏟아졌다.

"어떤 놈이든 우리 아씨 해친 놈은 내가 가만 안 둬, 아멩!"

"할머니, 방금 뭐라 그랬어요?"

이병호가 끼어들었다.

노인은 넌 또 뭐냐는 눈으로 소설가를 노려보았다.

"하나님 해친 놈은 내가 가만 안 둬!"

"그거 말고요. 끝에 했던 말 다시 해보세요. 아멩 소리 다시 해보시라고."

"썩 물러가! 이놈들아!"

간격을 두고 툭툭거리는 소리가 다시 들려왔다. 방 안에 혹은 자개농 안에 누가 숨어 있는 건지 알 수 없었다. 무엇이든 간에 이쪽을 의식하는 것만은 틀림없었다. 칠흑 같은 밤, 촛불만이 조명을 대신한 집에서 듣는 그 소리는 별로 유쾌하지 않았다. 갑자기 노인이 온순해졌다.

"그만 가보시오, 목사님. 내가 늙어 망령이 들어 입을 함부로 놀렸네요."

정균이 뭐라고 답하려는 찰나 대문 옆에 있던 나무 위로 커다란 새가 날아올랐다. 강아지가 깨갱거리며 몸을 바르르 떨었다. 새는 고개를 까닥이며 잠시 노인 집 마당을 탐색하는가 싶다가 검은 날개를 펴 도약하더니 지붕을 지나쳐 저 멀리로 날아갔다. 그 실루엣은 대단히 컸고 몸집에 걸맞게 비행도 육중했다. 부채 같은 날개가 어둠을 가르며 퍼덕였다. 이병호가 달려 나갔고 정균도 그를 따랐다.

노인이 방으로 몸을 끌면서 내뱉는 소리가 정균의 귀로 날아들었다.

"몰라봤어. 그분이야. 몰라봤다고. 에이고, 그분이 틀림없구나."

정균은 자개농 앞에서 비틀거리는지 절을 하는지 모를 노인의 뒷모습을 바라보았다.

'과연 저 안에 무엇이 들어 있을까?'

밤나무집 노인은 자개농 안에 뭔가 있다 했고 그것을 조심하라고 했다.

"간 떨어질 뻔했군."

이병호가 다가왔다.

"저게 뭐죠? 세상에 저렇게 큰 새가 있나요?"

"저건 장닭이오. 저런 게 왜 여기 나타났는지 이상하오."

이병호가 신기하다는 표정으로 정균을 바라보았다.

"놀랐소. 김 목사가 할머니한테 악마라고 소리치는 모습에."

정균은 대답하지 않았다.

"아직 돌아래마을에 위기가 사라지지 않은 거라면 그런 마음가짐은 차라리 좋은 거요."

이병호는 비난하려고 그런 말을 꺼낸 게 아님을 알리기라도 하듯 덧붙였다.

묘화를 만날 당시 어떤 교감을 느낀 정균은 예전과 달라진 자신을 발견할 수 있었지만 구태여 내색하진 않았다.

방문이 탕 닫히고 노인의 모습도 사라졌다.

"몰라봤어, 그분이야, 라니 무슨 소릴까?"

"선생님도 들으셨어요?"

"설마 장닭을 보고 그런 건가? 한번 물어보겠소?"

"아뇨. 말이 안 통하는 분이에요. 그만 돌아가죠. 더 물어볼 것도 없어요."

정균이 발걸음을 돌렸다.

"저 노인이 항상 '아멘'을 '아맹'이라고 발음했소?"

이병호가 물었다.

"예. 이가 많이 빠져 발음이 그렇게 좋진 않았어요."

"묘화 만나기 전에도 그랬소? 김 목사의 교회에 나왔을 때도?"

"글쎄요. 그런 것 같기도 하고 아닌 것 같기도 하고……. 왜 그러시죠?"

"금생재륜교에도 신앙의 구호가 있는데 그중에는 '아맹'도 있소."

"'아맹'이 뭔데요?"

"맹세의 서약이오. '나는 맹세한다[我盟].' 그 사교의 신도들은 높은 사람이 일을 시킬 때 반드시 수행하겠다는 약속으로 그렇게 말했다고 하오."

정균은 자개농 안에 뭐가 들어 있는지 궁금했지만 강제로 열어볼 수는 없었다. 두 사람은 노인의 집을 나섰다. 정균은 홀로 두려움에 떠는 강아지를 데려가고 싶었다.

*

우사는 어둠에 휩싸인 산길을 달렸다. 반으로 접힌 종이들이

나비처럼 날개를 폈다 오므리며 그를 쫓고 있었다. 이름난 무속인인 그의 눈에만 보이는 종이였다. 달이 높이 떠 보이는 곳마다 밝았다. 말벌처럼 떼지어 추격하는 종이는 노란 부적들이었다.

'큰일 났다! 우린 절대로 건드려선 안 될 것에게 살을 날리고 말았어!'

김동우라는 이 마을 유지가 계룡산 삼보살로 유명한 자신들을 섭외했다. 영험하기가 이를 데 없어 일반인들은 그들 삼인방을 불러 굿을 할 수 없었다. 고관대작이거나 높으신 양반들만이, 그것도 깨끗한 마음을 가진 이들이어야만 그들을 부를 수 있었다.

김동우는 어린 무당이 신이 들렸는데 신기한 방법으로 자신을 괴롭힌 사람들에게 복수를 한다고 말했다. 다음 차례는 자기 딸이 틀림없으니 미리 처단을 부탁한다고 했다. 풍백은 사람에게 살을 날리는 악독한 짓은 절대로 하지 않는다고 일언지하에 거절했다. 김동우는 그 무당이 호수에서 어떤 물건을 손에 넣은 다음부터 앉은뱅이를 걷게 하고, 직장을 점지하며, 물고기를 잘 잡게 하는 기적을 보였다고 설명했다.

그러자 풍백도 귀가 솔깃해 거기가 어디냐고 물었다. 섭주 돌아래마을이라고 하자 그는 고개를 끄덕였다. 난정호에서 주웠다는 물건이 그의 관심을 끄는 데 성공했다. 섭주 돌아래마을은 예로부터 영험한 기운으로 정평이 난 곳이라, 그 물건이라는 게 그들 삼인방과 비슷한 업에 종사하는 사람이라면 크게 관심을 가질 만한 잊힌 시대의 귀물일지도 모른다고 했다. 그들은 김동우의 제안을 수락하며 목표물을 알아본 후 납득이 된다면 살을 날리는 일을 해주겠다고 했다. 그래서 그들은 호수의 귀물을 강제로 빼앗기 위해서 살을 날렸는데 욕심이자 실수였다.

돌아래마을에 도착했을 때 곳곳에 엉겨붙은 영기가 셋에게 감지되었다. 사특한 기운과 초월적인 신비가 땅과 풀에 가득했다. 그들은 무속의 기운을 숨기려고 성당 사제의 옷을 입어 밤을 틈타 침입했고 십자가를 몸에 감아 신기(神氣)를 감추었다. 사전에 치밀히 염탐을 했고 조력자의 도움을 얻어 묘화가 입던 옷을 손에 넣었다. 그들은 미리 준비된 버려진 집에 묘화의 옷을 내건 후 급살을 날렸고 손쉽게 승리했다. 역시 묘화의 영험함은 호수에서 얻은 귀물 탓이지 그녀 스스로의 힘이 아니라고 판단했다.

하지만 그들은 이긴 것이 아니라 오히려 목숨을 내놓아야 할 벌을 받게 되었다. 이제 그들의 혼백은 이승을 떠나서도 평안치 못하리라.

두 동료를 잃은 우사는 당황했다. 묘화라는 아이가 강한 건지 그녀가 모시는 신이 강한 건지조차 알 수 없었다. 오직 도망쳐야만 한다는 사실만 알 뿐이었다.

머릿속이 스멀거리는 기운을 전해왔다.

'풍백 어른이다! 그가 소리를 지르고 있어!'

그가 내지르는 네 글자를 고스란히 들을 수 있었다.

"구원일인! 구원일인!"

'만물을 구제하는 태양의 존재(救援日人)……? 혹은 만물을 구제하는 왜나라 사람? 오직 한 사람만이 구원한다(救援一人)? 맞나? 아닌가? 대답해주시오, 풍백 어른! 그것이 이 막강한 신의 이름이오?'

풍백이 내는 최후의 목소리가 머릿속에서 흘러갔다.

"그렇지 않다! 그의 이름은 두 글자다. '구원일인' 네 글자가 아니야!"

섬광 같은 충격이 정신을 덮쳤다. 땅바닥을 구른 우사는 풍백이 죽었음을 알았다. 하지만 슬퍼할 겨를이 없었다. 도망치는 일이 급선무였다. 이 저주받은 땅에 더 남아 있다간 개죽음을 당해 혼백조차 수습하지 못할 터였다. 노란 부적들이 그를 둘러싸고 빙글빙글 맴을 돌았다. 우사는 휘파람을 불어 종이를 쫓아내려 했지만 피가 배어 나오는 입술은 어떤 소리도 내지 못했다. 그는 사제복을 묻어둔 곳으로 달렸다. 부적들이 다시 그를 따라왔다.

우사의 옷은 거의 누더기가 되었다. 살인사건이니만큼 마을 사람들은 이미 경찰에 연락을 했을 것이다. 이 모습 그대로 가다가 붙잡힌다면 검문당한 후 체포될 게 뻔했다. 유일하게 믿는 풍백과 운사는 죽어버렸다. 그는 있는 힘을 다해 달려 나무들이 빽빽한 장승 앞까지 당도했다. 지하여장군 장승 뒤 바위 밑에 옷을 숨겨놓았었다. 엄폐물을 들추자 검은 사제복은 그대로 있었다. 하늘이 도왔는지 노란 부적들도 더 이상 따라오지 않았다. 그는 단내와 피비린내가 섞인 숨을 토해내며 옷을 걸

쳤다.

"놈이 왔다! 잡아라!"

나무 뒤에서 몽둥이를 든 사람들이 쏟아져 나왔다.

"너희들은 뭐야?"

"이 새끼! 꼬라지를 보니 네놈이 우리 마을에 몰래 들어온 무당이로구나!"

순남 아버지의 몽둥이가 거의 알몸이나 다름없는 우사의 어깨를 강타했다. 우사는 고통에 겨워하며 풀숲을 굴렀다. 가시가 몸을 찔렀고 두꺼비가 머리 위로 뛰어올랐다. 무기를 위로 쳐든 검은 실루엣들이 따라왔다. 우사의 동공이 공포로 확대되었다. 몽둥이들이 몸 위로 소나기처럼 쏟아졌다. 죽을 것만 같았기에 우사는 손에 잡히는 아무나의 다리를 붙잡았다.

"살려주시오! 제발 살려주시오!"

"그만, 그만! 정 서방, 이 서방, 팔득아! 이놈 못 도망가게 묶어!"

이장이 사람들에게 명했다.

"네놈이지? 묘화를 죽인 놈이?"

순남 아버지가 몽둥이 대신 낫을 들이댔다.

우사가 피칠갑이 된 얼굴을 들었다. 이장이 순남 아버지를 말렸다.

"여기서 죽이면 진상을 알 수 없지!"

사람들이 몰려와 빨랫줄로 우사의 팔다리를 꽁꽁 묶어버렸다.

"잡았다! 놈을 잡았다!"

조필순 노인의 아들 범수가 외쳤다. 그러자 산 아래에서도
화답하는 신호로 횃불을 흔들었다.

"네 패거리는 어디 있어? 월수보살 년도 너랑 한패지?"

우사가 답하지 않자 순남 아버지가 뺨을 쳤다. 횃불 든 군중
들에게 우사는 포로처럼 끌려갔다.


## 12


이병호와 헤어진 정균이 집에 도착했을 때 김 집사 부부는
자지 않고 있었다. 정균은 닭장을 지나치면서 슬쩍 안을 들여
다보았다. 묘화의 머리 위에서 날개를 펴 십자가 형상을 보였
다던 장닭은 앉아 있었다. 눈은 뜨고 있었지만 고개를 움직이
지도 머리를 까딱거리지도 않았다. 정균이 속임수 동작으로 팔
을 획 치켜들었다. 닭은 꿈쩍도 하지 않았지만 어둠 속에서 깃
털과 부리가 서서히 일어섰다. 그로테스크한 개화(開花)였다.

"목사님, 이제 오셨어요?"

안강댁이 그를 맞았다.

"네. 좀 늦었습니다. 여태 안 주무셨습니까?"

"마을에 저 난리가 났는데 잠은 무슨 잠이에요?"

정균은 낌새가 이상해 집을 살폈다. 유리창 두 장이 깨졌고
그 아래 돌멩이들이 어지럽게 나뒹굴었다.

"저 때문에 피해를 보셨군요. 마을 사람들이 그랬지요?"

"청년들이 몰려와 목사님을 내놓으라고 행패 부리다가 돌아갔어요."

"다치신 데는 없고요?"

"예. 이쪽에도 젊은 신도들이 와줘서 위험한 일은 안 일어났어요."

"그런 일이 있었군요. 다 제 잘못입니다. 유리값은 변상하겠습니다."

김 집사가 손을 내저었다.

"아니에요. 괜찮아요. 참, 그보다 댁에서 전화 왔던데."

"서울에서요?"

"네. 어머님이 아무리 늦더라도 꼭 전화 부탁한댔어요."

새벽 1시가 다 되어가는 시각이었다. 잠시 망설이던 정균은 부부에게 양해를 구한 뒤 안방으로 들어갔다. 묘화의 영향으로 집에도 좋지 않은 일이 생겼을까 봐 불안했다.

'내가 또 신들리는 꿈을 어머니가 꾼 것도 묘화의 협박이 아닐까.'

"여보세요."

"어머니, 정균이에요."

어머니가 수화기에 대고 목청을 높였다.

"너구나! 이 시간까지 대체 뭘 하고 돌아다니니?"

"예. 마을에 아픈 사람이 있어서……."

"아프면 병원에 가야지 네가 왜 거길 가?"

"무슨 일이세요? 늦더라도 꼭 전화하라 하셨다면서."

"너 요새 별일 없는 거 맞지?"

"예. 괜찮아요. 거긴 별일 없어요?"

"여긴 다 잘 지낸다."

"아버지도요?"

"그럼."

"정말 별일 없는 거죠?"

"응. 너야말로 아무 일 없지?"

괜찮지? 별일 없지? 괜찮죠? 별일 없죠? 누가 도청이라도 한다면 웃음을 참을 수 없을 내용이었다. 그러나 꿈을 현실과 결부시킨 정균에게는 전혀 장난스러운 상황이 아니었다. 절로 안도의 한숨이 나왔다.

'주님, 저의 가족을 지켜주셔서 감사합니다.'

아버지 하나님께서 정균에게 평온을 내리셨다. 그러나 현실의 아버지는 평온을 주길 거부했다. 전화를 가로챈 아버지가 말했다.

"정균이니? 아비다. 오늘 장군보살이 집에 찾아왔다."

"그 아줌마가 왜요?"

정균은 가슴이 철렁했다.

"금년이 너한테 악재(惡災)의 기운이 넘친다고 일부러 찾아온 거야. 네가 있는 곳의 산과 물 기운이 강해서 대대로 이름 높은 무당들이 나왔다는데, 그 기운이 사람한테도 영향을 끼쳐 너한테 좋지 않다는 거야. 그런 소릴 들으니 불안해서 잠이 와

야지. 낮에 전화하면 집에 없고 밤에 전화해도 없으니 대체 어
딜 그렇게 쏘다닌다니?"

"전 정말 괜찮아요. 농번기라서 바쁜 거예요. 아버지 근데…….
장군보살이 그래요? 그런 기운이 사람한테 영향을 끼친다고?"

정균은 잠시 망설이다 물었다.

"일부러 찾아와서 얘길 해주더라니까. 요새도 난 네가 앓는
꿈을 계속 꾼단다. 너 정말 괜찮은 거 맞지?"

다시 전화를 뺏은 어머니의 질문이 조심스러웠다.

"예. 괜찮아요."

거듭되는 똑같은 대화에 정균은 짜증 비슷한 감정이 피어올
랐다. 자신 역시도 그 질문을 반복했으니 온 식구들이 강박증
환자가 된 느낌이었다. 어쩌면 그 짜증은 불안에서 비롯된 것
일지도 몰랐다.

"정말이지? 우리 속이는 거 아니지?"

"괜찮다니까요!"

정균이 저도 모르게 언성을 높였다. 조필순 노인에 이어 그
는 또다시 누군가에게 화를 냈다. 그 몸살을 다시 느끼기 전에
는 감정이 격해지는 일이 없었다.

"소리 질러 미안해요, 어머니. 왜 자꾸 했던 말씀을 또 하고
그러세요. 사실 요새 몸살을 앓은 건 사실이에요."

그는 방 안에 사람이 없음을 살피며 조용히 말했다. 수화기
너머로 화들짝 놀라는 어머니 모습이 선했다.

"하지만 그 몸살은 아니니 안심하세요. 그냥 폭포에서 수영

하다 걸린 여름감기일 뿐이에요."

"그, 그때처럼…… 이상한 게 보이거나 하진 않는 거지?"

"전 목사예요, 어머니! 목사라고요!"

"널 신학대학에 보내는 게 아니었어! 부정 타는 짓이란 말이다!"

어머니가 뭐라 하기도 전에 정균이 말을 잘랐다.

"제발 미신 얘기는 그만해요. 앞으로는 이런 일로 전화하지 마세요. 여긴 제 집도 아니잖아요. 집사님 내외분이 어머니 소식 전하느라 잠도 못 주무시고 저를 기다리셨어요. 이런 것도 다 민폐라고요. 저도 많이 놀랐고요. 난 또 누가 사고라도 당한 줄 알았잖아요?"

정균은 좀 심했다 싶었는지 은근한 목소리로 어머니에게 다짐했다.

"앞으론 제가 더 자주 연락드릴게요. 어머니도 집에 무슨 일이 있으면 제게 빠짐없이 알려주세요."

"무슨 일?"

"그러니까…… 좋은 일이든 뭐든 다 알려달라고요. 전 지방에 있으니 집에 관해선 아무것도 모르잖아요."

"정균이냐? 아비다."

그새 또 아버지가 수화기를 낚아챘다.

"우린 네가 걱정돼서 전화한 것뿐이다. 네 엄마 꿈자리가 하도 어지럽대서 말이다. 아까 무슨 사고라도 당한 줄 알았다 그랬지? 네 말대로 우리가 사고를 당한 건 맞다. 그런데 좋은 사고를 당했어. 이 늦은 시간에 전화한 데는 사실 그 이유도 있었단다."

아버지의 음성에 훈기가 돌았다.

"좋은 사고라니 무슨 말씀이세요?"

"사시 패스한 정훈이, 이번에 서울지법 판사로 임명됐다."

"예! 그게 정말이에요? 형이 판사가 됐다고요, 아버지?"

"그래. 진짜 판사가 됐어. 장사꾼인 나는 판사 아버지가 됐고. 우리 집안이 잘되려는 징조가 아니고 뭐겠냐?"

"정말 경사네요! 형이 법관이 되다니!"

정균도 모처럼 공포를 잊고 뛸 듯이 기뻤다.

"그런 일이 있었군요! 죄송해요, 아버지. 왜 늦더라도 전화하라고 했는지 이제 알겠네요."

"조만간 만나서 얘기하자. 축하주 들면서 말이다. 가족 파티 벌여야지. 네 형은 네 형이고 이제 우린 너만 잘 있으면 돼. 먼데 있는 늙은이들 걱정, 너무 야단치지 말아다오. 집안에 좋은 일만 일어나는데도 정작 이 아비와 엄마는 네 신경이 많이 쓰이는 걸 어떡하니?"

"진작에 그런 경사가 있었다고 알려주시지……. 어머니한테 죄송하다고 전해주세요. 형한텐 축하한다고 전해주시고요. 정말 전 아무것도 몰랐어요. 물론 아무 일도 없고요."

"그래, 네 엄마도 이제 좀 얼굴이 밝아지는구나. 네가 잘 있다니 우리도 마음 놓으마. 하루빨리 상봉해 동네잔치 한번 벌여보자. 오래 붙잡아서 미안하다. 피곤할 텐데 어서 자거라."

"예, 아버지. 들어가세요."

정균은 전화를 끊고 박수를 탁 쳤다. 깨친 창밖으로 김 집사 부부가 그를 바라보고 있었다.

"형님이 사시 패스한 건 알고 있었는데 판사가 됐다고요?"

"그렇다네요."

"아이고, 경사 났네. 새벽에 전화하라고 하실 만하네!"

"감사합니다. 부모님 성화로 폐를 끼쳤습니다."

정균은 마당에 나가 김 집사와 손을 잡고 기뻐했다. 오늘 겪은 악몽이 한순간에 사라지는 느낌이었다. 그러나 닭장이 비어 있는 걸 깨닫자마자 정균의 얼굴에서 웃음기가 사라졌다. 현진건의 단편소설 「운수 좋은 날」이 떠올랐다. 행운의 연속 끝에 찾아오는 묵직한 한 방의 악몽…….

'설마 우리 집에도 그런 일이 일어나는 건 아니겠지?'

당장 돌아래마을을 떠나 부모님 곁으로 갈까 하는 생각이 처음으로 들었다.

"목사님 계세요?"

아이의 목소리가 들려왔다.

"누구냐?"

김 집사가 마당으로 들어온 아이를 맞았다. 이장의 조카였다.

"너 영준이 아니냐? 이렇게 늦은 시간에 무슨 일이니?"

"목사님은요?"

아이는 당사자가 아니면 용건을 말하지 않을 기세였다. 정균은 찾아온 아이가 영걸일 줄 알았지만 아니었다.

"무슨 일이니?"

"애란이 누나가 목사님을 모셔 오래요."

"무슨 일인데?"

"사람들이 누나네 집으로 몰려갔어요."

"사람들이?"

"예. 무당을 붙잡았대요."

"잡았다고?"

안강댁과 김 집사가 동시에 말했다.

"묘화 엄마 월수보살이지?"

김 집사가 영준에게 물었다.

"아닌데요."

"무당을 붙잡아 애란이네 집으로 갔단 말이지?"

정균이 물었다.

"네."

"역시 무당을 불러들인 사람은 수학 선생이야! 어서 가보자."

정균은 쉬지도 못하고 다시 나갈 채비를 했다.

"김동우 선생이 무당을 불렀다고요?"

김 집사가 정균에게 물었다.

"애란이를 보호하기 위해 그랬을 겁니다."

"누구한테서 보호를 해요?"

"묘화지 누구겠어요."

정균와 영준은 서둘러 길을 나섰다.

*

영준은 방 안에 갇혀 있다는 사실 빼고 영걸에 관해 아는 게 없었다. 영준의 아버지는 형인 천양록과 사이가 좋지 않아 한 마을에 살면서도 별 교류가 없다고 했다. 저 멀리 애란의 집이 시야에 들어왔다. 새벽 2시가 다 되어가는 시간임에도 집 주위 는 횃불로 환했다. 집 안팎이 사람들로 북적였다. 흔들리는 불빛에 그들이 쥐고 있는 흉기가 비쳤다. 중세 시대의 마녀사냥을 연상케 하는 무리였다. 마을 사람들은 예전과 달라졌다. 보이지 않는 거대한 힘이 머리 위에서 그들을 극단으로 내몰고 있었다.

'주여, 제게 힘을 주소서.'

정균은 영준을 집으로 보내고 홀로 애란의 집으로 들어섰다. 위험한 대치 상태였다. 방앗간 주인이 이끄는 횃불의 무리가 마당을 장악했는데 그들 사이에 포로처럼 꽁꽁 묶인 한 남자가 무릎을 꿇고 있었다. 딸의 부활을 방해당한 아버지의 분노는 횃불보다 거세게 타올랐다. 순남 아버지는 무릎 꿇은 남자의 목에 날이 선 낫을 바짝 들이댔다. 정균은 묶인 자가 입은 옷의 독특함에 주목했다. 군데군데 찢어졌음에도 색상이 오묘한 한복은 그런 업계의 사람들만이 입을 수 있는 무의처럼 보였다. 그의 발치에는 사제복으로 보이는 옷 무더기가 증거용 압수물처럼 과시적으로 놓여 있었다.

마당을 빼앗긴 채 방 앞을 막아선 집주인은 위태로워 보였

다. 김동우는 아내와 딸을 등 뒤에 두고 군중과 마주했다. 휘발
유에 불꽃이 튀면 걷잡을 수 없는 화재로 발전하듯 일촉즉발의
상황이었다. 애란의 남자친구 진태는 용감하게 그의 옆을 지켰
다. 정균은 말수 없고 호전적인 눈빛을 가졌던 진태가 마음에
들진 않았지만 수적으로 불리한 상황에서도 도망가지 않은 지
금의 모습은 인상적이었다. 그들과 약간 거리가 떨어진 곳에는
평소 선생의 인품을 칭찬하던 몇몇 사람들이 응원군처럼 버티
고 섰는데 그들 역시도 곡괭이와 도끼 같은 농기구로 중무장을
하고 있었다. 수색대의 일원이었던 이장 천양록은 싸움을 말린
다는 구실로 중간에 서 있었지만 난감한 입장이 표정에 그대로
드러나 있었다. 정균이 소리쳤다.

"그만들 두십시오! 이게 무슨 짓입니까?"

사람들의 시선이 일제히 목사를 향했다. 김동우 측과 순남
아버지 측이 목사를 맞아들이는 눈빛은 각기 달랐다. 횃불이
그들의 얼굴 위로 일렁였다.

오직 애란만이 목사를 반기는 소리 없는 기쁨을 표정에 드러
냈다.

"목사 양반 마침 잘 오셨소. 여기 묘화를 죽인 범인을 잡아
왔소. 근데 이놈은 하인에 불과하고 저기 상전은 따로 있소."

순남 아버지가 낫으로 김동우를 가리켰다.

정균은 김동우, 그다음에 애란과 눈을 마주쳤다가 우사의 얼
굴로 시선을 돌렸다.

"당신은 누구지?"

"……."

"말해, 새끼야. 이분은 하나님이야."

범수가 우사의 무릎을 발로 밟았다. 하나님이란 단어에 비꼬는 뉘앙스가 다분했다.

"나는 계룡산 도령 우사다."

피투성이 얼굴이 정균을 노려보았다.

"이 옷의 주인은 어디 있나?"

정균이 십자가가 붙은 가짜 사제복을 흔들었다. 순남 아버지가 대신 답했다.

"목사들은 오지 않았소. 대신 무당 세 놈이 왔지. 그 십자가 붙은 옷으로 변장해 간첩처럼 몰래 들어온 거요."

정균은 옷을 던지고 우사에게 물었다.

"당신들이 굿을 해 묘화에게 저주를 내렸나? 아니…… 살을 날렸나?"

"그렇다."

"이유가 뭐지?"

"흉살을 날려달라고 했으니까."

"누가?"

"저자가."

우사가 턱으로 김동우를 가리켰다.

"어쩔 수 없었소. 순남이와 영자가 죽으면 다음 차례는 애란이였을 게요."

김동우가 말했다.

"묘화는 아무도 죽이지 않았어! 내 딸을 살리려고 했어!"

순남 아버지가 소리쳤다.

"속지 마! 이미 순남이는 사망한 상태였어. 그것도 묘화의 손에 죽었단 말야."

"웃기지 마! 내 딸은 뱀독이 퍼져 죽었어. 그런 애가 묘화 덕에 정말로 깨어났어. 그걸 방해한 게 이 무당 놈들이고! 네놈이 불러온 무당들 말야!"

순남 아버지가 낫등으로 우사의 머리를 때렸다. 우사가 신음을 토했다. 낫이 이번에는 정균에게로 향했다.

"선생 놈부터 재판하고 그다음은 댁이야 목사 양반. 당신도 이번 일에 책임이 있어."

정균은 재판이라는 단어가 오싹했다. 25년 전쯤 이 마을에도 인민재판이라는 이름하에 죽창을 들고 이웃을 죽이던 무서운 참사가 벌어졌을 수도 있다. 피와 육신이 돌아래마을의 작물을 자라게 했다는 이병호의 암시에는 보다 깊은 의미가 담겨 있는지도 모른다.

"순남 아버님, 귀신에 현혹되면 안 됩니다. 그 낫 내려놓으세요."

"귀신? 말조심해!"

"마을에 이상한 일이 일어나고 있습니다. 사람이 한 일은 아니에요. 저는 그걸 확신합니다. 예수그리스도를 부정하는 무언가가 우리 머리 위에서 이간질을 하고 있어요. 이성을 찾으세요. 아버님이 먼저 낫을 내려놓으면 뒤의 분들도 따를 겁니다."

"이간질? 흥! 묘화가 기도하고 안수했지, 굿을 했어? 점을 쳤어? 걔가 무당인 줄 알아? 사람 살리고 앉은뱅이도 걷게 하는 묘화야말로 우리가 모실 참 목사님이야. 너야말로 자기 신도들 뺏길까 봐 걱정하는 가짜 목사야. 묘화가 살을 맞은 건 널 만났을 때야. 넌 도와주지 않고 죽는 걸 지켜보기만 했어. 어쩌면 너도 묘화에게 우리가 모를 짓을 저지른 건지도 모르지."

"여러분이 속은 겁니다. 눈에 보이는 모든 것을 현실로 믿으면 안 됩니다. 순남이가 뱀에게 물린 방앗간에는 부적이 있었습니다. 이 부적에는 뱀이 그려져 있었습니다. 묘화에게서 이런 부적이 수십 장이나 나온 걸 모두 봤잖아요?"

정균이 주머니에서 노란 종이를 꺼내자 순남 아버지의 눈이 동그래졌다. 조필순의 아들 범수의 얼굴이 창백해졌다.

"그게 뭐야? 어디 뱀이 있어? 얼룩배기 말고는 아무것도 없는데?"

"물이 묻어 지워진 겁니다. 따님을 해치기 위해 무속 행위를 아는 누군가가 뱀을 그린 게 확실합니다."

"그게 방앗간에 있었다고?"

"그렇습니다. 선반 위에서 제가 발견한 겁니다."

"묘화가 그랬다고? 내 딸을 살리려 한 묘화가?"

정균은 답하지 않았다.

"혹시 이것도 네가 한 거 아냐?"

순남 아버지가 우사를 툭 쳤다. 우사는 순남 아버지를 노려보며 그렇지 않다고 답했다.

"순남이가 꾼 악몽을 기억하십시오. 뱀에게 물린 곳은 손목입니다."

"목사 양반이 그걸 발견했다고?"

"그렇습니다."

"언제?"

순남 아버지가 날카롭게 물었다.

"아버님이 순남이를 데리고 병원에 갔을 때 제가 방앗간에가 뱀이 있는지 조사를 했습니다. 거기서 발견한 겁니다."

"그럼 왜 여태 알리지 않았어?"

순남 아버지의 목청이 높아졌다.

"진상을 알아낼 때까진 어떤 확신도 내릴 수 없었으니까요. 무고한 사람을 의심받게 할 순 없었습니다. 저는 미신을 믿지 않았습니다만 지금은 일부 인정하고 있습니다. 그건 아주 위험한 신앙입니다."

"묘화가 그런 걸 몰래 갖다놨을 리 없어. 묘화는 내 딸을 살리려 했다고!"

순남 아버지가 우사의 어깨를 주먹으로 내리쳤다. 정균이 말했다.

"묘화의 몸에서 나온 이 종이들을 못 봤습니까? 붉붉은 이 종이들을 못 보셨냐고요?"

순남 아버지는 잠시 말이 없다가 뭔가 깨달았다는 듯 눈을 부릅떴다.

"묘화는 목사 너를 만나고 나서 팔다리가 잘렸어. 네가 묘화

앞에 섰을 때 부적에 불이 붙었지! 조금 전엔 뭐라고? 미신을 믿는다 그랬지. 어때? 사실 모든 일을 네가 벌여놓고 묘화한테 덮어씌우는 거 아냐?"

우사가 말했다.

"저 사람의 것이 아니다. 저 부적은 묘화의 것이야. 난 알 수 있어."

김동우가 정균의 옆으로 걸어 나와 소리쳤다.

"묘화가 당신들을 속인 거야! 애들 셋을 처치하면 그다음에는 아마 우리 마을 사람 모두를 죽이려 들었을 거야. 마을에 내려오는 전설을 잊었어? 금년에 두 개의 태양을 본 사람이 하나 둘이 아니잖아!"

"개소리 그만해! 설사 옛날이야기가 실제 일이 된다 해도 다 홍 김씨인 네놈이 걱정할 일이지 우리가 무슨 상관이야? 호랑이 담배 피우던 시절 얘기를 곧이곧대로 믿으라고?"

순남 아버지의 낯이 이번에는 김동우를 향했다.

"네놈이 왜 무당들을 불렀는지 나는 알지."

순남 아버지가 김동우에게 한 걸음 다가섰다. 김동우가 뒤로 한 걸음 물러났다. 애란이 울먹였다. 자식을 잃고 광기에 휩싸인 순남 아버지에게서 마누라한테 쥐여사는 남자의 모습은 찾아볼 수 없었다.

"마을 사람 모두가 알고 있지. 얼마나 좋은 기회야? 그 어미도 사라진 마당에."

"아니에요! 무당들을 부른 건 나예요!"

진태가 앞으로 나섰다.

"우사 법사는 우리 집 오구굿을 해주던 분이에요. 그래서 내가 선생님께 추천했어요. 그 사람을 부르자고요."

"네가 왜 무당을 불러?"

순남 아버지가 진태를 노려보았다.

"애란이마저 잃을 순 없었으니까요."

"진태는 나하고 순남이, 영자를 지키기 위해서 그런 거였어요. 순남이가 뱀에게 물리기 전부터 그런 얘기를 했어요."

애란이 말했다.

김동우가 한 손을 올리며 달래듯 순남 아버지에게 다가갔다.

"이 어리석은 사람아, 잘 봐봐! 이게 다 묘화의 술책인 걸 몰라? 잘 둘러보라고. 마을이 변하고 있어. 지금 이웃인 우리끼리 서로 칼을 겨누고 있잖아."

"평소에도 우리가 이웃이었나? 잘난 네가 우릴 이웃 취급이나 했나? 아하, 묘화를 죽인 게 들통나니까 이렇게 이웃사촌도 되는구먼!"

사람들이 웃었다. 그때 우사가 고개를 들고 소리쳤다.

"몇 번을 얘기해야 해? 그건 죽지 않았다니까!"

"묘화가 죽지 않았단 말이오?"

정균이 물었다.

"그건 죽지 않았어! 묘화에게 힘을 준 그건 죽지 않았어. 우린 그걸 손에 넣으려다가 화를 입었어. 나도 곧 죽게 될 거야. 어리석은 사람들아, 당신들은 힘을 합쳐야 해. 그래야만 살아.

당신들이 감당할 수 있는 상대가 아니야."

우사의 눈길이 먼저 정균을, 그 뒤의 김동우와 애란과 진태를, 그리고 순남 아버지 패의 사람들을, 그다음 귀면와(鬼面瓦)가 새겨진 지붕을, 마지막으로 어둠에 둘러싸인 섭주의 야산을 둘러보다가 다시 정균에게로 와 멈추었다.

"그것의 기운은 강한 정도가 아니야. 힘을 숨기기도 마음대로고 드러내기도 마음대로야. 지금도 가까이에서 그 기운이 느껴지지만 나는 결코 알아낼 수 없어. 하물며 너희 같은 것들이 그것을 상대하겠어? 운사는 귀신들도 겁을 내던 무당이지만 지독한 꼴로 죽었어. 풍백 같은 이름난 법사도 손 한번 못 써보고 그것한테 죽어나갔지. 풍백은 죽기 전에 내게 얘기했어. '구원일인'이라고. 그 말이 뭔지는 나도 몰라. 그런데 네 글자가 아니라 두 글자랬어. '구원'인지 '구일'인지 '일인'인지 그것이 당신들을 죽일 거야. 부탁을 받아 이 일을 하긴 했지만 우린 원래 사람한테 살을 날리는 모진 짓은 하지 않아. 어느 무속인인들 마찬가지지. 단지 영험한 기운을 어렴풋이나마 느꼈기에 일을 맡았던 거야. 과욕을 부린 거란 말이야. 그 기운을 내림받으면 저승과 이승을 마음대로 부리는 큰 신이 될 수 있거든. 계집아이가 문제가 아니야. 그 계집아이 역시……"

갑자기 그는 말을 멈추고 지붕으로 홱 고개를 틀었다. 우사의 눈이 번쩍번쩍 빛났다.

"거기 누구냐?"

우사가 벌떡 일어났다.

"지붕 위로구나! 누구냐? 네가 누구냐?"

우사가 휘파람을 불었다. 한옥집 옆에 선 나무로 한 줄기 바람이 불어닥쳐 잎이 바르르 떨렸다. 처마 끝에서 귀면와가 음산한 도깨비 상을 달빛에 드러냈다. 도깨비가 움직거렸다. 정균은 깜짝 놀랐다.

'도대체 어떻게 기왓장이 움직일 수 있단 말인가!'

그는 눈을 비볐다. 도깨비 얼굴은 그대로였다. 이내 진실을 알 수 있었다. 무언가가 기와를 스르르 스쳐 지나갔기에 움직인 걸로 보인 것이다. 나비 같은 물체가 땅바닥에 떨어졌다. 노란 종이였고 뱀이 그려져 있었다. 지붕 끝으로부터 꿈틀거리는 대가리가 나타났다.

"날 풀어줘! 어서 날 풀어줘!"

우사가 소리쳤다. 혀를 날름거리는 뱀은 꽤 높이가 있음에도 서슴없이 땅으로 낙하했다. 일자로 펴진 뱀의 긴 몸통이 우사의 입을 통과해 배 속 깊숙이 들어갔다. 우사는 컥 하는 소리를 내면서 옆으로 쓰러졌고 사람들이 다가가자 경련을 일으키기 시작했다. 피부가 자줏빛으로 변하면서 우사는 절규했다.

"너희들은 모두 죽는다! 너희들은 모두 죽는다!"

"죽는 건 네놈이다. 이 마물 같은 놈아!"

여자의 목소리가 지붕 위로부터 번져왔다.

"엄마! 거기 엄마가 왜 있어?"

범수가 지붕을 향해 소리쳤다.

"이 할마씨가 망령이 들었네! 거기서 내려와요!"

양쪽의 눈치만 지켜보던 이장이 지붕 위에 올라선 조필순 노인을 알아보고 소리쳤다. 비녀가 떨어져나간 그녀의 머리는 백발을 산발한 채 귀신 같은 형상을 띠었다. 그녀의 두 다리는 아슬아슬한 지붕 위를 마음대로 걸어 다녔다.

"묘화가 살아난 건가!"

탄식과도 같은 정균의 말을 순남 아버지는 똑똑히 들었다.

"우아아아아아!"

우사의 몸이 풍선처럼 부풀어 올랐다. 핏줄이 곤두서고 꿈틀대는 흔적이 살가죽 여기저기로 솟구쳤다. 그는 더 이상의 고통을 견디지 못하고 팔이 묶인 채로 달렸다. 사람들이 말릴 새도 없었다. 담벼락으로 몸을 날린 우사는 머리가 박살 나고 피와 살점이 튀었다. 애란이 비명을 질렀고 기겁하여 넘어지는 사람들이 속출했다. 우사의 터진 몸에서 몸집이 더 커진 시커먼 뱀이 붉디붉은 끈적한 액체로 목욕을 마친 듯 천천히 기어나왔다.

"너, 이 악마의 짐승아!"

분노한 정균이 옆에 있던 삽을 치켜들었다. 거대한 뱀은 시치미를 떼듯 S자를 그리며 앞으로만 기어갔다.

"안 돼!"

순남 아버지가 목사를 끌어안았다. 두 사람 사이에 엎치락뒤치락하는 몸싸움이 벌어졌다.

"비켜! 이 사이비들아!"

"할머니가 다시 걷는다! 뱀을 죽이면 안 돼!"

순남 아버지가 지붕을 향해 소리쳤다.

"할머니! 할머니가 다시 걷는구료! 묘화는 어디 있소?"

순남 아버지의 제지에 정균은 삽을 내려치지 못했고 그 틈에 뱀은 유유히 담을 넘어 자취를 감추었다. 조필순은 하늘을 향해 껄껄껄 웃었다.

"묘화도 네 딸도 다 잘 있다. 걱정 말고 너희는 그분을 맞을 준비나 잘해라."

"그게 정말이우, 할머니?"

"구원일인! 구원일인! 아맹! 아맹!"

노인이 지붕에서 경중경중 뛰었다. 기뻐 날뛰는 미친 모습에 보는 이마다 소름이 돋았다.

"엄마! 거기 가만히 있어! 가만히 있어!"

범수가 급박하게 외쳤지만 모두의 예상대로 지붕이 푹 꺼지고 노인의 몸은 흙먼지와 함께 아래로 사라졌다. 사람들이 방으로 달려갔을 땐 이미 늦은 상황이었다. 뚫린 천장에 가슴께가 걸려 버둥대는 노인의 하반신으로 피가 쏟아져 둥근 원을 그렸다. 이윽고 버선발은 축 늘어지고 노인은 목숨을 잃었다. 피바다 위로 노란 부적들이 하나둘 떨어졌다.

사람들은 무서운 사태의 연속에 어쩔 줄을 몰랐다. 갑자기 순남 아버지가 소리쳤다.

"내 딸이 살아났다! 묘화가 살아났단다!"

"이제 배가 아프지 않아."

"나도 그래. 씻은 듯이 나았어."

이바우에게서 물고기를 받아먹고 복통을 일으킨 사람들이 앞다투어 몸이 괜찮아졌다고 증언했다. 그들은 노파가 말한, 묘화가 잘 있다는 말을 묘화가 살아났다는 뜻으로 받아들였다.

"묘화가 진짜 부활한 모양이다."

"진정하세요, 여러분! 사람이 둘이나 죽었어요!"

정균이 소리쳤다.

"묘화에게로 가자!"

"부활했는지 확인하러 가자!"

"확인하러 가자!"

"가자! 묘화는 모든 소원을 들어준다!"

순남 아버지의 선동에 사람들이 들고 일어섰다. 순남 아버지가 이장을 노려보았다. 자기 딸도 당하지 않을까 걱정하다가 막상 묘화가 죽자 입 다물고 있던 천양록은 시선을 피했다.

"천 이장! 이 박쥐 같은 놈아! 넌 어쩔래? 따라갈 거야? 거기 있을 거야?"

이장의 눈이 계산적인 빛을 띠었다.

"난…… 일단 여기 시체부터 어떻게 치워야지. 이렇게 둘 순 없잖아."

"우리한테 붙지 않으면 네놈도 적이다!"

순남 아버지가 낫으로 허공을 긋는 듯한 자세를 취했다. 이장의 눈썹이 꿈틀거렸다.

"뭐? 적? 근데 이 새끼가, 하는 짓이 꼭 빨갱이 덕에 완장 찬 청년단장 같네?"

312

"내 딸은 죽었는데 네 딸은 잘도 살아 있잖아!"

"그게 어디 영자 때문이냐!"

"제발 그만들 하세요!"

정균이 두 사람을 떼어놓았다. 순남 아버지 일행은 광기에 가까운 함성을 지르며 두 소녀의 시신이 안치된 홍판석네 창고로 향했다. 김동우는 그들을 말리지 않았다. 낫을 든 무리가 사라지자 힘없이 벽에 기댄 채 안도의 한숨을 쉴 뿐이었다. 눈물을 흘리는 범수는 죽은 조필순 노인을 안고 어딘가로 걸어갔다.

'이건 집단 광기다! 너무 빨리 전염되고 있어!'

정균은 몸을 떨었다.

*

"아침까지 기다릴 여유가 없습니다. 바로 경찰을 불러야겠습니다."

"이리 오세요. 와주셔서 정말 감사해요."

애란의 엄마가 정균을 전화기가 있는 방으로 이끌었다.

"전 어느 한쪽 편을 드는 게 아닙니다."

사람들은 우사의 시체를 둘러싸고 처리에 관해 논의하고 있었다. 애란이 엄마의 뒤를 따라왔다. 교환원과 연결되길 기다리던 정균이 애란에게 말했다.

"왜 내게 거짓말을 했니?"

"거짓말이라뇨?"

"너도 묘화가 죽을 때 순남이 집에 있었잖아."

애란은 대꾸하지 않았다. 그녀의 어머니가 쳐다보자 정균도 더 말하지 않고 수화기에 집중했다. 교환원과 연결되지 않았다. 그는 수화기를 내려놓았다가 다시 연결을 시도했다. 몇 번을 반복해도 교환원은 전화를 받지 않았다.

"그자들에게 붙들린 게 아닐까요?"

"그렇진 않을 거예요. 전화국이 여기 있는 게 아니니까."

"그럼 왜 안 받는 거죠?"

정균과 엄마의 대화를 듣고 있던 애란의 표정이 달라졌다.

"설마 묘화 짓이 아닐까요?"

정균은 수화기를 내려놓았다.

"날이 밝는 대로 제가 섭주로 가 직접 경찰을 데려오겠습니다. 이건 순경 한두 명이 와서 해결될 문제가 아닙니다. 많은 병력이 와서 사람들을 당분간 따로 떼어놔야 합니다."

김동우와 진태도 곁으로 다가왔다. 정균은 김동우를 보고 얘기했다.

"문제는 지금이에요. 이 새벽을 무사히 넘겨야만 해요."

"순남 아버지 패거리가 위험한 짓을 할 것 같소?"

"안 그럴 거라는 장담은 못 합니다."

"저들의 인원이 더 많아요."

"더 늘어날지도 모릅니다."

"그렇다면 모두가 함께 모여 서로를 지켜주는 게 어떻겠소?"

"좋은 생각입니다. 저 밖에 있는 사람들을 모으면 그래도 따로 있는 것보단 나을 겁니다.”

“우리 집으로 모을까요?”

“여기보다 넓은 곳이 좋겠죠. 교회가 어떨까요?”

“나쁘지 않은 생각이오.”

“진태야, 네가 밖에 있는 사람들에게 이야기해줄래?”

정균이 처음으로 진태의 이름을 불렀다. 진태는 한결 부드러워진 얼굴로 대답한 뒤 바깥으로 나갔다. 애란이 그 뒤를 따랐다.

“김 목사. 내가 지난번에 교회에서 막말한 거 사과하겠소.”

김동우가 말했다.

“김 선생님도 김광신의 후손입니까?”

정균이 김동우에게 물었다.

“그걸 어떻게 알고 있소?”

“저도 다홍 김씨입니다. 믿을 수 없는 얘기였고 솔직히 지금도 믿기지 않습니다.”

“처음엔 나도 그렇게 생각했소. 하지만 그건 거짓이 아니오. 윗세대가 다음 세대에게 알려주길 꺼렸을 뿐이오. 묘화는 난정호에서 칼을 줍고 나서 신비한 능력을 얻었다고 해요. 그건 바로……”

“석발의 칼입니까?”

“알고 있군요. 바로 그거요.”

‘소설가 이병호가 아닌 부모님한테 조상 이야길 들었다고 생각하는구나.’

하지만 정균은 내색하지 않았다. 그의 부모님은 어처구니없는 야사 따위를 얘기해준 적이 없었다. 그들은 생업에 바쁜 서울 사람들이었고 그런 한가한 이야기에 빠질 여유도 없었다. 그러나 지금 섭주에 와 있는 정균은 빠져들기를 꺼리면서도 자꾸만 미신으로 쏠리는 자신을 발견하고 있었다. 귀신을 볼 줄 안다는 그의 비밀은 미신을 받아들이는 수용체 역할을 했다. 그는 절망적으로 주님의 이름을 불렀다.

"겨우 전설 따위를 믿고 이런 피바람을 불러일으킨 겁니까? 대체 선생님이 무슨 짓을 하신 줄 아세요?"

"이 모든 일이 끝나면 피하지 않겠소. 내가 저지른 일에 책임을 지겠소."

"대체 왜 그러셨지요? 다른 방법도 있었을 텐데."

"그들을 몰라서 하는 소리요."

"묘화는 너무나 잔혹하게 죽었어요."

정균은 딱 한 번 만나본 묘화 생각을 했다. 그녀와 눈이 마주쳤을 때 그는 영혼의 교감 같은 묘한 감정을 느꼈다. 교감이 지속되었더라면 그녀와 그녀의 무한한 비밀에 관해서도 더 알 수 있었을 것이다. 그가 보았던 이미지가 암시한 미지에 관한 비밀을.

부끄럽고 안타까웠다. 묘화가 악마인지 천사인지 판별할 수 없었고 아마 그가 죽을 때까지도 알아내지 못할 것이다. 단지 무당의 딸이었기에 피해왔던 게 문제였다. 그의 내면은 묘화를 지켜주지 못한 데서 온 죄책감과, 자신 말고 다른 이가 해결해

췄다는 해방감 사이에서 길을 찾지 못했다.

"지금 돌아래마을에는 이상한 일들이 일어나고 있습니다. 아마 예수님이 세상에 나오셨을 때도 그분이 행하신 일들을 사람들은 무척 이상하다고 여겼을 겁니다. 중요한 건 이번 일은 그런 은혜로움과는 아무런 상관도 없다는 거죠. 교묘하고 사악하고 예측 불가능한 일일 뿐입니다. 자기 의지와 상관없는 희생자들이 있었고 앞으로도 무서운 일은 이어질 것 같습니다.

그 실체가 무엇이건, 사교 집단이건 무속이건 집단 광기이건 간에 저는 그걸 적그리스도라고 부르겠습니다. 하나님의 전당인 돌아래마을에 적그리스도가 자라나는 걸 더 이상은 지켜보지 않겠습니다. 날이 밝으면 경찰을 부르러 갈 겁니다. 선생님이 저와 동행해주셨으면 합니다."

"동행은 하겠소. 하지만 이걸 알아주시오. 적그리스도가 아니라 보다 사악한 집단의 재림이란 걸 말이오. 내가 겁을 내면서도 과거의 전설에 혹하는 건 다름이 아니오. 나쁜 짓인 줄 알면서도 세 무당을 부른 것도 같은 이유에서였소. 태양이 두 개 뜬 금년에 월수보살의 딸인 묘화가 신이 들렸기 때문이오."

밖에 나갔던 진태와 애란이 다시 들어왔다. 정균이 말을 돌렸다.

"묘화에게 몰려간 사람들이 어떤 짓을 저지를지 모르는데 이러고 있을 시간이 없습니다. 우리가 당장 할 일은 교회에 사람들을 모으는 일입니다. 얘기는 거기서 해도 늦지 않아요."

"무슨 말인지 알겠소."

김동우가 먼저 일어나 바깥으로 나갔다. 그의 부인은 울고 있었다. 그러나 애란과 꼭 닮은 얼굴만큼은 복잡한 일을 해결한 사람처럼 밝고 환했다. 정균은 그녀가 왜 우는지 궁금했다. 남편을 경찰에 넘기겠다는 암시를 보여서?

"아…… 저…… 선생님께 악의는 없었습니다, 사모님."

그녀는 눈물을 닦을 새도 없이 정균의 어깨를 붙잡아 천천히 머리를 기댔다. 정균은 기분이 이상했다. 잠시 후 고개를 뒤로 빼는 그녀의 눈에는 여전히 눈물이 흘러내렸다.

"애란이만은 꼭 지켜주세요, 목사님."

그녀도 남편을 따라 바깥으로 나갔다. 정균은 옷에 고스란히 묻은 그녀의 눈물을 어리둥절한 얼굴로 바라보았다. 이장이 들어오는 바람에 그는 정신을 차렸다.

"목사님, 전 먼저 집에 갔다가 교회로 갈게요. 영걸이를 혼자 두고 왔거든요."

"그러세요. 최대한 빨리 오십시오. 그러고 보니 저도……."

잊고 있던 김 집사 부부가 걱정되었다. 정균을 하숙시키는 그들을 순남 아버지라면 충분히 적으로 몰 수 있었다. 급히 전화를 걸었지만 역시나 교환원은 연결되지 않았다. 그는 밖으로 나가 김동우에게 말했다.

"선생님, 사람들 데리고 교회로 먼저 가세요. 저는 김 집사님 부부를 모셔올게요."

"혼자 가기엔 너무 위험해요."

사람들과 우사의 시신을 치우던 김동우가 말했다.

"하나님의 뜻을 전할 땐 이보다 더 위험한 데도 많이 다녀봤습니다."

"순남 아버지라도 만나면 어쩌려고?"

"주님이 알아서 답을 주시겠죠."

애란이 나섰다.

"제가 목사님과 같이 다녀올게요. 진태야, 너도 같이 가줄 거지?"

"응, 그렇게."

진태가 애란의 곁으로 다가왔다.

김동우는 딸이 동행한다고 하자 못마땅했지만, 조금 전 딸을 위해 지옥까지 달려와준 목사의 얼굴을 보자 허락할 수밖에 없었다. 부인이 옆으로 다가와 그의 손을 잡았다. 김동우도 그녀의 손을 맞잡았다. 애란과 진태가 동시에 말했다.

"걱정 마세요."

'역시 뭔가 있어.'

정균은 그들 네 사람 사이로 자기가 모르는 비밀이 떠다닌다고 생각했다. 애란과 진태를 대동한 정균이 김동우의 집을 나서려고 할 때 먼 곳에서 함성이 들려왔다. 순남 아버지 패거리였다. 줄다리기나 씨름 같은 마을 행사 때 내지르는 함성과 비슷했다. 뭔가 그들이 기적으로 떠받들 만한 현상이, 혹은 비극으로 받아들일 만한 불상사가 일어난 모양이었다.

"서두르자."

셋은 걸음을 서둘렀다.

김동우가 불렀다.

"잠깐만 김 목사! 교회는 잠겨 있을 것 아니오? 열쇠를 갖고 있소?"

"사람이 있습니다."

"누가요?"

"이장님이 말씀 안 하시던가요? 영자하고 영자 어머니가 거기 있어요."

\*

영자가 눈을 떴다. 모녀는 촛불을 켠 채로 잠이 들었기 때문에 당연히 깊은 잠을 잘 수 없었다. 촛불을 켠 이유는 영자가 어둠을 두려워하기 때문이었다. 잠을 깬 그녀는 심장이 철렁했다. 엄마가 보이지 않는 대신 편지가 한 장 놓여 있었다.

'굼잘이가 느무 으지르어 걸이한태 가본다. 후닥 가다오마.'

꿈자리가 너무 어지러워 동생한테 후딱 갔다 오겠다는 내용이었다.

'왜 날 안 깨우고 혼자 갔지? 같이 가면 될 텐데……'

그녀는 자신을 혼자 두고 나간 엄마를 원망했다. 혼자 남게 된 그녀는 텅 빈 교회가 무서웠다. 벽시계를 보니 바늘이 1시 30분을 가리키고 있었다.

엄마가 안 좋은 꿈을 꾼 것이라곤 생각되지 않았다. 아마도 영걸이가 걱정돼서 한잠도 못 잤다고 하는 편이 맞을 것이다.

엄마도 밤길은 무섭기에 날 깨웠을 텐데 왜 혼자 갔을까?

그녀는 고개를 홱 돌려 뒤를 돌아보았다. 누군가 있다는 생각으로 취한 행동이었지만 그녀 뒤에 버티고 선 건 커다란 십자가일 뿐이었다. 엄마와 있을 때는 믿음직했지만 혼자 있는 지금은 십자가조차 두려움의 대상이 되었다. 높이 붙은 십자가에 눈이 달려 있어 아래를 내려다보는 것 같았다. 움직이지 않고 긴 시간을 기다리던 십자가가 그녀가 혼자 있음을 확인하고 활동을 시작할 것 같았다.

영자는 고개를 돌리고 잠이 들 때까지의 과정을 회상했다. 엄마보다 영자가 먼저 잠이 들었었다. 아버지를 통해 묘화가 죽었다고 전해 들었던 그녀는 십자가에 기도했다. 나쁜 일은 이걸로 끝났다고 말해달라고. 묘화로부터 영원히 자신을 지켜달라고. 기도하는 도중에 그녀는 쏟아지는 졸음을 이기지 못하고 잠이 들었었다. 그 잠이 꽤 깊어 일어나지 못한 모양이다. 그렇다. 엄마는 틀림없이 깨웠을 텐데 영자는 일어나지 못했다. 그래서 아버지의 손찌검에도 아랑곳없이 엄마는 기어이 혼자 나서고 만 것이다. 마을이 어수선한데도 어린 동생은 홀로 방에 갇혀 있으니까.

영자의 시신이 다시 십자가로 향했다. 기도를 드리는 불안한 자에게 편안히 쉬라고 단잠을 선사한 십자가. 아니면 최면술을 부린 십자가.

'최면술? 묘화가 나한테 꿈으로 찾아왔듯이 엄마한테도 꿈으로 찾아간 건 아닐까? 혼자 갇혀 있는 영걸이의 꿈으로?'

그녀의 불안은 커졌다. 이불을 젖힌 영자는 교회 바깥에서 엄마를 기다려야겠다고 마음먹었다. 커다란 십자가가 내려다보는 회당 안에 있기가 싫어졌다.

밖으로 나가려던 영자는 또다시 등으로 쏟아지는 불편한 시선을 느꼈다. 정말 십자가에 눈이 붙어 있는 건 아닐까?

그녀는 용기를 내어 십자가 가까이 다가갔다. 발돋움을 하여 이곳저곳을 관찰했다.

'내가 기도를 드리던 십자가인데, 마음의 평화를 얻던 십자가인데 왜 자꾸 불신의 마음이 드는 걸까.'

기억 하나가 되살아났다.

'맞아, 앉은뱅이 할머니가 여길 다녀가서 그런 건지도 몰라.'

할머니는 그녀를 찾아왔었고 회개를 해야 한다고 겁을 줘 엄마와 대판 싸움 직전까지 갔었다. 영자 엄마와의 말싸움을 회피한 노인은 십자가 아래에서 홀로 열심히 기도하고 돌아갔었다. 영자는 할머니의 '아멘' 소리가 '아맹'처럼 들려 하마터면 웃을 뻔했지만 두 발로 척척 걸어 다니는 모습을 보니 웃고 싶은 마음도 사라졌다. 걷는 능력을 얻은 그녀가 묘화를 상전 모시듯 한다는 사실도 기분 나쁜 느낌을 가중시켰다.

영자는 찜찜함을 확실히 떨쳐버리기 위해 목사님의 전용 나무 의자까지 가져와 신발을 벗고 올랐다. 꼭대기까지 세세히 살펴야만 안심이 될 터였다. 과연 십자가 위에는 꼬깃꼬깃 접힌 노란 종이 하나가 놓여 있었다.

'이게 뭐지?'

종이를 손에 쥐었다. 비릿한 냄새가 풍겨왔다. 영자는 주문에 걸린 것처럼 겹겹이 접힌 종이를 끈기 있게 펼쳤다. 부적 같았는데 가느다란 붓으로 그린 그림이 있었다. 닭 머리를 그린 그림이었다. 창문에서 뭔가 툭툭 하고 두들기는 소리가 났다.

"엄마야?"

그녀가 돌아보았다. 닫힌 창문 밖에는 잎이 무성한 나무들밖에 없었다. 영자는 어떤 기대감 같은 것을 품고 참을성 있게 창문을 쳐다보았다. 그러자 거대한 닭의 머리가 나타나 이쪽을 노려보았다. 사람의 몸통에 닭의 머리가 얹힌 괴물이었다. 비명과 함께 영자는 의자에서 굴러떨어졌다. 그녀가 다급히 고개를 들었을 때 창밖에는 바람에 흔들리는 나무들밖에 없었다. 열린 출입문이 시야에 포착되었다. 곧 돌아오겠다고 약속한 엄마는 문을 그대로 열어두고 집으로 가버렸다. 아니면 '어떤 힘'이 잠긴 문을 열었거나. 이젠 교회도 안전하지 않았다.

영자는 문을 잠그기 위해 다리를 절면서 기었다. 폭탄이 투하된 것처럼 모든 교회 창문이 한꺼번에 박살났다. 그리고 닭들이 날아들었다. 흰 닭은 없었다. 검은 장닭들이었다. 수백 마리의 닭들이 검붉은 눈을 부릅뜨고 날아들고 또 날아들었다. 영자는 가까스로 일어나 물러났지만 벽에 등이 부딪치면서 퇴로가 막히고 말았다. 십자가 형태로 팔을 벌린 채 그녀는 무수한 닭들의 부리 공격을 속수무책으로 받아들여야만 했다. 부리가 한 번 쪼을 때마다 '총알에 맞는 듯한 고통'이 느껴졌다. 무시무시한 부리의 공세는 그녀의 눈을 팠고 살점을 벗겼으며 가슴을 도려냈다. 숨이 끊어지기 전 영자는 악몽이 결국 실현되었음을 깨달았다.


## 13


김 집사 부부를 데리러 간 정균 일행은 큰 숲 꼭대기에 있는 개울까지 다다랐다. 병자의 두피처럼 지붕이 듬성듬성한 초가가 저만치 앞에 나타났다. 묘화의 집이었다. 김 집사네로 가는 지름길이었기에 그 집을 피해 갈 수는 없었다. 간간이 흉악한 기운이 섞인 함성이 들려왔지만 거리는 멀었다. 두 소녀의 시신이 안치된 홍판석의 집 쪽에서 나는 함성이었다. 세 사람은 그 소리에 걸음을 서둘렀다.

어둠이 약간 옅어졌다. 시시각각 새벽 기운이 다가오고 있었다.

어색한 침묵을 먼저 깨고 진태가 말문을 열었다.

"처음부터 목사님이 맘에 든 건 아니었어요. 전도보다는 여자애들 데리고 기타나 치는 걸 더 좋아하는 사람인 줄 알았죠."

"먼저 시작한 건 가르쳐달라는 애들이었지 목사님이 아니었다니까."

애란이 진태에게 입술을 뾰족 내밀었다. 정균이 가운데로 걷고 애란이 왼쪽에, 진태가 오른쪽에서 걸었다.

"너희들을 보니 그래도 이 돌아래마을이 무섭지만은 않구나."

"우리를 철없다고 보시는 거죠? 좀 전에 우리 집에서 그런 일이 있었는데도."

"아니, 오히려 반대야. 너희가 있어서 이 어둠도 생각만큼 어둡지가 않아."

세 사람의 접근에 놀란 올빼미가 숲에서 날아올랐다.

"내일이면 많은 경찰들이 이곳에 오게 될 거야. 관련 있는 사람들 하나하나 불러 질문을 할 거고 마을 분위기는 더 나빠지겠지."

"모든 걸 얘기해야 할 때가 올 거란 말이죠?"

애란이 물었다.

"제가 무당들을 부른 걸 말씀하시는 거죠?"

진태가 '제가'를 강조했다.

"사람이 죽어나간 사고를 말하는 거야."

"목사님도 보셨잖아요? 할머니가 부적을 던지니까 뱀이 지붕에서 뚝 떨어진 걸요. 목사님도 부적 이야기를……."

정균이 애란의 말허리를 잘랐다.

"확신 없는 주장이었어. 아직 이 마을은 미신 숭배가 강한 시골이니까."

"그럼 실제로 나타난 뱀은 우연이에요?"

"그 할머니가 갖고 왔다고 생각해. 뱀을 쉽게 만지며 말을 듣게 다룰 줄 아는 사람들을 본 적 있어. 누굴 죽이려는 의도는 아니었을 거야. 방앗간에 뱀을 푼 것도 순남이에게 겁을 주려고 그랬던 거 같아."

"목사님 얼굴에 거짓말이라고 써 있는 거 같은데요. 목사님
도 그 당시에는……."

"그만해."

진태가 애란의 말을 막았다. 그는 목사가 애란을 보호하려고
환상을 인정하지 않는 건지, 주님을 보호하려고 무속을 인정하
지 않는 건지 분간이 가지 않았다. 어쨌거나 경찰이 추궁해도
애란에게 불리한 증언을 하진 않을 거란 믿음이 갔다. 그가 아
는 한 가지는 목사에게 가진 호감이, 아니 '관심'이 차츰 커져간
다는 것이었다. 애란도 그 뜻을 알아챈 듯 이렇게 말했다.

"하긴, 경찰은 현실적인 것만 증거로 인정하려 하데요."

별을 보며 걷던 정균이 애란에게 고개 돌렸다.

"그게 무슨 소리니? 언제 경찰이 왔다 갔었어?"

"아, 예전 일을 얘기하는 거예요. 언니가 죽었을 때도 경찰은
우리 말을 믿지 않았거든요. 우린 범인이 그 여자라고 확신하
는데도요."

"언니? 그건 또 무슨 소리야?"

"애란아!"

진태의 어조가 엄중해졌다.

"괜찮아. 목사님껜 다 얘기해도 돼."

애란이 빙그레 웃으며 목사를 쳐다보았다. 촉촉해지는 눈시
울이 어둠 가운데에서도 명확했다.

"제겐 언니가 있었어요. 애진이라고. 작년 이맘때쯤 난정호
에서 시신으로 발견되었어요. 저는 애진이가 살해당한 거라 확

신하지만 증거가 없어서 범인은 잡히지 않았어요."

"살해당해?"

묘화의 집이 가까워졌지만 정균은 의식하지 못했다. 애란은
언니를 이름으로 부르고 있었다.

"네. 애진이가 발견됐을 때 옆엔 묘화의 엄마가 있었어요. 물
에 빠진 애진이를 구했다고 했지만 거짓말이에요. 그 여자가
빠뜨려 죽인 거예요."

정균은 간신히 마른침을 삼키고 물었다.

"언니를 그렇게 불러? 그냥 이름으로?"

"네? 아, 언니는 언닌데 저보다 10분 빨리 태어났거든요. 저
흰 일란성쌍둥이예요."

"네가 난정호에서 그렸던 풍경화가 기억나……. 호수 풍경
아래에 네 자화상이 있었잖아. 그럼 그게 네가 아닌 언니였니?"

"애진이는 늘 난정호를 좋아했죠."

정균은 눈을 감았다. 머리로 날아드는 축구공처럼, 엉킨 실
타래 같은 생각 덩어리가 날아들었다. 그는 난정호에서 비록
먼발치지만 묘화를 보고 그 몸살을 느꼈었다. 그러나 그때 그
에게 다가온 사람은 묘화 하나가 아니었다. 나무 뒤에서 아는
척을 한 여자아이가 또 있었다. 그 몸살은 귀신을 볼 때 발생하
는 몸살이었고, 정균은 그 몸살을 순남의 집에서도 재차 느꼈
었다. 그때 역시도 묘화와 함께 그 아이가 있었다. 애란이라고
믿었던 아이. 그는 애란에게 왜 순남이 집에 가놓고 거짓말을
했느냐고 추궁했었고 애란은 질문 자체를 이해하지 못했다.

이제야 그 이유를 알 것 같았다.

"혹시 애진이의 마지막 모습이……."

"마지막 모습이요?"

"명상여고 녹색 체육복 상의에 분홍색 치마 아니었니?"

"그걸 어떻게 아세요?"

애란의 놀람은 거짓이 아니었다. 진태의 얼굴에서 웃음기가 사라졌다.

"난 네 언니를 만났다."

"뭐라고요?"

"애진이를 만났어. 난정호에서. 날 보고 여길 떠나라고 했어."

정균이 하늘의 별들을 멍한 시선으로 바라보며 멈춰 섰다.

"걔가 애진이로구나. 난 애란이 너라고 착각했어. 걔가 날 보고 그랬지. 항상 캄캄하게 잔다고. 마지막 꿈을 꾼 게 언젠지 몰라 꿈이란 걸 잊었다고. 그 말이 무슨 말인지 이제 알겠구나."

"대체 무슨 소릴 하시는 거예요!"

정균의 입에서 묘화를 오해했다는 허탈한 한숨이 나왔다.

'묘화는 귀신을 부리는 무녀가 아니라 진짜로 성령을 입은 은총의 아이일지도 모른다……."

"어떻게 목사님이 애진이를 아는 거죠?"

진태의 음성에 의혹이 묻어났다. 정균은 자포자기하듯 말했다.

"내겐 남들한테 없는 능력이 있어. 이 눈에, 이 내 눈에 죽어서 귀신이 된 사람이 보일 때가 있어."

"목사님이 귀신을 본다고요?"

"그래."

"거짓말 마세요!"

애란이 흥분했다.

"진짜야. 내가 그동안 묘화를 피해왔던 이유는 그거 때문이야. 어릴 때 내 몸에 귀신이 달라붙어 오랜 세월을 앓았어. 그 때문에 한동안 학교도 못 다녔고 귀신하고 동거해야만 했어. 피리꾼 노인 귀신이었지. 내게서 떨어지지 않아 몇 달이고 함께 지냈어. 무당의 도움으로 간신히 쫓아내긴 했는데 언제든 재발할 수 있다고 조심하라 그랬지. 내가 볼 수 있는 죽은 사람이 가까이 오면 신호로 몸살이 와. 그냥 몸살이 아냐. 나만이 알 수 있는 끔찍한 몸살이지. 난 돌아래마을에서 그 몸살을 두 번 겪었고 그때마다 너랑 똑같이 생긴 아이가 곁에 있었어. 애란이 넌 줄 알았는데 네가 아니었어. 묘화 때문에 생긴 몸살인 줄 알았는데 그것도 아니었어. 묘화는 살아 있었고 애진이는 죽었으니까. 한 번은 난정호에서, 한 번은 순남이네 집에서 애진이를 만났지. 소설가도 거짓말을 하는 줄 알았어. 옆에 있던 그 애를 보고도 잡아떼는 거라고 생각했거든."

"거짓말하지 마세요! 애진이가 죽기 전에 어떤 옷을 입었는지 어디서 듣고 그러시는 거죠?"

애란의 목소리가 떨렸다.

"아냐, 난 내가 본 걸 알아. 네가 답을 알려준 거야, 애란아. 애진이가 그랬어. '마을이 소란스러워도 끼어들지 말고 그냥 가만히 계세요. 아니면 그냥 떠나시든지요, 김정균 목사님.' 개

는 안 좋은 일이 벌어질 걸 알고 있었던 거야. '그들'의 음모를
알 수 있는 존재니까! 죽은 사람이니까!"

정균의 관자놀이에 핏대가 곤두섰다.

"조필순 할머니가 지붕에 나타나기 전에도 나는 이미 할머니
의 범행 도구가 노란 부적임을 알고 있었어. 할머니한테 직접
자백까지 받아냈지. 내가 그걸 어떻게 알았는지 아니? 애란이
넌 줄 알았는데 네가 아닌 애진이가 가르쳐준 거야!"

"아까는 확신 없는 주장이라면서요!"

애란이 악을 썼다.

"이젠 확신하게 됐다."

진태와 애란이 겁에 질린 눈으로 정균을 바라보았다. 목사의
얼굴은 창백한 가운데 무섭게 일그러져 있었다. 조금 전까지만
해도 그는 미신 숭배에 비판적인 사람이었지만 이젠 무속의 초
월적인 힘을 인정하고 있었다. 애란과 진태는 그들 앞에 서 있
는 사람이 겪어온 고통을 알 수 없었다. 그러나 그의 얼굴에 드
러난 충격은 상상을 초월하는 것이었다.

애란이 말했다.

"왜 하필…… 왜 하필…… 죽은 사람을 볼 수 있는 사람이 목
사님인 거죠?"

그녀는 의미를 알 수 없는 눈빛으로 정균을 바라보았다. 마
치 흔들리는 물살 아래에 기어 다니는 바다 생물이 무엇인지
확인하려는 듯한 시선이었다. 정균도 그 눈을 마주했다.

"너도 나처럼 내 비밀이 혐오스럽지? 무속인 기질을 숨겨온

목사였다니?"

"다른 이도 아닌…… 목사님이 죽은 사람을 볼 줄이야……."

애란이 등을 돌려 왔던 곳으로 달아났다. 진태가 애란의 이름을 부르며 따라갔다. 정균은 따라갈 기력조차 잃었다. 애란과 진태는 금세 멀어져갔다. 정균의 기억으로 애란은 몇 번이고, 몇 번이고 그를 돌아보았다. 마침내 그들은 작은 점이 되고 밤하늘의 별만큼 작아지다가 완전히 시야에서 사라졌다.

정균은 어둠 속에서 몇 분 동안이나 말없이 서 있었다. 곁에는 아무도 없었다. 그는 한숨과 함께 걸음을 옮겼다. 김 집사 부부는 혼자서 데려올 수밖에 없었다. 뒤편에서 전등 스위치를 누른 것처럼 눈부신 빛이 번져 나와 그는 돌아보았다. 그제야 여기가 묘화의 집 앞이라고 알아차릴 수 있었다. 지나치기조차 원치 않았던 무녀의 집이 신비한 빛을 뿜고 있었다.

'저곳엔 아무도 없을 텐데.'

몸살은 느껴지지 않았다. 역시 묘화는 그가 몸살을 느끼지 않는 존재였나 보다. 그는 무슨 명령이라도 받은 사람처럼 집을 향해 걷기 시작했다. 묘화와 월수보살의 움막이 서서히 드러났다. 이 허름한 집은 방이 일렬로 세 개였는데 빛은 맨 오른쪽 방에서 은은하게 새어 나왔다. 정균은 모르고 있었지만 그곳은 오동나무 궤짝이 놓여 있는 신당이었다.

정균의 발걸음이 그리로 향했다. 몸살이 느껴지지 않는 대신이제 그는 빛을 느낄 수 있었다. 보는 게 아니라 느낄 수 있는 빛이었다. 두려움은 들지 않는 대신 어떤 의무감 같은 것이 전신을 엄습했다. 인기척은 없었다. 이곳은 주님의 권능으로 정화해야 할 불모지였다. 모든 비극이 이곳에서 비롯되었고 더욱 깊은 기원은 난정호에서 흘러들어왔으리라.

빛이 시야를 넓혀주었다. 이제 그는 나무 사이에 터져 뭉개진 시신이 두 구 널브러져 있음도 알게 되었다. 그건 묘화도, 그녀의 엄마 월수도, 묘화를 괴롭혔던 순남도 아니었다. 풍백과 운사라는 이름을 가진 두 무속인일 뿐이었다. 빛이 그걸 일깨워주었다.

'석발의 칼을 발견한다면 나의 힘으로 그걸 처치하리라. 그리고 이 마을을 떠나리라. 돌아래마을은 처음부터 나와 맞지 않았던 암흑의 영역이다.'

문을 연 순간 정균은 그곳이 신당임을 알았다. 사면 벽에 수염을 기른 산신령과 창을 든 장군의 모습, 호랑이와 잉어 따위가 그들만의 공간을 침범한 목사를 에워쌌다. 정균은 그들을 쳐다보지 않았고 그들 역시 그림에서 튀어나올 수 없었다. 제단 위에는 오동나무 궤짝 하나가 보란 듯이 얹혀 있었다. 석발의 칼이 담겨 있는 궤짝이 틀림없었다. 뚜껑은 열려 있고 거기서 빛이 흘러나왔다. 강렬한 힘이 그를 불러들였다. 그 이전에는 묘화를 불러들였다. 정균은 묘화의 시야를 틔워주고 신비한 힘을 주던 칼이 대상을 바꿔 자신을 유혹하는 걸 알았다. 눈은 어느덧 벽을 관통해 바깥을 볼 수 있었으며 육체는 중력을 초탈해 허공을 디딜 수도 있을 것 같았다. 석발의 칼을 제압할 물건이 필요했으나 아쉽게도 지금 그는 성서를 지니지 않았다. 그래서 욥기의 익숙한 구절을 입으로 읊조렸다.

"하나님은 높은 하늘에 계시지 아니하냐 보라 우두머리 별이 얼마나 높은가 그러나 네 말은 하나님이 무엇을 아시며 흑암 중에서 어찌 심판하실 수 있으랴 빽빽한 구름이 그를 가린즉 그가 보지 못하시고 둥근 하늘을 거니실 뿐이라 하는구나 네가 악인이 밟던 옛적 길을 지키려느냐 그들은 때가 이르기 전에 끊겨버렸고 그들의 터는 강물로 말미암아 함몰되었느니라 그들이 하나님께 말하기를 우리를 떠나소서 하며 또 말하기를 전능자가 우리를 위하여 무엇을 하실 수 있으랴 하였으나 하나님은 좋은 것으로 그들의 집을 채우셨느니라 악인의 계획은 나에게 머니라 의인은 보고 기뻐하고 죄 없는 자는 그들을 비웃기를 우리의 원수가 망하였고 그들의 남은 것을 불이 삼켰느니라 하리라⋯⋯."

빛이 사그라들었다. 방 안은 짙은 어둠에 둘러싸이고 벽에 붙은 그림은 한층 형상이 음산해졌다. 정균은 방 안에 가득한 무속의 기운을 두려워하지 않았다. 엄습하는 공포를 믿음에의 의지로 극복하려 했다. 몸살의 기운은 두 번 다시 그를 괴롭힐 수 없었다. 그는 선천의 죄악을 후천의 감내로 씻은 사람이었다. 비록 귀신을 볼 수 있는 사람이었지만 그는 언제까지나 하나님의 사도였다.

'나는 믿는다. 나는 주님과 함께 걷는다⋯⋯.'

세상은 컴컴한 암흑천지가 되었다. 마침내 정균은 상자 안의 빛을 굴복시켰다.

"아멘!"

그는 오동나무 궤짝을 두 손으로 힘 있게 잡았다. 이제 그가 석발의 칼을 발견한다면 난정호 멀리로 다시 보낼 것이었다.

그러나 상자 안에 있는 것은 십자가였다. 정균의 동공이 팽창되었다. 칼이 아닌 틀림없는 십자가였다. 황금 십자가가 찬란한 금빛을 발해 무녀의 방 안을 물들였다.

"오! 하나님!"

묘화의 말은 사실이었다! 망나니의 칼이 아니라 옛 시대에 들어와 무지몽매한 이 나라를 개화시켰던 선구자의 십자가였다. 묘화를 탄압하던 무리가 시험을 이기지 못하고 그녀를 사탄으로 몰아세웠던 것이다! 그 무리 앞에 선 자는 바로 정균 자신이었다! 예상과 어긋나게도, 몸살은 묘화가 아닌 애진에게서 비롯되었던 것이다.

천둥과도 같은 깨달음을 정균은 감당할 수 없었다. 그는 궤짝을 뒤엎으며 쓰러져 그대로 정신을 잃었다.

*

**1887년**

"앵두야, 바람이 찬데 왜 나와 있느냐?"

이인우가 마당 끝에 서 있는 딸에게 걸어갔다. 앵두는 돌아보지 않았다. 마당 끝은 까마득한 낭떠러지로, 발 한번 잘못 디디면 몸이 부서지고 깨져 허망하게 생이 끝날 수도 있었다. 신분을 숨기며 살아야 하는 이인우에게는 최적의 장소였다. 그는 방년 18세의 딸이 사람들이 있는 대처로 나가고 싶어 하는 것이라 생각했다. 앵두를 데리고 강원도 산골짝으로 들어온 지 11년째였다. 산짐승도 왕래를 꺼리는 가파른 암벽에 거처를 마련한 그는 자급자족의 폐쇄된 삶을 살았다. 그 역시도 이제는 백발이 성성한, 할아비 소리를 들을 법한 나이였다. 섭주 관아의 고참 사령이었던 그는 예기치도 못한 쫓기는 나날을 보내야 했다. 외롭고 고된 삶의 연속이었다. 물론 그 길을 후회하지는 않았다. 그사이 이인우는 산간 부락의 아낙 하나를 알게 되어 살림을 차렸고 아들 둘에 딸 하나를 얻었다. 그러나 그의 마음은 언제나 피 한 방울 섞이지 않은 앵두에게로 가 있었다. 앵두는 지극정성으로 새어머니의 집안일을 돕고 세 동생에겐 따뜻한 엄마 노릇을 했다. 그러나 그녀는 웃지 않았다. 선녀보살의 죽음을 눈앞에서 맞이한 후 그녀의 얼굴에 미소가 나타난 적은 단 한 번도 없었다.

이인우는 안타까운 마음이 들었다.

'전생에 무슨 죄를 지었기로 이 아이의 일생이 이리도 기구한고.'

얼굴도 모르는 친어미가 버리고 간 포대기 안에서 발견된 젖먹이 앵두. 그녀를 거두어준 선녀보살마저 지독한 악연 때문에 김광신의 수하들에게 무참히 살해당했다. 이후 그녀의 삶은 바뀌었다. 무수한 나날을 도망 다니는 동안 앵두는 또래 아이들처럼 부모의 사랑을 받을 수 없었고 친구를 사귈 수도 없었다. 앞으로의 삶 역시 별반 다를 게 없었다. 견딜 수 없는 외로움만이 그녀의 평생 동반자가 될 터였다.

이인우는 안쓰러움과 애틋함이 고루 섞인 눈길로 앵두를 바라보았다.

"응, 앵두야? 춥지 않니?"

"아버지."

"오냐."

"불이 나한테 말을 걸어요."

"불이?"

"네."

"어디 불이 있느냐?"

"저 앞에서 활활 타고 있잖아요?"

"아무것도 안 보이는데 어디 불이 있어?"

"내 눈에는 보여요. 그 불이 내게 많은 걸 가르쳐줘요."

"뭘 가르쳐준단 말이냐?"

"억울하게 죽은 자들의 이야기를요. 지금이라도 그들을 위해 내가 나서야 한대요."

이인우는 섬찟했다. 정상적이지 못한 삶을 살아왔던 아이가 이른 나이에 실성한 건 아닌가 의심했다. 평생 도망 다니는 삶만 살아왔으니 그럴 만도 했다.

"활활 타는 불 속에 칼이 서 있어요. 내게 말을 거는 건 그 칼이에요."

"정신 차려라, 얘야! 왜 이상한 말을 늘어놓는 것이냐?"

"그 칼은 석발의 칼이에요. 나는 그 사람이 누군지 똑똑히 기억해요."

이인우는 기겁한 나머지 할 말을 잊었다. 섭주 산간에서 도망쳐 온 이래 앵두가 석발의 이름을 꺼낸 적은 단 한 번도 없었다. 그녀를 유괴해 머리통 귀신에게서 벗어날 수 있게 해달라고 신어미를 협박했던 망나니 석발은 앵두에게 공포의 대상일 뿐이었다. 이인우는 복잡한 생각 끝에 조심스러운 결론 하나에 도달했다. 무녀의 신딸이었던 앵두에게도 이제 신이 내리려 한다는 것.

'허나 이 아이만은 안 된다. 이제 이 아이는 내 친딸이다. 그 고생을 하고 살아남았는데 더 이상 비천한 삶으로 떨어지는 걸 두고 볼 순 없다. 신이든 악귀든 내 딸을 빼앗기지 않겠다. 절대로 무당이 되게 내버려두진 않겠다.'

그는 굳게 결심했다.

"앵두야, 아비 말 잘 듣거라. 불이 보이고 칼이 보여도 무시하면 되는 것이야. 거기에 빠지면 넌 신병을 앓게 돼. 네 신어미도 그렇게 해서 옥화라는 이름을 버리고 선녀보살이 된 것이야. 그 사람도 원래는 평범한 아낙이었단다. 무녀가 되는 바람에 험난한 인연을 맞았고 안타깝게 눈을 감고 만 거지. 무녀가 되면 가까운 사람들하고 멀어지게 되어 있다. 온갖 귀신 소리가 들리는 데다가 귀신들을 위해 살아야만 해. 정신 바짝 차리거라. 난 내 딸을 잃기 싫다. 널 어떻게 키웠는데. 이겨내야 해."

"이것도 정해진 운명이에요, 아버지. 칼이 나를 부르고 불이 나를 기다리고 있어요."

앵두가 바람이 이는 허공을 바라보았다.

"거기서 한 발짝도 움직이지 마! 거긴 낭떠러지야!"

"제 눈에 보이는 것을 아버진 믿지 않으시는 건가요?"

"믿고말고! 넌 내 딸이다. 내 딸의 말을 믿지 않을 이 아비가 아니다. 단지 너를 잃기 싫어서 그러는 거란다, 애야."

"어째서 저를 잃는다고 생각하시는 거죠?"

앵두가 낭떠러지로 몸을 날렸다. 이인우가 외마디 고함과 함께 자리에 주저앉았다.

허공에 몸이 뜬 앵두는 세상을 보듬듯 팔을 벌렸다. 바람이 누덕누덕 기운 그녀의 저고리를 부풀리고 댕기머리를 뿔처럼 세웠다.

"보세요. 난 떨어지지 않아요. 칼이 나를 보호하고 불이 나를 받쳐줘요. 새 이름까지 지어주고 있네요. 이젠 앵두가 아니라 명진이라고요. 명진보살이 되어 힘을 키우고 유능한 후손을 둬야 한대요. 그러면 가장 탁월한 아이가 두 개의 해가 나타날 때 철천지의 원한을 갚을 수 있대요. 어쩔 수 없어요, 아버지. 전 그렇게 선택받은 거예요."

이인우의 뺨에 눈물이 흘러내렸다.

"그래, 앵두야. 네 말이 사실이로구나. 하지만 난 그들에게 내 딸을 빼앗기고 말았구나."

그의 말은 사실로 판명 났다. 앵두는 정확히 사흘 후 이렇다 말도 없이 이인우의 집에서 사라졌다.


## 14


**1976년**


　어두컴컴한 공간에서 정균은 눈을 떴다. 퀴퀴한 냄새가 몰려
와 숨이 막혔다. 호롱 세 개가 불을 밝혔지만 흐린 날 오후처럼
몹시 어두웠다. 흙냄새가 났다. 꽤 넓은 공간인 그곳은 뉴스에
서 본 땅굴과 비슷했다. 사면 벽이 황토였다. 그 안에 가재도구
가 있었다. 책상과 선반이 보였다. 취조실인 줄 착각한 정균이
벌떡 일어났다. 선반 위에는 원고 뭉치들이 놓여 있었다. 어지
럽게 널려 있는 것도 있고 깔끔히 정리된 채 쌓여 있는 것도 있
었다. 그 옆에는 필기구와 제도 기구, 각종 연장들과 담금주로
보이는 술병들이 있었다. 인기척을 느낀 정균이 고개를 돌리니
사다리를 타고 내려오는 사람의 하반신이 보였다.
　"정신이 드오?"
　"소설가 선생님 아니세요? 여기가 어딥니까?"
　"여긴 지하요. 밖은 아침이지만 날씨가 흐려 이 안과 다르지
않소."
　이병호의 얼굴에는 밤새 한잠도 자지 못한 피로가 문신처럼
새겨져 있었다.


339

"지하요?"

"그래요. 이 집의 주인은 전쟁통에 가족을 잃은 사람이라 소 잃고 외양간 고치는 격으로 이 장소를 마련했소. 그 사람은 죽고 없지만 지금 우리한테는 유비무환의 요새가 됐소. 언제 무너질지는 몰라도……."

"땅굴인가요?"

"방공호라고 부릅시다."

"제가 왜 여기에 와 있죠?"

이병호가 다가왔다. 그의 허리춤에는 군용 나이프가 붙어 있었고 반대편에는 권총집이 있었다. 놀란 정균이 고개를 들자 누워 있을 땐 보이지 않던 선반 위의 칼빈 소총도 보였다.

"나도 바깥에 있었소. 그리고 아까 애란이를 만난 거요."

"애란이가 선생님을 찾아왔어요?"

"정확히 말하면 찾아온 게 아니라 지나갔던 거지. 그 아이가 갑자기 물었소. 어제 순남네 집에서 자기를 본 적 있냐고. 내가 본 적 없다고 하자 울음을 터뜨렸소. 김 목사도 내게 비슷한 질문을 던지지 않았소?"

"제가 순남네 집에서 본 건 애진이였어요. 애란이의 죽은 쌍둥이 언니죠."

이병호는 정균의 말을 이해하는 데 한참 걸렸다.

"김 목사의 비밀을 애란이도 알게 된 거요?"

"그렇습니다."

"그랬군. 내가 김 목사가 어딨냐고 물으니 그 아이의 표정이 어두워졌소. 내가 다그치자 함께 김 집사네 집으로 가다가 묘화네 당집 앞에서 헤어졌다고 했소. 그때쯤 마을 곳곳에서는 불길한 함성들이 오가고 있었지. 내가 저 소리들이 뭐냐고 물으니 옆에 있던 남학생이 사람들이 패를 나눠 위험한 짓을 벌인다고 했소. 교회로 간다고 했는데 나보고도 같이 가자고 했어요. 난 당신을 만나기 위해 길을 나섰다가 당집 앞에 쓰러져 있는 걸 보고 이리로 데려온 거요."

"순남 아버지는 자기 딸이 살아나지 못한 게 나와 애란 아버지 탓이라고 생각하는 것 같습니다. 그 사람이 주민들을 선동하고 있어요."

"영자도 죽었소."

"예?"

"교회에 있으라고 한 이장의 딸 말이오. 온몸이 찔리고 눈이 파여 난자당한 채 죽어버렸소."

"누가 그런 짓을 했지요?"

"닭들이 그런 것 같소. 교회 안에 깃털이 가득했으니까. 거기서도 닭을 그린 노란 부적이 나왔소. 영자 아버지는 사람들을 모아 묘화의 시신이라도 불살라버리겠다고 나섰소."

"무서운 일이군요. 순남 아버지 쪽에서 묘화를 뺏기지 않으려 하면 서로를 해칠 텐데."

"김 목사 본인이나 조심하시오."

"무슨 말입니까?"

"순남 아버지가 당신을 적으로 뒀다면 영자 아버지도 마찬가지요. 부적이 나왔단들 그 교회에 딸을 거처하게 한 건 김 목사가 아니오? 두 패거리가 서로 물어뜯으려는 와중에 김 목사는 그들의 공통된 적이 된 거요."

"묘화는 희생자입니다. 그녀에게 내린 건 신이 아니라 성령이었어요. 그 아이를 이용한 건 조필순 노인이라고 생각합니다."

"노인은 이미 죽었다고 들었는데?"

"사람들을 반목하게 하는 깨우침을 주고 죽었죠. 아무래도 그 노인이 거짓말을 한 것 같아요. 묘화가 노인을 찾아온 게 아니라 그녀 쪽에서 일부러 묘화를 찾아갔을 겁니다."

"이상한 일이 있소."

이병호가 의혹이 가득한 눈으로 정균을 바라보았다.

"내가 당집 앞에 쓰러진 김 목사를 쉽게 발견할 수 있었던 건 빛 때문이었소."

"빛이라니요?"

정균이 고개를 들었다.

"애란의 말을 듣고 집을 나선 나는 빛을 보았소. 황금빛으로 하늘을 물들이는 빛 말이오. 그 빛을 따라가다 보니 아주 쉽게 김 목사를 발견할 수 있었소. 내가 김 목사를 구조하자마자 그 빛은 사라졌는데 그때부터 마을 이곳저곳에서 비명 소리가 시작되었소. 지금도 바깥을 나가지 못하는 이유는……."

그는 정균의 눈을 똑바로 쳐다보았다.

"사람들이 서로를 죽이고 있기 때문이오."

정균은 무서운 진실을 깨닫고 손등을 깨물었다.

"그 빛은 십자가에서 나온 겁니다. 석발의 칼이 아니에요. 제가 직접 보았습니다. 묘화가 난정호에서 발견한 건 칼이 아니라 십자가였어요."

"십자가라고?"

"황금 십자가요! 저 역시 그 빛을 따라 묘화의 당집으로 들어간 겁니다. 처음엔 석발의 칼인 줄 알았어요. 그 흉물만 없애면 마을에 일어나는 일이 끝날 거라고 생각했어요. 하지만 그건 십자가였어요! 묘화는 옛 시절의 나쁜 귀신에게 홀린 게 아닙니다. 진짜 예수님을 영접한 건지도 몰라요! 조필순의 정체야말로 악독한 무당일 거예요. 그녀가 부적을 써서 나쁜 짓을 벌인 겁니다. 묘화에게서 걷는 능력을 얻었다는데, 천만에요. 오히려 묘화를 이용해서 이 마을에 이간질을 퍼뜨렸어요. 사람들이 서로를 죽이고 있다면 분명 그 여자가 원흉일 거예요."

"넘겨짚지 말고 사태를 바로 보시오! 그럼 당신이 묘화의 뒤편에서 본 석발은 뭐요?"

이병호의 이마에 굵은 땀방울이 흘러내렸다. 침을 튀기는 정균의 입술이 빠르게 움직였다.

"지금 생각하니 그건…… 예수님이 맞을지도 모르겠습니다. 오오, 나는 질투에 미쳐 묘화를 죽게 내버려뒀어요. 나만이 이 마을에서 유일한 하나님의 사도라고 자부했어요."

"구원일인이라는 함성을 당신도 들었잖소!"

"예수님을 지칭하는 말이지 뭐겠어요?"

"예수님이라고? 하핫! 어이가 없군."

정균이 고개를 들었다. 이병호는 젊은 목사의 얼굴에서 광기를 보았고, 정균은 나이 든 소설가의 얼굴에서 진지함을 가장한 채 떼는 시치미를 예감했다.

"어딨죠? 그 십자가는?"

"십자가 같은 건 없었소."

"그렇지 않습니다. 저는 그 십자가를 품으로 받아들였고 그리고 정신을 잃은 겁니다."

"내가 그걸 숨겼다고 생각하는 거요?"

"그렇진 않아요. 잠깐만…… 저를 어디서 발견하셨다고요?"

"묘화네 집 마당이었소."

"나는 분명 신당 안에서 쓰러졌는데…… 그렇다면 십자가를 훔쳐 간 제삼자가 있는 건지도 몰라요. 거길 다시 가봐야 합니다. 그 십자가를 가져와야 해요!"

"진정하시오! 당신이 거기서 본 건 십자가도 그 무엇도 아니오. 김 목사가 묘화의 굿판에서 만난 자는 예수님이 아니라 석발이 틀림없소. 하지만 묘화도, 석발조차도 이 사악한 마당극에서 조연에 불과하오. 그것이 이제 행동을 개시한 거요. 내가 왜 난정호를 그렇게나 맴돌았는지 모르겠소? 소설 쓰기가 목적이아니었소. 마의 동굴을 찾기 위한 거란 말이오. 분명히 위치를 안다고 생각했는데 그게 감쪽같이 사라졌소! 그것이 알아챈 게 틀림없소! 지금 바깥 동정을 알고는 있소? 사람들이 서로를 그냥 죽이는 게 아니오. 칼로 목을 잘라 죽이고 있소. 석발이 놈의 목을 쳐버린 1876년의 그날이 재현되고 있단 말이오."

"목을 잘라 죽인다고요?"

"거짓이 아니오! 이 마을에 올 때 예상은 한 일이지만. 내가 왜 지하에 숨어 무장까지 했겠소?"

"장일손입니까! 그 교주가 부활한다는 겁니까?"

"장일손은 제사를 지내는 제주(祭主)에 불과하오! 보다 사악한 어둠이 이제 두 개의 태양이 내준 길로 재림하려는 거요!"

"금생재륜교의 신이로군요?"

"그렇소. 그가 바로 구원일인이오!"

정균과 이병호가 빠르게 주고받는 질문과 대답으로 지하 공간의 공기는 뜨겁게 달아올랐다.

"우사는 구원일인이 두 글자라고 했어요. 그게 무슨 뜻일까요? 석발을 말하는 걸까요?"

"구원일인(口員一人)은 '구제를 하는 유일한 자'라는 한자가 아니오! '무수히 많은 사람도 결국 한 사람에 불과하다'라는 만민평등의 깨우침과 함께, 인간 우월의 유일신이라는 암시가 동시에 함축된 거요. 그래서 고난에 허덕이던 조선 백성들에게 먹혀들어갈 수 있었던 거요. 구원일인의 앞 두 글자를 합치면 원(圓)이 되고 뒷 글자 둘을 합치면 대(大)가 되오! 원대(圓大), 혹은 원대(圓帶)라고도 불리는 두 글자를 말하는 거요. 금생재륜교가 떠받드는 유일신 원대신왕이 제주 장일손의 힘을 통해 이곳에 강림하려는 거요. 그 존재야말로 심전신활술이라는 신비력으로 사람 목숨을 장난치는 위험한 신이오. 그놈이 강림하지 못하게 우린 제주를 찾아 숨통을 끊어야만 해요!"

"원대신왕······ 그는 대체 어떤 악마입니까!"

"불가를 스치는 잔바람이자 태산을 쪼개는 폭풍이오. 그는 어디에도 있고 어디에도 없는 불멸불사(不滅不死)의 존재요. 최후 단죄의 날을 주재할 가차 없는 신이며 시간과 공간을 오로지하는 광기의 왕이오. 천지창조에 관여되는 예순다섯 가지 기적을 선현들에게 보인 자도 바로 그요! 저주의 분열을 조장하는 희대의 존재 앞에서 우리 모두는 티끌 같은 목숨일지언정 일치단결하여 진군할 재가를 청해야만 하오. 우리들의 신에게!"

연극 대사 같은 일장연설을 마친 이병호는 목이 마른지 담금주의 병을 땄다. 커다란 병 안에 사과 조각들이 둥둥 떠다녔다. 그는 병을 입에 대고 독주를 꿀꺽꿀꺽 들이켰다. 정균은 미친 사람 같은 이병호가 무서웠다. 그는 독주를 마시는 소설가의 허리춤과 소총을 번갈아 바라보았다.

"총은 어떻게 가지고 계신 겁니까?"

"내겐 총기 허가증이 있소."

"소설가가 아닌 건 진작에 알았습니다만 경찰입니까?"

이병호는 대답하지 않고 또 술을 들이켰다. 사과들이 해일을 만난 물고기처럼 병 안에서 둥실거렸다.

"나는 소설가가 아니며 경찰도 아니오. 나는 전혀 다른 일을 하는 사람이오. 지금 내 정체를 밝히면 당신은 어이없어하며 믿지도 않을 거요. 나를 욕할지도 모르오. 그전에도 욕을 많이 먹어왔으니까. 하지만 믿어준 사람들도 많았기에 계속 힘을 내어 악의 화신을 추격하고 있는 거요. 언젠간 우리를 이해하게 될 날이 올 거요. 지금은 이런 극악무도한 위기에 대비해 칼을 갈고 총을 닦아 준비해온 사람들이 있다는 것만 말해두겠소."

바깥에서 다시 비명 소리가 들려왔다. 이병호가 흠칫거렸다. 술병 안의 사과들은 흔들리지 않았다. 병은 이미 비어졌다.

"취해서 모든 걸 잊을 수만 있다면 좋을 텐데."

이병호가 술병을 던졌다. 유리병 구르는 소리가 지하 공간에 울려 퍼졌다.

"나갈 생각 하지 말아요. 지금 나가면 위험해."

정균은 움직이지 않았지만 바깥이 과연 그가 말한 대로인지 의심이 들었다.

"김 목사, 내가 오늘 아침 누구를 봤는지 아시오?"

"설마 선생님도 귀신을 본단 말을 하려는 건 아니겠죠?"

"당신 친구 안상준이오."

정균이 크게 놀랐다.

"예? 안상준 목사가요? 그 친구는 병원에 있을 텐데."

"돌아다니는 모습을 보니 다 나은 것 같았소. 그 옆에는 젊은 여자 하나가 있었소. 저기 있는 망원경으로 자세히 보니 그 여자가 누군지 알 수 있을 것 같았소. 그 여자는……."

그는 한 손으로 선반에 놓인 망원경을 가리켰다. 다른 손으로는 새 술병을 잡아 뚜껑을 땄다. 정균의 기억으로 병 안에는 포도가 담겨 있었다. 그러나 지금 이병호가 손에 쥔 병의 액체는 짙은 보라색이 아닌 투명한 빛깔이었다. 있지도 않았던 뱀 술이었다. 병 안에는 얼룩무늬 뱀이 부패를 멈춘 채 태아처럼 부유하고 있었다.

"안 돼요!"

정균이 외쳤지만 이병호는 이미 병을 입으로 가져간 후였다. 그가 내려다보자 죽은 뱀이 되살아났다. 물살을 헤치듯 술병 안을 가로질러 바깥으로 튀어나온 뱀이 이병호의 눈을 물었다.

"크아아아악!"

술병이 떨어져 박살 났다. 죽은 지 몇 년은 된, 술병 속의 뱀도 허옇게 산산조각 났다. 한쪽 눈이 뚫린 채 거구의 이병호가 선반을 넘어뜨리며 쓰러졌다. 피부가 금세 자줏빛으로 변했다. 정균이 달려가 붙잡았지만 이미 늦은 상태였다.

"자…… 장일손을 죽여……요……. 그럼…… 놈의 신은…… 재림을 못 해……."

"누구죠? 누가 장일손이죠? 상준인가요?"

"크으으……윽……."

"김동우? 조 노인의 아들? 누구예요? 대답해줘요!"

이병호는 더 이상 말을 맺지 못한 채 죽고 말았다.


*


군대를 다녀오지 않은 정균은 총기 사용법을 몰랐지만 권총을 허리춤에 넣었다. 부풀어 오른 이병호의 시신을 내버려둔 채 사다리에 올랐다. 바깥에는 아침이 찾아왔으나 뻥 뚫린 하늘은 전혀 맑지 않아 지하실과 별반 다르지 않았다. 검게 덩어리진 구름에 시간도 공간도 정체되었다. 지상을 밟은 정균은 검은 하늘을 악의 그림자로 생각했다.

악은 이 마을 어딘가에 있었다. 정균의 기억으로 지하실 선반에는 결코 뱀술이 없었다. 악은 거기 있지 않으면서 폭로자의 누설을 알았고 존재하지도 않은 사신을 보내어 입을 막아버렸다. 그는 초월적인 힘을 보유한 악의 사도였고 이제 정균은 그와의 한판 대결을 피할 수 없었다.

등이 가려웠다. 어깨부터 허리까지 가렵지 않은 곳이 없었다. 이병호는 이와 벼룩이 득시글거리는 습기 찬 지하실 맨바닥에 그를 눕혔었다.

정균은 길을 나섰다. 그를 실신케 했던 종교적 황홀경이 그가 의지하는 유일한 믿음이었다. 선으로 악을 제압하라는 명령, 신을 대리한다는 허가장, 모든 혼돈을 종식시킬 성스러운 의무가 황금 십자가를 통해 내려졌다. 그 십자가만이 돌아래마을에 악의 그림자를 드리운 장일손을 제거할 수 있을 것이고, 그 십자가가 있어야만 원대신왕이라는 궁극의 악마조차 처치할 수 있을 것이다.

'손에 넣을 수만 있으면……. 그런데 십자가는 지금 어디에 있는 걸까?'

"당신 친구 안상준이오."

갑자기 이병호의 말이 떠올랐다.

'상준이 그 십자가를 가져갔다는 말인가? 병원에 있을 친구가 정말 돌아래마을로 들어온 걸까? 아니면 이병호가 거짓말

을 한 걸까? 그의 정체는 과연 무엇일까?'

마을은 평소와 다름이 없었으나 밥 짓는 연기가 나지 않았고 사람의 모습이 보이지 않았다. 정균은 묘화의 집 쪽으로 걸음을 옮겼다.

마을은 침묵 속에 잠겨 있었다. 목재 타는 냄새가 번져왔다. 교회가 불타고 있었다. 정균은 표정 없는 얼굴로 교회를 향해 걸었다. 밭둑에 시체 하나가 나뒹굴었다. 머리가 없었기 때문에 누구의 시신인지 알 수 없었다.

교회 안은 참혹했다. 대부분의 집기류가 목재였기에 불은 활활 타올랐다. 화풍(火風)이 연단에 놓였던 성경을 한장 한장 넘겼고 진리를 담은 글씨들이 차례로 재가 되었다. 벽화에 옮겨 붙은 불길 속에서도 그리스도의 표정은 변함이 없었다. 커튼의 불은 신속하게 천장을 그을려 악의 상징과 같은 먹구름을 믿음의 공동체 안에서도 재현하고 있었다. 검은 하늘이 신이라면 검게 타는 교회 자체는 신도였다. 불타는 의자들 사이로 죽어 널브러진 사람들의 다리가 보였다. 커다란 십자가는 이 교회가 처음 들어섰을 때의 기백을 잃지 않아 벽에 단단히 붙어 있었지만 그 앞에 열십자로 팔 벌린 시신은 아무래도 영자인 것 같았다. 머리를 잃은 채 고난의 몸짓을 상징한 그녀의 모습은 악의 실체가 의도적으로 공연시킨 신성모독이었다.

아무도 구할 수 없었고 불길을 잡을 수도 없었다. 정균은 무력하게 교회를 빠져나왔다. 들판마다 죽은 사람들이 보였다. 그들 가까이에는 죽기 전의 몸부림을 보여주듯 살벌한 흉기가 나뒹굴었고 악의 승리를 축배하는 피가 강을 이루고 있었다. 영자 아버지와 순남 아버지는 끌어안은 모습으로 발견되어 각 진영을 대표하는 장군들 간에 맺어진 화친의 언약을 시각화한 듯한 형태였으나, 그 언약을 내뱉어야 할 머리가 서로의 반대 편에 떨어져 있어서 화해의 이미지를 철저히 분쇄했다. 그 뒤 편으로 머리 없는 시체들이 장기판의 장기짝처럼 수상쩍은 방 위 각도를 그린 채 널려 있었는데 그중에는 부패가 상당히 진 행된 순남도 있었다. 그러나 묘화의 시신은 어느 곳에서도 보 이지 않았다.

정균은 걸음을 옮겼다. 파천댁 부부의 집에서 남자 목소리가 들려왔다. 이 혼돈의 한가운데에서도 침착함을 잃지 않은 어투 였다. 대문 밖에는 부부로 보이는 시신이 대(大)자를 그리며 함 께 누워 있었다. 정균은 허리춤에 손을 올린 채 걸었다. 하지만 그를 공격할 그 무엇이 튀어나와도 영화 주인공처럼 총을 활용 할 수 있을지는 미지수였다. 창고를 지나 마당으로 들어갈 때 남자의 목소리는 더욱 커졌다. 묘화의 시신을 안치하던 창고는 텅 비어 있었고 집 안에도 사람의 그림자는 찾아볼 수 없었다. 핏자국으로 얼룩진 빈집에는 홍판석의 아들 홍웅락이 선물로 보냈던 흑백텔레비전이 켜진 채 방송을 내보내고 있었다. 남 자의 목소리는 바로 거기서 나왔다.


대한 느우스입니다. 전국을 경악케 한 대형 참사 소식부터 전 해드리겠습니다. 금일 새벽 4시 30분경에 서울을 출발해 충북

제천으로 향하던 낙화관광의 버스가 오전 7시경 단양과 제천을 잇는 명진대교 위에서 추락하는 사고가 발생했습니다. 이 사고로 탑승객 다흥 김씨 종친회 회원 41명 중 38명이 사망했고 생존자 3명 중 2명은 위독한 상태이며 1명은 경상을 입었습니다. 현재 병원 치료를 받고 있는 김수호 씨의 말에 의하면 운전수 홍웅락 씨는 명진대교가 다가올 때 운전석에서 일어나 신을 받으라는 고함과 함께 대교 아래쪽으로 핸들을 꺾었다고 합니다. 한편 단양 여행을 주최해 회원들을 모은 다흥 김씨 종친회 지부장 김익겸 씨는 본명이 이바우로 밝혀져 사건 경위에 관심이 모아지고 있습니다. 경찰은 특정 성씨를 겨냥한 원한 관계 때문에 계획적인 범죄가 이루어진 것으로 보고 수사에 나섰습니다. 다음 뉴우스는……

정균은 홍판석의 집을 나섰다. 다리가 휘청거렸고 도무지 생각을 할 수가 없었다. 그가 디디는 곳 어디나 악의 손길이 드리운 그림자 속일 뿐이었다.

'벗어날 방도는 없는 걸까.'

그 사이 교회는 전소되어 이제 검은 연기만 쉼 없이 올라왔다. 그는 다시 한번 황금 십자가를 되찾길 간구했다. 희망이 사라진 지옥 한가운데서 그것만이 유일한 간증이고 해결책이었다.

강아지 짖는 소리에 그는 정신을 차렸다. 얼룩무늬 강아지가 목줄이 팽팽해지도록 그를 향해 괴로울 정도로 자신의 존재를 알리고 있었다. 의식이 마비된 채 목 없는 시체들 사이를 걸었던 정균은 그곳이 조필순 노인의 집임을 알아차렸다. 죽어버린 마을에서 강아지는 유일하게 악에서 비껴난 채 살아 있는 존재였다. 목줄 때문에 더 나아가지 못한 강아지는 두 발로 일어나 낑낑대며 정균을 불렀다. 정균은 목줄을 풀어준 뒤 강아지를 끌어안았다.

"얼마나 무서웠느냐."

강아지의 심장박동이 정균의 가슴으로 고스란히 전달되었다. 공포에서 해방된 강아지의 낑낑거림이 잦아들었다. 그때 조 노인의 방 안에서 벽을 치는 소리가 또다시 들려왔다. 강아지의 얼굴에 뺨을 대던 정균이 고개를 들었다. 규칙적으로 벽을 치는 그 소리는 자개농 안에서 나오고 있었다. 돌봐줄 사람을 잃은 강아지는 도망칠 수 없는 몸으로 악몽 같은 소리에 시달려왔을 터였다.

"얼마나 괴로웠느냐."

정균이 강아지의 머리를 쓰다듬었다. 이제 강아지는 꼬리를 흔들지 않았다. 생명이 다한 강아지는 그러나 정균의 품속에서 행복한 얼굴을 되찾았다. 정균은 강아지를 지상에 내려주고 이불을 덮어주었다.

권총을 꺼낸 정균은 신발을 신은 채 조필순 노인 집 마루로 올랐다. 문에 가려 보이지 않던 범수의 시체가 발견되었을 때 그는 놀랐다. 범수는 태극무늬 비슷한 마크가 무수히 찍힌 요상한 법의를 입은 채 목을 매달아 죽었다.

정균은 어둠이 내리깔린 방 안으로 들어갔다. 노인이 죽은 빈

방은 커다란 자개농만 제외하면 여느 시골 농가와 다르지 않았다. 퀴퀴한 냄새가 났는데 노인과 관련 없는 악취였다. 뭐라 말하기 어려운 냄새가 자개농에서 풍겨 나오고 있었다. 자세히 보니 생김새가 여느 자개농과 달랐다. 보통 자개농은 서랍장이 넷이나 다섯 정도인데 이 장롱은 커다란 서랍장이 하나였고 겉모습만 부분 돌출을 시켜 다섯 개처럼 보이도록 위장을 했다. 즉, 하나의 서랍은 사실 그 안에 무언가를 가둬놓는 문 역할을 했던 것이다. 앞에 붙은 커다란 황동 자물쇠는 이 같은 추측에 힘을 실어주었다. 자개농 안에서 치는 소리가 멈추지 않았다. 감옥, 사육장, 우리 등 감금과 관련된 단어가 떠올랐다. 그는 방을 뒤졌지만 어디에도 열쇠는 없었다. 우편물 몇 개만을 찾을 수 있었는데 한자로 쓰여 있어 발신자가 누군지 알 수 없었다. 그가 알아낸 유일한 한 가지는 수신자인 범수의 성이 장씨였다는 것이다.

정균은 마당으로 가 도끼를 가져왔다. 그가 오가며 일으킨 바람으로 범수의 시체가 둥실 떠다녔다. 도끼질이 시작되었다. 아무리 쳐도 자물쇠는 떨어지지 않았다. 스무 번 이상을 쳤지만 약간의 금만 갔을 뿐 꿈쩍도 하지 않았다. 정균은 도끼질에 지쳐 벽에 등을 대고 주저앉았다. 미칠 것 같은 가려움이 또 시작되었다. 옷걸이에 조 노인의 효자손이 있어 그걸로 등을 긁었지만 조금도 시원하지 않았다. 발작적으로 몸을 꼬던 정균이 미처 보지 못했던 자개농의 측면을 포착했다. 거기엔 숨을 내쉴 용도로 뚫린 듯한 구멍이 몇 개 있었다. 주먹 하나는 들어갈 수 있을 만한 구멍이었는데, 그 속에서 밖을 내다보는 시커먼 눈알을 발견한 순간 정균은 경악했다.

"그 안에 들어앉은 너는 누구냐? 대답하라!"

정균이 엄숙한 어조로 명했다. 검은 눈이 느린 동작으로 물러났다. 정균의 헐떡거림만 되풀이되었을 뿐 장롱 안에서는 아무런 반응도 없었다. 구멍에 눈을 대고 안을 들여다보았다. 지독한 어둠뿐, 보이는 건 없었다. 오직 냄새만 느껴졌다. 채소 썩는 냄새, 똥오줌 냄새, 요상한 비린내, 축축한 곰팡내가 한데 뭉쳐 코로 엄습했다. 정균은 무모할 정도의 용기로 손을 뻗쳐 도망가는 악마를 사로잡으려 했다. 몹시 단단하고, 몹시 주름지고, 몹시 축축한 것이 손끝에 만져졌다. 그것은 순식간에 공처럼 몸을 오므렸다.

"으억!"

깜짝 놀란 정균이 손을 꺼냈다. 권총을 꺼내 방아쇠를 당겼지만 안전장치가 걸린 총은 총알을 토해내지 않았다. 구멍으로 다시 검고 축축한 눈이 나타났다. 감정 없는 죽음의 시선을 정균은 더는 견딜 수 없었다. 정균은 주님을 부르며 달려 나와 죽은 강아지를 지나쳐 집 밖으로 도망쳤다.

*

어딜 가나 시체였다. 앉거나 서서 죽은 시체가 있었고 지붕 위로 올라가 있거나 우물에 박히거나 축사 안에 던져진 시체도 있었다. 하나같이 죽음의 모습은 똑같았다. 그들은 머리를 잃었고 당연히 목격과 증언의 능력도 함께 잃었다. 시체 더미 사이를 전진하며 정균은 지금까지의 일을 회상했다. 어찌 보면 거짓말 같은 스토리였다. 그는 첩첩산중에 하나님의 말씀을 전하라는 사명을 띠고 돌아래마을로 파견되었다. 돌아래마을 사람들은 양반의 후예라는 자부심이 강했지만 개척지를 찾은 이방인 목사에게 쉽게 문을 열어주었으며 너무 쉽게 한 무리가 되었다. 6개월 만에 말이다. 의심했어야 했다.

'과거 등을 돌린 무속이 긴 세월 끝에 내게 복수를 시작했다. 목회자라는 새 인생의 성공을 경축하는 척하면서 신성 모독의 아수라장을 목도케 해 뒤통수를 쳤다.'

그는 자개농 속에 숨어 있는 자의 눈을 생각했다. 그가 누군지 알 수 있을 것 같았다. 십자가의 파멸을 재촉하고 회개자들을 분열시킨 장본인. 지상의 왕국 대신 지상의 지옥을 건설한 어둠의 상속자. 그가 바로 적그리스도로, 궁극적 목적은 살아 있는 모든 목숨을 회수하는 것일 터였다. 무속이든, 전설이든, 초능력이든 그 모두가 적그리스도와 연관이 있었다. 이제 정균은 이 마을의 어떤 것도 믿을 수 없었다.

그는 절망적인 심정으로 위를 올려다보았다.

한 쌍의 장승이 그를 내려다보았다. 교회가 들어섰지만 유서 깊다는 이유로 없애지 않은 산간 부락의 물신(物神)이었다.

'모두가 나를 속여왔는지도 몰라. 사람들의 기묘한 죽음은 일종의 헌신(獻身)일 거야. 그들의 신에게 영혼과 육신을 바치는 헌신. 십자가를 향한 게 아니야.'

이제 그는 이 마을의 생명 아닌 것에서도 팽팽한 적의를 느꼈다.

장승의 커다랗고 무서운 눈이 정균을 노려보았다. 정균도 시선을 피하지 않았다. 장승의 눈이 빙글빙글 돌고 정균의 팔과 가슴으로부터 몸살이 시작되었다. 등의 가려움이 바늘로 찔러대는 통증으로 바뀌었다. 정균은 비틀거렸지만 노려보는 시선은 거두지 않았다.

"나오너라."

정균이 장승에게 말했다.

"나를 쳐다보는 너, 이리 나오너라. 나는 네가 누군지 안다."

천하대장군과 지하여장군은 미동도 없었다.

"애진이지?"

정균이 소리쳤다.

"난 네가 죽은 사람인 걸 알아. 말해! 난정호에 있어야 할 네가 왜 나를 따라온 거지?"

"목사님이 따라오라고 하신 거나 같아요."

장승 뒤에서 목소리가 들려왔다.

"무슨 헛소리야!"

"우리 엄마의 눈물이 묻어 있어요. 목사님 가슴에."

정균은 애란의 엄마가 고개를 묻었던 가슴을 내려다보았다. 이미 눈물 자국은 사라지고 없었다.

"그 뒤에 숨지 말고 나와. 내 눈에는 네가 보이니까."

"부탁이에요. 저를 보지 마세요. 보시면 저를 좋아하지 않으실 거예요."

"나와서 모든 진상을 내게 알려줘."

"전 아는 게 없어요."

"나보고 이 마을을 떠나라고 했잖아."

"그건 이 마을이 저주받았기 때문이에요."

"무당, 망나니, 사이비 교주 얘기가 진짜야?"

"……."

"말해줘."

"그때 내가 떠나라고 한 건 월수보살의 딸이 호수 건너편에 있었기 때문이에요."

"대답해! 묘화가 널 죽인 거야? 아니면 월수보살이 널 죽인 거야?"

"셋 다예요."

"셋?"

"조필순까지요. 아니, 그의 아들도 있었으니 넷이군요."

"주여! 대체 이 미친 마을에 무슨 일이 있었던 겁니까?"

허무한 탄식이 몸살기를 타고 뜨거운 한숨으로 나왔다. 애진은 목사의 혼잣말을 질문이라고 생각했는지 모습을 드러내지 않은 채 이야기를 들려주었다.

"작년 6월이었어요. 진태와 함께 난정호를 찾았어요. 평소처럼 스케치북과 물감을 가져가긴 했지만 사실은 뭘 찾기 위해서였어요. 그 전날 진태가 호수 주변에서 어떤 동굴을 발견했거든요. 안에 향불이 켜져 있고 벽에 한자가 가득한 이상한 동굴이랬어요. 무당이 치성을 드리는 토굴 같다고도 했지만 그것하고는 좀 다르다고 했어요. 임금이 입는 옷하고 창칼이 걸려 있었는데 족보 같은 옛날 책들도 쌓여 있다고 했거든요. 굴 깊숙한 곳엔 부글부글 끓는 지하수도 있댔고 그 옆에 이부자리하고 그릇 같은 것도 널려 있다고 그랬어요. 그곳은 무당의 치성을 위한 신당이 아니라 무슨 연구실이나 학습실이 연상되는 장소라고 했어요. 당연히 전 믿지 않았는데 진태가 직접 확인시켜주면 믿겠냐 그랬어요. 표시를 남겨두고 돌아왔댔거든요. 거짓말을 하는 거 같진 않았어요. 전 호기심이 생겼고 직접 그 동굴에 가보기로 했어요.

진태를 따라간 그 동굴은 호수 주변이 아니라 호수 너머 산비탈 꼭대기에 있었어요. 길이 몹시도 험해 사람들의 발길이 끊어진 곳이었죠. 산을 오를 줄 알았다면 그날 치마를 입지 않았을 거예요. 거길 찾기까지 할퀴고 긁혀 피도 났지만 그만두고 싶진 않았어요. 그 동굴이 실제로 있다는 믿음이 갈수록 더해졌으니까요. 산을 오를수록 이상한 기운이 풍겨왔어요. 기분이 들뜨기도 하고 우울해지기도 하는 처음 겪어보는 기운이었죠. 길은 더욱 험해지고 돌아가기가 걱정될 정도였어요. 만약 동굴이 실제로 있다면, 남의 눈을 피해 어떤 일을 해야만 할 사람들이 일부러 찾기 힘든 장소를 선택해 만든 동굴임에 틀림없었어요. 진태도 내가 따라가니까 신바람이 난 것 같았어요. 거기서 찾아낸 물건을 군청의 문화재 부서에 신고하면 우린 유명해질 수 있다 했고 대학 시험에 응시할 땐 점수도 가산될 수 있댔거든요. 전 그 말을 잊지 않았고 우린 결국 그 동굴을 찾아냈어요."

"그게 바로 마의 동굴이야?"

"어떻게 아셨어요?"

"알려준 사람이 있었어."

"진태는 아니겠죠?"

"아니야."

"그럴 줄 알았어요."

모습을 감춘 애진의 목소리는 흡사 장승이 이야기하는 듯한 착각을 불러일으켰다.

"동굴 안에는 정말 기괴한 것들이 가득했어요. 진태가 말한 물건은 물론 해골에 곰 가죽까지 있었으니까요. 그러나 거기서 사람들을 만날 줄은 몰랐어요. 나도 몰랐고 진태도 몰랐을 거예요. 조필순 할머니와 아들, 그리고 월수보살이 있었어요. 그 사람들이 동굴 속에 한데 모여 있었어요. 할머니는 걷지 못했지만 팔을 아주 빠르게 움직였어요. 뭘 씻기고 있었거든요. 그 옆에는 범수 아저씨가 이고 온 지게가 있었는데 할머니를 거기 모시고 온 건 아닌 거 같았어요. 그 옆에 커다란 자개농이 있었고요. 동굴과 어울리지 않는 검은 자개농이요. 농 문은 활짝 열려 있었고 거기에서 꺼낸 어떤 것을 그들이 함께 씻기고 있었던 거예요. 뜨거운 김이 부글부글 솟는 지하수 연못에서 그것을 정성 들여 씻겼어요. 그건 정말 징그럽고 무서웠어요. 징그러운 무늬에 검은 눈을 갖고 있었거든요. 꼬집어 말할 순 없지만 뱀을 닮은 것도 같았고 녹색인지 회색인지 이상한 색깔이었

어요. 사람 없는 동굴인 줄 알았던 진태와 저는 들킬까 봐 떨면
서도 다 보고 말았죠."

정균이 흥분했다.

"나도 그걸 만졌어! 그것의 정체가 대체 뭐지?"

"모르겠어요."

"잘 생각해봐. 넌 알 수 있을 거야."

"모르겠어요. 지하수 안개가 너무 짙어서 잘 보이지 않았거
든요. 게다가 제가 발을 헛디디는 바람에 그들에게 들키고 말
았어요."

"들켰다고? 그래서 어떻게 되었어?"

"그들이 가장 먼저 한 행동은 임금 옷 같은 붉은 천으로 그것
을 덮은 거예요. 우리가 못 보게 모습을 숨긴 거라고요. 진태가
날 보고 도망치라고 했어요. 범수 아저씨가 칼을 들고 달려왔
거든요. 진태를 두고 정신없이 달렸어요. 그 사람들이 우리를
죽일 게 틀림없었기 때문이죠. 우리는 봐선 안 될 것을 봤어요.
그들에게 우린 살려둬선 안 될 목격자들이었어요. 전 달리다가
넘어지기도 하고 구르기도 했어요. 어디가 어딘지도 몰랐지만
산 아래를 향해 내달렸어요. 호기심으로 간 소풍이 악몽이 되
었어요. 모든 게 정상이 아니었어요. 산이 나를 잡으러 움직인
다는 착각이 들 정도였죠. 간간이 뒤돌아보니 범수는 없었는데
월수보살이 따라오고 있었어요. 아! 그 여자의 얼굴은 정말 무
서워요. 평소 미친 모습만 보이던 여자가 그때만큼 진지한 표
정인 적은 없었으니까요. 잡히면 날 죽일 게 뻔했어요. 그래서

누군가 들어주길 기대하면서 계속 소리 질렀어요. 하지만 산속에는 아무도 없었어요.

정신없이 뛰다 보니 난정호 앞이었어요. 마을 쪽으로 건널 수 있는 다리는 너무나도 멀었어요. 뒤에는 월수보살이 낫을 들고 달려왔고요. 그대로라면 잡힐 수밖에 없었어요. 그래서 호수로 뛰어들었던 거예요. 월수보살도 물속으로 뛰어들었고요. 다행히 내 헤엄 실력이 그 여자보다 나았어요. 난 무사히 도망칠 수 있었어요. 그때 멀어지던 월수보살이 소리쳤어요. '죽여, 묘화야!' 하고요. 언제 왔는지 묘화가 거기 서 있었어요! 귀에 꽃을 꽂고 입에는 갈대를 문 묘화 말이에요! 그 애는 방아깨비를 잡는 것 같았는데 자기 엄마 목소리를 듣자마자 정신 나간 아이처럼 물살을 건너 내게로 왔어요. 너무나 빨랐고 감당할 수 있는 힘이 아니었어요. 상어가 다가오는 것 같았어요. 전 묘화에게도 빌었어요. 살려달라고. 묘화는 내 말을 듣지 않고 내 머리를 잡아 물속에 넣었어요. 전 묘화의 다리를 붙잡았고요. 숨이 막혀가면서도 제게로 다가오는 월수보살이 보였어요. 그 여자도 내 머리를 눌렀어요. 호수 바닥에 바짝 붙도록요. 묘화 하나도 어려운데 두 사람 힘을 배겨낼 순 없었지요. 그게 제가 이렇게 된 이유예요."

정균은 김 집사 댁 안강댁이 예전에 했던 말을 생각했다.

'……특히 묘화는 조심해야 할 애예요. ……묘화는 성경으로 교화될 애가 아니에요. 그냥 가만히 둬야 해요. 힘도 세고 성격도 못됐어요. 거지라고 돌 던지고 놀리다가 머리채 잡혀 물속

에 처박혀 죽을 뻔한 애도 있었죠…….'

"그들이 살인자로구나. 목격자는 없었니?"

"없어요. 오히려 물에 빠진 저를 건져냈다고 신고한 이가 월수보살인걸요."

"사람들이 믿었어?"

"경찰이 오긴 했었죠. 심증은 있지만 증거가 없었어요. 그들은 벌을 받지 않았고 동굴의 존재조차 밝혀지지 않았어요. 단, 마을 사람들로부터 받는 구박이 더 심해질 뿐이었죠. 애란이는 그러지 않은 것 같았지만 아버지와 엄마는 월수가 범인이라는 믿음을 끝내 버리지 않으셨어요."

"진태는 어떻게 됐니?"

애진의 목소리가 잦아들었다.

"그건 저도 모르겠어요. 모든 게 너무 흐릿해요. 안개와도 같아요. 진태에 대해선 알아낼 수 있는 게 아무것도 없어요. 걔는 모든 걸 알고 있는데 왜 진실을 밝히지 않았는지 이상해요."

"한패일까?"

"그건 아닐 거예요. 동굴에서 저를 지켜줬던 건 확실해요. 제가 알지 못하는 무슨 일이 진태에게 일어난 게 틀림없어요."

"애란이는 네가 그날 진태와 동굴에 간 사실을 알아?"

"아니요. 그때 엄마랑 점촌 외갓집에 가 있었거든요."

"진태는 네 남자친구니 아니면 애란이 남자친구니?"

"애란이 남자친구예요. 만약 그날 외갓집에 안 갔더라면 애란이가 나 대신 희생되었을지도 몰라요."

"네가 그날 마의 동굴에 간 사실을 아는 사람은 아무도 없어?"

"없어요."

"어째서?"

정균은 답답함인지 안타까움인지 모를 감정을 느꼈다.

"진태가 동굴 속 문화재는 우리만 차지해야 한다고 했거든요."

정균이 손바닥으로 이마를 짚었다. 진태의 사나운 눈매가 떠올랐다. 그는 수상한 점이 하나둘이 아니었다. 진작 사정을 알았더라면 애란에게 그를 조심하라고 충고했을 것을…….

이야기에 빨려들수록 정균은 어떤 사실 하나를 깨달을 수 있었다. 서서히 몸살이 가라앉고 있다는 사실이었다.

"언제까지 그렇게 얘기할 거니? 이리 나와보렴 애진아. 묻고 싶은 게 있어."

"싫어요!"

"왜 그래?"

"지금 목사님은 이전하고 달라요. 나는 알 수 있어요. 뭔가 달라졌어요. 아마도 목사님이 강해진 건지도 모르겠어요. 그게 무서워요. 나가지 않을래요."

"대체 왜 그러는데? 그 전엔 네가 먼저 내게 모습을 보였잖아?"

"그때랑 지금이랑은 달라요. 전 그냥 얘기만 하고 싶어요. 제 얘기를 들을 수 있는 사람은 목사님 빼고 아무도 없으니까요!"

"나갈 수 없다면 내가 가지!"

정균이 장승 뒤로 걸어갔다. 순간 그는 열여덟 살 때 당했던 충격에 고스란히 빠져버렸다. 그것은 장군보살의 힘으로 피리 꾼 귀신을 물리칠 때, 그가 우월한 입장에 서게 될 때 본 귀신의 원래 모습이었다. 애란이와 닮아 아름다웠던 애진이 나무를 짚고 서 있었다. 그녀의 머리카락과 옷에서는 사망했을 당시의 모습 그대로 물이 떨어지고 있었다. 얼굴의 반을 차지한 눈알은 주위의 살점이 사라져 둥그렇게 드러났고 입술도 떨어져나가 이빨이 몽땅 드러난 상태였다. 정균은 으앗, 비명을 지르며 비틀거렸다.

"보지 말라고 했잖아요……"

애진이 손으로 얼굴을 가렸다. 정균은 빠른 속도로 가라앉는 몸살을 의식했다.

"괜찮아. 네 모습 때문에 그러는 게 아냐. 옛날에도 이런 적이 있어서 놀랐을 뿐이야."

"놀란 건 저도 마찬가지예요. 목사님 눈에 제가 보여서."

애진이 천천히 손을 내렸다.

"네 말이 맞아. 난 강해진 건지도 몰라. 그 능력이 없어진 줄 알았는데 이젠 더 향상된 거 같거든. 역시 난 목사의 길을 걸으면 안 되는 사람인지도 모르겠어. 원래 죽은 사람을 보면 극심한 몸살을 느꼈는데 이제 네가 있어도 느껴지지 않아."

"그건 좋은 현상만은 아닐지도 몰라요. 조심하세요. 위험한 자들이 돌아오고 있어요. 냄새가 나요. 그리고 아버지를 만나더라도 너무 탓하지 말아주세요. 저와 애란이를 위해서 그러신 거니까. 제가 죽고 나서 죄책감에 너무 힘들어하셨어요. 그 때문에 목사님이 교회를 짓는 일에 앞장서서 도우신 걸 거예요. 애란이를 보거든 진태를 조심하라고 해주세요. 진태에 대해 알아낼 수 있는 게 전혀 없어요."

정균이 애진의 얼굴을 뚫어져라 쳐다보았다. 애진이 뒷걸음질 치며 황급히 손바닥으로 얼굴을 가리다가 뭔가를 깨닫고는 서서히 손을 내렸다. 그녀는 믿을 수 없다는 표정으로 더 이상 물방울을 흘리지 않는 자신의 모습을, 그다음에는 정균의 얼굴을 바라보았다. 죽은 사람의 얼굴을 가졌던 애진이 애란과 구별할 수 없는 본래의 모습으로 돌아와 있었다.

"목사님이 이렇게 하신 거예요?"

정균이 고개 저었다.

"나랑 같이 가지 않겠니, 애진아?"

"어디를요?"

"어디든지. 나는 이제 이 마을에서 혼자 남게 되었단다."

"저도 그러고 싶지만 그건 안 돼요. 저는 이곳을 벗어날 수 없는 몸이에요."

"난 이 마을을 유린한 상대와 맞서기에 너무나도 무력하단다."

"아니에요. 목사님은 강한 분이세요. 전 알 수 있어요."

애진이 밝게 미소 지었다.

"저…… 이제 가봐야 할 것 같아요. 이렇게 오래 나와 있기엔 너무 피곤하거든요."

애진이 한발 두발 뒤로 걸었다. 그녀가 스치고 지나감에도 나뭇잎은 살랑거리지 않았다. 그녀의 육신이 차츰 투명해졌다. 애진이 사라지기 전 정균이 손을 뻗쳤고 애진도 손을 내밀었다. 나뭇잎은 그녀를 잡지 못했지만 정균의 손은 그녀의 손을 잡았다. 약간 차갑긴 했지만 정균은 왠지 애진의 온기가 느껴지는 것 같았다.

"나를 믿는군요, 목사님은."

"또 만날 수 있겠지?"

"아무것도 장담 못 해요. 조심하세요. 아무도 믿지 말아요."

"그럴게. 또 보게 되길 바란다, 애진아."

"저도요."

정균이 손을 놓았다. 애진은 손을 흔들며 사라져갔다. 정균은 월수보살 패거리가 금생재륜교와 연관이 있을 거라 생각했다. 아마 동굴에서 붙잡힌 진태는 그들의 심전신활술에 당했을 터였다.

정균은 아직도 자기를 노려보는 장승을 지나 걸음을 옮겼다.

*

그가 다다른 곳은 애진의 집이었다. 묘화의 집을 찾아가려다가 계획을 바꾸었다. 집을 뒤진다고 나올 십자가가 아니었다. 그의 믿음을 안다면 황금 십자가는 찾지 않아도 그에게로 올 것이다. 그러나 정균은 균열이 생긴 스스로의 믿음이 아직도 변함없는지 확신이 서지 않았다.

다른 집들처럼 김동우의 집도 파손되어 있었다. 마당에는 피바다 속에 드러누운 시체가 있었다. 그리고 그가 애진의 아버지인지 확인하려는 찰나였다.

"김 목사?"

안방에서 목소리가 들려왔다. 살짝 연 문 사이로 김동우의 얼굴이 보였다. 그는 피 묻은 손을 내밀어 정균에게 들어오라고 손짓했다. 정균은 잠시 망설이다가 결심하고 안으로 들어갔다. 방 안에 들어서고 나서야 수학 선생의 다른 손에 칼이 쥐여 있음을 알 수 있었다. 방은 가구들을 넘어뜨려 만든 바리케이드를 친 요새로 변해 있었다.

"제가 나가고 무슨 일이 일어난 겁니까?"

정균이 물었다.

"몰라서 묻소?"

"모릅니다. 애란이를 보낸 후 정신을 잃었으니까요."

김동우는 인자한 표정을 잃고 신경질적으로 눈썹을 구겼다.

"딸아이를 살려줘서 고맙단 인사라도 해야 하나?"

"딸아이를, 살려요?"

"애란이가 벌벌 떨면서 돌아왔어. 당신 때문에."

"지금 어디 있어요?"

"아내랑 보냈지. 이 마을 밖으로. 다시는 돌아오지 말라고 했어."

"진태도 같이 갔나요?"

김동우는 대답하지 않았다.

"대답해줘요."

"같이 가지 않았어."

정균의 표정이 약간 풀어졌다.

"그건 잘한 일 같군요. 그런데 왜 같이 안 가셨습니까?"

"어디 간들 안전할 것 같아? 난 다흥 김씨인데."

"그럼 일가(一家)인 나도 선생처럼 죽게 되는 건가요?"

"공격이 최선의 방법이란 말도 있지."

정균은 그의 말투가 손에 쥔 칼만큼이나 거슬렸다. 그래서 권총을 꺼냈다. 뜻밖의 살상 무기를 본 김동우가 소스라치게 놀랐다.

"역시나 네놈이었군!"

"지금 뭐하자는 거죠?"

"뭘 하긴? 모두 죽어버렸잖아!"

"그건 내가 할 말입니다. 모두 죽었는데 어째서 당신만 살아 있죠?"

"당하기 전에 내가 먼저 죽였으니까."

마당에 쓰러져 죽은 이는 김 집사였다. 잘리지 않은 머리로 알 수 있었다. 김동우는 김 집사를 바라보는 정균을 비웃음 가득한 눈으로 쏘아보았다.

"저 암살자 놈은 네가 보낸 거지?"

"김 집사가 당신을 암살하려 했다고요?"

"확실해."

"죽여놓고 암살자로 만든 건 아니고요? 내 생각에 김 집사님은 날 찾으러 이곳에 온 것 같은데."

김동우의 눈이 광견의 그것처럼 어둡게 빛났다. 그 눈을 응시하자니 눈이 시어 눈물이 흐를 정도였다.

"밖에 있는 시체들도 당신이 그런 거요?"

"왜 모르는 척하고 있지? 다 알면서?"

"뭘 모르는 척한단 겁니까?"

"이 마을 놈들이 서로를 죽인 사실이지 뭐겠어? '신을 받으라!' '신을 받으라!' 하고 소리치면서 말이야! 모든 게 네가 떠나고 난 후에 일어났어. 그런데 100년 전에도 이 마을에 비슷한 일이 있었어. 망나니 하나가 어떤 교주의 머릴 자를 때 끔찍한 일이 생겼거든. 저주가 돌아래마을을 들이쳐 모든 사람이 몰살당할 뻔했어. 바로 오늘처럼! 다행히 현명하신 조상님들께서 얼른 사태 수습에 나섰기에 지금까지는 안전했지. 하지만 저주는 끝난 게 아니었어. 이제 두 개로 솟는 해처럼 저주도 절망과 함께 떠오르려고 해. 바로 김정균 너로 인해!"

정균은 김동우가 자신의 얼굴에서 권총 쪽으로 시선을 옮기자 팔을 들어 올렸다. 가까이 오던 김동우가 한 걸음 물러섰다.

"네가 이 마을을 선택한 목적은 오늘을 위해서였지?"

"무슨 소리요?"

"다 네가 꾸민 일이잖아?"

"나를 이곳에 보낸 건 주님이오!"

"구원일인이겠지."

"주님이오! 얼토당토않은 미신밖에 없는 이 원시 마을을 천상의 은총으로 교화시키라고 말이오! 당신은 묘화를 죽이려고 무당을 불러 살을 날렸어요. 제 엄마가 무녀였지만 묘화는 그렇지 않았어요. 그 애는 어리석은 천치에 불과했어요. 그저 누가 시키면 시키는 대로 하는 애였을 뿐. 제 엄마만이 가까이 있었기에 아무것도 모른 채 비천하게 살았고 제 엄마가 시켰기에 애진이를 물속에 빠뜨린 거요. 음모를 꾸미는 자들은 따로 있어요. 묘화는 진정 십자가를 입은 성녀일지도 몰라요. 그 아이를 안 건드렸으면 이런 상황은 안 닥쳤을지도 몰라. 그런데 당신이 묘화를 죽인 뒤부터 이 마을은 뭔가 뒤죽박죽이 되어 살인이 넘치는 지옥으로 변했어."

"애진이 때문에 그것들을 죽이고 싶었던 건 사실이야! 언제나 그랬지. 그것들이 범인이란 걸 알고 있었으니까! 하지만 묘화에게 살을 날린 건 복수도 아니고 애란이가 걱정되어서만도 아니었어. 묘화가 난정호에서 망나니의 칼을 건졌기 때문이야. 과거의 악몽이 되풀이되려는데 두고만 볼 순 없었어."

"칼이 아니야! 그건 십자가야! 내가 직접 봤어! 이 마을을 뒤흔드는 어떤 것이 당신들끼리 칼부림을 시키려고 그런 환각을 만들어내는 거라고!"

정균은 등에 엄습하는 가려움증에 몸을 이리저리 움직였다. 총구가 흔들거렸다. 김동우가 기회를 노리듯 조금 앞으로 다가섰다.

"묘화가 물에 빠뜨려 죽였단 말은 애진이가 직접 해줬나?"

"……."

"당신, 죽은 내 딸을 봤다면서?"

"사실이에요."

눈물이 글썽거렸지만 김동우의 맹렬한 눈길은 여전했다.

"이미 장일손의 복수는 시작되었어. 태양이 두 개 뜰 때 돌아오는다는 선녀보살의 예언은 정확하게 이루어졌어. 낙화관광에 기사로 취직한 홍판석의 아들이 다홍 김씨 종친회원들과 함께 다리 아래로 추락했지. 우리 조상들은 언젠가 제사장 장일손이 돌아와 그의 신을 위해 김광신의 후손, 우리 다홍 김씨들을 죽일 거라고 했지. 조심을 해야만 했는데 평온한 세월이 그들의 방심을 키웠어. 그들은 이날을 대비해 우리에게 가르침을 주고도 어떤 꼬임에 넘어갔는지 종친회 따위에 참석했다가 그런 변을 당하고 말았어."

"대체 무슨 가르침을 주었단 말이죠?"

"이 책에 나와 있는 가르침이지."

그는 총을 쏘지 말라는 신호로 한쪽 손바닥을 들어 보인 후 다른 손으로 뒤집어진 책상의 서랍을 열었다. 족보처럼 보이는, 온통 한자로 쓰여진 오래되고 빛바랜 서책이 나왔다. 문화재로 가치가 있을 법한 옛 시대의 유물이었다.

"부활할 금생재륜교의 제사장을 알아보는 방법이야. 선지자들이 지혜를 모아 전한 이 책에는 '그대는 그자가 지닌 능력으로 제사장 된 자를 알아볼 수 있다'라고 쓰여 있어. 그 능력이란 바로 죽은 자를 보고 만날 수 있는 힘이야. 넌 죽은 내 딸 애진이를 만났고 묘화 뒤에 서 있던 귀신도 알아봤어. 네가 이 마을에 오고 나서 모든 일이 생겨났지. 예언처럼 하늘에 두 개의 태양이 뜬 올해에 말이야. 넌 목사가 아니야, 너는 바로 장일손의 재래(再來)야."

"닥쳐! 우리 부모님은 그런 어처구니없는 얘기를 해준 적이 없어! 우리 조상 중에 그런 미친 소리를 전한 사람은 없었으니까! 이건 우리 성씨 전체가 아니라 당신과 이 마을에만 국한된 이야기야. 도시처럼 바쁠 일이 없어 '전설 따라 삼천리' 따위로 시간을 때우는 이런 한심한 시골구석 말이야! 이 마을은 적그리스도의 마법으로 저주받았어! 그건 미신을 신뢰하고 미신을 불러들인 당신들 탓이야! 없는 것을 있는 것처럼 불러내니까 그런 것들이 실제로 피와 숨을 얻어 사람들 사이를 활보해 사악한 기운을 불어넣은 거야!"

김동우가 책을 들이대자 정균이 총구를 다시 올렸다. 책에 휘갈겨진 한자를 그는 읽어낼 수 없었다.

"남이 볼 수 없는 걸 보는 내 능력은 옛날 잠깐 신이 들렸던 것에 불과하지 전설의 재래 따위가 아니야."

"아무리 부정해도 결론은 하나야. 장일손의 뒤를 이을 제사장은 너야. 해가 두 개 뜰 때 찾아온 귀신 보는 자."

"나도 똑같은 다홍 김씨란 생각은 안 해봤어? 내가 동족 성씨 모두를 죽이기 위해 다섯 개의 전도지 중에서 이곳으로 뽑혀 왔다고?"

갑자기 등이 미칠 듯이 가려웠다. 참지 못한 정균이 몸을 꼬다가 한 손을 등 뒤로 올리기까지 했다. 이 틈에 김동우가 달려

들었다. 식칼이 정균의 뺨을 스치고 지나 벽에 깊숙이 박혔다. 정균은 반사적으로 방아쇠를 당겼다. 진동의 충격이 손아귀를 덮쳤다. 김동우의 몸이 엄청난 무게로 정균에게 기울더니 연체동물처럼 스르르 무너졌다.

"그 총은 안전장치가 걸려 있었어⋯⋯. 내 눈으로 확인했어⋯⋯. 네가 틀림없는 장일손이야⋯⋯."

"난 교주가 아니야! 목사라고!"

김동우가 피를 토했다. 총알이 관통한 곳은 심장이었다. 정균이 급히 수건을 가져와 가슴에 댔지만 흰 수건은 빠르게 붉어졌다.

"이걸 알아둬요. 이 마을은 저주가 들려 사람들이 서로를 믿지 못해요. 내가 유일하게 믿을 수 있는 사람은 애진이밖에 없었어요. 애진이가 그랬어요. 아버지를 만나거든 너무 탓하지 말아달라고, 또⋯⋯."

정균이 김동우의 귀에 대고 잠시 망설이다가 말했다.

"죄책감 갖지 말라고요."

김동우는 정균의 눈을 응시했다. 허옇게 변해가는 얼굴에 작은 미소가 그려졌다. 그는 오른손을 가까스로 들어 올려 정균의 어깨를 잡았다. 죽음이 다가오자 그는 무섭게 눈을 치떴다.

"그게 내 딸이 전한 진실이라면 고맙다. 하지만!"

그는 마지막 숨을 몰아쉬었다.

"조상님들은 허언을 전하지 않는다⋯⋯. 귀신을 볼 수 있는 자가 바로 장일손이다⋯⋯."

손이 축 늘어졌다. 정균은 숨이 끊어진 김동우를 편히 눕혀
주고 이마에 손을 올렸다. 우상숭배에 물든 이의 머리는 끝내
정상으로 돌아오지 않았다.

'주여, 이 사람의 모든 죄를 사하소서.'

참담한 심정으로 정균은 일어섰다.


## 15


김동우의 집을 나설 때 빗방울이 떨어졌다. 검은 구름은 정
체된 채 움직이지 않았다. 모든 것이 검었고 우중충했다. 적그
리스도는 아직도 정체를 숨긴 채 마을을 유린하고 있었다. 비
를 맞으며 걸어가는 사이 등덜미의 가려움도 계속되었다. 살충
제라도 있다면 온몸에 뿌리고 싶었다. 형태야 어떻든 그가 원
하는 것은 정화(淨化)였다. 손이 닿지 않는 곳에서 가려움이 악
마처럼 그를 괴롭혀댔다. 그는 검은 하늘을 우러러 소리쳤다.

"사탄아, 거기 있다면 모습을 드러내라! 더 이상 나를 시험하
지 마라!"

그는 악의 실체를 찾기 위해 등을 휙 돌렸다. 시선이 닿은 지
점엔 검은 연기가 솟구치는 교회가 서 있었다. 고개를 떨군 그
는 집으로 걸음을 옮겼다. 아직 안강댁의 시신은 발견되지 않
았으니 그녀를 찾아 함께 마을을 벗어날 생각이었다. 그녀를
발견하지 못해도 바로 돌아래마을을 떠나리라고 그는 결심을

굳혔다.

난정호를 지날 때까지 보이는 사람은 아무도 없었다. 시체들만이 곳곳에 널려 있었다. 우중충한 하늘에 가을을 예고하는 바람이 불었고 떨어지는 빗방울이 호수 위에 무한정의 동심원을 그렸다. 정균은 호수 건너편을 바라보았다. 더 이상 그곳에 묘화는 없었다.

난정호를 지나친 정균은 자주 뒤를 살폈다. 따라오는 존재는 아무도 없었다.

이장의 집을 지나칠 때 그는 영걸이 갇혀 있던 방으로 가보았다. 탈옥수의 감방을 연상케 하는 골방은 텅 비어 있었다. 정균은 안강댁을 찾아 쉬지 않고 걸었다. 비가 차츰 거세졌다. 집집마다 우산이 있었지만 그는 내리는 비를 온몸으로 맞으며 걸었다.

김 집사네 집에 당도할 때까지도 비는 멎지 않았다.

시체 주위로 병아리와 닭들이 돌아다녔다. 자연의 섭리가 뒤틀린 돌아래마을에서는 이제 가축도 내리는 비를 피하지 않았다. 시체는 안강댁이었다. 정균은 가축들을 쫓아 보낸 후 빨랫줄에 내걸린 이불을 끌어내려 시신을 덮었다. 비에 젖은 이불은 무거웠고 머리를 잃은 육체의 굴곡을 그대로 드러냈다.

패배자의 걸음으로, 정균은 기거하던 방에 들어갔다. 가지런히 정돈된 신학 서적들과 벽에 기대놓은 기타를 보자 절망이 밀려들었다. 간신히 유지할 수 있었던 절제력이 무너졌다. 그는 책상 서랍에서 십자가를 꺼내 가슴에 모은 후 누웠다. 눈물을 참을 수 없었다. 울고 나니 한결 마음이 편안해졌다. 천장에 주님의 얼굴이 나타났다. 가엾다는 눈빛으로 그를 바라보는 것 같았다. 그는 채광창으로 시선을 돌리다가 눈을 감았고 자기도 모르게 잠이 들었다.

*

눈을 떴을 때 비가 그치고 날은 개어 있었다. 환한 햇살이 채광창으로 쏟아져 들어왔다. 정균은 자리에서 일어나 시계를 보았다. 정오였다. 가슴에 놓인 작은 십자가가 떨어졌다. 그것 하나뿐이었다. 커다란 황금 십자가는 어디에도 없었다. 아마도 그 십자가는 묘화를 주인으로 섬겨 정균에게로 오지 않을 모양이었다. 자신이 본 게 환각일지도 모른다는 생각이 들면서 정균은 당장 돌아래마을을 뜨기로 마음먹었다.

채광창에 머리 하나가 나타났다. 정균은 소스라치게 놀랐다.

"정균아!"

"어머니! 어머니가 여긴 웬일이세요?"

어머니의 얼굴이 사라지고 이번에는 아버지가 나타났다.

"정균아! 무사했구나."

아버지의 얼굴도 사라졌다. 이쪽으로 오는 발소리가 들리면서 문이 열렸다. 낯익은 부모님의 모습이 그에게로 다가들었다. 두 사람의 얼굴은 마을에 벌어진 참극을 전혀 모르는 양 밝기 그지없었다. 정균은 반가움보다 공포를 느꼈다. 자신들이 밟은 땅이 지옥의 악토(惡土)임을 알지 못하는 무지한 사람들에 대한 공포.

'나를 해치기에 앞서 부모님마저 해치려는 것인가? 내 눈앞에서! 이 또한 저주에 속한 운명이란 말인가? 제발, 부모님만은 안 돼.'

"여긴 왜 오셨어요?"

"얘야! 너 괜찮니?"

부모가 정균을 얼싸안았다. 정균은 두 사람을 부둥켜안고 눈물을 흘렸다.

"여긴 너무 위험해요! 왜 아무 말도 없이 오셨어요!"

"위험하다고, 여기가?"

부부는 무슨 소리냐는 듯 서로를 바라보았다.

"그래요! 악마가 활보하는 영역이죠! 대체 언제 오신 거예요?"

"이제 막 도착했어."

"정말 다행이야! 폭도들을 만나지 않았나요?"

"폭도? 대체 무슨 이상한 소리만 하고 있니?"

아버지가 어리둥절한 얼굴을 했다.

"네 몸에 이 피는 뭐니?" 하고 어머니도 다그쳤다.

"너 설마 또 귀신을 본 거니? 그러니? 또 귀신을 봤니?"

아버지가 정균의 어깨를 흔들었다.

정균은 다그치는 듯한 부모님의 얼굴에서 묘한 이질감을 느꼈다.

"왜 자꾸 그 질문만 하세요?"

"말했잖니? 꿈자리가 너무 어지럽다고. 그래서 이른 새벽부터 서울서 여기까지 달려온 거 아니겠니?"

"시체들 못 보셨어요?"

"시체라니, 그게 무슨 무서운 소리니?"

정균은 몸을 떨었다. 아무것도 모르는 부모님이 걱정이었다.

'그 존재가 가까이에 있다. 놈은 내 주변의 모두를 노리고 있어.'

"차를 갖고 오셨어요?"

"응."

"잘됐어요. 가면서 설명할 테니까 일단 이 마을을 빠져나가요."

"왜?"

'어디 있니? 모습을 보여라! 이 악마야!'

정균의 눈동자가 불안한 듯 좌우를 살폈다. 그 모습을 본 부모가 대경실색했다.

"세상에! 얘가 또 뭔가를 보는 모양이에요, 여보!"

"보살님을 데려오길 잘했지. 얼른 나가자, 정균아."

"보살님이라니요? 설마……."

"장군보살도 같이 왔다."

아버지와 어머니가 양쪽에서 팔을 부축했다. 정균은 마치 연행당하듯 두 사람에게 붙잡혀 걸음을 옮겼다. 등이 몹시 가려워 어머니한테 긁어달라고 말하고 싶었다. 김 집사네 너른 마당에 있던 가축들은 이미 쫓겨나고 없었다. 이불로 덮어놓은 시신도 사라졌다. 겪어온 모든 일이 거짓 같았다.

'여태까지 내가 본 것들이 환상에 불과했나?'

그는 핏발이 곤두선 눈으로 아버지와 어머니를 번갈아 바라보았다.

마당에는 무섭게 화장을 해 귀신처럼 보이는 장군보살이 서 있었다. 그녀는 실체 없는 허공에 두 눈을 두리번거리다가 정균을 알아보자 눈썹을 일그러뜨렸다.

"정균아, 괜찮니? 너 또 귀신을 보았지?"

'모두 그 소리뿐이군!'

"네! 네! 봤어요! 제발 그 질문 좀 그만했으면 좋겠네요."

"몸살이 또 느껴지니?"

"그게 그렇게 중요한가요? 얼른 여기서 나가요. 이 마을에 있다간 우리 다 죽어요!"

"중요한 얘기야! 대답해!"

"느꼈어요. 지금은 괜찮지만요."

"오, 역시!"

장군보살이 입을 달싹거렸다. 정균은 그 모습에서 성서를 가장해 이단의 주문을 외운 조필순 노인의 생전 모습을 연상했다.

"아버지, 열쇠 주세요."

정균이 열리지 않는 승용차의 문을 거듭 잡아당겼다.

"우리의 바람이 이루어졌구나!"

아버지가 두 손을 들었다.

"그분의 제물로 바친 여기 촌마을 놈들. 다 네가 그런 거지?"

정균이 차 문에서 손을 뗐다.

"대체 무슨 소리세요, 아버지? 제물이라뇨?"

"저기를 보렴. 태양이 두 개잖니?"

어머니의 손가락이 하늘을 가리켰다. 그 손가락에는 읽을 수 없는 한자가 새겨진 낯선 반지가 끼워져 있었다.

정균은 어머니의 손가락을 따라 시선을 옮겼으나 때마침 태양을 가린 먹구름만이 눈에 들어올 뿐이었다.

"미쳐서 서로를 죽인 사람들을 제물이라고 부른 건가요?"

"그건 네가 한 거야. 위대한 네가 신비의 법력을 보여 그들에게 희생의 대의를 깨우쳐준 거야. 100년 전처럼 이 마을 놈들은 죽어 마땅한 놈들뿐이었거든."

"왜 그러세요? 겁주지 마세요, 어머니."

"무서워할 것 없다. 우린 네 편이니까."

장군보살이 한 걸음 앞으로 다가섰다.

"제주의 부활은 이루어졌어. 죄다 목이 잘린 돌아래마을 놈들을 보니 확실해. 정균아, 내 아들아. 우리 조상들은 말이다, 가르침을 주셨단다. '그대는 그자가 지닌 능력으로 제사장된 자를 알아볼 수 있다'라고 말이다. 그걸 심도 있게 해석하면 '죽은 이를 볼 수 있는 자가 제주의 지위를 물려받을 자격이 된다'라는 말이란다."

아버지의 목소리는 감동에 젖어 높낮이가 달라졌다. 그가 무슨 말을 하는지 감이 온 정균은 등골이 오싹했다. 김동우의 경고가 있었기에 무슨 이야기인지 눈치챘던 것이다.

"내가 장일손이란 건가요?"

"그 이름을 함부로 부르면 못 써."

"왜들 이러시는지 모르겠지만 뉴스 봤어요? 다홍 김씨 사람들이 죽어나가고 있어요. 그래요, 장일손의 복수인지도 모르지요. 미신은 미신이지만 어쨌든 우리 성씨 사람들이죠. 그 사람들이 죽은 건 분명한 사실이에요. 우리도 곧 죽을지 모르고요."

"오래전에 그분은 우리를 용서하셨어. 대신 우리 일족 중의 하나를 그분께 바치기로 약속하고 받아낸 용서란다. 우린 귀신을 볼 줄 아는 네가 영광스럽게도 간택된 사실을 기쁘게 받아들였어. 여기 장군보살님이 아니었으면 그분의 위대한 뜻을 결코 알아채지도 못할 뻔했어. 만일 그랬다면 우리 역시도 끔찍한 사고를 당해 죽어버렸겠지."

어머니가 손을 내밀었다. 정균은 차마 그 손을 잡지 못했다.

장군보살이 앞으로 다가와 설득하듯 말했다.

"네가 가장 잘 아는 일일 텐데……. 정균아, 왜 모르니? 이미 넌 그분을 만나기까지 했잖니?"

"내가 장일손을 만났다고요? 대체 왜들 이럽니까? 뭐에 홀렸어요?"

"아니, 홀리지 않았어. 그러지 마라. 지금처럼 은혜로운 순간에 그런 말투는 그분께 불손한 태도가 되니까."

"수학 선생이 장일손이에요?"

"네가 몸살을 앓을 때 만난 분, 기억나지 않니?"

"뭐요? 애진이가…… 설마……."

"그런 잡귀는 들먹이지도 마!"

"그럼 누굴 말하는 거예요?"

"네가 열여덟 살 되던 해 너를 선택해 일부러 찾아오신 그분이 정말 피리꾼이라고 생각해?"

정균은 놀란 눈으로 장군보살을 돌아보았다.

"그럼 나를 괴롭혔던 그 노인이⋯⋯."

"구원일인의 제주이신 금생재륜교의 장일손 교주님이지. 그분은 심전신활술을 악용한 네 조상 하나 때문에 억울한 탄압을 받으셨단다. 제주 자리를 유지하지 못하셨어. 하지만 그분의 명줄은 끊어지지 않았어. 서서히 힘을 회복하면서 '천지개벽의 날'을 기다리다가 이제 위대한 구원일인을 불러낼 새로운 제주로 너를 간택하신 거야. 네겐 그럴 만한 자격이 충분히 돼. 내가 그랬잖니? 너는 이쪽으로 타고났다고."

정균의 등 뒤편에서 또 다른 목소리가 등장했다.

"넌 끝내 미신에 불과하다고 믿지 않았기에 우린 좀 더 기다릴 수밖에 없었지. 장군보살님은 그때 그분을 직접 만나시고 진리를 보는 눈을 얻었기에 오늘 이날을 위한 새로운 분으로 거듭나셨어. 묘화에게 다가가려고 개를 이용한 내가 그분의 손길로 갱생한 것처럼 말이야."

"상준이⋯⋯ 너도⋯⋯."

정균은 말을 잇지 못했다. 붕대를 푼 안상준은 깨끗하고 건강한 모습이었다. 그가 입었던 부상은 연극이 아니었었다. 미지의 효험이 그를 멀쩡한 인간으로 탈바꿈시켰다. 단, 냉혹함이 감도는 그의 눈빛만은 예전의 안상준이 아니었다.

그의 곁에는 누나라고 불리던 여자가 서 있었다. 어디선가 본 기시감의 의혹이 비로소 걷혔다. 그녀는 변장의 달인이었다. 정균은 눈앞에 있는 여자가 화장을 지우고 양장 대신 누더기를 걸친 모습을 상상해보았다. 그녀는 바로 묘화의 어미 월수보살이었다.

"상준이 너까지 왜 이래? 저 여자가 너를 세뇌시켰나?"

"아니! 위대한 분께서 나를 변화시킨 거지. 그런 분을 가장 가까이서 모실 너를 난 존경한다. 진심으로."

"말조심해! 이 이단자야! 나도 너도 목회자가 아니냔 말이다! 그리고 너 이 악마 같은 여자야. 딸을 바치고 나를 끌어들인 건 다 너의 음모였구나."

"정균이 너야말로 입조심해! 이분은 금생재륜교의 교리를 가르쳐주신 전도사님이셔."

"안상준! 지금 네가 얼마나 위험한 소릴 지껄이는지 알아? 사악함에 물들지 마, 이 친구야! 넌 지금 배교자의 길로 빠지고 있다고!"

"우리가 공부했던 우상의 신이 진짜 기적을 보여준 적이 있었나? 나는 참다운 신에게서 참 기적을 접하고 참 깨달음을 얻었어. 앞으로도 그런 기적은 꾸준하게 일어날 거라고. 이게 나의 변치 않을 유일 신앙이야. 물론 개를 괴롭히지 말라는 교훈은 덤으로 얻었고 말이지."

정균은 주먹을 들어 올렸으나 끝내 치지 못하고 상준의 얼굴 앞에서 부르르 떨기만 했다.

"그 참다운 신의 뜻이 고작 한 성씨를 몰살시키는 거라면 그런 뜻도 거부 없이 받아들이겠다는 거야?"

"앞을 못 보는 자여, 겨우 성씨 하나를 이 땅에서 없애는 게 그분의 뜻이라고 생각해? 시야를 넓게 가져. 넌 온 우주를 초월하는 신의 교주가 된 자야."

"원대신왕께서는 선택받은 인간을 널리 복되게 하십니다."

월수보살이 말했다.

"없어질 종자는 없어지고 필요한 종자만이 남아요. 한 성씨의 절멸은 다른 성씨들에게도 본보기가 되어 그들을 무릎 꿇릴 수 있어요. 오직 그분께 선택받은 자들만이 최고 경지에 들어 모든 진리를 현찰(賢察)할 수 있는 것이지요."

"얘, 정균아."

어머니가 눈물이 글썽한 눈으로 정균을 끌어안았다.

"천지개벽의 날이 끝나면 우린 성씨를 바꿀 거야. 새로운 성씨의 창시자가 되는 거지. 금생재륜교는 우리에게 무한한 행복과 번영과 성공을, 아프지 않는 건강함과 대를 잇는 권력을 줄 거야. 네 아버지와 나도 처음에는 믿음에 회의를 가졌어. 하지만 그건 거짓이 아닌 진실이야."

"당연히 회의를 가지셔야죠, 어머니! 저들은 사람의 가죽을 쓰고 나타난 사탄이에요."

"사탄이 아니란다. 우린 이미 기적을 접했어! 이번에 네 형이 법관이 된 것도 그분의 뜻이 작용한 결과야. 원래 내정자는 다른 사람이었지. 그는 지금 교통사고를 당해 하반신을 잃었어. 그래서 네 형이 된 거야. 알겠니? 다 그분의 힘이란 말야. 이건 시작에 불과해. 곧 의사도 땅 부자도 장관도 나올 거야. 정부 요직도 힘 있는 공무 수행자들도 다 우리 사람들 차지가 될 거란다. 네 덕분에 말이야."

"언젠간 이 나라 대통령조차 우리 마음대로 할 수 있는 날이 올 거다. 바로 그분의 힘과 그분을 돕는 너의 힘으로 말이다."

아버지가 정균을 끌어안았다.

부모는 눈물을 쏟았지만 아들을 위해 흘리는 눈물은 아닌 것 같았다. 정균을 닮은 부모의 얼굴에는 광신적인 환희가 넘쳤다. 상준이 정균의 어깨를 다독였다.

"네가 애시당초 이 마을의 전도를 맡게 된 것은 말야. 그 또한 위대한 분의 뜻이야. 너와 내가 나온 대학의 높은 자리에 계신 분 하나가 실은 금생재륜교의 고승(高僧)이시거든. 원래부터 너를 이곳에 보내려고 하셨는데 네가 먼저 자원을 했으니 이야말로 섭리 아니겠어? 너도 잠재적인 숙명을 깨닫고 있었다는 증거가 아니고 뭐겠어?"

"이런 일에는 도움 주는 신도들의 힘이 절대적이에요. 당신을 만나기 위해 묘화는 순교까지 했어요. 그걸 기억해요."

월수보살도 정균의 어깨에 손을 얹었다.

"묘화를 죽음으로 내몬 건 너야! 어미라는 작자가 딸을 죽게 만들었다고."

"예정되어 있던 거예요. 석발과 선녀보살이 함께 순교하면서 제주의 뜻을 살려냈듯 묘화는 석발의 칼을 안고 선녀보살의 역할을 맡아 당신을 깨우치게 한 거예요."

"당신은 묘화의 엄마잖아!"

"유모예요. 엄마가 아니에요. 묘화는 명진보살의 마지막 핏줄이었어요. 앵두라는 이름을 들어본 적이 있죠?"

정균은 광기 서린 함성을 내지르며 팔을 휘둘렀다. 머리가 터질 것 같았다. 제발 거짓이라 말해달라 소리치고 싶었지만 그의 말을 들어줄 이는 아무도 없었다. 어느새 그는 사람들에게 빙 둘러싸였다.

월수보살이 안타깝다는 표정을 지었다.

"제주께서도 석발을 보셨잖아요. 순남이네 집에서."

"아냐……. 내가 본 건 예수님이야."

"석발이에요."

"그가 석발이야, 정균이."

상준이 가세했다.

사람들이 원을 이뤄 빙글빙글 돌았다. 정균은 머리가 어지러웠다. 그들 뒤편으로 어느새 이중의 포위망이 펼쳐졌다. 머리 없는 마을 주민들이 여기저기서 일어나 더 큰 원형을 그리고 있었다.

'오오, 이건 꿈이야, 현실이 아니야…….'

정균은 비명을 질렀다. 똑같은 포위망이 삼중 사중으로 포개져 무수한 원을 그렸다. 그가 도망갈 곳은 어디에도 없었다.

"오, 주여. 저를 불쌍히 여기시옵고 이단의 무리들을 벌하소서! 아아악!"

정균이 팔이 등 뒤로 꺾였다. 놀란 상준이 그를 끌어안았다.

"왜 그래?"

"가려워! 가려워 미치겠어!"

"물러서!"

장군보살이 상준에게 엄하게 명령했다. 상준은 즉각 손을 놓았다. 정균은 괴로운 듯 땅바닥을 굴렀다.

"오, 하나님 아버지……."

가려움이 통증으로 변하면서 정균은 땅바닥을 기었다. 등에서 살가죽 찢어지는 소리가 낭자하게 울려 퍼졌다. 원을 둘러싼 사람들이 "아맹(我盟)!" 하고 부르짖었다. 딱딱한 뭔가가 등을 뚫고 바깥으로 나오고 있었다. 지독한 고통이었지만 다행히 길지 않았다. 삽시간에 통증은 사라지고 찢어졌던 살도 원래대로 붙었다. 눈부신 빛이 세상을 둘러쌌다.

정균은 고개를 들었다. 그의 등에서 나온 물건이 빛을 발하며 허공에 떠 있었다. 그렇게나 찾아 헤매던 황금 십자가였다. 십자가는 그의 몸 안에 있었던 것이다! 그리고 그 옆에는 주님이 서 계셨다!

먼저 탄성을 터뜨린 이는 장군보살이었다.

"오오, 100년 전의 신칼이로구나! 그리고 칼의 주인이야!"

그녀가 먼저 엎드려 절했다.

황금 십자가가 공중에 떠 찬란한 빛을 발했다. 정균은 십자가를 바라보았다. 모든 사람들이 그 앞에 엎드려 절하고 있었다. 왜 사람들이 십자가를 보고 칼이라고 그러는지, 왜 주님을 보고 석발이라 그러는지 선뜻 이해되지 않았다.

그러자 이제 막 먹구름을 걷은 푸른 하늘이 쌍둥이를 안은 산파처럼 두 개의 태양을 보여주었다. 십자가에서 발하던 빛이 태양 빛에 가려졌다. 순간 정균은 십자가라 생각했던 것이 가축을 도살할 때 쓰는 칼이고, 주님이라고 생각했던 자가 사악한 망나니임을 알아보았다. 목이 없는 시신들이 푸르른 숲으로부터 호위하듯 소를 몰고 나타났다. 아지랑이 때문에 소와 그 위에 올라탄 사람이 흐느적거렸다. 정균은 눈을 비볐다. 소에 올라앉은 사람은 몸살을 앓던 열여덟 살 때의 바로 그 노인이었다. 정균을 알아본 노인이 히죽 웃음 지었다. 절하던 이들이 모두 일어났다. 그들은 노인을 보지 못하는지 다른 곳을 보고 있었다. 그들의 시선이 닿은 황폐한 밭에서 지게꾼 하나가 무거운 걸음을 옮기며 다가오고 있었다. 정균은 범수 대신 진태가 조필순 노인의 자개농을 지게에 지고 왔음을 알았다. 달라진 진태의 표정에도 교활함이 깃들어 있었다. 그는 아맹이라는 한 마디 구호를 던지고 나서 자개농을 내려놓았다. 어느새 정균은 사람들에게 팔다리를 붙들린 채 무릎 꿇려져 손가락 하나 까딱할 수가 없었다. 장군보살이 월수보살에게서 커다란 열쇠를 건네받은 후 정균에게 말했다.

"장일손 교주의 정신은 죽지 않았어. 오늘을 위해 수명이 긴 종자를 선택해 인고의 세월을 견뎌오셨지."

도끼질 수십 번에도 끄떡없던 황동 자물쇠가 빗자루처럼 생긴 열쇠에 의해 간단히 열렸다. 그 안에서 나타난 검은 존재와 맞닥뜨린 정균은 최악의 공포에 사로잡혀 순식간에 머리털의

색깔이 변했다. 미끌미끌하고 축축한 피부, 어둠보다 깊은 거대한 검은 눈, 사람을 둘러보며 길어졌다 짧아졌다 하는 머리통, 온몸에 각이 진 징그러운 형상……. 장롱 안에서 검은 눈을 부라리다가 한발 두발 지상을 밟은 그 존재는 거북이였다. 사람만 한 크기의 거대 거북이었다. 맹신도들에게 보호받으며 100년의 시간을 좁은 공간 안에서 버틴 존재가 제주 김정균에게 최후의 심전신활술을 행하기 위해 거룩한 움직임을 시작한 것이다!

정균은 조 노인이 하던 말을 기억해냈다.

"몰라봤어. 그분이야. 몰라봤다고. 에이고, 그분이 틀림없구나."

"묘화도 네 딸도 다 잘 있다. 걱정 말고 너희는 그분을 맞을 준비나 잘해라."

우사의 말도 생각났다.

"그것의 기운은 강한 정도가 아니야. 힘을 숨기기도 마음대로고 드러내기도 마음대로야. 지금도 가까이에서 그 기운이 느껴지지만 나는 결코 알아낼 수 없어. 하물며 너희 같은 것들이 그것을 상대하겠어?"

정균은 좌절했다.

'맙소사! 그게 나였다니! 그럴 리가 없어!'

상준이 가위로 정균의 머리카락을 자르고 상처를 내 부적에 피를 묻혔다. 거북은 월수보살의 읊조림을 알아들었는지 전진을 멈추고 얌전히 좌정했다. 귀신을 볼 줄 아는 정균은 거북 옆에 선 노인의 모습을 볼 수 있었다. 소에서 내린 노인은 너덜거리는 목을 잡고 얼굴의 절반을 차지한 눈으로 그를 내려다보고 있었다. 그가 바로 18세 때 만난 피리꾼 노인, 100년 전에 조선을 희롱했던 장일손이었다. 정균은 도망치려 안간힘을 썼지만 그를 붙잡은 자들의 손아귀에서 벗어날 수 없었다.

"오, 주여……. 지상의 모든 자들을 사랑하시고 죄지은 자를 용서하셨듯이 이 어리석은 자들을 용서하소서!"

자포자기한 정균이 큰 목소리로 주 예수그리스도를 불렀다.

진태와 상준이 지게에서 큰 톱과 정글용 칼을 꺼내 들었다. 그들이 이 흉악한 도구를 거북의 목에 천천히 들이대는 동안 월수보살이 부적을 들고 주문을 외기 시작했다. 정균은 주문이 끝나면 두 사람이 거북을 죽이고, 거북 안에 있던 장일손의 정신이 자신에게로 들어온다는 사실을 알았다. 그것이 사이비 주술로 치부했던 금생재륜교의 심전신활술일 터였다. 정균은 월수보살이 외우는 주문을 압도할 목소리로 하늘을 향해 간곡히 소리쳤다.

"하늘에 계신 아버지, 아버지의 뜻이 하늘에서와 같이 땅에서도 이루어지게 하소서! 우상 숭배자들의 획책에 넘어가지 않게 하시고 영원히 아버지의 아들로 남아 있게 하소서!"

월수보살의 음성에 끈적끈적한 귀기가 묻어났다. 온 산의 풀이 겨울의 한기를 느끼듯 바르르 떨고 겁에 질린 산짐승들이 일제히 울어댔다. 그때 머리 없는 자들의 원형 포위망을 뚫고 이쪽을 향해 달려오는 한 사람이 있었다. 원을 만든 파수꾼들은 눈이 없으므로 그를 볼 수 없었다. 머리가 있는 자들은 교단 최대의 기적을 목도하는 데 정신이 팔려 달려오는 그 사람을 미처 알아채지 못했다. 그는 머리가 있었지만 눈이 없었다. 앞을 볼 수 없는 장님인 그는 정확하게 정균이 잡혀 있는 쪽으로 달려왔다. 그의 손에는 갈퀴자루 끝에 식칼을 매단 창이 쥐여 있었다.

"저건 누구지?"

정균의 아버지가 말했다.

"저게 뭐야? 막아!"

장군보살이 소리쳤다. 눈을 뜬 정균은 그 사람을 알아보았다. 그는 최근에 두 번 만난 적이 있는 밤나무집 노인이었다. 장일손의 표정이 분노로 일그러져 얼굴 가득히 차지한 눈알에서 핏줄이 터져나갔다. 밤나무집 노인이 휘두른 창에 앞을 막으려던 상준이 넘어졌다. 정균은 목이 터지도록 노인을 불렀다. 눈이 없는 그가 자신의 위치를 정확하게 알 수 있도록. 정균은 시험과 의심의 한복판에서 생을 살아왔지만 이제 자신이 해야 할 일이 무엇인지 스스로의 의지로 깨달았다. 결국 그의 기도는 이루어진 것이다! 믿음에 용기를 얻은 그는 이단자들의 강압을 극복하며 일어섰다. 용기는 기적을 불러왔다. 그를 제압했던 사람들이 힘을 쓰지 못하고 옆으로 나가떨어졌다. 일어난 정균은 주님이 그랬던 것처럼 천천히 팔을 옆으로 펼쳤다. 사람들이 아무리 힘을 써도 열십자로 팔 벌린 정균의 몸을 굽힐 수 없었다. 정균의 어머니가 가장 먼저 울부짖었다. 월수보살이 주문을 멈추고 물었다.

"감히 구원일인의 사도들에게 불손한 무기를 휘두르다니 넌 누구냐?"

밤나무집 노인이 월수보살에게 소리쳤다.

"내 이름은 이인우라고 한다! 아무 희망도 없는 나를 오늘날까지 살아 있게 한 것은 마귀들에게 딸을 빼앗긴 아버지의 피눈물이자 너희들이 만들어낸 사악한 심전신활술이다. 악랄한 너희들의 술법이 너희들을 멸할 것이다. 나를 기억해라! 이건 명진보살이 아닌 앵두를 위한 아비의 복수다!"

말을 마친 그는 창을 번쩍 쳐들었다.

"안 돼!"

금생재륜교의 추종자들이 일제히 외쳤다. 거북 옆에 서 있던 장일손이 옛날에 그랬던 것처럼 몸이 거꾸로 되어 머리로 쿵쿵 땅을 찧었다. 그의 뒤편으로 불길이 치솟았고 얼굴 전부를 차지한 두 개의 눈알이 분노로 파열했다.

"미안하오, 목사 양반! 다른 방법이 없소."

노인이 위엄 있게 말하자 정균은 무겁게 고개를 끄덕인 후 이단자들을 향해 입을 열었다.

"세상을 기만해온 뱀의 그림자들아! 이제 나와 함께 태초의 그곳으로 돌아가자!"

열십자로 편 정균의 팔이 이단자들의 덜미를 꽉 붙들었다. 그 서슬에 그들은 밤나무집 노인을 막아내지 못했다. 여자들이 사악한 비명을 질렀다.

악마의 표정을 한 진태가 몸을 날려 노인을 덮쳤다. 그러나 그보다 한발 빨랐던 건 이인우의 정신이 깃든 밤나무집 노인이었다.

정균은 가슴 깊숙이 들어오는 쇠붙이의 감촉을 느꼈다. 숨이 막혔지만 고통은 없었다. 기독교적 세계관이 뿌리내리지 못한 허상의 땅에서 그의 최후는 반향을 불러일으켰다. 머릿속에서 간택받은 자의 암흑이 스러지고 회개한 자의 광명이 찾아들었다. 폭양(曝陽)에 녹아버리는 눈처럼 밤나무집 노인의 모습이 사라졌다. 머리로 땅을 찧으며 발악하던 장일손도 검은 먼지로 화해 부활의 기회를 박탈당했다. 거북은 배를 하늘로 향한 채 수명을 다했고 장승 위에 앉아 있던 커다란 장닭은 그대로 몸이 굳어 박제품이 되고 말았다. 사교의 추종자들은 살가죽을 찢는 자해로 그들만의 신을 기리고 또 기렸다. 악덕은 서로에 대한 불신을 낳았고 책임 전가의 유혈은 낭자했다. 피가 강이 되고 하나하나 숨통이 끊어지면서 절망적으로 울부짖는 자들의 목소리도 희미해졌다. 악은 스러지고 혼돈은 종식되었다. 평온한 고요에 싸인 정균은 마지막 희망을 품고 고개를 들었다. 그러자 꺼져가는 의식 속에서도 그의 눈에 생생히 보이는 형상이 있었다. 빛 가운데 있는 그분이었다. 거듭 고난 주고 환란에 처하게 하고 시험을 준 그분은 결국 나약한 인간을 승리로 이끌었다. 은혜로움에 미소 지은 정균이 최후의 한마디를 토해냈다.

"아……멘……."

정균은 열십자로 들어 올린 팔을 결코 내리지 않은 채 눈을 감았다. 그의 주 예수그리스도를 향한 변치 않는 믿음은 두 개

의 태양이 마침내 하나가 되는 기적을 낳았다. 그와 동시에 돌
아래마을에는 처음으로 귀뚜라미가 울었다. 지독한 여름도 끝
나고 마침내 가을이 찾아올 징조였다.


*


소녀와 소년이 길을 걸었다. 그들은 오랜 시간 산길을 내리
걸어 평지에 도달했다. 화창하던 햇살이 사라지고 비가 쏟아
졌다. 둘은 흠뻑 젖었다. 소녀는 성경을 끌어안은 채 앞을 보고
걸었고 소년이 그 뒤를 따랐다. 길은 포장도로로 변하고 시골
의 조악한 버스 정류장이 나타났다. 소녀와 소년은 지금 막 도
착한 버스를 타지 않았다. 버스에서 내린 남자 하나가 비닐우
산을 펼쳤다. 남자는 소녀와 소년이 지나온 길을 가리켰다.
"저 산길로 올라가면 돌아래마을이 나오니?"
소년이 고개를 끄덕였다.
"너희도 거기서 오는 길이니?"
이번에도 소년이 고개를 끄덕였다. 소녀는 남자의 얼굴을 빤
히 쳐다보았는데 시선이 지나쳐 남자가 민망함을 느낄 정도였
다.
"거기들 살아?"
소년은 단호하게 고개를 저었다.
"그럼 묘화라는 애를 모르겠네?"
소년이 고갯짓을 멈췄다. 소녀는 남자의 얼굴을 눈으로 관통

할 정도로 깊이 응시했다.

"무당의 딸 말이야. 월수보살이란 무당."

소년과 소녀는 아무런 말도 하지 않았다. 남자는 이 아이들이 뭔가 알고 있으면서도 입을 다문다는 인상을 받았다. 침묵 사이로 타닥거리는 빗소리만이 세상을 채웠다.

"아저씨 월남에 갔다 왔죠?"

소녀가 처음으로 입을 떼었다.

"그걸 어떻게 알았니?"

남자의 표정에 흥미로움이 묻어났다.

소녀가 손가락으로 남자의 가슴을 가리켰다. 남자는 자신이 입고 있는 군용 야전상의를 내려다보았다.

"아, 이거? 그래, 난 베트남 참전 용사야."

"월수보살이 부인인가요?"

"그 여자를 알아?"

"저 마을에 산다는 것만 알아요."

"묘화도 살고 있는지 알고 있니? 그 딸 말이야."

"떠났어요."

"어디로?"

"몰라요."

"지 엄마랑 같이?"

"혼자 떠났어요."

남자의 얼굴에는 실망한 표정이 떠오르면서도 희망의 기운이 섞여 있었다. 혼자 갔다는 말이 그런 효과를 준 것 같았다.

남자는 질문을 더 했지만 소녀는 더 이상 입을 열지 않았다.

"내 얘기 들어볼래?"

남자가 이야기를 털어놓았다. 그렇게 하면 둘에게서 묘화와 관련된 정보를 더 얻어들을 수 있다는 듯이. 그는 누군가에게 털어놓고는 싶은데 말할 상대가 없어 오랜 시간 답답해왔던 사람처럼 이야기보따리를 풀었다.

"그 여잔 내 아내가 맞다. 나는 홀아비였고 그 여잔 묘화라는 어린 딸을 데리고 있는 과부였어. 우리 셋은 춘천에 잠시 살았어. 그런데 거기서 그 여자가 나하고 묘화한테 아주 무서운 짓을 했어. 원래 그 여자는 신의 부름을 받은 무당이라서 결혼을 하면 안 될 몸인데 나를 만난 사실을 신이 알게 되어 우리 모두 죽을 운명에 처했다는 거야. 그 때문에 그 여자가 너무나 미친 짓을 해서 견딜 수 없었단다. 어느 날 그 여자는 계시를 받았다면서 내가 사라져야만 묘화가 살 수 있다고 했어. 날 보고 베트남으로 가라고 했지. 그 여자한테 무섭고 신비한 일들을 하도 많이 겪은 터라 나는 그 말을 듣지 않을 수가 없었어. 내가 가지 않으면 신께서 묘화를 해칠 것이라는 말이 거짓이 아닌 거 같았거든.

난 파병 부대에 지원해 베트남으로 갔어. 살아서 돌아오지 말라는 의미로 거길 보냈다는 건 나중에 깨달았지. 죽을 고비를 스무 번이나 넘겼으니까. 그곳 생활은 너무나 힘들고 무서웠어. 그런데 이상했어. 그 여자한테서 해방된 건 좋았는데 어쩐 일인지 묘화가 계속 생각났거든. 내 친딸도 아닌 아이인데 왜 그리 걱정이 되는지 몰랐어. 불쌍한 그 아이가 미친 엄마한 테 시달리고 있을 생각을 하니 마음이 아파 견딜 수 없었어. 난 결심했어. 살아서 돌아가면 반드시 그 아이를 찾아내 좋은 곳으로 데려가야겠다고. 그런 마음가짐 덕인지 난 전쟁터에서 죽지 않고 살아 돌아왔어. 수소문 끝에 이 마을에 두 사람이 살고 있다는 걸 알아냈지. 난 오늘 묘화를 데리러 온 거란다. 좀 더 일찍 오지 못한 이유는 그 아이를 양육할 만큼 충분한 돈을 모으지 못했고, 어디에 살고 있는지 알아내지 못했기 때문이야. 지금 묘화는 열여덟 살이 되었을 거야. 이제 그 불쌍한 애를 데리고 도시로 나가 학교도 다니게 하고 좋은 옷도 사 입히고 싶어. 그런데 혼자 여길 떠났다고?"

"그래요. 어디로 갔는지는 모르지만 걱정 안 해도 돼요. 옛날의 묘화가 아니니까요."

소녀의 목이 잠겼다.

"넌 묘화를 잘 아는 모양이구나."

남자가 소녀를 바라보았다.

"아뇨."

소녀가 대화를 끝내려는지 소년의 손을 잡고 이끌었다. 소년은 말없이 소녀를 따랐다. 남자는 손에 쥔 비닐우산을 건네주었다.

"난 나쁜 사람이 아니다. 이걸 쓰고 가거라."

소녀가 우산을 받았다. 남자는 버스 정류장에 홀로 남아 뭘 해야 좋을지 모르는 사람처럼 담배를 꺼내 물었다. 거리가 멀어졌을 때에야 소녀가 뒤돌아보았다. 남자는 소녀를 쳐다보지 않았다.

"안녕히 계세요. 아버지……."

소녀가 낮은 음성으로 말했다.

"이제 가자, 애란이 누나."

소년이 처음으로 말했다. 그리고 소녀의 손을 잡아 이끌었다.

애란의 눈에 눈물이 글썽했다. 비가 세차게 내려 그녀의 눈물은 드러나지 않았다. 그녀가 품에 안은 성경에는 '1학년 3반 임달복'이라는 글씨가 적혀 있었다. 함께 걷는 영걸은 꼭 쥔 그녀의 손을 놓지 않았다.

애란은 산속에서 이 성경을 주웠을 때 몸 안으로 들어오는 어떤 존재를 느꼈다. 죽었다고 생각한 그 존재는 죽지 않고 살아 있었다. 그 존재의 힘이 함께 도망치던 어머니를 위태로운 벼랑 아래로 떠밀게 했고, 끝내 따라오지 않은 진태의 정체를 알려주었으며, 실패의 기운이 가득한 이 마을을 떠나 새로운 힘을 찾으라는 계시를 받게 했다. 그 존재는 묘화였다.

비닐우산이 빗물을 튕기며 나아갔다. 돌아래마을에서 남들은 모를 종교적 체험을 겪은 두 사람은 이제 세상 밖으로 움직임을 시작했다.

누군가 그랬다. 끝났다고 생각한 모든 일이 사실은 끝난 것이 아니라고…….

# 뒷이야기

## 2019년

다흥 초등학교 4회 졸업반 동창회는 가을 야유회 장소로 인근 섭주군의 난정호를 택했다. 전날 52세 생일을 맞이한 총무 임달복은 동창 38명이 모인 호수에서 슬쩍 사라져 몰래 야산을 올랐다. 친한 동창 두 명이 그와 동행했다. 그들이 산을 갔다 오는 동안, 나머지 35명은 당시 다흥 국민학교의 담임이었다가 다흥 초등학교의 교장을 역임한 후 얼마 전에 퇴직한 장윤덕 선생님을 모시고 이야기꽃을 피울 것이다. 입심 좋은 선생님의 추억담에 정신을 빼앗겨 아무도 이 세 사람이 없어진 사실을 모를 거란 확신이 임달복에게는 있었다. 그는 45년 전에 발견했던 동굴이 아직도 있을까 하는 호기심 때문에 산을 올랐다.

"바로 그해 봄에 다흥으로 이사를 가느라 그 동굴에 관해선 결국 알아내지 못했지. 2000년대 초반에 재개발이 되기 전까지 섭주 돌아래마을은 사람들 기억에서 완전히 잊혔거든."

"왜 잊혀? 이렇게 멋진 호수를 가진 마을인데."

6학년 때 옆짝이었던 정희가 물었다. 달복이 섭주에서 전학을 온 것처럼 당시 정희는 군위에서 전학을 왔다.

"저주받았으니까."

"저주?"

"응. 옛날 이 마을에는 묘화라는 무당 딸이 살고 있었어. 어느 날 걔가 신이 들렸는데 걔가 손만 대면 걷지 못하는 사람이 일어나 걷고, 죽은 사람도 되살아나고, 호수를 향해 '물고기야 잡혀라' 하면 그물 가득히 물고기도 잡혔다는 거야. 난 묘화가 신들리기 전에 이사를 가서 직접 보진 못했지만 그해 가을에 서울에서 목사 세 명이 내려온 사실은 알고 있어. 묘화가 자기한테 내린 신이 예수라고 주장해서 이 마을 목사님이 서울의 원로들을 불러 사실인지 아닌지 확인하려 했던 거야. 그런데 그 서울 목사들이 돌아래마을에 와서 발견한 게 뭔지 알아?"

"죽었다가 일어난 좀비들?"

정희가 킥킥댔다. 달복은 웃지 않았다.

"목사들이 발견한 건 텅 빈 마을이었어. 집도 논밭도 다 그대로인데 사람들이 감쪽같이 사라진 거야. 단 한 명도 안 남은 채로."

"정말이야, 거짓말이야?"

정희가 못 믿겠다는 표정을 지었다.

"아냐. 그 얘긴 나도 알아."

다홍 토박이 미경은 달복의 말을 믿는 눈치였다.

"아니, 너도 다는 모를걸?"

달복이 말했다.

"사람들이 어디로 갔는데?"

정희가 달복에게 물었다.

"말 그대로 감쪽같이 사라졌다니까. 나도 이사 안 가고 계속 여기 살았으면 오늘 동창회에도 못 나올 신세가 됐겠지. 집에 가거든 인터넷에서 1976년 돌아래마을 집단실종사건을 검색해봐. 거기 다 나와."

"난 몇 번 찾아봤어. 결국 원인도 결과도 밝혀진 건 아무것도 없던데. 한 마을 주민 전체가 실종된 사상 초유의 영구 미제 미스터리 사건일 뿐이지."

미경이 말했다.

"대부분이 그렇게 알고 있지. 그런데 나는 그 사람들이 실제론 어떻게 됐는지 알거든."

"어떻게 됐는데?"

두 동창이 고개를 휙 돌려 달복을 바라보았다.

"우리 아버지가 경찰이라서 아는 거야. 근데 당시에는 입조심하라고 잔뜩 겁을 주셔서 여태껏 아무한테도 말하지 않았어."

"뜸들이지 말고 말해봐, 달복아! 어떻게 됐냐니까!"

활달한 정희가 답을 재촉했다.

"마을 사람들이 하나도 안 보이니까 목사들이 읍내까지 가서 경찰을 불러왔나 봐. 출동한 경찰들도 거짓말처럼 텅 빈 마을을 보니 놀랄 수밖에. 그렇게 수사가 커지고 이슈가 되면서 군대까지 동원한 대대적인 수색이 벌어졌어. 그러다가 마을 사람들이 한꺼번에 발견된 거야."

"어디서? 동굴에서?"

미경이 물었다.

"아니, 난정호 바닥에서."

"바로 여기 호수?"

"그래. 마을 주민 전부가 목이 잘린 시체로 호수 밑바닥에서 발견되었어."

"뭐라고!"

"우리는 모르지만 나라에서는 이 사실을 알고 있을걸. 시끄러워질까 봐 비밀에 붙인 거지."

"엄마야!"

"거짓말하지 마! 너 우리 겁주려고 그러는 거지?"

정희와 미경이 기겁을 했다. 달복도 웃긴 했지만 어투는 더없이 진지했다.

"이 좋은 경관을 가진 땅이 왜 2000년대 초까지 버려졌겠어? 바로 그 사건 때문에 사람들에게서 강제로 잊혔고 접근도 허용치 않은 거라고."

"진짜야?"

"진짜라니까."

"대체 누가 그런 짓을 한 건데?"

"그건 나도 몰라. 우 순경 사건하고 비슷한 건지, 아니면 간첩단 소행인지, 아니면 사람을 미치게 하는 무슨 전염병 같은 게 돈 건지. 그것도 아니면……."

달복이 입을 우물거렸다.

"그것도 아니면?"

"묘화의 짓인지……."

"넌 그 여잘 알아?"

미경이 물었다.

"어릴 때 몇 번 본 적은 있어. 무시무시한 애였지. 힘이 장사였고 생긴 것도 무서웠어. 눈은 쭉 찢어졌고 얼굴이 북북 얽었거든. 곰보라고 놀렸다가 물속에 내 머리를 처박아버린 적도 있었어. 그때 이 마을에는 교회가 있었는데 김정균이란 젊은 목사님이 마을을 알차게 꾸몄었지. 그분이 집집마다 성경책을 나눠주셨어. 난 그걸 잃어버렸는데 얼마 후에 묘화가 갖고 있는 걸 봤어. 근데 무서워서 돌려달란 말을 하지 못했어."

"걔가 정말 무슨 짓을 했니? 네 눈으로 직접 봤어?"

"그건 몰라. 내가 이사 가고 나서 신이 들렸다니까."

"그 목사도 시체로 발견됐어?"

정희가 물었다.

"아마도 그랬겠지. 마을 사람 모두가 호수 바닥에 있었다고 하니까. 어, 저기다."

달복이 손가락으로 어른 키만 한 풀이 무성한 한 군데를 가리켰다. 미경과 정희가 자세히 보니 소나무가 음침한 그늘을 드리운 바위틈으로 인위적인 구멍 하나가 있었다.

"아직도 있었네! 이게 바로 내가 발견한 동굴 입구야!"

달복이 탄성을 질렀다.

"그냥 돌아가자. 무섭다."

미경과 정희가 동시에 말했다.

"무슨 소리? 이것도 추억인데."

"너 아까 호수 바닥 얘기 거짓말이지?"

"진짠데?"

"지금 네가 하는 짓 보니 우릴 놀리는 거 같은데."

"같이 들어가보자."

"미쳤어?"

미경이 도리질을 했다.

"무서운 얘긴 이제 됐다. 도로 가자."

정희도 달복의 소매를 잡아당겼다.

달복은 물러서지 않았다.

"그럼, 나 혼자라도 잠깐만 들어갔다 올게."

"달복아! 애들 기다린단 말야."

"선생님도 모시고 왔잖아!"

정희와 미경이 발을 동동 굴렀다. 달복은 손가락 두 개로 동그라미를 그려 보였다.

"그때 저 동굴에서 조선시대 토기가 나왔단 소문이 있었어. 지금도 나온다면 가치가 엄청나겠지. 아무리 막아도 난 잠깐 들어가볼 거야."

두 동창은 달복의 고집을 꺾을 수 없음을 깨달았다.

"그럼, 우린 기다릴게. 너 혼자 갔다 와, 달복아."

"오케이. 5분도 안 걸린다."

두 동창은 팔짱을 낀 채 바위 앞에 섰다. 달복은 껄껄 웃고 나더니 바위 위로 몸을 눕혔다. 미경과 정희가 한 번 더 말려도 막무가내였다. 비쩍 마른 달복의 몸이 머리부터 구멍 안으로 쏙 사라지더니 몸과 다리도 수월하게 들어갔다. 그늘 때문에 어두운 산속에 둘만 남게 되자 미경과 정희는 은근히 겁이 났다. 미경에게 전화가 걸려왔다. 달복의 영상통화였다.

"너희들 걱정할까 봐 걸었어. 자, 내가 보는 거 간접경험이나 해."

"더 들어가지 말고 그냥 나와. 아무것도 안 보여."

정희가 스마트폰에 대고 말했다.

"자아, 중계방송합니다. '너는 자연인이냐'의 임달복이가 나갑니다."

"그냥 나오라니까, 달복아."

달복은 어둠을 뚫고 앞으로 나아갔다. 스마트폰 조명이 어둠에 둘러싸인 동굴 안을 비추었다.

"얘들아, 이 안이 생각보다 깊다. 벽에 이상한 글자가…… 어, 여기 정말 그릇이 있어. 물도 고여 있고? 김이 나. 정말로 골동품 발견하는 거 아냐?"

"야, 임달복! 당장 나와! 무서워."

"무섭긴 뭐가 무섭……?"

달복이 어떤 소리를 듣고 말을 끊었다. 영상통화를 통해 미경과 정희도 그 소리를 들을 수 있었다. 그것은 동굴 안에서 걸어오는 사람의 발소리였다.

"거기 누구예요?"

달복이 말했다. 스마트폰 화면에는 짙은 어둠만이 가득했고 달복의 움직임에 이따금 배경이 비쳤다. 벽에 새겨진 문자와 바닥에 널브러져 있는 깨진 그릇이 실제로 정희와 미경의 눈에 보이기도 했다. 실시간 공포영화를 보게 될 줄은 생각도 못 했던 미경과 정희는 달복에게 나오라고 거듭 소리쳤다.

그때 정희와 미경은 눈을 믿을 수 없는 경험을 했다. 달복의 뒤편으로부터 손톱으로 칠판을 긁는 것 같은 소름 끼치는 음성이 들려온 것이다.

"너는 내게 부르짖으라. 내가 네게 응답하겠고 네가 알지 못하는 크고 은밀한 일을 네게 보이리라……. 오오…… 그 옛날 나를 찾아왔던 그분은 내가 찾는 그분이 아니었다. 나는 너희, 사람의 아들딸들을 마귀로부터 구했음에도 환란에 처해 평생을 이렇게 갇힌 신세가 되었다. 너희는 나를 도와야 한다. 나를 위한 너희들의 기도가 필요하다……."

"누, 누, 누구세요! 헉!"

"신을 받으라라고 세 번 말하라."

"으아악!"

달복의 비명이 꼬리를 물고 길게 이어졌다.

미경과 정희는 흔들리는 전화기 화면 속에서 언뜻 드러난 달복의 얼굴을 보았다. 그의 얼굴은 공포로 무섭게 일그러져 있었다. 누더기를 입은 사람 하나가 달복의 어깨를 붙잡고 있었다. 미경과 정희의 눈에 얼핏 비친 그 사람은 목 위로 아무것도 없었다. 그런데도 말을 하고 있었다. 달복의 비명이 이어지고 화면에는 컴컴한 어둠밖에 남지 않았다. 달복이 전화기를 떨어뜨린 게 틀림없었다. 미경과 정희는 몸을 떨며 소리쳤지만 달복은 답하지 않았다. 다급한 발소리만이 깜깜한 화면을 통해 들려왔다. 정희와 미경이 동굴 입구를 향해 경쟁하듯 달복의 이름을 불렀다. 그런 정성 덕인지 거미줄을 뒤집어쓴 달복의 머리가 나타났다.

"살려줘! 얼른 날 잡아당겨!"

미경과 정희가 달복을 보자마자 바로 잡아끌었다. 흙투성이가 된 달복의 몸이 동굴 바깥으로 끌려나왔다. 그의 발목을 붙잡은 창백한 손이 바깥으로 나오고 이어서 머리 없는 몸통이 동굴 밖으로 나타났다. 미경과 정희가 비명을 지르며 손을 놓았다. 정희는 넘어졌고 미경은 주저앉았다. 달복은 자신을 붙잡은 손아귀로부터 빠져나가기 위해 발버둥 쳤다.

나무 그늘을 뚫고 태양이 한 줄기 빛을 쏘았다. 빛이 닿자 머리 없는 몸통은 두 팔을 떨며 다시 동굴 안으로 들어갔다.

세 동창은 뿔뿔이 흩어지다가 다시 모이고 다시 흩어지다가 모이면서 산 아래를 향해 미친 듯이 내달렸다.

"그건 뭐야! 귀신이야, 사람이야?"

"머리가 없는데 어떻게 말을 할 수가 있지?"

미경과 정희가 높낮이가 다른 음성으로 마구 소리쳤다. 달복은 떨면서 답했다.

"아냐, 머리가 있었어. 높은 단 위에 그자의 머리가 놓여 있었어. 그 머리가 내게 말을 건 거야. 난 그 사람이 누군지 알아. 내 기억이 틀림없다면 그 사람은 바로 이 마을 교회의 주인이었던 김정균 목사님이야. 그 좋은 분이 어쩌서 저렇게 된 거지……"

세 명은 전쟁터에서 탈출한 포로 같은 몰골로 나타나 동창회원들을 놀라게 했다. 그러나 세 사람 중 누구도 그들이 본 것에 대해 말하지 않았다. 산을 오르며 해준 달복의 얘기를 곱씹어보면, 지금까지 그들이 살아온 인생은 함구해왔기에 평온했다는 결론에 도달할 수 있었던 것이다. 목 없는 귀신을 직접 목격한 지금, 달복이 해준 얘기는 믿을 만한 것이었고 또다시 함구하고 비밀에 부쳐야만 평온한 일상에 변함이 없을 것이란 확신이 생겨났다. 동창회장은 수상한 세 남녀에게 어딜 갔다 왔냐며 집요하게 추궁했지만 셋은 끝내 입을 다물었다. 그러나 미경과 정희는 계속 겁에 질린 모습이어서 사람들의 의혹은 커져만 갔다.

동창회는 끝났지만 임달복은 그날 이후 이상한 열병을 앓았다. 집에 돌아온 그는 따뜻한 날씨에도 이불을 끌어안고 끙끙거렸다. 그는 '신을 받으라'라고 세 번 말하라는 귀신의 호통에 온통 쏠려 있었다.

'존경받는 목사였던 그가 왜 그런 끔찍한 모습으로 동굴 속에 홀로 남았을까? 왜 그런 말을 했을까? 나 혼자 목격했다면

409

분명 환각일 텐데 미경과 정희의 눈에도 분명 그자가 비치지 않았나?'

임달복은 거울로 자신의 초췌해진 모습을 비춰 보면서 실제로 신을 받으라는 복창을 세 번 해볼까 하는 생각을 갖기도 했다. 그러면 열병을 털고 일어설 수 있을지도 몰랐다. 그러나 그는 결코 그 말을 입 밖에 내지 않았다. 잠을 잘 때마다 텅 빈 돌 아래마을에서 머리를 잃은 김정균 목사가 이미 죽어버린 사람들을 하나하나 호수 바닥으로 던져버리는 악몽이 끝도 없이 되풀이되었다.

## 작가의 말

　전작인 『살: 피할 수 없는 상갓집의 저주』가 예상을 깨고 보여준 호조로 작년 한 해는 행복하게 보냈습니다. 장점과 단점에 대한 칭찬과 비판을 성찰하고 연구하고 반성하면서 그 어느 때보다 진지하게 새 작품 구상에 임했습니다. 무명이었던 기나긴 세월 동안, 하루하루가 요구하는 것들의 압박에 눌려 포기 직전까지 갔던 글쓰기를 지속할 수 있게 된 요인은 독자님들의 관심 덕이라고 믿습니다. 격려와 질타 모두 감사드릴 따름입니다.

　나름의 특화 사업이라고나 할까요? 알아봐주고 고대해주는 분들이 생기니, 하고 싶던 이야기를 더 할 수 있는 환경이 주어졌고 더 잘할 수 있다는 자신감도 붙었습니다. 그래서 1년 동안 꾸준하게 써서 내놓은 이야기가 두 번째 무속 공포소설인 『신을 받으라』입니다. 능력에 한계가 있어 교훈을 줄 소설을 쓰진 못하지만 재미를 주는 소설을 부지런히 써서 독자님들의 여가 시간을 유익하게 만들어드리고 싶습니다.

　글쓰기는 농사와 비슷하다고 생각합니다. 한 해 동안 부지런히 일구고 비료 주고 풍수해를 막아 추수한 작물로 이제 독자님들의 영농 평가를 기다리는 것이지요. 결과에 따라 풍년인지 흉년인지도 판가름 날 것이고요. 당연히 흉년이 아니었으면 좋겠습니다.

　글을 쓸 수 있는 정신과 육체, 유전 형질을 주신 부모님께 감사드리고 싶습니다. 그리고 관대함과 노련함과 인내심으로 출간 작업을 도와주신 김정은·안태운 편집자 선생님들, 수고하셨습니다.

2019년 여름

박해로